Catherine Cookson

Die Nymphe

Aus dem Englischen von
Heinz Nagel

BASTEI-LÜBBE-TASCHENBUCH
Band 12 037

Deutsche Erstveröffentlichung
Titel der englischen Originalausgabe
The Rag Nymph
Published 1991 by Bantam Press,
a divison of Transworld Publishers Ltd.
Copyright © Catherine Cookson 1991
Copyright © 1994 für die deutsche Übersetzung
by Gustav Lübbe Verlag GmbH, Bergisch Gladbach
Printed in Germany Januar 1994
Einbandgestaltung: Adolf Bachmann
Titelfoto: Michaeles Deas/Artists Ass. — New York
Satz: hanseatenSatz-bremen, Bremen
Druck und Bindung: Ebner Ulm
ISBN 3-404-12037-x

TEIL EINS

Das Kind

1

Die Straße war schmal. Man konnte sie nach der Breite einer Kutsche bemessen, an deren Seiten je ein Mann ging, aber sie war dennoch breiter als die Straßen und Gassen, die zu beiden Seiten in sie mündeten.

Es war der letzte Mittwoch im Juni 1854. Der Tag war heiß gewesen; tatsächlich war die ganze vorhergegangene Woche sehr heiß gewesen, und deshalb waren Straßen und Gassen mit festgebackenem Schlamm wie gepflastert, einer Pflasterung freilich, die nicht so hart war, daß die Oberfläche nicht abgetragen und als Staub aufgewirbelt werden konnte, der in manchen Straßen der Ortschaft wie ein vom Wasser aufsteigender Nebel in Hüfthöhe zu schweben schien.

Aber die Felix Road befand sich nicht im Hauptteil der Ortschaft, nicht einmal am Rand; sie lag im Norden der Stadt und gab ihren Namen den gleichförmig wie ein Teppich ausgelegten Behausungen, die den Armen, den Verzweifelten und dem Bodensatz der Menschheit eine Heimstatt bot. Außerdem beherbergte die Felix Road unzählige Bars und Kneipen sowie eine Anzahl Kirchen, Kapellen und Abstinenzhallen, letztere sozusagen als Opposition für die gleiche Zahl von Bordellen.

Die Angehörigen der verschiedenen Glaubensbekenntnisse kämpften intensiv gegen das Böse und die

Sünden der Trunksucht und der Unmoral und wurden dabei von der Gendarmerie unterstützt. Aber wie es schien, kümmerte sich das Gesetz nicht so sehr um jene, die sich der Trunksucht hingaben, als um jene anderen, die ihren Körper gegen Geld verkauften.

Es war halb sechs Uhr abends, und auf der Felix Road waren noch sehr wenige Menschen zu sehen. Um sechs Uhr, wenn die Fabriken in der Umgebung ihre müden und nach Gin dürstenden Menschen ausspien, würde dies anders sein. Aber jetzt kam eine alte Frau, die einen mit einem Haufen Lumpen beladenen Handkarren schob, die Straße herauf. Sie und der Karren lagen halb im Schatten der Häuser zu ihrer Linken, aber weiter oben auf der Straße, im tiefen Schatten, konnte man eine junge Frau sehen, die ein Kind an der Hand führte. Und doch waren die Haarfarbe des Kindes und das Haar, das unter dem flachen Strohhut der Frau herausschaute, so auffällig, daß es in dem dunklen Schatten wie verzerrte, tanzende Lichter aussah.

Und dann geschah etwas Seltsames. Als die Frau einen aus der Ferne herannahenden Mann erblickte, schien sie einen Augenblick lang mit dem Gedanken zu spielen, das Kind gegen die Mauer zu stoßen, änderte dann aber offenbar ihre Meinung, ging weiter und sprach den Mann an. Seinem Gestikulieren nach zu schließen, machte ihr der Mann offenbar Vorwürfe, und als er den Arm hob und jemandem hinter ihr ein Zeichen gab, packte sie das Kind an der Hand und rannte davon.

Die Lumpenfrau bog mit ihrem Handkarren in eine schmale Gasse, als das Kind fast gegen sie geschleudert wurde, und die junge Frau schrie: »Geh heim! Geh heim!«, und rannte dabei weiter.

Agnes Winkowski wandte sich von dem verängstigten Kind ab, das sich an ihrem Handkarren festklammerte, und sah sich um. Sie beobachtete, wie zwei Gesetzeshüter hinter der Frau herrannten. Das war kein ungewöhnliches Bild. Es verging kaum ein Tag, an dem sie nicht Zeuge wurde, wie das eine oder andere Mädchen von einem dieser Rotzlümmel aufgegriffen wurde. Sie konnte nur nicht begreifen, warum ein Straßenmädchen ein Kind mit sich herumschleppte.

Sie sah das Kind an und sagte: »War das deine Ma?«

Das kleine Mädchen machte eine Kopfbewegung, sagte aber nichts.

»Weißt du, wie du nach Hause kommst?«

Wieder dieselbe Kopfbewegung, aber jetzt war auch ein brüchiges Stimmchen zu hören. »Aber Mama hat den Schlüssel.«

Mama nannte sie ihre Mutter. Nicht Ma, sondern Mama . . . »Wo wohnst du?«

»Nelson Close . . . ganz unten.«

Nelson Close? Nun, es gab schlimmere Plätze als Nelson Close. Aber es lag trotzdem am Rande der Courts, und nur die Eisenbahnlinie trennte es von Salford.

Sie griff wieder nach ihrem Schubkarren und begann ihn vor sich herzuschieben. Für das Kind war nur noch soviel Platz, daß es daneben gehen konnte. Und das tat die Kleine auch, sie hielt sich an dem eisernen Geländer fest, das oben am Schubkarren angebracht war und die Lumpen vor dem Herunterfallen bewahrte.

Die Gasse mündete jetzt in einen großen viereckigen Hof, der ringsum von mehr oder weniger baufälligen fünfstöckigen Gebäuden umgeben war, neben deren Eingängen jeweils ein Berg von Unrat und Abfall lag, von denen manche einen solchen Gestank verströmten, daß es keiner besonderen Phantasie bedurfte, um seine Herkunft zu erahnen.

Während die alte Frau ihren Schubkarren über den Hof schob, kamen hinter den einzelnen Haufen eine Anzahl Kinder hervor und umringten sie plappernd. Da sie alle wirr durcheinanderredeten, konnte das Kind nicht verstehen, was sie wollten, bis die alte Frau rief: »Heute gibt's keinen Kandiszucker! Er ist alle, es is' keiner mehr da!« Daraufhin hörten die Kinder wie auf ein Zeichen zu plappern auf und fingen zu singen an: »Lumpen-Aggie! Lumpen-Aggie! Drecks-Aggie! Schlampen-Aggie! Lausige Aggie! Altes Lumpenweib!«

Die alte Frau tat so, als würde sie die Kinder nicht hören, aber als sie The Courts verließ und in eine schmale Gasse bog, stieß sie bitter ein Wort aus: »Gesindel!« Als sie dann die nächste Straße erreicht hatten, blickte sie auf das Kind herunter, deutete mit einer Kopfbewegung und meinte: »So spart mir das zehn Minuten.«

Jetzt stellte sie den Schubkarren ab, sah das Kind an und sagte: »Nun, was wirst du jetzt machen, Kleines?«

»Ich weiß nicht.« Die Stimme der Kleinen zitterte.

»Hast du irgendwelche Nachbarn ... ich meine Leute, zu denen du gehen könntest?«

»Nein. Mama hat keine Nachbarn, nicht dort. Es ... es war ein Keller.«

»Was war im Keller?«

»Wo ... wo wir gewohnt haben. Es ... es ist die Treppe hinunter.«

Aggie sah sich die Kleine jetzt näher an. Das Haar

10

hing ihr fast bis zu den schmalen Hüften hinunter, und es hatte eine Farbe, wie sie sie noch nie gesehen hatte, jedenfalls nicht in dieser Gegend. Kleine Blondschöpfe gab es schon, aber keine wie die da. Und dann waren da die Augen der Kleinen, grau, klar, groß, und in diesem Augenblick blickte eine Furcht aus ihnen, derart, wie sie sie zuvor noch nicht wahrgenommen hatte. Das übrige Gesicht paßte zu den Augen und der zarten, leicht geröteten Haut. Wirklich ein süßer kleiner Fratz war das, und ihre Mutter war auch nicht ohne, jedenfalls was sie von ihr zu sehen bekommen hatte, als sie vor den Gendarmen ausgerissen war. Daß sie sich ihren Lebensunterhalt auf der Straße verdiente, stand für Aggie außer Zweifel. Aber warum nahm sie das Kind mit? Das schreckte doch die Freier ganz gewiß ab. Oder konnte es sein, daß sie es irgendwie miteinsetzte? O nein, nein; daran mochte sie gar nicht denken. Und doch, man brauchte sich doch bloß die alten Scheißkerle anzusehen, die ihre Seele für so etwas wie diese Kleine verkaufen würden. Das Kinderbordell dort unten war dafür bekannt; und diese alten Drecksäcke, manche von ihnen waren gar nicht so alt, kamen mit Kutschen angefahren, aber natürlich erst nachdem es dunkel geworden war. Warum nahmen sich diese Drecksbullen nicht einmal den Burschen vor und räumten seine Bude aus? Die von Paper Meg hatten sie letzte Woche geräumt. Aber das war natürlich zwecklos; alle wußten, daß sie über kurz oder lang woanders wieder anfangen würde. Aber man mußte die Kirchenmänner zufriedenstellen; besser gesagt, sie hinters Licht führen . . .

»Bitte . . .«

»Ja, Kleines?«

»Darf ich mit dir kommen?«

11

»Mit mir kommen?« Aggies Blick wanderte von dem Kind zu dem Haufen Lumpen und dann auf die Fetzen, in die sie gehüllt war. Sie stank; der Inhalt ihres Schubkarrens stank; der ganze Karren war mit Gestank regelrecht vollgesogen. Und da stand jetzt dieses strahlende Kind, ja, genau, das war der richtige Ausdruck für sie, sie strahlte und bat, mit ihr kommen zu dürfen. Nun, und wenn sie nein sagte, was würde dann aus der Kleinen werden? Sie konnte sich das ziemlich gut vorstellen; sie brauchte ja nur zu Felix Road zurückzugehen oder zur Nelson Close, wo sie angeblich wohnte, und es herausfinden. Armes kleines Würmchen.

»Kennst du denn sonst niemanden, wo du hingehen kannst? Hast du gar keine Verwandten?«

»Nein.« Jetzt schüttelte sie wieder den Kopf.

»Niemanden?«

Aggie sah, wie das Kind nachdachte, und dann sagte es schließlich: »Nun, da sind die Onkel.«

»Onkel? Hast du solche?«

»Ich hab' sie Onkel genannt. Sie sind zwei- oder dreimal ins Haus gekommen, aber . . . aber das war letzte Woche. Ich weiß nicht, wo sie wohnen.«

»Herr Jesus im Himmel!« Aggie griff ruckartig nach den Handgriffen ihres Schubkarrens, knurrte »Komm mit!« und schob ihn vor sich her, während die Kleine neben ihr hertrottete.

Gute zehn Minuten später hatten sie allem Anschein nach das Ende von The Courts erreicht, denn die Häuser waren jetzt niedriger, zuerst zweistöckig, dann einstöckig; und dann standen sie plötzlich vor einer Tür aus Eisengitter in einer sieben Fuß hohen Ziegelmauer. Aggie stellte den Schubkarren nicht ab, um die Tür zu öffnen, sondern schob ihn einfach dagegen, worauf das Eisengitter ihnen den Weg in einen etwa vierzig Fuß im Geviert messenden Platz freigab, dessen hintere Hälfte erstaunlicherweise sogar gepflastert war. Dort, wo das Pflaster endete, ragten drei große Steinbögen auf und bildeten eine Art Veranda vor einem Haus, einem richtigen Haus mit sechs Fenstern, drei über dem flachen Dach der Steinveranda und noch einmal drei darüber.

Als sie den Hof betraten, erhob sich eine Gestalt, die neben einem Haufen Blechbüchsen auf dem ungepflasterten Teil des Hofes gekauert war. Derjenige hielt etwas in der Hand, das wie ein Eisenrohr aussah und das er jetzt in weitem Bogen auf einen Haufen Eisenschrott warf, ehe er sich auf sie zubewegte, wobei er die Überreste von etwas, was einmal eine Hose gewesen war, mit dem Fuß auf einen weiteren Haufen beförderte.

Seine Augen fixierten das Kind, das ihn ebenfalls fasziniert musterte, und er sagte: »Wen haben wir denn da? Wen haben wir denn da?«

»Warte nur, du wirst es schon noch erfahren«, antwortete Aggie mit scharfer Stimme. »Da, sortier das.« Sie deutete mit dem Daumen auf die Lumpen, mit denen ihr Schubkarren beladen war.

»Ja, wird gemacht. Soll ich sie auch aussortieren?«

»Wenn du nicht aufpaßt, wird gleich jemand ganz anderer aussortiert werden ... Hast du was verkauft?«

»Ja, um drei Schilling, aus dem Korb. Und Arthur Keeley war auch da. Er wird den Schrott morgen abholen. Aber ich glaube, er wollte mit dir reden. Seine Alte ist ihm abgehauen. Weißt du, wo sie steckt?«

»Nein. Du?« Sie hatte sich umgedreht und streckte dem Kind die Hand hin.

»Der Kessel ist am Kochen.«

»Ich hätte dir auch einiges zu sagen gehabt, wenn das nicht der Fall gewesen wäre.«

Das Kind folgte Aggie durch den mittleren Bogen auf eine schwere, unlackierte Eichentür zu und dann in einen Raum, in den nur wenig Licht durch ein Fenster fiel, das auf die Veranda hinausblickte. Der Raum war mit einer Vielfalt von Kleidern angefüllt, manche in Waschkörben, manche auf Wäscheleinen, andere an Nägeln an der Wand hängend. Der Geruch war nicht so durchdringend wie im Hof, trotzdem hing auch hier der Schweiß vieler Jahre in der Luft.

Jetzt traten sie durch eine weitere Tür in einen ganz anderen Raum, der das Kind veranlaßte, stehenzubleiben und sich langsam umzusehen. Auf einem schwarzen Rost, an dessen Seite ein Backofen zu sehen war, brannte ein Feuer; auf dem Kaminvorsprung zischte ein schwarzer Wasserkessel. Am Fuße des eisernen Gebildes gab es ein hohes Kamingitter aus Stahl, dessen stumpfe Oberfläche darauf hindeutete, daß es seit dem Tag, an dem es die Gießerei verlassen hatte, kein Schmirgelpapier mehr zu spüren bekommen hatte.

Im rechten Winkel zueinander angeordnet, stand auf der einen Seite der Feuerstelle eine zweisitzige Bank und auf der anderen Seite eine viel größere Ledercouch. Die Mitte des Raumes nahm ein runder, mit einem Öltuch bedeckter Tisch ein, um den vier hochlehnige geschnitzte Sessel standen. An einer Wand stand eine einfache Anrichte. Sie war schwarz und sah aus, als ob sie einmal lackiert gewesen wäre, und das verlieh ihr einen eigenen Glanz.

Offenkundig handelte es sich bei dem Raum um eine Küche, die aber auch Möbel enthielt, wie man sie sonst in Wohn- oder Eßzimmern hat. Zu beiden Seiten des breiten Fensters hing ein schwerer Brokatvorhang, dessen Farben schon lange verblaßt waren, dem man aber dennoch die gute Qualität ansah. Die Vorhänge verdeckten nicht wie so häufig das meiste Licht, sondern waren weit auseinandergezogen und gaben den Blick auf ein von der Sonne verbranntes Stück Grasland frei.

Das Kind starrte das Bild an, das sich ihm bot, als erkenne es etwas wieder, was in seiner Erinnerung ruhte; dann drehte die Kleine sich um und sah die alte Frau an, die inzwischen auf der Couch Platz genommen hatte und sich die Schuhe auszog. »Du hast einen Garten«, sagte die Kleine.

»Hm?« Aggie drehte sich um, sah zum Fenster hin und wiederholte dann: »Garten? Ein Stück Wiese. Aber früher einmal war es einer. O ja, ich erinnere mich noch gut. Zieh deinen Mantel und die Mütze aus. Bist du hungrig?«

Das Kind überlegte einen Augenblick und sagte dann: »Nein. Nein, danke. Aber . . . ich hätte gern etwas zu trinken, bitte.«

»Nun, das sollst du gleich haben, sobald meine Füße etwas ausgeruht sind und ich ein paar von diesen Klamotten ausgezogen habe.«

Das Mädchen beobachtete die Frau, die jetzt auf einem einstmals schönen, jetzt an manchen Stellen bis fast auf die Rückseite abgewetzten Perserteppich in Strümpfen dastand und die Nadel aus ihrem Hut zog. Nachdem sie ihren Mantel auf die Couch geworfen hatte und danach den langen, am Saum mit Schlamm bespritzten Rock und die voluminöse zerfetzte Bluse, erschien vor dem Kind eine fette Frau, eine sehr fette Frau sogar, die aber eine saubere blaugestreifte Bluse und einen langen grauen Rock trug.

»Ah! So ist's besser. Irgendwann einmal werde ich so hinausgehen und die ganze Bevölkerung in Angst versetzen, weil die dann glauben, ich sei nackt.« Jetzt drehte sie sich um, hob den Mantel, die Bluse, den Rock und den schwarzen Hut auf und warf sie mit den Worten »Bis morgen dann, meine Lieben!« hinter die Couch. Dann sah sie das Kind an und sagte: »So, jetzt, trocken bist du also, sagst du.« Sie nahm die Kleine bei der Hand, führte sie quer durch das Zimmer in die eigentliche große Küche mit ihrem Steinboden und von dort in eine ebenso geräumige Kammer. Sie nahm einen Meßbecher für Milch von einer Marmorplatte, beugte sich über einen großen braunen irdenen Krug, nahm den hölzernen Deckel ab, tauchte den Meßbecher ein und schöpfte damit sauberes Wasser, das sie dem Kind reichte. »Da, trink das«, sagte sie.

Den Deckel des Meßgefäßes am rechten Ohr, trank das Kind, dann lächelte es Aggie zu und sagte, während ihm noch die Tropfen auf den Lippen standen: »Ah, ist das schön kalt.«

»Ja, und sauber ist es auch. Darauf kannst du dich verlassen. Dafür sorgt der Brunnen.« Nachdem sie dem Kind den Meßbecher weggenommen hatte, füllte Aggie ihn noch einmal auf und leerte ihn selbst. Dann legte sie wieder den Deckel auf den braunen Krug und hängte den Becher an einen Nagel. Anschließend nahm sie eine große, zugedeckte Schüssel von einem Regal in der Kammer, beschnüffelte ihren Inhalt und sagte lächelnd zu dem Kind: »Hier verfault nichts. Das ist ebenso gut wie ein Eiskasten.« Sie nahm ein kleineres Gefäß vom Regal, wandte sich wieder dem Kind zu und sagte: »Trag das hinüber, das ist Butter. Jetzt brauchen wir nur noch etwas Brot und ein paar

Zwiebeln, dann haben wir alles. Geh zu!« Und mit diesen Worten hob sie ein Knie und schob die Kleine damit sachte an.

Und so kehrten sie wieder in die Küche zurück, und nachdem das Essen auf dem Tisch stand, ging Aggie durch das andere Zimmer und schrie von der Tür aus »Ben!«, schrie es nur einmal, ehe sie wieder in die Küche zurückkehrte.

Als sie sich an den Tisch setzte, sagte sie zu dem Kind: »So, und jetzt sitz gerade.«

Als der Junge, der in Wirklichkeit siebzehn war, ins Zimmer kam, brauchte er keine Aufmunterung, um sich an den Tisch zu setzen; er grinste das Mädchen an und sagte dann: »Wie heißt du?«

»Millie. Und du?«

Das war eine unschuldige Frage, erzeugte aber bei dem Jungen schallendes Gelächter, ehe er Antwort gab: »Ben Smith, Jones oder Robinson.« Dann drehte er sich schnell zu Aggie herum und fügte hinzu: »Lange her, seit ich das gesagt habe, nicht?«

»Du mußt's ja wissen.«

»Und du auch.« Er nickte ihr zu. »Deinem Alten hab' ich das gesagt, dort draußen im Hof.« Er deutete mit dem Daumen nach hinten. »Sieben war ich damals, fast acht; mir ist's noch wie gestern. Ich hatte gehört, daß Billy Steele an dem Morgen am Fieber gestorben war, und wollte seine Arbeit haben. ›Wie heißt du?‹ hat dein Paps gefragt. ›Ben‹, habe ich gesagt. ›Ben und wie noch?‹ hat er gesagt. ›Nun, Sie können sich's aussuchen‹, hab' ich drauf gesagt: ›Smith, Jones oder Robinson.‹ Und er hat mir eins hinter die Ohren gegeben, gar nicht besonders sanft. Aber genommen hat er mich. Ja.« Er sah auf seinen Teller, auf dem jetzt ein Schweinefuß und zwei Stücke faseriges Schweinefleisch lagen, nahm sich den Schweinefuß mit beiden Händen und nagte eine Weile daran herum, ehe er wieder das Mädchen ansah und sie fragte: »Nun, wie heißt du sonst noch?«

»Deine Hände sind sehr schmutzig.«

Von Aggie war ein halb unterdrücktes Schmunzeln zu hören. Und jetzt beobachtete das Kind Ben, wie der langsam den halb abgenagten Schweinefuß hinlegte und seine beiden Hände bestaunte. Er sah zuerst die eine, dann die andere an und meinte: »Ja, du hast recht, sie sind schmutzig. Aber ein wenig Dreck hat noch nie jemandem geschadet, hab' ich wenigstens gelernt. Und wenn du hierbleibst, wird's gar nicht lang dauern, bis du deine Hände auch schmutzig kriegst.«

Aggie ließ klirrend ihren Schweinefuß auf den Teller fallen und rief aus: »Wer sagt denn, daß sie hierbleiben wird? Morgen ist sie wieder zu Hause, bis dahin ist ihre Mutter raus.«

»Aus was raus?«

Aggie holte tief Luft und sah das Kind an, ehe sie Ben antwortete. »Dort raus, wo sie die Nacht verbringen wird«, sagte sie. »Und jetzt keine Fragen mehr. Und deine Hände sind *wirklich* schmutzig, dreckig würd' ich sogar sagen.«

»Und was ist mit deinen?«

»Ich kann schmutzige Hände haben, wenn ich will. Du bist hier, damit man dir sagt, was du zu tun hast, vergiß das ja nicht. Du wirst langsam zu groß für deine Stiefel.«

»Nein! Wirklich? Nun, gut, das zu hören nach zehn Jahren, Aggie. Und jetzt, wo ich zu groß für meine Stiefel bin, glaubst du da, daß meine Beine wachsen werden?«

Aggie wandte den Kopf etwas ab, nahm das Messer, das neben ihrem Teller lag, schnitt ein Stück Fleisch ab, nahm es dann mit den Fingern auf und aß es; dann wandte sie sich dem Kind zu und fragte: »Wie heißt du noch außer Millie?«

»Forester. Das schreibt man F-o-r-e-s-t-e-r.«

»Du meine Güte, da haben wir ja eine Gelehrte.« Ben machte eine Kopfbewegung zu Aggie hinüber. »Und so, wie sie aussieht, ist sie noch nicht einmal sechs Jahre alt.«

»Ich bin sieben.«

Beide starrten das Kind an.

»Sieben bist du, Kleines? Nun, er hat recht, man sieht es dir nicht an.«

»Kann ich bitte eine Gabel haben?«

Aggie blickte wieder zur Seite, als wolle sie verhindern, daß ihr etwas über die Lippen kam. Dann sagte sie, ohne Ben anzusehen: »Hol ihr eine Gabel aus der obersten Schublade.«

Als Ben an den Tisch zurückkam, legte er die Gabel mit einer großen Geste neben Millies Teller und sagte: »Hier, bittesehr, Madam. Haben Sie sonst noch *irgendwölche Wünsche*?« Er beugte sich über sie und war verblüfft, als sie mit einem Lächeln meinte: »Du machst dich jetzt über mich lustig, nicht wahr? Aber ich habe immer eine Gabel, Messer und Gabel. Es ist . . . es ist unanständig, mit den Fingern zu essen.« Dann blickte sie schnell von Aggie zu Ben und fügte hinzu: »Wenigstens für . . . für Kinder.«

Ben richtete sich auf und ging zu seinem Platz zurück. Er sah Aggie an und meinte: »Und außerdem haben wir hier, glaube ich, eine Diplomatin unter uns, Mrs. Winkowski.«

Als Aggie sich in ihren Stuhl zurücklehnte und ihr

großer, dicker Körper zu wogen begann, hallte lautes Gelächter aus ihrem offenen Mund. Ben schloß sich ihr an, und Millie lächelte die beiden vergnügt an.

Plötzlich stand Aggie vom Tisch auf und ging aus dem Zimmer. Langsam wich das Lächeln aus Millies Gesicht, und sie sah den komischen jungen Mann an, der er in ihren Augen war, und sagte: »Ist sie jetzt böse?«

»Nein, sie ist nicht böse. Aber du hast heute wirklich etwas fertiggebracht, weißt du? Das ist das erstemal seit Jahren, daß ich sie lachen gehört habe . . . seit Jahren. Schmunzeln, ja, und hier und da lächeln, aber so lachen . . . Hast du einen Paps?«

Sie schüttelte den Kopf. »Nein, jetzt nicht mehr. Ich hatte einmal einen.«

»Ist er —«, er hielt inne, »dann ist er also tot?«

»Ich . . . ich glaube schon. Mama hat gesagt, daß er tot ist.«

»Du scheinst aber nicht sicher zu sein. Ist er nun tot oder nicht?«

»Er . . . er ist weggegangen.«

»Erst vor kurzem?«

Sie machte eine Pause, ehe sie ihm antwortete, und blinzelte dabei, als würde sie nachdenken. Und dann sagte sie: »Es war letztes Jahr . . . oder auch vor noch längerer Zeit, als . . . als wir in Durham lebten.«

»Oh! Ihr habt in Durham gelebt, wie? So weit oben? Durham ist in der Nähe von Schottland, nicht wahr?«

Sie überlegte einen Augenblick und sagte dann: »Nein, eigentlich nicht. Es ist . . . es ist in der Nähe von Newcastle. So heißt die Stadt.«

»O ja, Newcastle. Und dein Paps . . . hat er in Durham gearbeitet?«

»Ja, manchmal, glaube ich. Und in Newcastle.«

20

»Was war er?«

»Oh, er war sehr groß.« Dann schüttelte sie den Kopf und lachte. »Ich dachte, du meinst, wie Dada aussah. Ich . . . ich weiß es eigentlich nicht genau, nur daß er in einem Laden gearbeitet hat, einem großen Laden, und immer einen schönen Anzug anhatte. Der Anzug war schwarz, und er hatte einen großen, glänzenden Hut. Und manchmal —« Sie wandte den Blick von Ben ab und schaute in die Ecke des Zimmers, wo etwas schief ein Bild hing, und sie legte den Kopf etwas zur Seite, wie um es besser sehen zu können. Dann sah sie ihn wieder an und meinte: »Manchmal hatte er einen Spazierstock und . . . und an dem Tag damals hat er mir einen Sonnenschirm gekauft.« Wieder blinzelte sie, als versuche sie in ihrer Erinnerung jenen ganz besonderen Augenblick heraufzubeschwören, in dem ihr Vater einen Spazierstock hatte und ihr einen Sonnenschirm kaufte.

»Wie lange warst du denn dort unten in Manchester?«

Keiner von beiden hatte bemerkt, daß Aggie ins Zimmer zurückgekehrt war und sich auf die Ledercouch gesetzt hatte. Und als Millie ihm antwortete: »Das . . . das war vor Ostern, im März. Ja, im März«, nickte Aggie dazu mit dem Kopf.

Jetzt lehnte Ben sich in seinem Stuhl zurück und sah dann zu Aggie hinüber. Dann nahm er das letzte Stück Schweinefleisch von seinem Teller, kaute es und schluckte es hinunter, ehe er die nächste Frage stellte. »Geht deine Mutter zur Arbeit?« wollte er wissen.

»Nun, sie ist in die Fabrik gegangen, um Knöpfe zu machen, aber die haben ihr nicht genug Geld gegeben. Dann hat sie sich eine Maschine gemietet, um Hemden zu machen, aber die wollten zu viele Hemden ha-

ben. Das Zimmer mit den Hüten hat mir gefallen.«
Sie sah zuerst Aggie und dann Ben an. »Das war im
Obergeschoß über dem Laden. Und alle Frauen waren nett. Und es gab eine Menge hübscher Farben,
aber —« Jetzt sah sie auf ihre Hände, und ihre Finger
bewegten sich unruhig. Nach einer Weile sagte sie:
»Ich war zappelig. Den ganzen Tag lang stillzuhalten,
bis acht Uhr abends, war eine lange Zeit. Und eines
Tages bin ich beim Abendessen gestolpert und habe
eine Kanne auf dem Tisch umgestoßen. Sie ... sie
war voll Bier, und das Bier ist über die Bänder gelaufen und hat einen Hut kaputtgemacht, und die Mei-
sterin war sehr zornig und hat Mama gesagt, daß sie
mich nicht mehr mitbringen darf, also ist Mama weggegangen.«

Aggie nickte und blickte dabei ins Feuer, und dabei
dachte sie: Ja, und dann hat Mama das einzige getan,
was ihr noch übrigblieb, und jetzt schau, wohin es sie
gebracht hat.

Dann wandte sie sich dem Tisch zu, und Ben sagte:
»Bist du fertig?« Und das Kind antwortete: »Ja, danke. Kann ich beim Abwaschen helfen?«

»Wer hat gesagt, daß ich abwaschen würde? Wir
blasen hier nur auf die Teller.«

Millie lächelte und sagte wieder: »Du machst dich
über mich lustig.«

»Du scheinst ja eine ganze Menge darüber zu wissen, wie man sich lustig macht, junge Lady. Nun, trag
deinen Teller in die Küche und stell ihn in den Aus-
guß. Und, oh, nicht vergessen ... deine Gabel und
dein Messer und alles.«

Als sie mit ihrem Teller und dem Besteck hinausging, trat Ben neben Aggie und sagte leise: »Was
hältst du von ihr? Sie ist gescheit, nicht wahr? Und

hast du je so eine nette Kleine gesehen? Man muß sie gut erzogen haben.«

»Ja, vielleicht. Aber bei der Mutter kann ich keine sehr anständige Zukunft für sie sehen.«

»Ein übler Typ, was?«

»Nein. Nein, einfach ein junges Mädchen, ihr sehr ähnlich.« Sie deutete mit einer Kopfbewegung auf die Tür, durch die die Kleine hinausgegangen war. »Aber so, wie das klang, was sie gerade gesagt hat, war ihre Mutter nicht für die Arbeit geschaffen, wenigstens nicht für die, die man in dieser Gegend kriegt, ihre letzte Tätigkeit ausgenommen. Und die hat sie sich vermasselt. Wahrscheinlich hat jemand sie verpfiffen oder so etwas, denn ich wette, der Gendarm hat ihr aufgelauert. Ich bin an dem Burschen vorbeigegangen, und als ich mich umsah, redete sie mit ihm. Und dann, als ich in die Gasse einbog, kam sie gerannt und hat mir das Kind praktisch hingeworfen. Nun, mir eigentlich nicht, sie hat sie angeschrien, sie soll nach Hause gehen. Aber wie die Kleine sagte, sie hatte keinen Schlüssel, den hatte ihre Mutter. So, jetzt weißt du's. So ist das abgelaufen. Und nach dem zu schließen, was sie da geplappert hat, hatte sie eine ganze Anzahl Onkel.«

»Sieht so aus, als ob ihr Alter abgehauen wäre. Sie scheint nicht zu wissen, ob er tot ist oder nicht. Sie hat gesagt, er hätte einen schwarzen Anzug getragen und in einem Laden gearbeitet.«

»O ja. Klingt mir eher nach einem Ladendieb.«

»Könnte schon sein. Pst! Da kommt sie.«

»Ich hab' kein Wasser gefunden, da hab' ich meinen Teller mit einem Tuch abgewischt und das Messer und die Gabel auch.«

»Nun, das ist aber schlau.« Ben lachte wieder.

»Willst du eine Stelle als Küchenmädchen um ein Pfund die Woche?«

»Das war meine Mama. Sie war Zofe bei einer Lady.« Sie drehte sich schnell zu Aggie herum und fügte hinzu: »Sie wird mich doch morgen früh holen, nicht wahr? Sie . . . wird doch nicht weggehen, oder? Ich meine . . . nicht wie —« Jetzt ließ sie den Kopf sinken — »Ich will meine Mama haben. Sie hat mich immer zu Bett gebracht . . . und mir eine Geschichte vorgelesen.«

Beide blieben stumm und sahen sie an; dann sagte Aggie: »Sie wird dich morgen früh schon holen. Möchtest du jetzt zu Bett gehen? Oben . . . oben ist ein hübsches Bettchen. Nun, eigentlich kein Bettchen, sondern ein großes Bett mit einem dicken Federkissen. Da kannst du dich hineinkuscheln.« Sie lächelte.

»Ich . . . ich habe im Dunkeln Angst.«

»Nun, es wird noch lange nicht dunkel sein, und bis dahin komme ich auch hinauf.«

»Wirst du . . . wirst du bei mir schlafen?«

»Na!« Aggie warf Ben einen Blick zu, und dann sank ihr Kopf herunter und wackelte hin und her, ehe sie sagte: »Nun, wenn es dir nichts ausmacht, kleines Fräulein.«

»O nein. Ich . . . ich denke, es wäre schön, wenn du bei mir schlafen würdest.«

»Das ist sehr freundlich von dir.«

Sie blickten jetzt auf die Tür, durch die der Junge eilig hinausrannte, und dann sagte Aggie etwas ungeduldig: »Ich komme gleich mit.« Sie führte sie durch eine Tür in einen Korridor und in einen quadratischen Flur, von dem aus eine Treppe nach oben führte.

Die Treppenstufen bestanden aus rohen Brettern, und ehe Millie hinaufging, sah sie auf Aggies Füße, die nur in Strümpfen steckten, und sie sagte: »Hast du nicht Angst, dir einen Schiefer einzuziehen?«

Aggie seufzte und antwortete dann: »Nein, Kleines, ich hab' keine Angst vor Schiefern. Ich bin vor achtundvierzig Jahren diese Treppen heruntergekrabbelt, und seitdem bin ich täglich mehrmals hinauf- und hinuntergegangen, meistens mit nackten Füßen, und habe mir nie Schiefer eingezogen.«

Auf dem Treppenabsatz blieb Millie stehen, sah sich um und meinte: »Das ist aber ein großes Haus.«

»Ja, ich denke schon, daß es das ist.«

»Und da sind eine Menge Türen.«

»Ja, da sind eine Menge Türen, und die da —« Aggie stieß eine Tür weit auf — »führt in mein Schlafzimmer. Und jetzt komm und sei still, und zieh dich aus, und sieh zu, daß du ins Bett kommst, weil ich nämlich noch eine Menge zu tun habe, ehe ich mich schlafen legen kann.«

»Bist du böse auf mich?«

Wieder seufzte Aggie und schloß halb die Augen, ehe sie antwortete: »Nein, Kind, ich bin nicht böse auf dich, aber wie gesagt, ich hab' noch einiges zu tun. Und jetzt runter mit den Kleidern und Schluß mit dem Geplapper, hast du verstanden?« Ihre Stimme hatte sich erhoben, und das Kind setzte sich jetzt auf einen niedrigen Stuhl, zog schnell die Schuhe aus und schob die grauen Strümpfe über die Knie hinunter, ehe sie wieder aufstand und fragte: »Machst du mir bitte die Knöpfe auf?« Und Aggie beugte sich vor und knöpfte vier Knöpfe hinten an ihrem Kleid auf.

Nach dem Kleid zog das Kind zwei weiße Unterröcke aus, und Aggie stellte fest, daß sie aus recht gutem Material bestanden. Als die Kleine dann auch noch ihr Hemd ausziehen wollte, sagte sie: »Das würde ich an deiner Stelle anlassen; du hast kein Nachthemd.«

»O ja. Ja, das habe ich vergessen. Ich habe kein Nachthemd.«

»Also, und jetzt ins Bett!«

»Vorher muß ich noch beten.«

»Oh. O ja. Also dann, los!«

Als Millie neben dem Bett niederkniete und die Matratze so hoch war, daß sie nicht an sie herankam, mußte sie die gefalteten Hände über den Kopf halten, um sie aufstützen zu können. Dann fing sie an: »Gott segne Mama und Dada. Und kümmere dich bitte um sie. Und vielen Dank für diesen Tag, und mach mich dankbar für das, was ich habe. Und möge Gott Mrs. Melburn und diese dicke Frau . . . dicke Dame segnen, die heute so freundlich zu mir war. Und bring mir bitte meine Mama früh am Morgen zurück. Amen.«

Als sie aufstand, sagte Aggie: »Wer ist Mrs. Melburn?«

»Das war eine Lady in Durham, die freundlich zu uns war, die Frau des Pfarrers. Sie hat uns eine Woche bei sich bleiben lassen, nachdem Dada — « Sie hielt inne, und wieder sah man das Zögern an ihr, als tastete ihr Verstand nach einer Antwort oder der Enthüllung von irgend etwas, das sie nicht begreifen konnte; und dann sagte sie: »Nachdem Dada . . . gestorben war. Und . . . dann hat sie uns zum Bahnhof gebracht und . . . und Mama hat versprochen, ihr zu schreiben.«

»Hat sie das? Ich meine, hat deine Mutter geschrieben?«

»Ja, und Mrs. Melburn auch.«

»Nun, dann geh jetzt ins Bett.«

»Hast du Wanzen?«

»Nein! Ich habe keine *Wanzen*. Hier und da einen Floh, aber keine *Wanzen*. Und jetzt hinein mit dir!«

Als die Kleine sich an die Bettkante preßte und keine Anstalten machte, auf die Matratze zu klettern, griff sich Aggie mit der Hand an den Kopf und murmelte: »Tut mir leid. Tut mir wirklich leid. Schau mich nicht so entgeistert an. Aber über mein Bett laß ich nichts kommen. Also schön, im Hof siehst du vielleicht alles mögliche herumkriechen, und vielleicht kommen sie auch hier und da auch unten ins Haus, aber nicht hier oben. Und an meine Kleider kommt mir das Zeug auch nicht, wenn ich das verhindern kann. Wenn ich welche entdecke, dann gibt es kurzen Prozeß. So, und jetzt sei brav, Kleines.« Und sie beugte sich zu dem Kind hinunter, und ihre dicken Arme streckten sich aus und legten sich um sie und hoben sie ins Bett, und dann sagte sie mit weicher Stimme: »So, jetzt. Ist das nicht hübsch und bequem?«

Immer noch ein wenig vor Angst zitternd, schluckte Millie zweimal, ehe sie kaum hörbar herausbrachte: »Doch, es ist sehr nett. Vielen Dank.«

»Nun, dann schlaf jetzt schön. Aber ich werd' die Tür offen lassen, und es wird noch lange nicht dunkel sein. Ich komme ein paarmal nach dir sehen, und wenn es dann dunkel wird, zünde ich die Lampe an. Aber ich komme schon vorher. Der Topf steht unter dem Bett, falls du ihn brauchst. Du kannst doch selbst raussteigen, oder?«

»O ja, ja, danke.«

»Nun, dann mach dir's jetzt bequem.«

Aggie ging zwei, drei Schritte zurück, lächelte, drehte sich um und ging aus dem Zimmer, ließ die Tür aber weit offenstehen. An der Treppe blieb sie stehen und hielt sich an dem breiten Geländer fest, dann ging sie langsam die Stufen hinunter und murmelte halblaut zu sich: »Die Kleine wird's noch weit bringen.«

Ben war im Wohnzimmer damit beschäftigt, das Feuer mit Blechdosen zu schüren, die mit einem Gemisch aus Kohlenstaub und getrocknetem Schlamm gefüllt waren, und als sie ins Zimmer kam, drehte er sich zu ihr herum und sagte: »Eines Tages wirst du noch verschwenderisch werden und richtige Kohlen kaufen.«

»Warum sollte ich das? Was machen wir dann mit den ganzen Büchsen?«

»Ein paar Kupfermünzen würdest du schon dafür kriegen.«

»Kupfermünzen schon, aber dafür lohnt es sich nicht, sie hinzubringen; und abholen tun die sie nicht.«

Er richtete sich auf, wischte sich die Hände ab und meinte: »Dann hast du sie jetzt wohl ins Bett gebracht?«

»Ja, das hab' ich, dem Himmel sei Dank. Hat die ein Mundwerk.«

Sie setzte sich auf die Couch, und Ben machte es sich ihr gegenüber auf der Bank bequem, wobei seine kurzen Beine kaum den Boden berührten.

»Sie ist gut erzogen«, sagte er.

»Ja, allerdings. Ein bißchen zimperlich, würde ich sagen. Ist ja kein Wunder, wo ihre Mutter doch eine Kammerzofe oder so etwas war. Ich hätt' nur gern gewußt, was aus dem Vater geworden ist. Ich wett' mit dir um einen Schilling, daß er nicht tot ist. Abgehauen eher. Ich denke, sie müssen eine Weile in Durham gewohnt haben, denn als sie ihr Abendgebet sprach, hat sie eine Mrs. Melburn erwähnt, die Frau eines Pfarrers, die besonders nett zu ihnen war, nachdem der Vater gestorben war oder was auch sonst, und soweit ich das aus ihrem Geplapper raushören konnte, haben die Frau und die Mutter einander geschrieben. So —« und dabei beugte sie sich vor und hielt ihm den Zeigefinger unter die Nase, »am Morgen gehst du zuallererst zur Station und redest mit Constable Fenwick; er wird wissen, was mit dem Mädchen passieren wird. Sag nichts davon, daß die Kleine hier ist. Sag einfach, du würdest dich für sie interessieren, für diese Frau, die Forester heißt.«

»Oh, Aggie, jetzt muß ich aber lachen. Ich frage dich: ich und mich für jemanden interessieren, eine Frau, die wie die Kleine dort oben aussieht . . . Hab' ein Herz mit mir.«

»Na schön. Wenn du dich wegen deiner Beine genierst, dann sag eben, Aggie hätte sich nach ihr erkundigt. Erzähl ihm irgendeine Geschichte, vielleicht daß ich sie auf einer meiner Runden angesprochen habe. Hörst du überhaupt, was ich sage?«

Bens Stimme klang ernst und ein wenig beleidigt, als er antwortete: »Selbstverständlich hör ich zu, Aggie. Manchmal wünschte ich, ich würde das nicht tun; du mußt ja immer auf mir rumhacken.«

»Ich hacke gar nicht auf dir rum, das tust du selbst. Mußt doch die ganze Zeit von deiner Größe reden und manchmal sogar angeben und sagen, daß du genauso gut wie andere Männer bist, die zweimal so groß wie du sind. Na schön, vielleicht bist du das sogar, deine obere Hälfte, aber du mußt an sie rankommen, und das schaffst du nur mit deiner Zunge. Ich rede also über nichts, was du nicht selbst dauernd herausstreichst.«

Stille legte sich über das Zimmer, und schließlich

stand sie auf, machte drei Schritte auf ihn zu und nahm neben ihm Platz. Sie legte einen Arm um seine Schulter und sagte: »Jetzt komm schon, Junge, komm schon. Du kennst mich doch. Auf der ganzen Welt gibt es niemanden, dem du mehr leid tust als mir, wo du doch wirklich ein gutaussehender Junge hättest sein können. Du siehst auch gut aus, schließlich hast du Annie.«

»Ja, ich habe Annie.« Jetzt drehte er sich zu ihr herum und fügte hinzu: »Und du hältst nicht viel von Annie, wie? Und machst auch kein Geheimnis daraus.«

»Nun, Junge, das tu ich nur, weil ich glaube, daß du etwas Besseres verdient hast. Schließlich habe ich das nicht das erstemal gesagt, oder? Du machst dich zu klein. Es gibt eine Menge Männer, die nicht halb so gut aussehen wie du und fünf Fuß zwei Zoll groß oder so sind und anständige Mädchen geheiratet und eine Familie gegründet haben.«

»Na ja, Aggie, in diesem ›oder so‹ steckt 'ne ganze Menge. ›Oder so‹ könnten zwei, vier oder sechs Zoll sein. Aber ich bin fünf Fuß, und das würde noch gar nich so schlimm aussehen, wenn ich von den Beinen aufwärts schmal wäre. Aber einen Oberkörper wie den meinen zu haben und einen Kopf wie ein Stier, nun, ich kann mir einfach nicht vorstellen, wie all die braven, netten Mädchen sich geradezu überstürzen und sagen: ›O Ben, komm in mein Bett.‹« Seine Stimme hatte sich bei den letzten Worten verändert, und Aggie stieß ihn von sich und sagte: »Nein, gerannt werden sie nicht kommen, aber hast du je daran gedacht, daß du ja fragen könntest? Jedenfalls hätte ich jetzt gern, daß du aufstehst und mir einen Schluck Gin und ein paar Gläser Bier holst.«

»Feiern wir ein Fest?«

»Nun, das könnte sein; aber du willst ja möglicherweise weggehen.«

»Nein, ich will nicht weggehen. Die können alle warten, diese blöden Weibsstücke, die mich anflehen, daß ich sie ausziehe. Langsam wird man das ja leid.«

Aggie stieß ihn an, und er stand auf und sagte: »Soll ich das Geld aus der Schachtel nehmen?«

»Ja, woher denn sonst?« sagte sie, stand ebenfalls auf, ging zu der Couch zurück und sah ihm zu, wie er zu der Schachtel ging, die am Ende der Anrichte stand, und ihr ein Silberstück entnahm, dann sein Jakkett über seiner breiten Brust zuknöpfte, die Mütze aus der Tasche zog, sie sich auf den Kopf stülpte und Aggie dann zuwinkte: »Ganz zu Ihren Diensten, Madam.« Dann knallte er die Hacken zusammen, machte auf seinen kurzen Beinen kehrt und marschierte aus dem Zimmer.

Nachdem die Tür sich hinter ihm geschlossen hatte, saß sie da und starrte sie an. Sie fragte sich, was sie wohl all die Jahre ohne ihn gemacht hätte. Sie erinnerte sich noch sehr wohl an den Tag, als er in den Hof gekommen war und ihren Vater geärgert hatte, indem er sagte, er könne sich seinen Namen aussuchen und ganz nach Belieben Smith, Jones oder Robinson heißen. Er hatte gesagt, er glaube, er sei acht Jahre alt, wisse es aber nicht genau. Damals mußte er wie die vielen tausend Gleichaltrigen ausgesehen haben, der Bodensatz der hungrigen vierziger Jahre.

Er mußte wohl Mitte der dreißiger Jahre geboren sein, als der Hunger bereits regierte. Dafür hatten die Korngesetze gesorgt. Er war eine Weile mit ihnen zusammengewesen, zwei oder drei Jahre, und hatte ihr gesagt, er wisse nicht, wo er geboren sei oder wer seine Eltern wären. Er wußte nur von dem Leben, das er als eines von siebzehn Kindern in dem Waisenhaus auf dem Lande verbracht hatte. Er war an dem Tag geflohen, an dem er ihrem Vater im Hof gegenübergetreten war. Sie hatte ihn sofort gemocht, und er sie auch, seinerseits vielleicht, weil sie ihm heiße Hammelbrühe gegeben hatte und ihn soviel Brot hatte essen lassen, wie er verdrücken konnte, und das war ein halber Laib gewesen. Und dann hatte sie ihn mit alten Sachen ausstaffiert.

Wenn ihr Vater einen über den Durst getrunken hatte, pflegte er sich ihr gegenüber über ihn lustig zu machen: »Jetzt hast du ja einen fertigen Sohn, was, Tochter?« sagte er dann. »Hättest dich ja selbst um einen kümmern können. Aber dafür ist's jetzt zu spät.« Ihr war oft danach gewesen, ihn anzuschreien: »Und wer hat daran die Schuld? Du und Mam.« Faul war ihre Mutter gewesen; Tag für Tag nichts anderes im Sinn, als auf der Couch zu liegen, zu träge, sich zu bewegen; aber ins obere Stockwerk gehen und ihre ehelichen Pflichten erfüllen, konnte sie jederzeit, wenn ihr danach war. Wahrscheinlicher war freilich, daß er die Straße hinaufging und es mit Alice Mulcahy trieb. Und doch war er der freundlichste Mann, den man sich wünschen könnte, solange er nur nicht getrunken hatte. Aggie hatte für ihn gesorgt und sich um ihn gekümmert, bis er gestorben war, und das in dem Bett im Obergeschoß, in dem er geboren worden war und vor ihm sein Vater, in jener Zeit, als dieses Haus wirklich ein Bauernhaus und das Land ringsum Getreidefelder gewesen waren. Draußen im Hof gab es damals Kühe und in den Stallungen Pferde.

Ihre Urgroßeltern hatten in diesem Haus gelebt; ihr Urgroßvater war es gewesen, der den Hof gekauft hatte. Aber woher in jenen fernen Tagen das Geld gekommen war, das einem polnischen Einwanderer erlaubt hatte, einen Bauernhof zu kaufen, war für ihren Großvater ewig ein Geheimnis geblieben und natürlich auch für ihren Vater. Alles, woran ihr Vater sich an seinen Großvater erinnerte, war, daß er ein harter, eigensinniger Mann gewesen war, und das einzige Vergnügen, das er sich geleistet hatte, waren die Pferderennen gewesen.

Und daher, dachte sie, war auch das Geld gekommen, und am Ende war es wieder dorthin zurückgekehrt; denn als ihr Großvater das Anwesen geerbt hatte, war der Hof bereits verschuldet. Als er starb, waren keine Tiere mehr im Hof gewesen, und da hatte es auch kein Land mehr gegeben, das er sein eigen hatte nennen können, denn dieses Land war an die Leute verkauft worden, die The Courts gebaut hatten, um das Pack aus dem verhungernden Irland unterzubringen und all die, die von den Dörfern im weiten Umkreis hereinströmten, alle in der Hoffnung darauf, in den großen neuen Fabriken Arbeit zu finden, die Leinen und Batist und Decken und Schals machten, alles, das sich dazu eignete, Menschen als Kleidung zu dienen.

Und damit hatte auch das Lumpengeschäft angefangen. Vorher hatten sie auf dem Hof Kohle verkauft. Sie erinnerte sich noch daran, wie es mit der Kohle zu Ende gegangen war. Das war die Zeit, als ihre Mutter sich auf die Couch gelegt hatte, weil sie den Anblick und den Lärm der Scharen von Frauen und Kindern mit ihren Kübeln nicht ertragen konnte, die Balgereien, die zu keinem anderen Zweck angezettelt wurden, als dem einen oder anderen aus der Bande Gelegenheit zu geben, ein paar Brocken Kohle zu stibitzen, die den Unterschied machten, ob einer eine warme Mahlzeit bekam oder innerlich und äußerlich fror.

Wie das Lumpengeschäft wirklich angefangen hatte, erinnerte sie sich nicht mehr, wohl aber daran, daß sie damals nicht mehr drei Tage die Woche auf die bezahlte Schule gegangen war. Von da an kam ihre Erziehung von den Sonntagnachmittagen, die sie in dem Untergeschoß unter der Kirche in der Halton Street verbrachte, wo sie den Katechismus herunterbetete.

Zuerst kam Eisenschrott in den Hof und allerlei Blei. Was ihren Vater dazu veranlaßte, mit dem Schubkarren hinauszuziehen, wußte sie nicht, denn tief im Innersten war er ein stolzer, selbstbewußter Mann. Sie konnte sich nur daran erinnern, daß er sie von Anfang an mitgenommen hatte. Sie war es, die von Tür zu Tür gehen mußte, um höflich zu fragen, ob man etwas zu verkaufen hatte. Zuerst machten sie immer einen weiten Bogen um The Courts; ihre Route führte sie immer an den Stadtrand, wo die Häuser Gärten hatten, kleine oder große. Aber auch dort schickte er sie nie zu den wirklich großen Häusern, weil er sagte, wenn dort etwas zu holen wäre, würden immer die Dienstboten die erste Wahl haben. Später sollte er lernen, daß die beste Gegend in Wirklichkeit die Reihenhäuser waren, denn dort waren die Frauen stolz darauf, wenn man sie dabei sah, wie sie abgelegte Dinge weitergaben, weil das auf gewisse Weise darauf hindeutete, daß es ihnen gut genug ging, um sich Neues zu kaufen.

Der Samstagmorgen-Markt im Hof verlief nach dem Muster des Straßenmarktes, wo die Kleider in Haufen auf dem Boden ausgelegt waren, mit einem besonders guten Stück obendrauf, um die Passanten dazu zu veranlassen, genauer hinzusehen. Und so pflegte ihr Vater das, was sie im Laufe der Woche eingesammelt hatten, auf improvisierten Gestellen im Hof auszulegen. Wenn es regnete, trug er die Sachen unter die Laubbögen. Aber wenn eine Frau etwa nach einem bestimmten Kleidungsstück fragte, dann führte er sie in das ehemalige Vorderzimmer des Hauses, wo sie in vergleichsweiser Abgeschiedenheit ihre Wahl treffen und die Kleider anprobieren konnte. Und doch schien er bei all der harten Arbeit und der Mühe, die er damit hatte, kaum imstande zu sein, damit seinen Lebensunterhalt zu verdienen.

Erst kurz vor seinem letzten Atemzug berichtete er ihr von der Fußbodendiele unter seinem Bett und dem, was darunterlag, und versicherte ihr, daß er das für sie gespart hatte. Und nachdem sie die Fußbodendiele angehoben und darunter sechs Waschlederbeutel voll Sovereigns gefunden hatte, hatte sie ihm wirklich geglaubt und hatte zum zweitenmal in ihrem Leben geweint. Das war bis zum Tag seiner Beerdigung, als seine Freundin, Alice Mulcahy, in ihrem vom Gin umnebelten Schmerz gesagt hatte, daß sie sich mit Plänen getragen hatten, nach Amerika zu gehen. Aggie hatte gewußt, daß ihr Vater ein freundlicher Mann war: Er würde alles tun, um Frieden zu halten und die Menschen glücklich zu machen. Aber dann, eine Woche später, war ein Fremder zu Besuch gekommen und hatte Erkundigungen nach ihrem Vater angestellt und, nachdem sie ihm von seinem Hinscheiden berichtet hatte, sie informiert, daß man ihn aufgefordert hatte, sein Anwesen zu verkaufen, zumal er angesichts der Knappheit des Landes ihrem Vater zugesichert hatte, einen guten Preis dafür zu erlösen. Und am Ende hatte er gesagt: »Jetzt wird er nie mehr nach Amerika gehen.«

Sie erinnerte sich, wie sie nach dem Besuch des

Mannes vor Wut halb betäubt dagesessen hatte und dann nach oben gerannt war, in sein Zimmer, und jeden Gegenstand, der ihm gehört hatte, selbst den Lederriemen, an dem er immer sein Rasiermesser abgezogen hatte, in den Hof geworfen hatte, für den Ansturm am Samstag. Jener Tag hatte ihre Einnahmen verdreifacht und ihr neue Kunden eingebracht, denn ihr Vater hatte immer auf gute Kleidung und gute Schuhe geachtet.

Seit seinem Tode waren nun schon zehn Jahre verstrichen, und im ersten Jahr hatte sie den Schubkarren fast jeden Tag durch die Straßen geschoben, weil sie, abgesehen von dem jungen Ben, für niemanden zu sorgen hatte. Mit den Jahren war der Schubkarren ihr immer schwerer vorgekommen, und so machte sie jetzt nur noch zwei Fahrten die Woche, hauptsächlich an den Rand der Stadt, und achtete dabei darauf, dasselbe Haus nie öfter als zweimal pro Jahr zu besuchen. Und noch auf etwas anderes achtete sie: Sobald sie The Courts hinter sich gelassen hatte, legte sie immer ihren schwarzen Mantel, den schwarzen Rock und den schwarzen Hut ab. Sie hatte schon früh etwas Wichtiges gelernt: Wenn die Armen sahen, daß es einem gut ging, dann wollten sie nichts mit einem zu tun haben, wenn sie das vermeiden konnten, und deshalb trug sie für die Courts den alten schwarzen Mantel mit den großen Taschen an der Seite, von denen eine Kandiszucker und die andere Kupfermünzen enthielt. Freilich brauchte sie sich nicht oft von ihren Kupfermünzen zu trennen, wenn sie ihren Karren durch die Courts schob. Die Eltern zahlten dort gern einen Penny oder auch einen Tuppence für einen alten Mantel oder einen Rock, die man zerschneiden konnte, um daraus einem Kind ein neues Kleidungsstück zu machen.

Sie hatte auch eine gute Quelle für anständige Kleider entdeckt: Kirchen und Kapellen pflegten in regelmäßigen Abständen Kleiderverkäufe zu veranstalten und dort Kleidungsstücke zu verkaufen, die von ihren bessersituierten Gemeindemitgliedern stammten. Sie pflegte den Ladys, die mit solchen wohltätigen Veranstaltungen betraut waren, bis zu fünf Schilling für ein Bündel solcher weniger attraktiv erscheinender Artikel anzubieten, ganz besonders wenn sie mit Speiseresten verunreinigt waren, wie das bei den Röcken älterer Herren häufig der Fall war. Sie wußte nämlich, daß China-Charlie solche Kleidungsstücke so säubern und bügeln konnte, daß sie fast wie neu aussahen, und sie dann bis zu zwei Schilling für einen guten Überrock oder einen Anzug erlösen konnte.

Und so hatten sich im Laufe der Jahre eine Anzahl Lederbeutel jenen anderen unter dem Bett hinzugesellt, in dem sie jetzt ihre Nächte verbrachte und in dem sie zu gegebener Zeit einmal sterben würde . . .

Ben kam herein und sagte: »Billie, der Schweißer, macht im Crown großen Lärm. Das bedeutet, daß er sich heute nacht noch prügeln wird, und dann wird von seinem Lohn kein Penny mehr für sie übrig sein. Er hat sich mächtig über den Krieg und die Russen aufgeregt und schreit, man solle Gladstone zu den ›bloody‹ Russen schicken.« Jetzt grinste er. »Hat wirklich Spaß gemacht, ihm zuzuhören. Die haben ihn gerade daran gehindert, Bobby Carter den Hals umzudrehen, weil er gesagt hatte, alle seien für den Krieg: Wenn wir den Russen nicht zeigen, was Sache ist, wer soll es dann tun? Ich fand wirklich, daß Bobby Carter ein tapferer Mann ist, daß er sich gegen Billy stellt, wo der doch doppelt so groß wie er ist.«

Während er die Flasche und den Becher auf den

Tisch stellte, sagte er: »Nimmst du vorher einen Schluck Gin, he?«

»Ja«, sagte sie. »Und laß das Glas nicht trocken. Aber was Billy Middleton betrifft — man sollte da etwas unternehmen. Seinen ältesten Jungen hat er praktisch zum Krüppel geschlagen, und dabei ist der noch nicht einmal zehn. Und sie hat kein Wort dagegen gesagt. Dieses blöde Weibsstück! Als nächstes wird er einen umbringen, und dann wird sie schon sehen, wo sie steht.«

»Seltsam, wenn man richtig drüber nachdenkt —« Er reichte ihr ein mit Gin gefülltes Weinglas, »aber die Leute sagen, daß er so ist, weil sein Vater und seine Mutter religiös waren. Als er noch ein Junge war, haben die ihn immer im Keller festgebunden, ihm tagelang nichts zu essen gegeben und ihm aus der Bibel vorgelesen; das sollte Nahrung für seine Seele sein. Seit sein alter Herr jetzt tot ist und ihn nicht mehr quälen kann, quält er seine junge Frau und die Kinder.«

Er setzte sich ihr gegenüber auf die Bank und nahm einen Schluck Bier, ehe er nachdenklich fortfuhr: »Komisch, wenn man einmal richtig darüber nachdenkt. Aber was man als Kind erlebt hat, bestimmt meistens, wie man dann später als Mann oder Frau wird.« Dann blickte er zur Decke und fügte hinzu: »Ich bin neugierig, was aus der Kleinen dort oben werden wird.«

»Nun, eines scheint mir sicher: So leicht, wie sie's bis jetzt gehabt hat, wird sie's nicht mehr haben, danach zu schließen, was sie gesagt hat.«

»Was meinst du wohl, daß aus ihr werden wird, wenn die ihre Mutter einlochen?«

»Die kommt ins Arbeitshaus, wohin denn sonst? Aber nach allem, was ich höre, sind die mit Kindern überlaufen; die haben aufgehört, sie auf den Straßen einzusammeln. Also wird man sie wahrscheinlich irgend jemandem übergeben, und dort wird sie arbeiten müssen, wahrscheinlich als Laufmädchen in einer der Fabriken.«

»Das wäre jammerschade. Ich hoffe, das bleibt ihr erspart.« Er blickte in sein Glas und meinte dann mit viel leiserer Stimme: »Annie hat man, als sie sieben war, in die Fabrik gesteckt, da war sie genauso alt wie die Kleine.« Wieder hob er den Kopf und blickte zur Decke. »Sie mußte zwölf Stunden am Tag arbeiten, manchmal vierzehn. Jetzt soll's den Kleinen ja besser gehen, seit sie nur mehr zehn Stunden arbeiten dürfen, aber manche von diesen Schweinen setzen sich darüber weg. Früher haben die die Pausen immer bei den zwölf Stunden mitgezählt, jetzt nicht mehr. Das ist gegen das Gesetz, aber die kommen damit durch. Annie hat nie gewußt, wie es ist, wenn man Schuhe trägt, bis sie zehn Jahre alt war.«

»O mein Gott! Willst du, daß ich jetzt wegen ihr zu weinen anfange? Außerdem hat sie inzwischen zwanzig Jahre Zeit gehabt, warme Füße zu haben.«

»Weißt du, Aggie, du hast wirklich zwei Seiten, und die eine davon ist unfair und bitter wie Galle.«

Als er aufstand und sein Glas nicht gerade sanft auf die Tischplatte setzte, sagte sie: »Ja. Nun, dann sag mir jetzt etwas über meine gute Seite.«

»Ich bezweifle, daß du eine hast.«

Einen Augenblick lang sagte sie nichts und beobachtete ihn dabei, wie er sich nachschenkte; dann meinte sie bitter: »Du bist ein undankbarer Teufel. Das weißt du doch, oder?«

Er stellte das Glas auf den Tisch zurück und legte die andere Hand einen Augenblick lang darüber; dann trug er es zur Couch, reichte es ihr und meinte: »Du weißt genau, daß das nicht stimmt. Daß ich in diesem Augenblick hier bin, ist Beweis genug dafür.«

Sie nahm einen Schluck und sah dann ins Feuer. Als er dann wieder zu der Bank zurückging, sagte sie: »Du brauchst wirklich nicht hier herumzuhängen. Geh doch. Aber schließ das Tor ab und nimm den Schlüssel mit, und mach keinen Lärm, wenn du zurückkommst. Und morgen könntest du die Speichertür ölen, die am Stall auch, die machen einen Lärm wie Schleiereulen.«

Er grinste sie an. »Schleiereulen?« sagte er. »Vielleicht sind welche in der Scheune, wo wir doch die Tore bloß nachts schließen. Schleiereulen . . . Und du kommst wirklich allein klar?«

»Hast du je etwas anderes an mir erlebt?«

»Ach was!« Er schüttelte leicht verstimmt den Kopf. »Zu dir kann man einfach nicht freundlich sein, wie, Aggie? Du erträgst das einfach nicht. Weißt du, daß es immer schlimmer mit dir wird? Daß du immer mürrischer wirst?« Er drehte sich um und ging hastig hinaus, und sie wiederholte für sich: »Immer schlimmer wird es mit dir, weißt du das? Immer mürrischer . . .«

Als sie das Schlafzimmer betrat, war es schon fast dunkel, aber sie sah das Kind kerzengerade im Bett sitzen. »Du solltest schlafen.«

»Ich . . . ich hab' auf dich gewartet. Es . . . es ist dunkel geworden.«

»Es dauert noch eine ganze Weile, bis es dunkel wird. Leg dich jetzt hin.«

Das Kind legte sich hin und sah dann zu, wie die große dicke Frau sich auszog, wobei ihr besonders auffiel, daß sie kein Korsett wie ihre Mama trug, wohl aber ein Hemd und ein Mieder und zwei Unterröcke.

Auch ihr Unterhemd war weiß, aber es klebte ihr an einigen Stellen am Körper, weil sie schwitzte. Sie sah Aggie zu, wie sie es herunterzog und dann ein Nachthemd aus einer Schublade nahm und es sich über den Kopf zog. Schließlich nahm sie auf der Bettkante Platz und schob ihre Strümpfe von den Beinen.

Als Aggie ins Bett stieg, drückte sie es so herunter, daß das Kind auf sie zurollte, und ihr Kopf schien auf ganz natürliche Weise zwischen ihre Brüste zu fallen. Und als das kleine Gesicht zu ihr aufblickte und sie flüsterte: »Du bist sehr groß«, sagte Aggie: »Ja, ich bin sehr groß. Und du bist sehr klein und redest zuviel, also schlaf jetzt.«

Während der kleine Kopf sich an sie kuschelte und die dünnen Arme sich um sie legten, atmete Aggie tief und lang ein; als dann ihr eigener Arm sich wie automatisch um das Kind legte, schloß sie die Augen, weil sie zum erstenmal in ihrem Leben das Fleisch eines anderen Menschen dicht an ihrem eigenen spürte.

2

Es war acht Uhr am darauffolgenden Morgen, als Ben aus der Stadt zurückkam. Aggie war für ihren Arbeitstag angekleidet: Ihr Gesicht und ihre Hände sahen sauber aus, ihr Haar war gekämmt; sie trug eine saubere blaugestreifte Bluse. Sie hatte gerade ihr Frühstück beendet, das aus Bratenfett und Brot und einem Stück kaltem Speck bestand, als Ben ins Zimmer kam. »Nun?« fragte sie ihn.

»Sie wird um zehn vor dem Richter stehen.«

»Hast du sonst etwas herausgebracht? Mit wem hast du geredet?«

»Nun, als ob ich mit irgend jemandem außer deinem heißgeliebten Constable Fenwick reden würde.«

»Na, und was hat mein heißgeliebter Constable Fenwick gesagt?«

»Er hat gesagt, daß sie mit den anderen aufgerufen wird. Insgesamt sind es neun. Einzelheiten über sie hat er keine, weil er sie nicht festgenommen hat, sagt er . . . was sehr freundlich von ihm war.« Jetzt schnitt er Aggie ein Gesicht und fuhr fort: »Er sagte, seiner Ansicht nach sei sie neu im Gewerbe.«

»Ist das alles?«

»Ja, nur daß er noch darauf hingewiesen hat, daß die anderen, wenn sie neu im Gewerbe sei und versuchte, sich dort einzuschleichen, kurzen Prozeß mit ihr machen würden. Erinnerst du dich, was letzten Monat in der Zeitung stand? Das war doch letzten Monat, oder? Daß die der einen die Kleider heruntergerissen haben, die ihnen die Kundschaft wegnehmen wollte? Wenn ich mich richtig erinnere, war das an einem Samstagabend, wenn die feinen Pinkel immer kommen, um ihre Wahl zu treffen. Ich hab' jedenfalls über sie nachgedacht. Besonders viel auf dem Kasten muß sie ja nicht haben, wenn sie einen kleinen Balg mit auf den Strich nimmt.«

»Nun, ich denke, das war für sie das kleinere Übel. Sonst hätte sie sie zu Hause lassen müssen, und Nelson Close ist ja nicht gerade ein vornehmer Vorort, oder?«

»Schläft die Kleine noch?«

»Als ich sie verließ, hat sie noch geschlafen.«

Jetzt nahm er am Tisch Platz, und sie schob ihm das Brett mit dem Brot und dem Bratenfett hin und sagte: »Willst du ein Stück Speck?«

»Nein, mir ist heute morgen nicht danach.«

»Kann ich mir denken. Du bist bis eins nicht zurückgekommen, oder?«

»Du paßt jetzt wohl mit der Uhr auf mich auf, wie?«

»Nein, aber ich hab' mich gefragt, warum du nicht gleich dein Bett dorthin schaffst. Die liebe Annie wird doch sicher Platz für dich haben.«

»Ja, das könnte ich. Hab' auch drüber nachgedacht und so.« Sie starrten einander an, dann änderte sich sein Tonfall, und er sagte: »Was wird denn aus der Kleinen werden, wenn die die Mutter einlochen?«

»Nun, darüber haben wir doch gestern abend gesprochen, oder? Ich bin wirklich nur daran interessiert, sie ihren rechtmäßigen Eltern zu übergeben oder wer sonst die Verantwortung für sie übernimmt.«

»Wirst du hingehen?«

»Ob ich zur Gerichtsverhandlung gehe? Ja, das werde ich.«

»Hm, hm, hm. Du willst sie also wirklich lossein, oder?«

Jetzt stützte sie ihre großen breiten Hände auf den Tisch und beugte sich zu ihm hinüber, und ihre Stimme klang leise und hart, als sie sagte: »Nun, welche Wahl haben wir denn? Kannst du dir vorstellen, daß ich sie hier behalte? Sieh dich doch um. Schau doch, was für Bequemlichkeiten ich ihr anzubieten hätte.«

Er gab nicht gleich Antwort, aber als er dann schließlich sprach, tat er das mit ganz leiser Stimme: »Ich könnte mir Schlimmeres für sie vorstellen, viel Schlimmeres. Ich muß das doch schließlich wissen, oder, Aggie?«

Jetzt richtete sie sich auf und schrie ihn förmlich an: »Du warst damals ein Bursche, jetzt bist du ein junger Mann. Und sie ist bloß ein kleiner Fratz, und noch dazu ist sie in einer ganz anderen Umgebung aufgewachsen. Vielleicht nicht gerade in besseren Kreisen, aber immerhin hat sie eine Schule hinter sich, und man hat ihr Manieren beigebracht. Kannst du dir vorstellen, daß sie hierher paßt? Ach, was!« Sie zuckte die Achseln. »Dir ist der Schädel aufgeweicht, weißt du das? Das sind die Bücher, die du die ganze Zeit liest. Mr. Dickens bekommt dir nicht. Den Armen beistehen. Mein Gott! Was weiß der denn schon davon? Das einzige, was mir bei Mr. Dickens in den Sinn kommt, ist, daß er Geld damit verdient, indem er die Armut anprangert.«

»Ja, nun gut —« Er stand jetzt auf. »Irgend jemand muß sie ja anprangern. Allmächtiger Gott! Es gibt genug davon, und niemand kümmert sich viel darum. Die halten alle Abstand; der Geruch der Armen reicht ihnen. Mr. Dickens tut schon etwas Gutes.«

»Nun, in dir hat er jedenfalls einen, der ihn unterstützt. Aber weil wir schon gerade darüber reden: Du wirst noch blind werden, wenn du diesen kleinen Druck liest.«

»Ach, Aggie, sei doch still!« Er hatte sich umgedreht und schickte sich jetzt an, zur Tür zu gehen, als sie eine volle Breitseite auf ihn abschoß und schrie: »Sag du mir nicht, ich soll still sein, du junger Tugendbold, sonst wirst du plötzlich feststellen, daß meine Tür verschlossen ist. Ja, das wirst du. Das wär ja noch schöner, wenn ich in meinem eigenen Haus nicht mehr reden darf.« Sie wandte sich dem Kaminfeuer zu und sagte sich: Was nur über ihn gekommen ist? Der hat sich noch nie gegen mich gestellt. Bloß wegen der da.

Sie zuckte zusammen, als die Stimme von ›der da‹ sagte: »Guten Morgen. Ich habe selbst den Weg nach unten gefunden. Da war kein Wasser zum Waschen. Im Zimmer war eine Schüssel und ein Krug, aber kein

44

Wasser. Und zwei von den Knöpfen hinten habe ich geschafft, aber die zwei obersten erreiche ich nicht. Würdest du das bitte tun?« Das Kind wandte ihr den Rücken zu, und Aggie beugte sich vor und knöpfte das Kleid oben zu. Dann sagte sie: »Hast du Hunger?«

»Nicht sehr. Aber ich würde gern etwas trinken, bitte. Und kann ich mich waschen? Ich hätte mich waschen sollen, ehe ich das Kleid anziehe, weißt du? Aber wenn ich dann Mama sehe und es ihr sage, dann wird es ihr nichts ausmachen.«

Aggie blickte auf das Kind hinab. Sie hatte gesagt, sie sei sieben. Ben hatte gestern abend darauf hingewiesen, daß seine Annie zwischen den Webstühlen herumgelaufen sei, als sie sieben war, und das barfuß. Die da hatte es um einiges besser gehabt. Und Gott möge ihr beistehen! Wie auch immer ihr Leben sich weiter entwickeln würde, gut würde sie es nie mehr haben, wenigstens nicht so, wie sie das im Augenblick sah.

»Hinter dem Haus ist eine Pumpe. Geh hinaus. Ben wird dir zeigen, wo sie ist. Bitte ihn, daß er dir etwas Wasser in eine Schüssel tut. Die kannst du dann in die Küche bringen. Dort ist Seife und ein Handtuch.«

Millie sah Aggie einen Augenblick lang an, ehe sie mit leiser Stimme sagte: »Danke.« Und dann fügte sie hinzu, als fühlte sie sich gedrängt, etwas Höfliches zu sagen: »Ich habe sehr gut geschlafen. Das war ein hübsches Bett. Danke.« Sie drehte sich um und ging hinaus, aber nicht hastig wie ein Kind, sondern gemessenen Schrittes.

Ein paar Minuten später kehrte sie mit Ben zurück, der eine Blechschüssel mit Wasser trug. Das Kind blickte lächelnd zu Aggie auf und sagte: »Die Pumpe war komisch. Sie hat geredet, als das Wasser herauskam. Das ging gurgel, gurgel, gurgel.« Und Ben hob die Brauen, als Aggie ihn ansah.

Als er ins Zimmer zurückkehrte und das Kind in der Küche gelassen hatte, goß Aggie Milch in einen Krug und sagte zu ihm: »Sieh dir das an! Richtig durchsichtig ist die. Diese Kanne ist lange im Regen gestanden. Den Burschen werd' ich mir morgen vornehmen, und wenn ich um fünf aufstehen muß, um ihm zu sagen, was ich ihm schon lange sagen wollte. Ich werd' die Kanne mit aufs Amt nehmen. Weiß Gott, das werd' ich. Diese Kuh hätte den Kübel vor Scham umgetreten, wenn so etwas aus ihrem Euter gekommen wäre.«

»Oh! Aggie!« Er lächelte breit. Dann wechselte er das Thema, wandte sich ab von Milch und Kindern und der Notwendigkeit eines sauberen Hofes zu und meinte: »Ich weiß, wo ich ein paar Bruchplatten kriegen kann. Ich brauche ihm nur eine Krone und das Fuhrgeld zu bezahlen, und er bringt uns genug, um den restlichen Hof damit zu pflastern. Wenn es regnet, ist das der reinste Sumpf dort draußen. Was meinst du?«

»Oh, na ja, wenn du Angst hast, dir die Füße schmutzig zu machen, ja, natürlich, Sir. Aber eine Krone, nicht mehr. Wie viele Ladungen würden es denn sein?«

»Oh —« er zuckte mit seinen breiten Schultern — »zwei, drei vielleicht. Das Zeug ist ziemlich schwer, auch für ein Pferd. In einem halben Tag könnte es erledigt sein; ich meine der Transport.«

»Nun —« Sie ging ans Feuer und schob den Kessel zurecht. Dann fügte sie hinzu: »Wo du jetzt doch das Sagen hast, solltest du dich wohl drum kümmern.«

»Auf den Tag warte ich, wo du zuläßt, daß jemand anderes das Sagen hat. Jedenfalls, Aggie —« Er trat neben sie und sah ihr in die Augen, während er zu ihr sagte: »Die Kleine ist mir richtig unter die Haut gegangen. Wenn ihre Mutter einen Monat sitzen muß, dann behalt sie hier, bis sie herauskommt. Wirst du das tun?«

Sie entzog sich ihm. »Kommt gar nicht in Frage, Bursche«, sagte sie. »Nie im Leben.« Und dann fügte sie mit etwas leiserer Stimme hinzu: »Was würde ich denn den ganzen Tag mit ihr machen? Sie etwa mitnehmen, wenn ich draußen bin? Wo sie so aussieht! Und sieh dir doch das hier an. Ein Loch ist das.«

»Nun«, zischte er, »es brauchte ja nicht wie ein Loch auszusehen, wenn du hier und da deinen fetten Arsch heben und ein wenig saubermachen würdest.«

Ihre Hand schoß vor und traf ihn im Gesicht, ließ ihn zusammenzucken. Er rieb sich die Wange und sagte: »Ist ein Jahr her, daß du das getan hast. Hat dich wohl getroffen, wie? Weil's die Wahrheit war. Du sagst doch selbst immer, man soll die Wahrheit sagen, oder nicht, Aggie? Aber du kannst sie nicht ertragen. Für den Augenblick wollen wir das vergessen. Aber ich warne dich, Aggie. Heb nie wieder die Hand gegen mich. Nie wieder! Weil ich nämlich vor Scham sterben würde, wenn ich zurückschlagen würde; und das würde ich, weil ich schon Männer niedergeschlagen habe, die fast genauso groß waren wie du, und das weißt du ganz genau.«

»Ist die Milch für mich?«

Sie drehten sich beide um und starrten das Kind an. Es deutete auf den Becher. Aber Aggie war so wütend, daß sie keinen Ton herausbrachte, und so sagte Ben: »Ja, mein Liebes. Trink nur.« Dann ging er zum

Tisch und fragte: »Möchtest du etwas Brot und ein wenig Fett?«

»Ja, bitte.«

»Und da ist noch Speck.« Er deutete auf den Teller, auf dem noch ein paar Scheiben kalter durchwachsener Speck lagen.

Sie griff nach dem Teller, um sich den Speck anzusehen, ehe sie sagte: »Nein, danke. Ich mag Fett nicht besonders.«

Ein Laut entrang sich seiner Kehle, ehe er sich abwandte und sagte: »Komisch, ich eigentlich auch nicht. Aber ich hab' mich daran gewöhnen müssen«, und damit ging er hinaus und ließ Millie allein, die die große dicke Frau ansah und sichtlich das Gefühl hatte, Konversation machen zu müssen: »Das ist heute ein schöner Morgen«, sagte sie. »Du hast eine Menge Kleider im Zimmer nebenan. Und warum sind all die Sachen im Hof aufgehäuft? Ist das eine Art Geschäft?«

O nein, das konnte sie nicht ertragen, jedenfalls nicht in diesem Augenblick, und deshalb sagte Aggie: »Hör auf zu plappern und iß dein Frühstück. Und bleib da, bis ich herunterkomme.« Dann ging sie zur Tür.

Im Flur blieb sie stehen und sah sich um. »Es brauchte ja nicht wie ein Loch auszusehen«, hatte er gesagt, »wenn du hier und da deinen fetten Arsch heben und ein wenig saubermachen würdest.« Viele Jahre lang hatte sie wie kaum eine andere gearbeitet, von ihrem zehnten Lebensjahr an, und vorher auch schon, harte körperliche Arbeit. Aber in den letzten Jahren hatte sie sich müde gefühlt, ausgelaugt. Sie schaffte es gerade noch, ihren Schubkarren vor sich herzuschieben und ihren schweren Körper über die Straßen zu schleppen. Er war einfach zu groß, zu schwerfällig.

Wenn sie nur aufhören könnte zu essen. Aber warum sollte sie das? Ja, wirklich, warum sollte sie?

Keine dieser Fragen war ihr bisher in den Sinn gekommen. Es hatte erst angefangen, als dieses Kind gestern abend ins Haus gekommen war. War es wirklich erst gestern abend gewesen? Mein Gott! Es schien, als wäre sie schon Jahre hier, und schon hatte sie einen Keil zwischen sie und Ben getrieben. Und Ben war die einzige Gesellschaft, die sie hatte; diejenigen, die ihre sogenannten Freunde sein wollten, würde sie nie über ihre Schwelle lassen, und diejenigen, die sie gern als Freunde bezeichnet hätte, würden nie über ihre Schwelle kommen. Nein: Sie hatte nur Ben, und ihn hatte sie geschlagen.

Sie mußte dieses Kind loswerden.

Sie stand ganz hinten in dem schäbigen Saal, das Kind dicht an ihrer Seite, und hörte zu, wie der Protokollbeamte die Anklage verlas — der Ausdruck ›Männer ansprechen‹ war üblich, aber einmal sagte er ›Männer besorgen‹ —, und sie bemerkte, daß der Richter kaum den Kopf hob: »Ein Pfund oder einen Monat. Ein Pfund oder einen Monat. Ein Pfund oder einen Monat.« Er hatte sie alle schon früher gesehen, und keine von ihnen besaß wahrscheinlich ein Pfund, aber er wußte, daß es bezahlt werden würde. Big Joe würde dafür sorgen oder einer seiner Spießgesellen. Aber er hob die Augen und dann auch den Kopf, als die letzte vor ihm stand. Die hatte er noch nie gesehen.

»Ansprechen . . . es ist bekannt, daß sie Männer in ihrem Haus gehabt hat, und man hat gesehen, wie sie sie auf der Straße ansprach. Constable Walton und Constable Makepeace haben sie festgenommen«, et cetera, und das Et cetera ging weiter, und es wurde erklärt, daß man sie ins Krankenhaus gebracht und daß Dr. Bright sie dort in Anwesenheit von Constable Makepeace untersucht hatte.

Was Aggie nicht über die Lebensweise von Frauen mit lockerem Lebenswandel, von Prostituierten und Zuhältern wußte, war nicht wert, daß man es lernte, aber es war ein Gewerbe wie jedes andere, und ihrer Ansicht nach war es jedem überlassen, welchem Gewerbe er nachging. Nur eines konnte sie nicht ertragen und sie fand, daß man dort eine Grenze ziehen mußte: Prostitution mit kleinen Kindern.

Bis jetzt stammte ihr Wissen aus Gesprächen und Dingen, die man ihr anvertraut hatte und dergleichen; sie war noch nie in einem Gerichtssaal gewesen und hatte deshalb auch noch nie einer Verhandlung beigewohnt.

Aus dieser Entfernung hatte das Kind seine Mutter nicht erkannt, die noch dazu inmitten der anderen Frauen stand. Aber als das Urteil verkündet wurde — »Ein Pfund oder einen Monat« — und die Frau sich umdrehte und das Kind ihr Gesicht sah, stieß es einen Schrei aus und wollte schon vorspringen, als Aggie sie zu sich heranzog, sich vorbeugte und ihm ins Ohr zischte: »Still! Sei still!« Darauf erwiderte die Kleine im gleichen Tonfall: »Das ist Mama. Was wird mit ihr passieren?«

»Sei still! *Sei still!*«

Aggie packte das Kind fest am Arm und zog es aus dem Saal in einen Korridor. Dort wartete sie, weil sie vermutete, daß man die Frauen, die jetzt wie Schwerverbrecher an einer Wand aufgereiht standen, gleich herausführen würde, damit sie entweder an dem Tisch in der Ecke ihre Strafe bezahlten oder durch die hintere Tür zu den Zellen gebracht werden konnten. Es überraschte sie gar nicht, daß die meisten von ihnen lachten und kicherten.

Zwei Männer standen in der Nähe der Eingangstür. Der eine war groß mit einem kugelrunden Kopf und kurzem Nacken, mit Schultern fast so breit wie die Bens; aber er war auch groß gewachsen, bestimmt sechs Fuß, und das unterschied ihn von den meisten anderen Männern, denn seinesgleichen bekam man nicht oft zu Gesicht. Sein Gefährte war einen Kopf kleiner und dünn; aber jemand, der sich auf den Charakter von Menschen verstand, hätte sicher festgestellt, daß er der Bösartigere von den beiden war.

Die Frauen wußten, daß ihre Strafen bereits bezahlt waren, und so traten sie, nachdem sie die Formulare unterzeichnet hatten, die meisten indem sie Kreuze gemalt hatten, zu den Männern, und warfen den Polizeibeamten, die an der Tür standen, zotige Bemerkungen zu.

Die letzte in der Reihe war die blonde Frau. Sie schrieb ihren Namen auf das Blatt, und als die Aufsichtsbeamtin ihr bedeutete, weiterzugehen, drehte sie sich um und sah Aggie und das Kind an und streckte ihnen dann mit einer schnellen Bewegung die Hände entgegen. Aber als das Kind wieder Anstalten machte, zu ihrer Mutter zu laufen, hielt Aggie sie fest, und die Aufsichtsbeamtin stieß die Frau durch eine Tür; aber selbst da gelang es ihr noch, einen letzten Blick auf ihr Kind zu werfen.

Die anderen Frauen und der große Mann waren auf die Straße hinausgegangen, aber der dünne Mann war zurückgeblieben; jetzt blickte er zuerst auf das Kind und dann auf die geschlossene Tür, ehe auch er sich umwandte und hinausging.

»Nicht weinen. Nicht weinen.« Sie waren jetzt

draußen auf der Straße angelangt, und zum erstenmal in ihrem Leben stand Aggie hilflos da und wußte nicht, was sie tun sollte.

»Ist Mama böse?«

»Nein, nein.«

»Warum ist sie dann weggegangen? Was hat sie getan? Sie . . . sie hätte nicht gehen sollen. Sie hat mich lieb. Das hat sie gesagt.«

»Sei still. Da! Wisch dir die Augen.« Aggie holte ein erstaunlich sauberes Männertaschentuch aus der Tasche und reichte es Millie.

»Wo werde ich jetzt hingehen? Soll ich bei dir bleiben?«

Sie konnte nicht antworten.

Sie hatten gerade die Straßenkreuzung erreicht, als sie fast mit Constable Fenwick zusammengestoßen wären, der sie begrüßte: »Tag, Aggie.«

Sie erwiderte den Gruß nicht, sondern sagte: »Sie hat einen Monat bekommen.«

»Nun, das war zu erwarten. Wenn die sich auf dieses Gewerbe einlassen, wissen sie, was sie tun.«

»Hat sie das wirklich?«

»O ja; ihr Haus benutzt und all das.«

»Aber Nelson Close ist doch ziemlich weit weg von hier. Wie seid ihr denn dahintergekommen?«

»Irgend jemand im Haus hat sie verpfiffen. Und dann haben sie auch daran gedacht —« er deutete mit einer leichten Kopfbewegung auf das Kind. »Aber ihr Typ hat mich überrascht; man würde meinen, sie hätte Arbeit bekommen können, anständige Arbeit irgendwo. Aber dann —« wieder deutete er auf die Kleine, »die sind eine Last, wenn es um Arbeit geht, es sei denn, man kann sie untertags wegbringen oder ganz. Was wirst du mit ihr machen?«

Vielleicht war es das Wort ›wegbringen‹, das die Antwort auslöste: »Sie behalten, bis sie rauskommt, denke ich.«

»Das ist anständig von dir, Aggie. Der Himmel weiß, was aus ihr werden würde, wenn man sie allein ließe. Slim Boswell würde sich bald an sie ranmachen.«

»Er war heute morgen mit Big Joe da.«

»So? Nun, die kümmern sich um ihre Mädchen. Big Joe kann ich ja ertragen, aber Slim nicht.«

»Warum verhaftest du ihn dann nicht?« Ihre Stimme klang hart.

»Oh, das tun wir, Aggie, das tun wir. Aber wenn man den Leuten mit den großen Namen ihr ganz besonderes Vergnügen verschafft, dann kannst du dich drauf verlassen, daß es am Ende immer die Polizei ist, die einen Fehler macht, oder daß sie einen Unschuldigen drankriegen wollen, oder daß die fraglichen Kinder seine Nichten sind. Und dann liefert er eine Schwester oder eine Cousine oder eine Tante. Mein Gott! Das hab' ich alles schon erlebt. Aber die Dinge ändern sich, Aggie, die ändern sich. Es dauert nur seine Zeit. Es dauert seine Zeit. Und am Ende werden die Frauen es sein, die für Änderung sorgen. O ja, die Frauen. Es gibt schon ein oder zwei Ladys, die sich die Kehle rausschreien. Und ich kann dir eines sagen —«, er beugte sich zu ihr, »man hat ihre Männer gewarnt, ihnen den Mund zu stopfen. Aber eine kenne ich, die hat gesagt, zum Teufel — oder so etwas Ähnliches.« Er grinste. »Und der würde ihr den Mund gar nicht stopfen können, auch wenn er es versuchte. Frauen haben Macht, weißt du, Aggie. Wenn sie nur wüßten, wie sie sie einsetzen können. Schau doch zum Beispiel dich an.«

»Du versuchst wohl komisch zu sein.«

»Nein«, sagte er. Und dann ganz ernst: »Nein, bestimmt nicht. Es gibt in diesem Viertel eine ganze Menge, die Angst vor dir haben und davor, was du anstellen könntest, wenn du deinen Mund aufmachen würdest. Und das hast du ein- oder zweimal getan, oder nicht? Aber wie auch immer, weißt du etwas Neues für mich?«

»Nein, nichts Wichtiges, nur daß ich glaube, es könnte nicht schaden, Billy den Schweißer ein wenig im Auge zu behalten. Der dreht eines Tages noch durch und wird sie alle umbringen. Und dann werden sich die Zeitungen auf dich stürzen und fragen, warum man nicht schon früher etwas getan hat. Der reinste Teufel war der gestern nacht, drum wette ich, daß keines von diesen Mädchen sich heute morgen bewegen kann. Man sollte da wirklich etwas tun. Ich bin ja gar nicht für das Arbeitshaus, das weißt du, aber ich denke, für die alle wäre es besser, wenn sie dorthinkämen.«

»Ich werde mich drum kümmern, Aggie, und mit dem Ausschuß reden.«

»Genausogut könntest du drauf spucken, als zu denen gehen.«

»Na schön, na schön, hast ja recht. Aber die tun, was in ihrer Macht steht.«

»Vielleicht. Aber wenn's um Billie Middleton geht, schlagen sie mit dem Kopf gegen Ziegelwände.«

»Er ist nicht der einzige, der so zuschlägt, Aggie, das weißt du auch. Und es gehört auch mit zur christlichen Lehre, weißt du? ›Wer sein Kind liebt, züchtigt es.‹« Und dann fügte er mit schiefem Mund hinzu: »Jesus liebt die kleinen Kinder, sagen die immer. Nun, anscheinend ist er der einzige, und doch unternimmt er nicht viel für sie. Da ist es bequemer, ein paar singen zu lassen und dann dem armen Pack heiße Suppe zu geben, dafür daß sie ihre Seele retten lassen. Na ja —«, er seufzte, »ganz stimmt das auch nicht. Da ist Pfarrer Wheatley, weißt du, drüben im Dyke-Distrikt. Er hat eine Schule. Gratis — das ist schon etwas. Kostet nichts, nicht Tuppence, Fourpence oder Sixpence. Und du weißt ja, daß manche einen Sixpence die Woche nehmen. Aber beim Pfarrer arbeiten die Kinder einen halben Tag in der Fabrik, und einen halben Tag sind sie in der Schule, und du würdest nicht glauben, was das für einen Unterschied macht. Und dazu kommt noch, daß seine Frau Abendunterricht für Frauen hält. Und das nimmt zu; du würdest's nicht glauben.«

»Nun, das ist schon etwas«, sagte Aggie. »Aber vom Konvent hört man etwas anderes; du weißt schon: Christus der Erlöser nennt er sich. Die nehmen die Leute nicht unter einem Schilling die Woche, und der Himmel weiß, was sie verlangen, wenn sie ihnen auch noch Unterkunft bieten. Und dann wollen die auch keine Rotznasen, nein: heilige Nonnen. Mein Gott! Gemein wie Dreck sind die, das hab' ich erfahren.«

»Aber Aggie!« Er lachte. »Sag bloß nichts Böses über die Katholiken, sonst muß ich dich einlochen, weil du über meine Mutter herziehst.«

»Dann bist *du* katholisch, Constable?«

»Ja, das bin ich, bei all meinen Sünden.«

»Das hätt' ich nie geglaubt.«

»Das ist ein finsteres Geheimnis, Aggie. Und weißt du, kleine Schweinchen haben große Ohren, und dieses kleine Schweinchen starrt mich an.« Jetzt lächelte er das nasse, tränenüberströmte Gesichtchen an und sagte: »Mach du dir mal keine Sorgen. Aggie wird sich um dich kümmern. Und wenn du unterdessen am nächsten Sonntag mit mir in die Kirche gehen willst, dann würdest du mir damit eine große Freude machen.«

»Nein, bei Gott! Solange die unter meiner Obhut steht, wird die keine katholische Messe besuchen. Ich wünsche dir einen guten Tag.«

»Dir auch einen guten Tag, Aggie. Du bist eine brave Frau, trotz all dem Dreck.«

Ihre Schritte wurden langsamer, und sie wollte sich schon umdrehen, um ihm darauf die passende Antwort zu geben. Aber dann ging sie weiter, hielt jetzt die kleine Kinderhand fest umfaßt und beschleunigte ihre Schritte.

Nun, da hatte sie sich etwas aufgeladen, wie? Du lieber Gott! Das hatte sie. Wie sie die geschraubten Reden und das vornehme Getue der Kleinen ertragen würde, wußte sie nicht. Und ein Monat war eine lange Zeit . . .

Ben sagte: »Ich hab' doch gewußt, daß du sie behalten würdest.«

»Nun, dann hast du mehr gewußt als ich. Das war das letzte, was ich vorhatte, mir die aufzuladen. Aber das will ich dir sagen: Die meiste Zeit wird sie mit dir verbringen müssen. Ich werd' sie nicht dauernd um mich herum ertragen.«

»Oh, ich werd' mich um sie kümmern. Mach dir darüber keine Sorgen. Einen Monat hat sie also bekommen? Na ja.«

»Ja, na ja. Aber das sag ich dir: Eines weiß ich gewiß, nämlich daß das Kind sich schneller an den Hof hier gewöhnen wird als die Mutter an die Zellen und an das Leben, das sie dort leben muß. Du lieber Gott im Himmel! Ganz bestimmt.«

Fünf Tage darauf hatte Aggie das Gefühl, es einfach nicht mehr ertragen zu können. Das Kind hörte einfach nicht auf zu reden, und das noch dazu mit seiner affektierten Stimme. Und die Fragen, die es stellte! Und im Hof erzeugte es auch Unruhe, indem es manche Leute ärgerte, andere aber auch zum Lachen brachte. Da konnte es sein, daß es einem Kunden riet, das oder jenes nicht zu nehmen: weil es zu alt aussah oder weil es nicht gut roch. Auch etwas Gutes hatte das Kind getan, nämlich auf zwei Frauen hingewiesen, die sich Gegenstände unter den Rock geschoben hatten, ohne zu bezahlen. Darüber und über Aggies Reaktion darauf mit sich sehr zufrieden, brachte Millie dieses Ereignis dann aber so oft zur Sprache, daß Aggie sich schließlich gezwungen sah, sie anzuschreien, sie solle gefälligst still sein.

Aggie war jetzt im Marktzimmer, wie sie es nannten, und redete mit leiser Stimme mit Ben. »Ich kann sie und ihr Geplapper einfach nicht mehr ertragen, Ben«, sagte sie. »Es tut mir leid. Es tut mir wirklich leid, Junge. Hör zu, nimm diesen Sovereign und geh damit aufs Revier. Ich hätte es gleich zu Anfang tun sollen. Ich hätte es damals schon bezahlen können. Aber da ist es mir nicht in den Sinn gekommen. Wenn diese Zuhälter zahlen konnten, dann hätte ich auch zahlen können. O ja, ich hätte die Strafe zahlen können. Also geh jetzt und bitte den Sergeant, daß er sie rausläßt. Natürlich wird es einen Tag lang dauern, bis alles erledigt ist, aber das kann ich gerade noch ertragen.«

Ben nahm ihr die Münze ab und sah Aggie dann

scharf an, ehe er auf dem Absatz kehrtmachte und hinausging. Sie blickte ihm eine Weile nach; dann ließ sie sich auf eine umgedrehte Kiste sinken, senkte den Kopf unter die Falten an ihrem Kinn und fragte sich, warum sie das jetzt getan hatte. Was war eigentlich mit ihr los? Lag es daran, daß das Kind zu gut erzogen war und damit die Mängel in ihrer eigenen Erziehung zu deutlich erkennen ließ? Oder war es einfach nur ihr Tonfall, der ihr so lästig war? Oder war es vielleicht, daß ihre strahlende Frohnatur in ihr jedesmal einen körperlichen Schmerz hervorrief, wenn sie sie ansah? War es vielleicht, daß sie anfing alt zu werden und einfach Kinder nicht mehr ertragen konnte? Was war es, wovor sie Angst hatte?

Sie verdrängte die Fragen, erhob sich schwerfällig von der Kiste und ging in die Küche.

Nun, jetzt war es vollbracht. Dies war heute der letzte Tag, den sie sie würde ertragen müssen. Und da stand sie jetzt und putzte die unteren Scheiben im Fenster. Sie konnte nicht sehr hoch hinaufreichen, aber so weit sie es schaffte, war das Fenster sauber und klar. Die Sonne strahlte jetzt ganz anders, heller, leuchtender auf den Steinboden.

Jetzt drehte das Kind sich um, strahlte Aggie an und sagte: »Ich werd' mich auf den Stuhl stellen, dann reiche ich bis halb nach oben, aber den Rest wirst du tun müssen, das schaffe ich nicht. Muß sehr lange her sein, daß sie zuletzt geputzt worden sind. Sie sind sehr schmutzig. Den Teil hier habe ich zweimal geputzt, und sieh dir das Wasser an.« Sie deutete auf die Schüssel. »Und den Tisch habe ich auch noch mal geschrubbt.«

Aggie sagte nichts zur Arbeit des Kindes, sondern

fragte: »Wer hat dir beigebracht, Hausarbeit zu machen?«

»Mama natürlich. Wir mußten das Haus sauberhalten; Dada wollte ein sauberes Haus. Er war immer sehr sauber gewaschen, und Mama auch. Und ich bin, seit ich ein kleines Mädchen war, mit Mama herumgegangen und habe das Haus saubergemacht.«

»Und jetzt bist du wohl ein erwachsenes Mädchen?«

Ein glucksendes Lachen kam aus der kleinen Kehle, als Millie antwortete: »Nun, erwachsen nicht richtig, aber ich werde noch wachsen.«

»Hast du je in einem großen Haus gelebt?«

»Nicht so groß wie dieses hier. Aber in Durham hatten wir drei Zimmer und eine Toilette draußen und einen kleinen Garten, in dem man im Sommer sitzen konnte. Und dann war da der Fluß. Der Fluß war schön. Und die Kathedrale. Warst du je in der Kathedrale von Durham?«

»Nein, da war ich noch nie.«

»Oh, die ist wirklich großartig. Das ist die beste auf der ganzen Welt, weißt du? Sie steht am Flußufer. Man kann vom Boot aus zu ihr hinaufsehen. Ich war in einem Boot.«

»Du hast es gut gehabt.«

Das Lächeln wich von Millies Gesicht, und es dauerte einen Augenblick, bis sie antwortete: »Ja, ja ich hab's gut gehabt.« Aber sie sagte das nicht wie ein Kind, sondern eher wie eine Erwachsene, die vieles erlebt hat. Das veranlaßte Aggie dazu, vergnügt zu sagen: »Nun, ich glaube, du wirst es immer noch gut haben, weil du vielleicht heute noch, etwas später, deine Ma zu sehen bekommst.«

»Oh! Oh! Mrs. Aggie! Oh! Werd' ich das wirklich?«

Das Kind stand jetzt vor ihr und packte ihre beiden Hände. »Oh! Danke! Ich danke Ihnen. Oh! Ich werde Mama sagen, wenn ich sie sehe, wie gut du zu mir gewesen bist. Du würdest Mama mögen. Sie ist sehr hübsch, weißt du? Nun, du hast sie ja gesehen, oder? Aber —«, ihre Stimme verlor ihren Schwung, »sie sah müde aus. Früher war sie nie müde. Sie hat immer mit mir getanzt und lange Spaziergänge mit mir gemacht. Oh, du wirst Mama ganz bestimmt mögen.«

»Ja. Ganz bestimmt werd' ich deine Mama mögen, sicher.« Und dann zwang sie sich, hinzuzufügen: »Ich werde ihr sagen, was für ein braves Mädchen du gewesen bist und daß du hier für mich saubergemacht hast.«

»Oh, das ist doch nichts.« Millie ging jetzt wieder zum Fenster zurück. »Ich tu so etwas gern. Und kochen mag ich auch gern. Hier habe ich nie gekocht, oder?«

»Nein, das hast du nicht. Wir . . . wir kochen hier nicht viel.«

»Aber du hast doch einen Backofen?«

»Ja. Ja, wir haben einen Backofen.«

»Wie schade! Wenn ich bei euch geblieben wäre, dann . . . dann hätte ich euch gezeigt, daß ich Scones* machen kann. Manche Leute sagen auch Sconnes dazu, aber es heißt doch Scones, oder?«

»Wenn du es sagst — ja. Wenn du es sagst, dann heißt es sicher Scones.«

Aggie ging jetzt mit schweren Schritten durch den Marktraum hinaus in den Hof. Sie sah sich um, be-

---

* Scones: sprich skouns, weiches britisches Teegebäck. — Anm. d. Übersetzers

trachtete die einzelnen Ansammlungen von Ware und Gegenständen, die auf dem nackten Boden herumlagen, und sagte zu sich: »Ja, er hat recht gehabt, es wird besser sein, wenn man den Hof pflastert. Ob er wohl die Tür geölt hat?«

Sie ging zu einem kleinen Schuppen, der im Vergleich zum Rest der Anlage deshalb besonders ordentlich wirkte, weil dort auf Regalen verschiedene Werkzeuge aller Art und Größe angeordnet waren; an den Wänden hingen an Nägeln all die Utensilien, die man brauchte, um ein Pferd aufzuzäumen: Kummets, Zaumzeug, Sättel, einige davon im Laufe der Jahre starr geworden, andere durchaus noch in brauchbarem Zustand. Sie nahm eine Ölkanne und ging zu den alten Nebengebäuden hinüber, zu der Tür neben jener, die in die Scheune führte, und bewegte sie und stellte dabei fest, daß man die Angeln nicht geölt hatte. Die Tür führte ins Obergeschoß, wo früher der Stallknecht seine Gemächer gehabt hatte und wo jetzt Ben hauste. Nachdem sie die Angeln geölt hatte, hielt sie einen Augenblick lang inne, ehe sie mit schweren Schritten die Treppe hinaufging.

Oben angelangt, sah sie sich um; betrachtete seine Pritsche mit dem ordentlich darübergezogenen Bettzeug; den alten Lehnstuhl, bei dem die Polsterung aus dem Sitz hervorquoll. Ein harter Stuhl, wie man ihn gewöhnlich in der Küche hat, stand vor einem Tisch mit drei intakten Beinen, und als Ersatz für das fehlende vierte Bein diente eine Orangenkiste, die zugleich offenbar auch als Bücherschrank eingesetzt wurde, denn in der Kiste lagen sieben etwas ausgefranste Bücher und darunter ein Stapel alter Zeitungen.

Nun, er ist jedenfalls besser als tausend andere in

der Stadt, sagte sie sich, und viele wären froh darüber. Und außerdem könnte man ja einen ordentlichen Tisch gar nicht über die Treppe heraufschaffen, dazu ist sie viel zu eng.

Sie war gerade wieder unten an der Treppe angelangt, als sie Ben in den Hof kommen sah, und als sie aus der Tür trat, rief er ihr zu: »Hast wohl einen Inspektionsgang gemacht?«

»Ja, das könnte man sagen. Ich denke, du solltest versuchen, einen Tisch dort hinaufzuschaffen, oder wenigstens das eine Bein richten. Und unter all den Matratzen, die hier schon auf dem Hof gelegen sind, hätte doch auch eine ordentliche sein müssen. Warum hast du keine hinaufgeschafft?«

»Ich ziehe meine harte Pritsche vor; damit büße ich sozusagen meine Sünden ab.«

»Sei mir nur nicht zu witzig. Wie ist's gelaufen?«

Er griff in die Tasche und reichte ihr den Sovereign zurück und meinte: »Sie ist weg. Sie ist am selben Tag gegangen, haben die gesagt. Ich konnt nicht rauskriegen, wer für sie bezahlt hat, aber der alte Alex, der dort saubermacht, hat mir insgeheim gesagt: Boswell, Slim Boswell.«

»O mein Gott! Nein!«

»O Gott! Ja! Und er braucht sie bloß zu sehen —«, damit deutete er mit einer Kopfbewegung nach hinten, »dann schnappt er sich Mutter und Tochter. O ja, ganz besonders die Tochter.«

»Sie braucht ja nicht bei ihm zu sein; vielleicht hat er einfach dafür bezahlt . . .«

»Red keinen Unsinn, Aggie. Wenn sie nicht bei ihm gewesen wäre, wäre sie schon lang hierhergekommen. Du hast doch gesagt, daß sie dich mit dem Kind gesehen hat, und in diesem Viertel gibt es keine zwei Aggie Winkowskis, in der ganzen Stadt nicht, und ich bin ganz sicher, daß ihr jemand gesagt hätte, wo du wohnst.«

Ihre Antwort war beinahe ein klägliches Murmeln: »Was werden wir jetzt tun?« fragte sie.

Das ›wir‹ machte ihm klar, daß er mit in die Entscheidung hineingezogen werden sollte, und so sagte er: »Nun, wenn ich für mich sprechen soll, dann würde es mich krank machen, zu denken, daß die Kleine in seine Hände gerät.«

Sie schickte sich an, quer über den Hof zu gehen, und er folgte ihr; und als sie die Haustür erreichten, kam ihre Entscheidung: »Ich werd' später mit dem Schubkarren wegfahren; wenn er sie arbeiten läßt, dann geht sie wahrscheinlich am Strand auf und ab«, sagte sie.

»Oh, das glaube ich nicht, doch nicht der Strand bei einer Anfängerin!«

Sie fuhr ruckartig zu ihm herum und stieß zwischen den Zähnen hervor: »Sie braucht doch keine Anfängerin gewesen zu sein, nicht wenn man von all den Onkeln hört, die das Kind schon hatte. Und jetzt kommt mir in den Sinn, daß sie das Kind mit auf den Strich genommen hat, einfach um Freier anzulocken.«

»Das braucht nicht so gewesen zu sein, Aggie. Darüber haben wir doch schon gesprochen, oder? Sie konnte sie doch nicht gut zu Hause lassen. Jedenfalls, so wie ich die Dinge jetzt sehe: Wenn die Behörden Wind davon bekommen haben, daß sie ein Kind hat, dann werden bald ein paar Beamte hier auftauchen, und dann wandert sie am Ende doch ins Arbeitshaus.«

Sie gab darauf keine Antwort, sondern ging ins

Haus und meinte dort: »Ich werd' ihr sagen müssen, daß sie irgendwohin gegangen ist.«

Im Wohnzimmer stand Millie auf einem Stuhl und bemühte sich, die oberen Fensterscheiben zu erreichen.

»Komm sofort herunter! Sofort! Du brichst dir ja den Hals.«

»Nein, ganz bestimmt nicht. Ich steh ganz fest auf meinen Beinen.«

Aggie schloß die Augen einen Moment lang, und dann befahl sie langsam: »Komm . . . sofort . . . von . . . dem . . . Stuhl . . . herunter.«

Der Tonfall veranlaßte Millie, vom Stuhl zu steigen und sich vor Aggie hinzustellen. »Ich . . . ich wollte doch bloß helfen«, sagte sie.

Aggie atmete tief durch, senkte den Kopf ein wenig und sagte dann: »Ja, das weiß ich schon, Liebes. Aber komm her und setz dich einen Augenblick hin.«

Und damit nahm sie das Kind bei der Hand und ging mit ihm zu der Bank. Sie setzten sich beide, und Aggie sah die kleine Gestalt neben sich an, ihr Haar, das wie ein goldener Heiligenschein um ihr ovales Gesicht leuchtete, und die großen grauen Augen, die sie so vertrauensvoll anblickten. Und plötzlich schob sich das Gesicht eines Mannes dazwischen, eines dünnen Mannes, der sie triumphierend anfeixte, so wie er es tun würde, wenn es ihm gelang, dieses reizende Kind in seine Fänge zu bekommen, feixend, weil er ganz gewiß gutes Geld mit ihr verdienen würde, ganz gleich, wohin er sie schickte, in seinen Kindergarten, auf die Straße oder auf das Boot. Alles würde ihm einen guten Profit einbringen.

Und das Kind sagte, so als ahnte es sein Dilemma:

»Ich werde doch heute Mama sehen, oder, Mrs. Aggie?«

Diesmal irritierte die gepflegte Sprache Aggie nicht, und sie antwortete mit sanfter Stimme: »Tut mir leid, Liebes, aber . . . sie mußte für ein paar Tage weg.«

»Wohin denn?«

Aggie wußte nicht gleich eine Antwort, aber dann fiel ihr Durham ein, und so sagte sie: »Durham.«

»Aber . . . aber das kann sie doch nicht. Sie hat gesagt, da würde sie nie wieder hingehen.«

Aggie stand auf und meinte, jetzt kurzangebunden: »Nun, Liebes, das hat sie aber getan.«

»Aber . . . warum ist sie dann nicht hierhergekommen und hat mich mitgenommen? Sie läßt mich doch nie allein.«

»Nun —«, Aggie ging auf den Tisch zu und wandte dem Kind dabei den Rücken, »sie . . . sie hatte es eilig. Etwas hatte sich ergeben.« Sie strich jetzt mit der Hand über das Öltuch und wartete auf die nächste Frage. Als die nicht kam, drehte sie sich um und sah, daß das Kind mit gebeugtem Kopf dasaß und ihm die Tränen über die Wangen liefen. Sie ging zu der Bank zurück, setzte sich wieder neben das Kind und sagte mit freundlicher Stimme: »Jetzt komm schon, komm schon. Du bist doch ein großes Mädchen. Erwachsene müssen manchmal etwas tun, weißt du, und sie können das, was sie tun müssen, nicht immer erklären . . . Nun —«, sie legte den Arm um die schmalen Schultern und zog das Kind an sich, und als das kleine Ärmchen sich um ihre Hüfte legte und der Kopf sich an ihre Brüste preßte, stieg in ihr jener Schmerz auf, der zugleich eine Qual und eine Freude war: eine Freude, die keine Zukunft für sie hatte; eine Freude, um die man sie in ihrem ganzen Frauenleben beraubt hatte. Und jetzt war da eine Freude, die zugleich schmerzte. Es war eine Freude, die sie an sich drücken und die sie doch zugleich so weit wie möglich von sich schieben wollte.

Das Geräusch der sich öffnenden Tür veranlaßte sie dazu, instinktiv das Kind von sich zu stoßen. Aber Ben äußerte sich nicht zu der Szene, die er gerade miterlebt hatte, sondern sagte: »Ein Freund von dir ist draußen im Hof und möchte gern mit dir reden. Er macht sozusagen einen kleinen Abstecher von seinem Rundgang.«

»O ja, ist gut.« Sie nickte ihm zu, und als sie an ihm vorbeiging, sagte sie leise: »Bleib bei ihr, aber halt den Mund, damit du nichts anderes sagst, als ich ihr erzählt habe.«

Draußen im Hof betrachtete Constable Fenwick die Haufen alter Dosen, und als sie auf ihn zuging, sagte sie: »Die sind billig: ein Penny das Dutzend.«

»Wozu in aller Welt kann man die denn gebrauchen? Wer kauft denn so etwas?« fragte er, als könnte er sich nicht vorstellen, daß es dafür Kunden gab.

»Oh, es gibt für alles einen Käufer. Die stampfen sie ein. Aber ich verwend sie selber auch oft. Der beste Brennstoff, den man sich denken kann, und billig obendrein: Wenn man die mit einem Gemisch aus Kohlenstaub und Schlamm füllt, brennen die einen ganzen Tag und eine ganze Nacht. Die Büchsen halten die Wärme fest.«

»Ist das wirklich so?«

»Ja, das ist wirklich so.«

»Ich war eineinhalb Tage weg; ich hab' meinen Vater verloren.«

»Oh.« Ihr Tonfall wurde ernst. »Das tut mir aber leid. Haben Sie ihn liebgehabt?«

»Ja, sehr lieb. Er war ein guter Mann.«

»Hat er hier in der Gegend gelebt?«

»Nein, in Newcastle.«

»Oh, in Newcastle.«

»Ja, dort bin ich zur Welt gekommen und aufgewachsen. Ich wäre heute noch dort, aber dann hab' ich ein Mädchen aus der hiesigen Gegend geheiratet, und die wollte ihre Mutter nicht verlassen. Frauen sind manchmal so, was, Aggie?«

Sie gab darauf keine Antwort, sondern starrte ihn bloß an, bis er weiterredete: »Ich wär schon früher hergekommen, aber als wir zuletzt redeten, hörte ich das von meinem Vater, und so mußte ich gleich nach Newcastle fahren. Aber ich hab' vorher mit dem Mädchen noch ein paar Worte gewechselt. Sie wartete schon darauf, daß man sie wegbringt, um ihren Monat abzusitzen. Sie hat mich gebeten, das hier zu nehmen.« Er griff in die Tasche und brachte einen Schlüssel zum Vorschein. »Sie hat gebeten, ich soll den der Lady geben, die mit ihrem Kind bei Gericht war, und sie zu bitten, ob Sie sich um die Kleine kümmern würden, bis sie sie holen kann.« Und während er ihr den Schlüssel reichte, fügte er hinzu: »Sie will offenbar, daß Sie ihre persönlichen Sachen aus ihrer Wohnung holen.«

Aggie stand mit dem Schlüssel in der Hand da. Er war drei Zoll lang, und während sie ihn betrachtete, meinte sie: »Man sollte mir das nicht anhängen. Was wird das für ein Leben für das Kind, wenn es hier festhängt?«

»Es gibt viel schlimmere Orte, Aggie, und viel schlimmere Leute, die sich um ein Kind kümmern. Das kann ich bestätigen. Aber wenn bekannt wird, daß das Mädchen ein Kind zurückgelassen hat, werden die Behörden ja sowieso hier auftauchen, und dann können Sie die Kleine ja loswerden.«

»Ha!« Jetzt war ihr Widerspruchsgeist geweckt. »Und was wäre, wenn ich zufälligerweise die Kleine gar nicht loswerden möchte, was? Was ist denn dann?« ... Warum um Himmels willen hatte sie das gesagt?

»Oh, nun ja, das ließe sich leicht arrangieren. Sie müßten nur irgendein Formular unterschreiben. Und wenn die eine Referenz wollen, dann könnte ich die ja liefern. Und dann gibt's ja auch noch andere, die das tun könnten, sicher gibt's die.«

»Wo denn?« Ihre Stimme klang jetzt ärgerlich. »Eine Lumpenfrau in einem solchen Loch wie dem hier! Was würden die sagen. Eine solche soll sich um ein Kind kümmern? Ja, und eine solche —«, sie schüttelte den Kopf, »eine, die das Hinterbein von einem Esel verkaufen würde, mit solcher Höflichkeit, daß es einem in die Nase steigt.«

Jetzt lachte er.

»Nun, vielleicht könnten Sie etwas von ihr lernen.«

»Ich hab' genügend Erziehung genossen, soviel wie ich brauche. Vielen Dank. Aber jedenfalls —«, ihr Tonfall veränderte sich erneut, »ich bin Ihnen für Ihre Hilfe dankbar.«

»Aber jederzeit, Aggie, jederzeit.« Er sah wieder auf den Haufen Blechdosen. »Ich werd' meiner Frau von dem Trick erzählen und ihr sagen, daß sie auch damit Geld sparen könnte ... Oh! Das laß ich wohl besser, wenn ich mich noch eine Weile meines Lebens freuen will. Nun, ich werd' wieder vorbeischauen, Aggie. Und passen Sie nur ja auf, daß es keinen Ärger gibt —«, er sah sich im Hof um, »keine Hehlerware und all das. Aber ich glaub' schon, daß Sie bis Donnerstag sauber bleiben.«

Er grinste sie an und ging. Und sie stand da und sah auf den Schlüssel, den sie in der Hand hielt, und sagte zu sich: »Nun, damit scheint das ja entschieden, wie?« Sie drehte sich um und schrie: »Ben!« Und als er im Hof erschien und das Kind hinter ihm, wandte sie sich an die Kleine und sagte: »Geh und hol deinen Hut und deinen Mantel, wir machen einen Spaziergang.«

»Einen Spaziergang?«

»Ja, das sag ich doch: einen Spaziergang.« Und dann fügte sie mit lauterer Stimme und mit einer ungeduldigen Handbewegung hinzu: »Deine Ma hat den Schlüssel für euer Haus geschickt. Da gehen wir jetzt hin und holen deine Sachen.«

»Oh, wirklich? Das ist aber fein. Da muß ich einen sauberen Unterrock anziehen und . . .«

»*Geh schon!* Hol deinen Hut und deinen Mantel.«

Nachdem Millie wieder im Haus verschwunden war, sagte Ben: »Das hat er also gewollt. Wie ist er an den Schlüssel gekommen?«

»Er hat allem Anschein nach mit ihr gesprochen, als sie darauf wartete, daß man sie wegschafft. Das muß gewesen sein, bevor Boswell sie rausgeholt hat. Hol den Schubkarren aus der Scheune; ich werd' einiges aufladen müssen.«

Er eilte davon, und sie ging in den Marktraum. Sie holte einen großen braunen Strohhut aus einem Schrank und dazu einen dunkelgrauen Mantel; nachdem sie sich den Hut aufgesetzt und mit einer Nadel im Haar festgesteckt hatte, schlüpfte sie in den Mantel. Er war freilich nicht groß genug, als daß sie ihn hätte zuknöpfen können, und so konnte man Rock und Bluse sehen, als sie wieder in den Hof kam, und deshalb grinste Ben, der mit dem Schubkarren auf sie wartete, und sagte: »Das ist hübsch! Sieht gut aus.«

»Ja, sieht gut aus . . . Wo ist sie?« Sie drehte sich um und sah zur Haustür hinüber. »Jetzt sag mir bloß nicht, daß sie sich schon wieder das Gesicht wäscht!«

»Da ist sie.« Ben winkte dem Kind zu, und als es näherkam und Aggie sah, rief sie laut aus: »Oh, Sie sind angezogen! Sie sehen ganz anders aus. Das ist ein hübscher Hut.«

»Danke. Danke.«

Das war auch etwas, was sie an dem Kind aufregte: Es mußte immer irgend etwas Nettes sagen.

»So, jetzt komm schon, gehen wir«, sagte sie.

»Gute Reise.«

Aggie warf Ben einen finsteren Blick zu und schob dann den Karren durch das Tor auf die Straße hinaus.

»Bist du eine richtige Lumpenfrau, Mrs. Aggie?«

Jetzt ging das schon wieder los. »Ja, ich bin eine richtige Lumpenfrau. Was wirst du jetzt damit wieder anfangen?«

»Gar nichts. Mama sagt, daß ehrliche Arbeit, ganz gleich, wie niedrig sie auch ist, etwas ist, worauf man stolz sein kann.«

Herrgott im Himmel! Diese Mama, diese nachgewiesene Hure, die jetzt in einem Bordell war und vermutlich auch dort bleiben würde, falls Slim sie nicht wegschickte, weil sie wirklich klasse aussah.

»Wirst du jetzt nach Lumpen rufen?«

»Nein, das werde ich nicht. Und jetzt halt den Mund.«

Millie hielt eine Weile den Mund, bis sie einfach nicht mehr an sich halten konnte und sagen mußte: »Ich hätte diesen Weg nach Hause nie gewußt.«

Aggie gab darauf keine Antwort, und das Kind

blieb stumm, bis offenkundig war, daß es sich jetzt wieder auskannte, denn es rief aus: »Oh! Jetzt weiß ich, wo wir sind.«

»Wo ist dann euer Haus?«

»Das war kein Haus, ich glaube, das habe ich dir gesagt. Wir müssen hier um die Ecke.«

Sie gingen um die Ecke, und das Kind blieb vor einer Treppe stehen, die zu einem baufälligen Reihenhaus hinaufführte. Rechts von der Treppe gab es eine Eisentür und dahinter eine Treppe, die in die Tiefe führte, und das Kind rief: »Dort unten! Dort unten!«

Aggie sah sich auf der schmalen Gasse um, dann holte sie eine Kette mit einem daran befestigten Schloß unter einem Sack hervor, der im Schubkarren lag, schob den Karren dicht an das Tor heran und kettete ihn dann an den eisernen Pfosten an.

»Warum tust du das?«

»Nur für den Fall, daß jemand Gefallen daran findet.«

»Niemand würde mit einem Schubkarren weglaufen.«

»Nun, das ist schon vorgekommen.«

»Wirklich?«

»Ja. Wirklich! Und jetzt sieh zu, daß du die Treppe hinunterkommst, und schau nach, ob ich dir folgen kann.«

Die Stufen waren schmal, und sie mochte steinerne Stufen nicht, sie waren glitschig, wenn sie naß waren. Aber sie schaffte es bis unten und schob den Schlüssel ins Schloß. Dann folgte sie dem Kind in das Zimmer und blieb erschreckt stehen. Es war ein Keller mit einem Steinboden und mit steinernen Wänden und eiskalt. Eine einfache hölzerne Trennwand teilte den Raum in zwei Hälften. In dem Teil, in dem sie jetzt standen, gab es einen kleinen Tisch und zwei Stühle und ein eisernes Gebilde, das so aussah, als würde es irgendwie als Heizung dienen. Aber es gab keinen Kamin darüber, und deshalb nahm sie an, daß das Heizgerät mit Paraffinöl betrieben wurde.

Sie ging um die Trennwand herum. Auf der anderen Seite gab es ein schmales eisernes Bett, auf dem eine Steppdecke lag und an dessen Fußende ein großer Koffer stand. An der Wand stand ein Bastkorb. Auf dieser Seite der Trennwand hatte man Nägel in die Bretter geschlagen, an denen Kleider, hauptsächlich kleine Kleider, hingen.

Das Kind war ihr gefolgt, und während es anfing, an den Kleidern herumzuhantieren, sagte die Kleine: »Es . . . es ist nicht besonders hübsch hier. Es ist immer kalt. Aber . . . aber Mama hat gesagt, solange wir es nur sauberhielten, und es würde ja nur für kurze Zeit sein . . . Aber —«, sie drehte sich um und sah Aggie an und fügte langsam hinzu: »— aber es war ganz anders als das Haus, das wir in Durham hatten. Das . . . das war so hübsch. Das . . . das Haus fehlt mir. Durham auch. Ich . . . ich . . .«

»Schon gut, schon gut, jetzt ist nicht die Zeit zu weinen. Komm schon, komm, hör auf damit! Ich nehm die Kleider herunter, und du wirst sie dort auf dem Bett zusammenfalten, hübsch ordentlich, und dann legen wir sie in den Schubkarren. Und die Schachteln auch und alles.«

»Warum? Warum? Mama kommt doch zurück.«

»Da, schau! Tu, was ich dir sage! Deine Mama hat mir sagen lassen, daß ich das tun soll, verstehst du? Ich hab's dir gesagt. Und du sollst bei mir bleiben . . . nun, bis sie dich abholen kommt oder bis irgend etwas anderes festgelegt wird.«

»Wo ist Mama wirklich?«

»Ich hab' dir doch gesagt, daß sie nach Durham fahren mußte.«

»Ich . . . ich glaube dir nicht, Mrs. Aggie.«

Um es mit ihren eigenen Worten zu sagen, so wie sie die Szene später Ben schilderte, war sie einfach perplex. Und sie mußte sich fragen, ob diese Kleine sieben oder siebzehn war.

»So, du glaubst mir nicht? Na schön, dann kannst du auch allein hierbleiben und dich um dich selbst kümmern, bis deine Mutter dich abholen kommt.«

»Ich . . . kann nicht . . . allein . . . bleiben. Ich . . . ich habe Angst und . . . ich bin zu klein.«

»Du bist nur klein an Körpergröße, nicht wenn es um deinen Mund geht oder deinen Verstand. Also hör mir jetzt gut zu. Schluß damit. Wenn du die Kleider nicht zusammenfaltest, dann werf ich sie einfach in den Schubkarren, wie ich es mit den Lumpen mache. Es liegt ganz bei dir.« Sie holte jetzt sämtliche Kleider von der Trennwand, warf sie aufs Bett und klappte dann den Koffer auf, nur um festzustellen, daß auch der voller Kleider war, Kleider, die der Frau gehörten, und solche, die dem Kind gehörten. Sie tastete unter den Kleidern herum und dachte, daß da vielleicht noch etwas anderes sein müßte, vielleicht irgendeine kleine Schachtel. Und dann berührten ihre Finger etwas, das aus Leder war.

Als sie die lederne Schreibschatulle herausnahm, drehte das Kind sich herum und rief: »Die gehört Mama! Dort bewahrt sie ihre Briefe auf.«

»O ja!« erwiderte Aggie und dachte dabei, daß das interessant sein müßte. Und dann sagte sie: »Hör zu, ich kann unmöglich diesen Koffer und den Korb die Treppe hinaufschleppen, solange sie voll sind; ich muß das Zeug in Bündel zusammenschnüren und die auf den Karren legen. Ich werd' sie dir die Treppe hinaufreichen, und du bleibst oben am Schubkarren.«

Damit waren sie die nächste halbe Stunde beschäftigt, und als sie endlich den leeren Koffer und den Korb und die Bettücher auf den Schubkarren geladen hatten, sperrte Aggie die Tür ab und zögerte dann einen Augenblick, weil sie nicht wußte, was sie mit dem Schlüssel anfangen sollte. Die Miete war sicher im voraus bezahlt, und der Vermieter, wer auch immer er war, würde aller Wahrscheinlichkeit nach der einzige sein, der hierherkommen würde, abgesehen natürlich von den ›Onkeln‹ der Kleinen, und die mußten höchst ungern in dieses Loch gegangen sein. Ja, aber da waren natürlich das Bett und die Frau. Aber was hatte dieses Kind getan, während die Onkel bei ihr waren? Höchstwahrscheinlich das, was Hunderte anderer auch tun müssen: sich den Kopf zerbrechen und überlegen und sich die Finger in die Ohren stecken; manche andererseits mochten sich sogar fragen, wie lange es wohl noch dauern würde, ehe sie es selbst versuchen konnten. Aber dieses Kind war so anders und so nett. Oh, um Himmels willen, mach Schluß damit, Frau. Und damit legte sie den Schlüssel auf den schmalen Fenstersims und quälte sich die Steintreppe hinauf.

Nachdem sie den Karren von dem Eisenpfosten gelöst hatte, setzten sie sich in Bewegung; die Kleine ging jetzt zwischen Aggies ausgestreckten Armen und fügte ihre bescheidene Kraft der Aggies hinzu.

»Was sagst du dazu?« Aggie sah Ben an, und der schüttelte den Kopf und meinte: »Schwer zu sagen.

Das sind alles gute Kleider. Beste Qualität; manche von ihren Sachen sind wirklich Klasse, würde ich sagen.«

»Find ich auch. Aber diese Briefe. Sie sagen einem etwas und sagen einem doch auch wieder nichts. Diese Mrs. Melburn, die Frau des Pfarrers . . . sie scheint mir in mancher Hinsicht eine mütterliche Gestalt. Aber das hier —«, sie deutete auf einen Brief, der auf dem Tisch lag, »das hier macht einem klar, warum sie hierhergekommen sind.« Sie nahm den Brief vom Tisch und las vor:

»*Die Enttäuschung, die Sie empfunden haben mußten, als Sie feststellten, daß Ihre Freundin die Stadt verlassen hatte, ohne eine Nachsende- adresse zurückzulassen, kann ich Ihnen nach- fühlen. Ich kann gut verstehen, daß Sie das sehr verstimmt hat, wo Sie doch vorhatten, mit ihr ein neues Leben zu beginnen. Menschen han- deln oft sehr seltsam. Vielleicht steckt ihr Mann dahinter.*«

Aggie hob den Kopf und sah Ben an. »Wenn man zwi- schen den Zeilen liest, hatte der Ehemann dieser Freundin, wer auch immer sie war, nicht vor, seiner Frau zu erlauben, sich auf etwas einzulassen. Was meinst du?«

»So liest es sich.«

»Und dann dieser andere hier.« Sie griff nach einem anderen Brief und las wieder vor:

»*Ich denke oft an Sie und an die glückliche Zeit, die wir in The Hall hatten. Es war wirk- lich eine glückliche Zeit. Wir hatten nie gedacht,*

75

daß es im Leben zu einer solchen Tragödie kom-
men könnte und daß es soviel Falschheit gibt.‹«

»Und dann dieser letzte. Es stehen nur ein paar Zeilen
auf der Seite:

> ›Was Sie schreiben, macht mich sehr bedrückt,
> meine Liebe. Sie müssen zurückkommen. Tun
> Sie nichts Unvernünftiges oder irgend etwas,
> dessen Sie sich schämen würden. Das würde
> nicht zu Ihnen passen. Kommen Sie bitte zu-
> rück. Die Menschen vergessen. Sie haben meist
> nur ein kurzes Gedächtnis. John denkt in dieser
> Sache ganz genauso wie ich. In Liebe und
> Freundschaft.
>
> Ihre Jessie.‹

Ich frage dich noch einmal, was hältst du von alldem?
Ich glaube, es muß so sein, wie ich gesagt habe: Ent
weder hat sie irgend etwas getan oder ihr Mann.
Sonst fällt mir auch nichts ein. Nur daß es mir wahrscheinlicher vorkommt, daß es der Mann war, weil,
weißt du, das Kind hat davon gesprochen, daß er gestorben ist, aber auf ganz komische Art, so als ob Sterben nur eine andere Bezeichnung für etwas anderes
wäre. Nun, ich denke, wir werden wohl nie genau
herauskriegen, was es mit alldem auf sich hat. Aber
eines ist mir ziemlich klar: Das kleine Fräulein oben
weiß mehr, als sie zugibt. Wenn man anfängt zu boh-
ren, bekommt sie einen ganz seltsamen Gesichtsausdruck. Wie heute nachmittag, als ich zu ihr sagte: ›Da
sind gar keine Briefe von deinem Vater dabei. Hat er
deiner Mutter denn nie geschrieben?‹ Und sie sagte:
›Ich . . . ich weiß nicht.‹ Aber irgend etwas muß sie

wissen, und das behält sie für sich. Und geweint hat sie auch wieder, als ich sie hinaufbrachte.«

»Wenn die Behörden herauskriegen, daß ihre Mutter auf den Strich geht«, sagte Ben, »dann besteht nicht die geringste Chance, daß sie sie zurückbekommt. Würdest du dann ein Papier für sie unterschreiben?«

Aggie sammelte die Briefe auf dem Tisch ein, legte sie wieder in die Schatulle zurück und erhob sich dann schwerfällig. »Darüber nachzudenken wird noch genug Zeit sein«, meinte sie. »Sehen wir mal, was unterdessen geschieht. Aber ich glaube, ich werde an die Frau dieses Pfarrers schreiben und sehen, was sie zu alldem zu sagen hat.«

Das ›unterdessen‹, von dem sie sprach, endete drei Tage später.

Das Wetter war umgeschlagen. Den ganzen Tag über hatte es unablässig geregnet, und der halbe Hof war ein Sumpf. Und die Gassen, Straßen und Höfe sahen genauso aus.

Dies war der Tag, an dem Aggie gewöhnlich die Vororte besuchte, aber als sie zum Fenster hinaussah und auf das Stück Rasen blickte, das den Regen begrüßte, sagte sie halb zu sich gewandt: »Was für ein Glück, daß ich nicht hinaus *muß*.« Und eine andere Stimme in ihr fügte hinzu: »Du brauchst nie wieder hinauszugehen, wenn du nicht willst«, und sie antwortete darauf: »Was würd' ich dann mit mir anfangen? Herumsitzen und den Rest meiner Tage anhören, was Madam Korrektheit zu sagen hat? O nein!«

Sie drehte sich um und sah zu dem Kind hinüber, das dasaß und eine Puppe an sich preßte. Die Puppe hatte einen Porzellankopf, einen ausgestopften Körper aus Stoff und hölzerne Beine. Aber die Beine hatten raffinierte Knie- und Knöchelgelenke, und das Ganze war hübsch angezogen. Sie hatten die Puppe in dem Bastkorb gefunden, in dem, wie Millie sie informiert hatte, sie immer geschlafen hatte, wenn sie nicht im Hause gewesen waren. Aggie hatte sich dazu hinreißen lassen, sich zu erkundigen, ob die Puppe einen Namen hätte. Und als sie dann erfuhr, daß sie Victoria hieß, nach der Königin, und daß die Königin eine wunderbare Lady war und ihr Prinz auch wunderbar war, hatte sie sich auf die Zunge beißen müssen, um nicht zu sagen: »Ja, sie ist wirklich eine wunderbare Lady und läßt zu, daß kleine Kinder wie du zwölf Stunden am Tag arbeiten. Wo sie doch selbst ein ganzes Rudel davon hat. Erzähl mir bloß nichts von der wunderbaren Victoria.«

Als sie Millie ansah, die sich im Sitzen hin und her wiegte wie eine alte Frau, die ein Kind in den Schlaf wiegt, dachte sie: Wenn ich ihr jetzt sagen würde, daß ihre Mutter gestorben ist, würde sie wahrscheinlich glauben, das sei genauso gewesen wie bei ihrem Vater, was auch immer mit dem passiert ist. Was soll ich also tun?

Die Antwort darauf stellte sich um sieben Uhr abends ein.

Sie hörte Ben in den Marktraum kommen, aber als sich dann die Küchentür nicht sofort öffnete, ging sie darauf zu und sah, wie er einen nassen Sack herunterwarf, den er wie ein Cape über Kopf und Schultern getragen hatte. Und als er sich vorbeugte, um die Stiefel auszuziehen, sagte sie: »Bist ja triefendnaß.«

»Was hast du denn erwartet?« sagte er, ohne sie anzusehen. »Hast wohl geglaubt, ich würde zwischen den Tropfen durchlaufen?«

»Zieh deine Hosen aus.«

»Meine Hosen können bleiben, wo sie sind . . . Ist sie oben?«

»Nein. Komm rein und mach die Tür zu.«

Als er im Zimmer war, wischte er sich mit einem alten Lappen Gesicht und Hals ab. Dann sagte er: »Jetzt hat sie dir die Entscheidung abgenommen.«

»Was meinst du damit?«

»Sie hat sich aufgehängt.«

Er richtete sich auf, und sie sahen sich in die Augen. Dann drehte Aggie sich um und blickte in die Runde, ehe sie auf eine umgedrehte Kiste zuging und sagte: »Du lieber Gott! Nein!«

»Das ist so am besten, denke ich.«

»Ach, sei doch ruhig! Wie ist es denn passiert?«

»Indem sie sich einen Strick um den Hals gelegt hat.«

»Bei Gott! Wenn du darüber Witze machst, leg ich dir einen Strick um den Hals.«

»Ich wollte keine Witze machen, Aggie. Das kommt bei mir eben so raus. Das weißt du doch. Tut mir leid . . . Das Mädchen tut mir wirklich leid: Aber sie spürt jetzt nichts mehr. Und es war auch kein Strick, es war ein Paar noble Strümpfe, hat man mir gesagt.«

»Wann ist es passiert?«

»Letzte Nacht. Und ich will dir noch etwas sagen: Es wäre vertuscht worden, wie bei so vielen anderen, und man hätte sie irgendwohin geworfen oder sie im Kanal gefunden. Aber eines der Mädchen hat sie gefunden und bekam einen Schreikrampf und rannte auf die Straße hinaus. Sie hat durchgedreht, sagen die Leute, und geschrien: ›Sie hat sich aufgehängt! Sie hat sich aufgehängt!‹ Nun, und dann haben die natürlich die Polizei geholt und die Leiche in die Leichenkammer vom Arbeitshaus gebracht. Und du weißt ja, was von da an passieren wird: Man wird sie in ein Massengrab werfen. Und an dem Grab wird keiner fromme Worte sagen, wo sie doch Selbstmord begangen hat. Aber noch etwas. Als die Polizei heute morgen nachsehen ging, haben die das Haus leer vorgefunden, völlig kahl, absolut leergeräumt, und Slim Boswell und die Mädchen waren weg und jedes Möbelstück verschwunden, einfach wie vom Erdboden verschluckt. Ist schon früher passiert, einfach abgehauen. Dabei war das ein großes Haus. Zehn Zimmer oder mehr, hab' ich gehört. Aber Slim wird schon wieder auftauchen, keine Sorge. Siehst du, wenn die ihn geschnappt und ihm bewiesen hätten, daß er sie auf die Straße geschickt hat oder, wie mir ein kleines Vögelchen erzählt hat, er sie wegschicken wollte, dann hätten die ihn sicherlich diesmal auch in den Knast gesteckt und das Haus beschlagnahmt. Und dann hab' ich noch etwas gehört: Er hat nicht nur junge Mädchen und Kinder gesammelt, sondern auch Möbel und ausländisches Porzellan, hauptsächlich aus China, heißt es. Oh, er hatte schon Geschmack, aber mein Gott! Wenn ich mir überlege, was dieses Mädchen durchgemacht haben muß, ehe es so weit kam, dann könnt ich kotzen.« Und dann fügte er hinzu: »Ich hab' mit einem von Big Joes Rausschmeißern geredet; seiner Ansicht nach hat sie Wind davon bekommen, was passieren sollte, ehe die Zeit hatten, ihr eine Dosis zu verpassen, denk ich. Er schien recht zufrieden darüber, daß Slim aus dem Viertel verschwunden ist, weil Big Joe nie etwas dafür übrig hatte, Kinder auf die Straße zu schicken. Puuuh!« Er schüttelte den Kopf. »Du würdest es nicht glauben, Aggie, aber er hat so geredet, als könnte man Big Joe, weil er über all diesen

Dingen steht, richtig als ehrlichen, besorgten Mann einstufen. Die Leute sind komisch, nicht wahr?«

Sie blickte zu ihm auf und sagte: »Das reicht für den Augenblick. Du redest genauso viel wie sie.« Und dann fügte sie ein wenig besorgt hinzu: »Geh hinein und wärm dich auf.«

»Mir ist nicht kalt, jetzt wenigstens nicht. Jedenfalls, du wirst sie doch behalten, wenn du kannst, oder?«

Sie antwortete nicht gleich, sondern sah sich zuerst im Zimmer um, ehe sie meinte: »Ich hasse die Behörden und ihren Papierkram.«

»Nun, dagegen kann ich nichts sagen. Aber tu es lieber jetzt, als daß die sich später auf dich stürzen und dir vorwerfen, daß du sie versteckt hast. Ich bin sicher, dein Freund wird ein gutes Wort für dich einlegen.« Und das führte zu einer scharfen Erwiderung ihrerseits: »Ja, das wird er! Es gibt in jedem Viertel gute und schlechte, und er ist ein guter Bobby. Zu mir ist er immer nett gewesen.«

»Oh, du hast ihm das entgolten: Du hast ihm die Augen für Dinge geöffnet, die vor seiner Nase lagen, wenn er den Wald vor lauter Bäumen nicht sehen konnte. Oh, du hast es ihm wirklich entgolten.«

»Hm«, machte sie. Und dann lächelte sie leicht und meinte: »Seltsam, weißt du: Du sagst mir, daß Annie eine brave Frau ist, und ich denke, das stimmt auch so. Aber ich kann einfach ihren Anblick nicht ertragen; und dann sag ich dir, daß der Constable ein braver Mann ist, und du weißt auch, daß es so ist, und du kannst seinen Anblick nicht ertragen. Komisch, nicht wahr?«

»Ja, Aggie, komisch.« Und er wollte schon hinzufügen: ›Aber du weißt genau wie ich, daß es in beiden

Fällen einen Grund gibt.‹ Aber statt dessen sagte er: »Na schön! Jetzt werd' ich unser neues Familienmitglied aufsuchen. Ich nehme an, ich kann in ihr so etwas wie eine jüngere Schwester sehen?«

»Das kannst du nicht, weil ich weder deine noch ihre Mutter bin.«

Er hatte gerade die Tür zur Küche öffnen wollen; aber jetzt drehte er sich um und sah sie an, und seine nächsten Worte gingen ihr durch Mark und Bein, als er ihr die Wahrheit entgegenschleuderte: »Und deshalb tust du mir leid, Aggie.«

TEIL ZWEI

Das Kindermädchen

1

Millie stand neben dem Pony und strich ihm über die Nase, dabei redete sie auf das Tier ein und sagte: »Keine Angst, du bist bald zu Hause, Laddie, und dann kriegst du deinen Tee. Ich könnte meinen Tee auch gebrauchen und so.«

Vor zwei Jahren hätte sie nicht gesagt »und so«. Aber in den letzten zwei Jahren war vieles anders geworden, seit man ihr gesagt hatte, daß ihre Mutter am Fieber gestorben war und daß man sie vorher nicht zu ihr gelassen hatte, aus Sorge, sie könnte sich anstecken und das Fieber weiterverbreiten. Und erst als sie neben dem Erdhügel niedergekniet war, der das nichtgeweihte Grab ihrer Mutter bedeckte, hatte sie zu weinen aufgehört. Es war, als ob sie die Tatsache akzeptiert hätte, daß ihre Mutter aus ihrem Leben gegangen war und daß ihre Zukunft jetzt bei dieser großen fetten Frau lag, die sie abwechselnd anschrie und ihr schöntat, und bei dem netten Mann, der Ben hieß.

Ihr hätte es gereicht, den ganzen Tag im Haus zu bleiben und zu versuchen, es sauber zu bekommen, aber Mrs. Aggie hatte gesagt, daß sie zur Schule gehen mußte, wenigstens an einem Teil des Tages. Beide hatten sie ihr das gesagt. Und so ging sie jeden Morgen zur Schule, nicht in die Threepenny-Schule, die von der Gemeinde betrieben wurde, und auch nicht in die Schule der Church of England, sondern in die Penny-Schule, die die Methodisten betrieben.

Zuerst hatte sie sich bei Aggie beklagt und gesagt, sie wären dumm, weil sie sie außer dem Abc und dem Zählen nichts lehrten und weil sie die meiste Zeit mit dem Singen von Chorälen und mit dem Vorlesen von Geschichten aus der Bibel verbrachten. Sie erinnerte sich auch daran, wie überrascht sie gewesen war, als Ben gesagt hatte: »Nun, du kannst natürlich auch in die Lumpenschule gehen und sehen, ob es dir dort gefällt. Eines steht freilich fest: Zeit, dich zu beklagen, wirst du nicht viel haben, weil du die ganze Zeit damit beschäftigt sein wirst, dich zu kratzen. Und dein schönes Haar werden die Flöhe auffressen.«

Ja, sie wußte inzwischen, daß genau das passiert wäre, wenn sie in die Lumpenschule gegangen wäre. Die Kinder in der Lumpenschule taten ihr immer leid, und davon schien es Hunderte und Aberhunderte zu geben. Eine andere komische Sache, die sie sich hatte erklären lassen müssen, war, warum es Erwachsene gab, die abends in die Lumpenschule gingen.

Oh, sie wußte, daß sie in den letzten zwei Jahren eine ganze Menge gelernt hatte; sie wußte auch, daß sie größtenteils glücklich war, hauptsächlich, dachte sie, weil sie inzwischen Mrs. Aggie mochte und auch gern in ihrem Haus lebte. Natürlich schrie sie sie immer noch an und brummelte auch gelegentlich. Aber allem Anschein nach lernte sie auch dazu. Sie hatte gehört, wie Ben zu ihr sagte, daß es auch höchste Zeit wäre, aber fast schon zu spät; das war damals gewesen, als sie aufgehört hatte, den Schubkarren zu schieben, und Laddie und den Pritschenwagen gekauft hatte.

Und außerdem hatte sie auch eine Decke für die Couch besorgt und ein paar Läufer für den Flur und einen Teppich für die Treppe. Und was den Hof anging, so war der im Laufe der letzten zwei Jahre beinahe sauber geworden; er war jetzt ganz gepflastert. Und Ben hatte die Hausfassade getüncht und die Scheunentore gestrichen und all das; und der Marktraum war in die Scheune verlegt worden, und er war gestrichen und tapeziert worden, und man hatte ein paar Möbelstücke hineingestellt. Sie lächelte bei der Erinnerung daran, wie Mrs. Aggie sich aufgeregt hatte, während all das geschah. Aber das war auch die Zeit gewesen, wo Mrs. Aggie sie so geschlagen hatte, daß sie auf den Rücken gefallen war, und alles das nur, weil sie Mrs. Nelson ›eine blöde Kuh‹ genannt hatte. Nun, das war Mrs. Aggies Bezeichnung für Mrs. Nelson. Jedenfalls hatte es Mrs. Aggie sehr leid getan, daß sie sie geschlagen hatte, und sie war mit ihr in die Stadt gegangen und hatte ihr eine richtige neue Haube gekauft, auch wenn sie die nur sonntags tragen durfte. Unter der Woche bestand sie darauf, daß sie immer, wenn sie ausgingen, ihr Haar hochsteckte und unter der Mütze verbarg. Sie trug die Mütze gern; sie kam sich dabei anders vor, so wie mit dem langen grauen Mantel, der ihr bis an die Stiefel reichte, weil sie sich dann nicht wie Millie Forester fühlte, deren Mutter und deren Vater tot waren und die niemanden hatte, der zu ihr gehörte, außer der fetten Frau und dem Mann mit den kurzen Beinen, sondern eher wie eine Prinzessin, die hier und da fremdartige Kleider anlegte und sich unter das gemeine Volk mischte und nett zu den Leuten war, und doch auch unter der Verkleidung immer eine Prinzessin blieb.

Dieses Bild von sich pflegte sie nachts heraufzubeschwören; untertags war sie praktisch. Daß Mrs. Aggie nicht länger in The Courts Lumpen sammeln ging, sondern vielmehr die Kinder dazu animierte, ihre Lumpen in den Hof zu bringen, um dort ihren Kandiszucker zu erhalten, und auch die Frauen dazu brachte, am Samstagmorgen zur Scheune zu kommen und das zu kaufen, was sie brauchten, war sehr klug. Irgendwie war sie zufrieden und hatte das Gefühl, daß es für Mrs. Aggie besser war, ihre Sammeltätigkeit auf den besseren Teil der Stadt zu konzentrieren. Ben nannte das neuen Boden beackern; sie selbst hätte dazu gesagt, ›ihr Betätigungsfeld ausweiten‹.

Die Formulierung ›Betätigungsfeld ausweiten‹ hatte sie in einem Sätzebuch gelesen. Ihr gefiel das. Aber sie erinnerte sich auch daran, daß es mit Gott zu tun hatte. All die Bücher, die die Leute lasen, hatten mit Gott zu tun. Alle schienen dauernd zu beten; ausgenommen natürlich die Kinder, die in die Lumpenschule gingen und jene, die The Courts hinter dem Haus und ringsherum überfluteten . . . Aber eigentlich stimmte das gar nicht, daß alle beteten, weil Mrs. Aggie nicht betete und Ben auch nicht und seine Annie auch nicht. Sie mochte seine Annie, ganz im Gegensatz zu Mrs. Aggie. Sie fragte sich, warum das so war. Vielleicht weil Annie dünn und nicht besonders hübsch war. Aber andererseits war es nett, mit ihr zu reden, und sie war lustig. Als Ben sie das letztemal dorthin mitgenommen hatte — insgeheim; es mußte ein Geheimnis bleiben —, hatte Annie den Holzschuhtanz aufgeführt, und Ben hatte die Musik dazu auf seiner Blechpfeife gemacht.

Das war auch etwas, das ihr Freude bereitete: Ben zuzuhören, wenn er auf seiner Pfeife Musik machte. Er konnte traurige oder fröhliche Musik machen, sogar komische. Ben mochte Annie, und Annie mochte Ben. Aber sie war älter als er. Tatsächlich war sie sogar sehr alt; sie war vierundzwanzig Jahre alt, arbeitete in der Fabrik und verdiente acht Schilling die Woche.

Sie selbst bekam auch Lohn. Mrs. Aggie gab ihr einen Schilling die Woche, weil sie, wie sie sagte, ihre Helferin war; weil es jemanden geben mußte, der das Pferd hielt und sich um den Wagen kümmerte und darum, daß die Kinder keine Kleider vom Wagen klauten . . . stahlen.

Mrs. Aggie stattete gerade einem ihrer guten Häuser einen Besuch ab. Sie nannte es ein gutes Haus, weil das Hausmädchen immer Sachen für sie aufbewahrte. Mrs. Aggie pflegte ihr dafür bis zu einem Schilling zu geben. Gewöhnlich handelte es sich um die abgelegten Kleider der beiden Kinder im Haus, die etwa in ihrem Alter waren, und das konnte bedeuten, daß ein hübscher Rock für sie dabei abfiel, aber nur wenn, wie Mrs. Aggie sagte, sie die Nase sauber behielt. Das war ein komischer Spruch, nicht wahr, weil sie immer eine saubere Nase hatte.

Jetzt wandte sie sich von dem Pony ab und sah zum Seitentor hinüber, das vom Haupttor durch eine Baumhecke getrennt war. Alle Häuser an dieser Straße hatten zwei Tore. Von der Stelle aus, wo sie stand, konnte sie das Haus nicht sehen, aber sie wußte, daß es groß, aus roten Ziegelsteinen gebaut und viereckig war. Die Häuser an dieser Straße waren alle groß, aus roten Ziegelsteinen gebaut und viereckig.

Es müßte sehr nett sein, dachte sie, ein viereckiges Haus zu haben, das aus roten Ziegelsteinen gebaut war und zwei Eingänge hatte. Vielleicht würde sie eines Tages in einem solchen Haus wohnen. Vielleicht würde sie in den nächsten Jahren Mrs. Aggie dazu bewegen, umzuziehen, aber das würde erst dann sein, wenn sie zu alt war, um mit dem Wagen auszufahren.

Ein Schnauben des Ponys riß sie aus ihren Tagträumen, und ihr schmächtiger Körper spannte sich sofort: Auf der Straße kam mit schnellen Schritten ein Mann auf sie zu, und sie konnte selbst aus der Ferne feststellen, daß er ihr zulächelte.

Sie machte einen Satz, rannte auf den Seiteneingang zu, hetzte durchs Tor, den von Sträuchern gesäumten Kiesweg hinauf in den Hof, wo Aggie an einer Tür stand und gerade im Begriff war, dem Hausmädchen etwas zu geben. Beide drehten sich herum und sahen sie verblüfft an, als sie schrie: »Der Mann! Mrs. Aggie! Der Mann! Er . . . er ist auf der Straße.«

Aggie beugte sich vor und griff sich den Weidenkorb voll alter Kleider, nickte hastig dem Hausmädchen zu und sagte: »Wiedersehen, Mädchen. Wiedersehen.« Und dann eilte sie, so schnell ihre Beine sie trugen, den Weg hinunter zum Tor. Draußen sah sie sich nach beiden Seiten um, wandte sich dann zu Millie und sagte: »Jetzt ist niemand da.«

»Er war aber da, Mrs. Aggie, ganz bestimmt. Und . . . es war derselbe Mann, der . . . der damals meine Mütze heruntergenommen hat, als er mit der Lady an mir vorbeiging, und vorher auch, und mich fragte, ob . . . ob ich gern das Volksfest auf der Wiese sehen würde.«

»Steig auf.« Aggie deutete auf den Sitz vorn am Wagen, und sobald Millie der Aufforderung nachgekommen war, griff sie selbst nach dem Eisenrahmen, zog sich auf die erste Trittstufe hinauf und dann, fast mit einem Sprung, auf den eigentlichen Sitz; aber diesmal sagte sie nicht, wie sie das gewöhnlich tat: »Eigentlich bin ich darüber hinaus; ich werde in Zukunft hinten sitzen, und du kannst lenken«, sondern zerrte an den Zügeln und ließ das Pony laufen.

Zwanzig Minuten später fuhr sie in den Hof. Weder sie noch Millie hatten während der Fahrt ein Wort gesprochen; beide spürten, wie ernst die Lage war.

Ben war da, um ihnen beim Absteigen zu helfen, und sobald Mrs. Aggie stand, sagte sie: »Ich möchte dich drinnen sprechen.«

»Oh?« Er warf ihr einen fragenden Blick zu, als sie zielstrebig auf das Haus zuging, streckte aber, bevor er ihr folgte, Millie die Hände hin, als sie von der letzten Stufe sprang, und sagte mit leiser Stimme: »Ist doch eigentlich ein ganz ordentlicher Tag —«, und er deutete auf die Ladebrücke des Wagens. »Was ist denn los?«

Sie antwortete mit gesenktem Kopf: »Dieser Mann, der, der mir angst gemacht hat. Er war auf der Straße. Er hat gelächelt, und ich bin zum Haus gerannt und habe es Mrs. Aggie gesagt.«

Noch bevor sie den Satz zu Ende gesprochen hatte, ging er mit schnellen Schritten auf das Haus zu.

Aggie hatte Hut und Mantel ausgezogen und sich auf die Bank sinken lassen, und als er den Raum betrat, sagte sie sofort: »Es muß etwas . . .«, hielt aber inne, als Millie dicht hinter Ben hereinkam, nickte ihr zu und sagte: »Geh und zieh deine Sachen aus und richte das Tablett her.«

Millie wollte etwas sagen, aber Aggie herrschte sie an: »Los jetzt! Tu wenigstens einmal, was man dir sagt, ohne den Mund aufzumachen.«

Nachdem Millie hinausgestürzt war, sagte Aggie: »Sie war weiß wie ein Laken, als sie in den Hof kam. Sie spürt, worauf er aus ist: Sie kann es nicht genau erklären, aber sie weiß, daß er sie mitnehmen könnte. Etwas muß geschehen. Ich kann sie nicht noch besser am Zügel halten als jetzt, praktisch Tag und Nacht. Ich hatte den Wagen keine fünf Minuten alleingelassen.

O nein, nicht das.« Sie schüttelte den Kopf. »Das Mädchen hatte ein Riesenbündel für mich vorbereitet. Alles gute Sachen: ein kompletter Männeranzug, der Großvater war gestorben; und Kinderkleider auch. Ich hab' ihr diesmal eine halbe Krone gegeben. Sie war richtig zufrieden und so. Aber ehe sie ein Wort sagen konnte, kam die Kleine gerannt.« Sie seufzte tief und fragte dann: »Was sollen wir tun, Ben?«

Er stand vor ihr, den einen Arm ausgestreckt und sich am Kaminsims festhaltend, und sagte: »Du kannst sie nicht viel länger hierbehalten. Das hab' ich dir schon einmal gesagt. Er oder einer seiner verdammten Spießgesellen wird sie sich schnappen. Ich weiß nicht, wie er rausgefunden hat, daß sie zu dem Mädchen gehörte, aber er hat's jedenfalls rausgefunden. Gott möge ihr beistehen! Sie scheint für ihn genau das Richtige zu sein für das, was er braucht: ihr Vater ein Mörder und die Mutter eine Prostituierte.«

»In dem Brief der Pfarrersfrau stand ja nicht ausdrücklich, daß er ein Mörder war. Ein Mann war seinetwegen gestorben, so hat sie es ausgedrückt.«

»Nun, dafür, daß man jemandem die Kinnlade zerschlägt oder ihm ein blaues Auge verpaßt, kriegt man keine zwölf Jahre. Ich fand es schon seltsam, als du ihr geschrieben und sie gefragt hast, wie alles gekommen ist, und keine Antwort gekriegt hast. Und erinnerst du dich, was du noch in dem Brief geschrieben hattest? Du hast sie gefragt, ob sie die Kleine haben möchte, wo sie doch die Frau eines Pfarrers ist. Aber nein; so weit ging ihr Christentum nicht.«

»Möge sie in der Hölle schmoren!« Mit diesem Ausruf schlug Aggie mit der Faust auf die Bank und fügte dann ärgerlich hinzu: »Wenn die sich so verhalten hätte, wie sie das als Freundin ihrer Mutter hätte tun können, dann wäre mir das alles erspart geblieben.«

»Du könntest sie ja auf eine Schule schicken.«

»Und wie kann ich sicher sein, daß er sie sich nicht dort schnappt? Er könnte ja eine seiner Ladys so herausputzen, daß sie anständig aussieht, und einen Besuch machen lassen.«

»Er würde nicht wissen, wohin du sie gebracht hast. Jedenfalls dann nicht, wenn es einer dieser Orte wäre, wo es Schwestern gibt.«

Aggie war jetzt aufgestanden. »Nonnen? Nein. Ich bin überrascht, daß du so etwas vorschlägst.«

»Ich dachte, das würde dich reizen, wo doch dein Freund Fenwick auch von dem Schlag ist.«

»Er ist nicht von dem Schlag, nicht so; er ist anständig, und es gibt auch Anständige.«

»Trotzdem ist er Katholik. Und es überrascht mich, daß die ihn bei der Polizei genommen haben, weil er ja schließlich kein Geheimnis draus gemacht hat, und du selbst weißt, wie die darüber denken.«

»Ja, das tu ich, all die Protestanten und Baptisten und Methodisten und all die anderen Hymnensänger. Aber ich hatte nicht gedacht, daß du auch dazugehörst.«

»Ich? Du kennst mich. Ich lauf mit dem Hasen und geh mit den Hunden auf die Jagd: um einen Penny würd' ich sogar dem Teufel in den Hintern kriechen.«

»Ach, halt doch den Mund und red' ernsthaft darüber, was wir jetzt tun werden.«

»Nun, ich will ernsthaft reden. Du mußt sie hier wegbringen, wenn du nicht willst, daß sie dort endet, wo ihre Mutter war; und am besten, so seh' ich das,

eignet sich dafür eine geschlossene Schule, und ich
denke, da gibt es keine näherliegende als die, die diese
Schwestern betreiben. Jetzt reg dich nicht gleich auf.
Du hast mich um Rat gefragt, und den geb' ich dir. Du
weißt, daß ich rumkomme; ich hab' all die Schulen gesehen, angefangen von der Lumpenschule, über die
Pennyschule, die Twopence, die Threepence, bis hin
zu der, für die man vier Pence die Woche zahlt. Ich
hab' auch die Kinder gesehen, die dort aus und ein gehen. Und noch etwas will ich dir sagen: Ich hab' Müt-
ter nachfragen hören, warum ihre kleine Tochter nicht
nach Hause gekommen ist. Selbst kleine Jungs sind
verschwunden. Da ist organisierte Gaunerei im Gang,
Aggie; aber du weißt genausogut wie ich, daß das
schon seit Jahren so ist. Wahrscheinlich war es immer
so. Aber die Mittelklasse und die ganz oben scheinen
nicht zu kapieren, daß da etwas läuft, wenigstens bis
in die letzte Zeit nicht, wo ein oder zwei Ladys angefangen haben, etwas zu unternehmen. Soweit ich das
dem Klatsch entnehme, wird auch nichts dabei herauskommen, wenn man nur zur Polizei geht; das muß
vom Parlament ausgehen. Die werden ein Gesetz machen müssen sozusagen, und diejenigen, die es brechen . . . Nun —«, er sog laut die Luft ein, »die würd
ich gern baumeln sehen.« Er wandte sich abrupt ab
und sagte: »Hör auf meinen Rat, Aggie, bring sie in eine geschlossene Schule.«

»Welche geschlossene Schule?«

Millie war mit einem Blechtablett in den Raum gekommen, und als sie es jetzt auf den Tisch stellte,
blickte sie von einem zum anderen und sagte: »Wovon
redet ihr — geschlossene Schule? Wird die Schule
schließen?«

Zu ihrer Überraschung fuhr Aggie sie nicht an, sondern sagte leise: »Komm her, Liebes. Setz dich da hin.« Sie deutete auf die Couch, und als Millie saß, setzte sie sich neben sie, griff nach ihrer Hand und sagte: »Du hast Angst vor diesem Mann, nicht wahr?«

Millie senkte den Kopf und sagte: »Ja, große Angst.«

»Warum?«

»Warum?« Jetzt blickte sie zu Aggie auf. »Nun —«, sie überlegte einen Augenblick, »ich . . . sein Gesicht hat mir nicht gefallen und . . . die Art, wie er dieses erste Mal meinen Arm gepackt hat«, sagte sie. »Und dann, als er die Lady mitgebracht hat . . . nein, sie war keine Lady, sie war bloß eine Frau, und ihre Stimme war gewöhnlich, und sie hat Schätzchen zu mir gesagt, und . . . ich hab' zu ihnen gesagt: ›Ich schreie gleich.‹ Und als zwei Männer vorbeikamen, ließ er mich los, und ich bin gerannt. Ich . . . ich —«, jetzt drehte sie sich zu Ben herum und sagte: »Ich weiß nicht, warum ich Angst hatte. Sie haben mir einfach angst gemacht. Sie waren nicht wie . . . wie gewöhnliche Leute. Ich weiß nicht.« Sie schüttelte den Kopf. »Ich hab' sie einfach nicht gemocht, und ihn auch nicht. Sein Gesicht war böse, und er hat die ganze Zeit gelächelt.«

»Nun, Liebes, du bist neun Jahre alt, wirst bald zehn sein, hast ein Hirn im Kopf, und deshalb will ich offen zu dir reden. Er ist ein böser Mann. Ein sehr böser Mann. Und ich will dir noch etwas sagen: Deine Mutter wäre nicht gestorben, wenn dieser Mann nicht gewesen wäre.«

»Aber . . . aber Mama ist doch an einem Fieber gestorben, das hast du gesagt.«

»Ja, aber das kam von diesem Mann.«

»Wie? Wie kann ein Mann einem ein Fieber machen?«

»Das ist schwer zu erklären, aber . . . aber wenn du ein wenig älter bist, werde ich . . . werde ich dir sagen, wie das war. Aber sag mir, hat . . . hat er je etwas zu dir gesagt, außer daß er dich gefragt hat, ob du gern zum Volksfest gehen würdest?«

»Nein. Aber die Frau hat gesagt, sie würde mir hübsche Kleider zeigen, neue, nicht —«, jetzt blickte sie zu Boden, ehe sie sagte: »— nicht stinkendes Zeug vom Wagen.«

Einen Augenblick lang herrschte Stille, und dann hob Millie den Kopf und sagte: »Er hat etwas Komisches zu mir gesagt, einen Namen. Ich . . . ich hab' euch das damals nicht gesagt, weil es mit den Lumpen zu tun hatte.«

»Was hat er denn zu dir gesagt, was mit Lumpen zu tun hat?«

»Lumpen-Nüff. Das hab' ich zuerst geglaubt, aber als er es dann das nächstemal sagte, klang es anders: Nymphe hieß es, Lumpennymphe, so hat er mich genannt. ›Hallo, Lumpennymphe‹, hat er gesagt.«

»Nymphe?« Aggie sah Ben an, und der sah Millie fragend an, als die sagte: »Eine Nymphe ist so etwas wie eine Fee, glaube ich. Ich hab' in einer meiner Geschichten davon gelesen. Sie leben in den Wäldern und tanzen um giftige Pilze herum.«

Ben und Aggie schnappten so laut nach Luft, daß man es hören konnte. Und dann griff Aggie nach Millies Hand, und sie sagte: »Jetzt hör gut zu, Kind. Dieser Mann ist darauf erpicht, dich uns wegzunehmen. Er ist ein böser Mann, böse, sehr böse. Aber jetzt ist es so, daß weder Ben noch ich dich den ganzen Tag über jede Minute im Auge behalten können. Du gehst zur

Schule. Ben bringt dich hin und holt dich wieder ab. Aber da ist die Zeit dazwischen, und böse Männer sind schlau. Und dann ist noch die Zeit, wenn du am Karren wartest, wie heute morgen, und auf ihn und das Pony aufpaßt. Nun, weißt du, wenn du nicht schnell gewesen und zu mir gerannt wärst, dann hätte er dich erwischt. Und was dann? Liebes, ich will dein Bestes, das Beste, was ich dir geben kann, weil du auf gewisse Weise jetzt zu mir und Ben gehörst.« Sie streckte die Hand nach ihm aus. »Und wir beide ... nun —«, sie brachte es nicht über sich, zu sagen: ›lieben dich‹, sagte aber statt dessen: »... sind besorgt darum, was dir passiert. Also glauben wir, daß du für kurze Zeit eine Schule besuchen solltest, wo man sich um dich kümmert; ich meine, wo du schlafen kannst und wo er nicht an dich ran kann.«

»Ich ... oh! Mrs. Aggie, ich will nicht auf eine Schule, wo ich nicht wieder nach Hause kommen kann. Warum kannst du nicht der Polizei über ihn Bescheid sagen?«

Aggie sah Ben hilflos an, und der trat einen Schritt vor, ging in die Hocke, schob sein Gesicht ganz nahe an das Millies heran und sagte: »Er ... hat noch nichts getan. Er ist nicht mit dir weggelaufen. Man kann ihm nichts vorwerfen, im Augenblick jedenfalls nicht. Aggies Freund weiß über ihn Bescheid, aber wie er sagte, können die ihm nichts anhängen; die haben das schon lange Zeit versucht. Man muß ihn nämlich auf frischer Tat ertappen, verstehst du?«

»Ja —«, sie nickte ihm zu, »ich verstehe. O ... o Ben, ich ... ich will nicht hier weg. Ich meine —«, ihre Stimme klang jetzt brüchig, »ich will nicht weggehen. Ich ... mir gefällt es hier, und ... ich halte doch alles sauber, oder?« Sie wandte sich Aggie zu, die sich ihrerseits umdrehen mußte und ins Kaminfeuer blickte.

Deshalb antwortete Ben für sie und sagte: »Aggie weiß das. Du hast das ganze Haus wie einen kleinen Palast saubergemacht, oder wie einen großen Palast.« Jetzt grinste er. »Hier ist's noch nie so sauber gewesen. Du bist eine großartige Arbeitskraft, und was noch viel wichtiger ist, du machst die besten Johannisbeerkrapfen, die ich je gegessen habe. O Liebes.« Er streckte die Hand aus und strich ihr über die Wange. »Du wirst mir fehlen. Uns allen wirst du fehlen. Aber weißt du, in den Ferien wirst du ja nach Hause kommen, Ostern und Weihnachten; und im Sommer haben die auch Ferien und so, oder, Aggie?«

Aggie murmelte etwas Unverständliches, erhob sich dann hastig von der Couch und sagte: »So, jetzt wissen wir alle, wo wir stehen, also laßt uns essen. Ich hab' seit dem Morgen noch keinen Bissen gegessen.« Was Ben laut auflachen ließ: »Das kann ich nicht glauben, niemals! Du etwa?« Er blickte auf Millies gesenkten Kopf herab, aber von ihr kam keine Antwort. Jetzt legte er ihr die Hand aufs Haar, strich darüber und sagte: »Alles wird gut werden. Du wirst sehen, daß alles gut werden wird. Wirklich. Und dann wirst du, wie man so sagt, gebildet sein. O ja, und nach Hause kommen und die Nase über uns rümpfen.«

»*Das werde ich nie! Nie!*« Das tränenüberströmte Gesicht wandte sich ihm jetzt zu. »Ich werde nie die Nase über *dich* rümpfen und *niemals* über Mrs. Aggie. *Niemals!*«

»Nein, ich weiß, daß du das nicht tun wirst, meine Liebe. Ganz bestimmt weiß ich das. Aber komm jetzt, deck den Tisch. Hier ist noch jemand, der Hunger hat wie ein Bär. Den Tee heben wir uns für nachher auf, um die Innereien runterzuspülen. Ich mag Innereien, du nicht?«

»Nicht besonders.«

»Also dann, los! Beeil dich! Die Schüssel steht in der Kammer. Hol sie.«

Er ließ sie aus dem Zimmer gehen, ehe er zu Aggie trat, die jetzt aufgestanden war und ins Feuer blickte, und tätschelte ihr die Schulter. »Du tust das Beste, was du tun kannst, Aggie, das einzige. Diese Art von Erziehung bringt sie vielleicht zu dem zurück, was sie einmal war; ich meine, was sie hätte sein können. Denn, weißt du was?« Er beugte sich vor und sagte jetzt im Flüsterton: »Ganz ist sie noch nicht über das Stadium ›blöde alte Kuh‹ weggekommen. Ich hab's neulich ganz deutlich gehört. Als Laddie einen Kübel umtrat, hat sie gesagt: ›Du blöder, alberner Esel!‹«

Jetzt fuhr Aggie zu ihm herum und sagte: »*Das hat sie nicht!*«

»Doch hat sie das.«

»Nun —«, sie drückte ihre breiten Schultern zurück, »vielleicht wendet sich dann doch alles zum Besten. Laß uns jedenfalls zu Gott beten, daß es so ist.«

»Oh, Aggie, wie kann man so etwas Dummes sagen! Als ob Er Zeit für uns hätte, wo Er sich doch um eine ganze Schar heiliger Sangesbrüder kümmern muß. Von Ihm Hilfe zu erwarten, ist genauso, als würdest du damit rechnen, daß du von einem Schaukelpferd Pferdeäpfel kriegst.«

Ihre Hand schoß vor, und sie stieß ihn auf die Bank.

Und so sah Millie die beiden, als sie wieder mit der Schüssel mit Innereien aus der Küche zurückkam: die beiden Menschen, die ihr die liebsten auf der Welt waren und die im Begriff waren, sie zu verlieren, beide aus voller Kehle lachend.

Das seltsame Gefühl überkam sie, jenes würgende Gefühl in der Kehle, das sie in jener Nacht empfunden hatte, als sie wachlag und die flüchtige Erinnerung an eine andere Zeit zurückrufen wollte, in der sie gelebt hatte, als die Dinge zugleich glücklich und traurig gewesen waren, als sie nicht zornige, abgebrochene Sätze trafen und so die seltsamen Bilder erklärten, die sich in ihrem Bewußtsein aufbauten. Damals war der Kloß in ihrer Kehle geplatzt, und die Tränen waren ihr aus den Augen gelaufen, und sie hatte halberstickte Laute von sich gegeben, ohne etwas dagegen zu unternehmen, wohlwissend, daß sie Mrs. Aggies Schnarchen nicht übertönen konnten.

Aber das Geräusch, das jetzt aus ihrer Kehle kam, zog Aggies und Bens Aufmerksamkeit auf sie, und als sie kehrtmachte und aus dem Zimmer rannte und Ben hinter ihr herlaufen wollte, hielt Aggies Stimme ihn auf, indem sie entschieden sagte: »Laß sie! Sie wird noch mehr zu weinen haben, bis alles vorbei ist.«

2

Das Haus Christi des Erlösers stand im Viertel der besseren Klasse von Benton Fields. Aggie war oft daran vorbeigekommen und hatte festgestellt, daß die Steinmauer oben mit Glasscherben gesichert war und daß es ein doppeltes hölzernes Tor mit einem eisernen Glockenzug an der Seite gab. Sie hatte keine Ahnung gehabt, wie das Haus aussah, bis sie durch jenes hölzerne Tor ging und es mit Millie an der Hand in der Ferne erspähte.

Die Nonne, die sie einließ, schien, mit Ausnahme ihrer Augen, ihrer Nase und ihres Mundes, von Kopf bis Fuß verhüllt zu sein. Nachdem sie das Tor hinter ihnen verriegelt hatte, schob sie ihre bloßen Hände in die Ärmel und ging ihnen dann auf einem kiesbedeckten Weg voran, zu dessen beiden Seiten sich eine Rasenfläche bis zu einer weiteren hohen Steinmauer erstreckte, auf deren Krone ebenfalls Glasscherben zu sehen waren. Der Fassade nach zu schließen, war das Haus ziemlich groß, denn man konnte zu beiden Seiten der Eingangstür drei Fenster sehen, dieselbe Zahl darüber und dann noch eine Reihe kleinerer Fenster, die aus der Dachschräge hervorstachen.

Die Nonne ließ sie wortlos durch die breite, dicke Eichentür ein und führte sie in eine mit Fliesen ausgelegte Halle, wo sie sich einer Statue der Jungfrau Maria mit dem Jesuskind in den Armen gegenübersahen und darüber, an der Wand, einem großen Kruzifix, das so angebracht war, als würde der gebeugte Kopf Christi sich selbst als Kind in den Armen seiner Mutter betrachten.

In der Halle gab es zahlreiche Türen. Die Nonne ging jetzt auf eine davon zu, klopfte und stieß, als sie zum Eintreten aufgefordert wurde, die Tür auf, trat beiseite und verkündete mit leiser Stimme, eher einem Flüstern: »Mrs. Winkowski, Ehrwürdige Mutter.«

Es kam so selten vor, daß Aggie mit ihrem Familiennamen angesprochen wurde, daß sie sich umdrehte und die Nonne ansah, aber die Frau stand mit gesenkten Augenlidern da, so als empfände sie Scham; dann neigte sie ihren Kopf zu der Frau hin, die hinter dem Schreibtisch saß, ehe sie sich umdrehte und lautlos die Tür hinter sich schloß.

»Setzen Sie sich, Mrs. Winkowski.«

Aggie erinnerte sich, daß Constable Fenwick gesagt hatte, die Mutter Oberin, wie man sie nannte, sei eine Art Ausländerin, halb Französin, vermutete er, aber trotzdem eine sehr nette Frau und sehr heilig.

Aggie setzte sich auf den hölzernen Stuhl und zog Millie an ihre Seite, während die Frau auf der anderen Seite des Schreibtisches sie mit einem sanften Lächeln bedachte und sagte: »Ich bin sehr erfreut, Ihre Bekanntschaft zu machen, Mrs. Winkowski. Ich höre, daß es Ihr Wunsch ist, Ihr Mündel in die Obhut des Hauses zu geben.« Sie sagte nicht, ›in meine Obhut‹, fügte aber hinzu: »Was auch die Obhut Gottes sein wird. Wie alt ist sie?« Sie blickte auf das Blatt Papier, das vor ihr auf dem Schreibtisch lag. »Ah ja, du bist zehn Jahre alt, Millie, nicht wahr?«

»Ja, ich bin zehn Jahre alt, aber erst seit kurzer Zeit.«

Der Tonfall ihrer Stimme schien die Mutter Oberin ein wenig zu überraschen, und sie sagte: »Du hast eine klare Sprechstimme, Kind. Das ist gut. Du wirst gut zu erziehen sein. Welche Schule hast du besucht? War es die Sonntagsschule der Kirche von England?«

»Ja, teilweise.« Millie nickte. »Aber das war nur am Sonntag. Mrs. Aggie —«, sie drehte sich um und sah Aggie an, »hat dafür bezahlt, daß ich zur Pennyschule gehe.«

»Oh, war das eine Wesleysche oder eine methodistische Schule? Es war doch keine katholische Schule, oder?«

»Nein, Ma'am, es war keine katholische Schule, es war die methodistische.«

»O ja, ja.« Die Mutter Oberin wandte sich jetzt wieder Aggie zu. »Sie weiß also überhaupt nichts über Religion?«

»Nun, das würde ich nicht sagen, Ma'am. Die Methodisten predigen Religion und die Kirche von England auch.«

»Ja. Ja, natürlich. Aber ich meine die katholische Religion.«

»Nein, nichts. Warum sollte sie? Ich meine, wie könnte sie? Nach meinem Wissen ist sie nicht katholisch erzogen worden.«

»Sie sind, wie man mir sagt, zwei Jahre ihr Vormund gewesen?«

»Ja, das stimmt.«

»Und ich bin sicher, Sie haben festgestellt, daß sie ein sehr gelehriges kleines Mädchen ist?« Jetzt wandte sie ihr Lächeln Millie zu, erhielt aber darauf kein Lächeln als Antwort, nur einen starren Blick aus diesen, wie sie fand, sehr seltsamen grauen Augen. Insgesamt ein sehr seltsam wirkendes Kind. Zu schön, als daß es ihm hätte guttun können. O ja, nach dem, was Pater Dolan gesagt hatte, und nach den Informationen, die er von Constable Fenwick erhalten hatte, viel zu schön, als daß es dem Kind hätte guttun können. Nun, hier würde sie Schutz genießen. In diesem Haus würde keine Sünde an sie herankommen. Und dies drückten auch ihre nächsten Worte aus, als sie zu Aggie sagte: »Nun, Sie können beruhigt sein, Mrs. Winkowski, man wird gut für Ihr Mündel sorgen. Sie brauchen keine Angst zu haben, daß sie hier mit irgendwelchen Eindringlingen in Berührung kommt. Und ich glaube, Sie werden mir beipflichten, daß es von Vorteil sein wird, wenn ihre Ferien beschränkt werden. Sie selbst dürfen sie einmal im Monat eine Stunde besuchen. Finden Sie nicht auch, daß das ein weiser Plan ist?«

Sie redete jetzt, als ob das Kind überhaupt nicht zugegen wäre. Aber das Kind war zugegen und ergriff das Wort: »Eine Stunde im Monat? Oh, das ist schlimm. Und du hast doch versprochen, daß es Ferien geben würde.« Sie sah jetzt Aggie an, und Aggie sagte: »Nun, es wird Ferien geben, Liebes, es wird Ferien geben.« Und dann wandte sie sich der Mutter Oberin zu und sagte mit fester Stimme: »Sie wird dreimal im Jahr auf Ferien zu mir kommen müssen, sonst läuft das nicht.«

»Oh, nun, es ist Ihre Verantwortung, Mrs. Winkowski, wenn sie unserer Obhut entzogen ist. Das einzige ist, ich möchte Ihnen wirklich versichern, daß sie hier in wirklicher Sicherheit sein wird. Und sie wird sich natürlich in einer sehr guten Klasse von Schülerinnen befinden.«

»Ja, das ist mir klar.« Aggies Tonfall war jetzt aggressiv. »Aber verstehen Sie, von meiner Seite aus würde ich sie gern einmal alle vierzehn Tage sehen, wenn es auch nur eine Stunde ist, und die Ferien, die die anderen Kinder haben, soll sie auch kriegen. Ist das klar?«

Es trat eine lange Pause ein, bis die Mutter Oberin sagte: »Ja, wenn das Ihr Wunsch ist, Mrs. Winkowski.«

»Ja, Ma'am, das ist mein Wunsch, denn ich werde ja schließlich die Gebühren zahlen, oder nicht? Zehn und sechs die Woche ist eine Menge Geld, das ist es wirklich, finden Sie nicht?«

Mutter Francis starrte die ungewöhnlich fette und nicht besonders saubere Frau an. Das hatte man davon, wenn man sich mit der allgemeinen Herde einließ. Es war schwer, sich daran zu erinnern, daß Gott auch sie geschaffen hatte und daß Er um Milde ihnen gegenüber bat. Innerlich betete sie darum, daß es ihr gelingen möge, ihre Frömmigkeit und ihr Verständnis zu zeigen, dann sagte sie: »Ja, ich bin ganz sicher, daß das für Sie eine Menge bedeuten muß. Aber wissen Sie, eine richtige Erziehung ist nie billig. Und dann muß das Kind auch versorgt, ernährt und mit einem Schulkleid und Kapuze versorgt werden, und dazu noch einem Nachtgewand. Sind Sie je zur Schule gegangen, Mrs. Winkowski?« Gott hatte seine Hilfe nicht in vollem Maße gewährt und somit nicht bewirken können, daß die Herablassung ganz aus ihrer Stimme verschwand, und sie auch nicht auf die Antwort vorbereitet, die sie bekam: »Ja, ich bin zur Schule gegangen, Ma'am. Ich habe im frühen Alter von fünf Jahren angefangen, und dann hat man mich gelehrt, bis ich zehn war, und das den ganzen Tag lang. Und von da an habe ich gelesen. Ich könnte Ihnen den Katechismus von Anfang bis zum Ende vortragen und Brocken aus der Bibel. Aber man hat mich vielleicht falsch informiert, könnte sein, denn wie ich höre, lesen Sie die Bibel nicht.«

»Ja, ich fürchte, man hat Sie in der Tat falsch informiert, wenigstens in mancher Hinsicht, Mrs. Winkowski.« Ihr Tonfall war jetzt streng. »Jene, die die Bibel verstehen können, dürfen sie lesen, aber es gibt Stellen, die von den Unintelligenten oder jenen von einfachem Begriff falsch interpretiert werden könnten.«

»O ja. Es ist nicht gut, daß die Leute zuviel über die menschliche Natur wissen, nicht wahr? Und daß die sogenannten heiligen Männer nicht darüber erhaben waren . . .«

Die Mutter Oberin brauchte Aggies Redefluß nicht zu unterbrechen, denn das tat sie selbst, und sie sagte: »Nun, was die hier angeht —«, sie deutete mit dem Daumen auf Millie, »da würde ich wetten, daß sie die

Bibel von Anfang bis Ende gelesen hat und noch eine Menge Bücher dazu. Davon werden eine ganze Menge in unseren Hof geworfen, wissen Sie?« Und dann konnte sie es einfach nicht lassen, noch hinzuzufügen: »Ist schon erstaunlich, wie gebildet manche der unwissenden Leute sind. Überraschend. Überraschend.«

Die Mutter Oberin wußte, daß es Zeit war, dieses Gespräch zu beenden, und so stand sie auf und sagte: »Nun, Mrs. Winkowski, ich bin sicher, Sie können Ihr Mündel getrost bei uns lassen. Und ich freue mich darauf, Ihnen Gutes zu berichten, wenn Sie uns in —«, sie machte eine Pause, »vierzehn Tagen besuchen. Sagen wir um drei Uhr nachmittags, vierzehn Tage von heute. Würde Ihnen das passen?«

Aggie war ebenfalls aufgestanden, und ihre Stimme war jetzt viel leiser, als sie sagte: »Ja, das paßt mir.« Dann wandte sie sich Millie zu, deren Gesichtsausdruck ihr schier das Herz brach und in ihr den Drang aufkommen ließ, sie bei der Hand zu nehmen und wegzulaufen, nur daß ihre Vernunft sie davon abhielt; und sie beugte sich vor, legte die Arme um das Kind, und als sie spürte, wie der schmächtige Kinderkörper sich gegen sie drückte, hatte sie große Mühe, nicht in Tränen auszubrechen. Aber dafür waren die Tränen in ihrer Stimme, als sie der Kleinen zuflüsterte: »Das wird schon gut werden. Alles wird gut werden. Und . . . wenn es dir nicht gefällt, lassen wir uns etwas anderes einfallen. Du brauchst es mir bloß zu sagen, hörst du? Du brauchst es mir bloß zu sagen.«

Als die kleinen Arme zu ihr emporgriffen und ihr Kopf sich dem Gesicht entgegenbeugte, küßte sie zum erstenmal und wurde geküßt. Das war zuviel. Sie stieß das Kind fast von sich, drehte sich um und stampfte aus dem Zimmer, knallte die Tür hinter sich zu; und wenn die Mutter Oberin nicht schnell um den Tisch herumgeeilt wäre und Millies Hand ergriffen hätte, wäre das Kind ihr gefolgt.

»Komm, meine Liebe, alles wird gut werden. Setz dich. Sie ist erregt, und ich finde, das ist ganz natürlich. Sie scheint dich sehr gern zu haben. Hast du sie gern?«

»Gern?« Millies Augenlider flatterten, und ihre Lippen leckten die Salztränen auf, während sie hervorstieß: »Ich . . . ich liebe sie. Und Ben auch.«

»Ben? Wer ist Ben?«

»Er ist der Mann, der dort arbeitet, bei ihr lebt. Sie . . . sie hat ihn aufgenommen, als er ein kleiner Junge war.«

»Oh, sie ist eine gute Seele.«

»Sie ist großartig.«

Großartig? Diese schlechtgewaschene Tonne von einer Frau? Sie ist vielleicht ganz intelligent, aber das auch nicht mehr als eine ganze Anzahl armer Leute, die sie kannte. Und doch, was dachte sie da: arm? Wo sie es sich doch allem Anschein nach leisten konnte, das Schulgeld für dieses Kind zu bezahlen. Offenbar konnte man mit Lumpen Geld verdienen. Aber sie mußte auch einräumen, daß dieses Kind von ganz anderer Art war: Ihre Stimme, ihr Verhalten deuteten auf ein gewisses Maß an Bildung in ihrer Vergangenheit. Sie würde mehr über das Kind in Erfahrung bringen müssen. Das einzige, was ihr Pater Dolan hatte sagen können, war, daß ihre Mutter kurz nach dem Eintreffen in der Stadt an einem Fieber gestorben war; er selbst hatte das vom Constable erfahren. Allem Anschein nach gab es sonst keine Verwandten, und auch ihr Vater war tot.

Wieder klingelte sie, diesmal ungeduldig. Die Nonne, die kurz darauf in ihr Zimmer trat, war zerknirscht und sagte: »Es tut mir leid, Ehrwürdige Mutter, ich ... ich mußte ihr den Weg hinaus zeigen. Sie war erregt. Sie ging quer über den Rasen statt zum Tor.«

»Ist schon gut. Ist schon in Ordnung, Schwester Aloysius. Was macht deine Klasse?«

»Ich habe sie nähen lassen, Ehrwürdige Mutter.«

»Nun, wir haben hier ein neues Mitglied unserer Familie. Ihr Name ist Millie Forester. Stimmt das?« Sie blickte jetzt auf Millie hinunter, und Millie antwortete: »Ja, so heiße ich ... Millie Forester.« Und der Klang ihrer Stimme schien Schwester Aloysius ebenso zu überraschen, wie er vorher schon die Mutter Oberin überrascht hatte. Und die Überraschung der Schwester war noch größer, als sie Millie die Hand hinstreckte, die sie aber nicht ergriff, sondern statt dessen sich anschickte, vor ihr aus dem Zimmer zu gehen, woran die Nonne sie freilich hinderte, indem sie sagte: »Du mußt die Mutter Oberin immer fragen, ob du dich entfernen darfst. Du mußt sagen: ›Darf ich jetzt gehen, Mutter Oberin?‹«

»Warum? Sie ... sie hat doch gewußt, daß ich gehen würde.«

Die Nonne und die Mutter Oberin wechselten Blicke; dann gab Mutter Francis mit einem leichten Neigen ihres Kopfes der Nonne Erlaubnis, dieses recht schwierige Kind wegzuführen.

Wenn die Mutter Oberin und die Nonne das Kind für seltsam hielten, so war das nichts im Vergleich mit dem, was Millie über sie und ihre Einführung in die Schule und deren Insassen dachte.

3

Millie empfand gegenüber allem, was ihr in jener ersten Woche im Hause Christi des Erlösers widerfuhr,
Abneigung. Sie stellte fest, daß es insgesamt siebzehn
Schülerinnen im Alter von sechs bis zwölf Jahren gab
und daß sie in zwei sogenannten Schlafsälen untergebracht waren, die durch Bretterwände in einzelne Zellen aufgeteilt waren, von denen jede etwa die doppelte Fläche der schmalen eisernen Bettstelle hatte, die
darin stand, und gerade groß genug für eine Kommode und um sich beim Ausziehen vor das Bett zu stellen. Einen Stuhl gab es nicht. Und in jener ersten
Nacht sollte Millie erfahren, wie man sich vor dem Zu-
bettgehen auskleidete und wie von einem erwartet
wurde, daß man sich hinlegte. Dafür sorgte Schwester
Mary. Nachdem man sie zunächst aufgefordert hatte,
ihre Kleider, auch den Unterrock, auszuziehen, ohne
auf ihren Körper zu sehen und ein langes, ungebleich-
tes Nachtgewand aus Baumwollstoff anzuziehen, erklärte man ihr, wie sie im Bett liegen mußte, gerade
nämlich und die Hände an den Seiten. Und als sie
protestierte und erklärte, sie würde nie so liegen, und
auch demonstriert hatte, wie sie zu liegen pflegte,
nämlich mit übereinandergeschlagenen Beinen und
hochgezogenen Knien, hatte sie einen schrillen Schrei
ausgestoßen, als Schwester Marys harte Hand ihr einen Schlag über die Knie versetzte. Einen Augenblick
lang war sie wie betäubt dagelegen und hatte sich
dann geschworen, daß sie bis zum nächsten Morgen
hier weg sein würde. Selbst jener böse Mann mit dem
lächelnden Gesicht schreckte sie nicht mehr. Sie würde selbst zur Polizei gehen und denen sagen, was sie
vorhatte.

Sie wußte, daß sie nicht schlafen konnte, und darüber hinaus war sie hungrig. Der Tee, den man ihr um fünf Uhr gegeben hatte, war scheußlich gewesen; zwei Scheiben Brot und Fett, ein steinhartes Stück Kuchen und eine Schale Milch; und dann nichts mehr, nur einen Schluck Wasser, wenn sie welches haben wollten, ehe sie zu Bett gingen, und dabei war es erst halb acht. Und dann war da diese Kapelle und das Knien. Nein, sie konnte es nicht ertragen, und sie würde auch nicht schlafen. Nein, sie würde nicht schlafen . . .

Das Schrillen einer lauten Glocke, die über ihrem Kopf angeschlagen wurde, riß sie in die Höhe, und dann schrie jemand im Schlafsaal: »Aufstehen! Aufstehen! Aufstehen!«

Sie saß benommen auf der Bettkante, als ein Kopf sich um die Trennwand herumschob und eine Stimme zu ihr sagte: »Du bewegst dich jetzt besser, sonst wirst du skalpiert.«

»Was?«

»Schnell! Zieh dich an, nur dein Kleid nicht. Nimm den Umhang.« Die Hand kam jetzt herum und deutete auf einen Haken an der Wand. »Du mußt dich waschen.«

Sie ließ sich mit dem Anziehen Zeit, obwohl ihr kalt war, und so war sie die letzte in der Reihe von Kindern, die die Steintreppe hinunter in einen Raum mit einem linoleumbedeckten Boden hasteten. An der einen Seite des Raumes waren wieder Zellen; auf der gegenüberliegenden gab es schmale Bänke, und auf jeder stand eine Schüssel mit kaltem Wasser, daneben lag ein Stück blaugesprenkelte Seife, und an einem Nagel an der Wand über der Schüssel hing ein grobgewebtes Handtuch.

Aus den Zellen drangen sehr intime Geräusche,

aber erst als das Mädchen, das ihr vorher zugewinkt hatte, aus einer der Zellen kam und auf eine andere deutete, deren Tür offenstand, und ihr zuflüsterte: »Willst du nicht auch hinein?«, begriff sie. Ja, ja, sie wollte auch. Aber, du liebe Güte, vor all diesen Mädchen? Dabei hatte jede Zelle eine Tür, wenn sie auch feststellte, daß drinnen kein Riegel war.

Als sie, umgeben von plätschernden Geräuschen, herauskam, ging sie zur letzten Schüssel und wusch sich dort Gesicht und Hände; aber wieder war sie die letzte, die die Treppe hinaufrannte und sich anzog.

Als aus der Ferne eine weitere Glocke ertönte, kam das Mädchen aus der Zelle neben ihr sogar zu ihr herein, zerrte sie in den Raum und flüsterte ihr dabei zu: »Du mußt dich in die Reihe stellen!« Nachdem das Mädchen es geschafft hatte, daß sie sich der Reihe anschloß, warf sie ihr einen Blick zu und flüsterte: »Wie heißt du?«

»Millie.«

»Ich heiße Annabel, Annabel Kirkley. Halt dich an mich, aber paß auf Mabel Nostil auf, das ist die am Ende mit dem schwarzen Haar. Die ist falsch. Wie alt bist du?« Die Frage kam aus Annabels Mundwinkel, und Millie, die schnell begriff, flüsterte zurück: »Zehn.«

»Ich bin fast elf.«

»Ruhe!«

Und gleich darauf ein nächstes schroffes Kommando: »Bewegt euch!« Eine irische Stimme. Millie erinnerte sich vom letzten Abend an sie. Diese Nonne hatte ihnen irgendwelche Stellen aus der Bibel vorgelesen, aber Millie hatte nur die Hälfte verstanden.

Die Kinder marschierten die Treppe hinunter, die

Nonne hinterher, und im Flur trafen sie die älteren Mädchen. Jetzt gingen sie in zwei Reihen, einander an den Händen haltend wie im Gebet, langsam einen Korridor hinunter in die Kapelle.

Die Kapelle war ein großer Haushaltsraum. An einem Ende war ein Altar; an der Seite eine Gruppe Figuren, die die Heilige Familie darstellten, auf der anderen Seite ein Heiliger aus Gips in einer braunen Kutte. Bei den Hunderten von Heiligen, die die katholische Kirche hatte, hätte er alles mögliche sein können, aber später erklärte ihr Annabel, daß er unter den Mädchen als Mr. Billy Brown bekannt war.

Millie dachte, daß sie nie aufhören würden zu beten. Sie wußte nicht, was das Beten eigentlich zu bedeuten hatte. Sie war es leid, dazuknien und auf die Stimmen zu lauschen, die dahindröhnten: »Vater unser im Himmel, geheiliget werde Dein Name«, und »Heilige Maria, voll der Gnade«, was alles war, was sie vom zweiten Teil verstand, denn anschließend war nur noch Murmeln zu vernehmen.

Sie war schon im Begriff, von dem monotonen Gemurmel in Schlaf gelullt zu werden, als alle aufstanden und wiederholten: »Gott der Vater, Gott der Sohn und Gott der Heilige Geist.« Sie hatte oft über den Heiligen Geist nachgedacht und fragte sich jetzt, ob die Geschichten von Mr. Dickens irgendwelche Verbindung zu ihm hatten. Sie mochte die Geschichten von Mr. Dickens.

Noch überraschter war sie, als weitere Gebete gesprochen werden mußten, ehe sie ihr Frühstück beginnen konnten: »Segne uns, o Herr, und diese Deine Gaben, die wir aus Deinem Überfluß jetzt erhalten werden. Durch Christus unseren Herrn. Amen.«

Ben kannte eine Anzahl von Tischgebeten, die man

vor der Mahlzeit sprach, und sie waren alle fröhlich. Das hier war ganz sicherlich nicht fröhlich.

Man stellte ihr einen großen Klecks dicken Haferbrei hin, und eine Nonne kam und goß ein kleines Rinnsal Milch darüber. Der Haferbrei war nicht gezukkert, sondern schmeckte nach Salz. Dann folgte eine Scheibe Brot mit einer halben Wurst darauf. Das schmeckte ihr einigermaßen. Das heiße Getränk sollte Tee sein, schmeckte aber schrecklich. Dann wieder Gebete. »Dank Dir, o Herr, für diese Deine Gabe. Mögen wir uns heute ihrer würdig erweisen. Amen.«

Nach dem Frühstück hielt sie sich an Annabel. Es ging wieder hinauf. Es war jetzt zwanzig Minuten nach acht, und ihre neue Freundin teilte ihr mit, daß sie sich einer kleinen Gruppe anschließen mußten, die die Toiletten säubern mußten, und das bedeutete, die Eimer ins Erdgeschoß zu tragen und sie dort in die größeren Eimer auszuleeren, die an einer Seitentür entlang der Wand aufgereiht waren; anschließend mußten sie die Gefäße unter einer Pumpe auswaschen und sie wieder in die jeweiligen Zellen zurücktragen.

Nach diesem Ritual wurde sie von Annabel getrennt und mußte abwarten, welcher Klasse sie zuerst zugeteilt werden sollte.

So kam es, daß sie sich kurze Zeit später unter dem strengen Blick von Schwester Mary wiederfand, der großen Nonne, an deren sehr harte Hand sie sich von gestern nacht erinnerte. Sie sollte ihr Lesen, Schreiben und Rechnen beibringen, aber natürlich nicht ohne daß vorher weitere Gebete gesprochen werden mußten.

Millie befand sich zwei Stunden unter der Obhut von Schwester Mary und lernte in dieser Zeit, daß die Nonne sich nicht immer die Mühe machte, ihre Hand einzusetzen, sondern auch noch ein Lineal benutzte, das biegsam wie Gummi zu sein schien, denn wenn es die Knöchel traf, sprang es von ihnen zurück.

Als das Lineal zum erstenmal mit Millies Knöcheln in Berührung kam, schrie sie die verblüffte Schwester an: »Tu das nicht! Ich hab' nichts falsch gemacht! Meine Rechnung stimmt.«

Die Augen der Nonne schienen ihr förmlich aus dem Kopf zu treten, als sie erneut das Lineal benutzte. Diesmal traf es Millie am Handgelenk, und als sie daraufhin aufstand und sich anschickte, das Zimmer zu verlassen, wurde sie mit solcher Wucht zurückgeschleudert, daß ihr der Kopf in den Nacken ruckte. Dann schob sich das große Gesicht vor das ihre, und kleine verformte Zähne stießen die Worte aus: »Verstehen wir einander jetzt? Eh, Miss?« fragte sie. »Nein, deine Rechnung war nicht falsch, aber du benutzt Schreibschrift anstatt Druckbuchstaben. Verstehst du? Ich möchte, daß du in Druckschrift schreibst. Mit deiner Handschrift anzugeben, hast du noch genügend Zeit, wenn du doppelt so alt bist. Verstehst du?«

Sie verstand nicht ganz, aber was sie verstand, war, daß sie diese Frau haßte, und einen Augenblick lang drängte sich ihr der Gedanke auf, daß jener Mann sicherlich nicht so schlimm gewesen wäre wie diese Nonne mit dem bösartigen Gesicht.

Um halb elf verließ Schwester Mary das Klassenzimmer, und Schwester Monica nahm ihre Stelle ein. Und jetzt schloß sich eine neue Art des Gebets an. Es hieß Geschichten aus der Heiligen Schrift und der Bibel.

Millie mochte auch Schwester Monica nicht sehr. Sie war sarkastisch: Als die Frau ihr eine Frage stellte und sie darauf Antwort gab, äffte sie ihre Redeweise nach. Aber sie widersetzte sich nicht: Sie war zu verärgert, ja über die Behandlung, die ihr bisher zuteil geworden war, beinahe verstört, um auch nur darauf zu achten.

Schwester Monica blieb eine halbe Stunde bei ihnen. Anschließend kam Schwester Aloysius. Sie war klein. Auch sie war irischer Herkunft, aber sie hatte eine weiche Stimme und ein freundliches Gesicht: Ihre Aufgabe bestand darin, ihnen das Nähen und das Singen beizubringen. Dies sollte eine Singstunde sein, und sie schrieb die Worte einer Hymne, natürlich in Druckbuchstaben, auf eine Tafel. Dann nahm sie ein komisches kleines Instrument und schlug damit auf ihr Pult. Es tönte »Ping!«, und die Kinder fingen zu singen an.

Millie empfand diese halbe Stunde als beruhigend. Als eine Glocke ertönte, hörte das Singen sofort auf, und dann folgten weitere Gebete. Um zwölf Uhr wurde die Klasse entlassen, und alles rannte zu den Toiletten und Waschschüsseln. Dafür gewährte man ihnen zehn Minuten Zeit.

Das Mittagessen bestand aus Erbsensuppe, die Millie ganz gut fand — sie konnte schmecken, daß so etwas wie Schweinefleisch in der Brühe gekocht worden war —, der sich ein Fleischpudding anschloß. Die Portion war recht großzügig, aber es gab dazu nur ein winziges Stück Fleisch. Aber mit den zwei mittelgroßen Kartoffeln und einem Löffel Karotten fand Millie das ganz befriedigend.

Nach dem Essen führte man sie in den hinteren Garten, der dem vorderen glich. Sie durften dort herumgehen oder Ball spielen, aber nicht herumstehen und miteinander reden.

Um ein Uhr fing die Schule wieder an, wieder mit Gebeten. Diese dauerten fünfzehn Minuten, bewacht von den strengen Blicken von Schwester Mary. Um viertel nach eins übernahm dann Schwester Benedicta, die Geographie lehrte, den Unterricht, wobei es allem Anschein nach für sie nur ein Land auf der Welt gab, und das war Irland. Immerhin hatte sie eine ruhige Stimme, und Millie konnte sie ertragen. Später erfuhr sie von Annabel, daß sie den Spitznamen Körpergeruch hatte, weil ihre Aufgabe darin bestand, die Exkremente in die Jauchegrube zu kippen. Sie taten das für ihre Sünden, sagte sie, eine Art Buße. Allem Anschein nach mußte Schwester Benedicta oft sündigen, weil sie immer die schmutzigen Arbeiten bekam.

Es hieß, daß, wer wollte, zweimal die Woche kochen lernen konnte, aber es schien so, als bliebe Millie keine Wahl; sie wurde um drei Uhr mit fünf anderen Mädchen in die Küche geschickt und kam dort unter die Obhut von Schwester Cecilia, der Gott ein freundliches Wesen und eine leichte Hand mit Gebäck geschenkt hatte. Die Zeit, die sie mit dieser Frau verbrachte, war es, die Millie davon abhielt, aus dieser von Gebeten gepeinigten Schar unwissender Frauen zu fliehen, aus der man Mutter Francis ausnehmen mußte. Wie Schwester Cecilia zu sagen pflegte, konnte man ohne Lesen, Schreiben und Rechnen ebenso leben wie ohne Nähen, Singen und Geographie; ja — in ihren Augen funkelte es dabei —, einige schafften es sogar ohne den Herrgott im Himmel ... Aber ohne Nahrung konnte man nicht leben und auch nicht ohne diejenigen, die wußten, wie man Nahrung zubereitete, die dem Gaumen wohltat.

Nach ihrem ersten Besuch bei Millie kehrte Aggie etwas verwirrt nach Hause zurück und sagte zu Ben: »Ich weiß nicht recht, was in ihrem Kopf vorgeht. Sie haßt das ganze Haus. Soweit ich das verstehen kann, hat sie dort nur eine Freundin; aber das würde ja reichen, wenn sie etwas taugt. Aber es gibt dort eine Schwester Mary, die sie am liebsten erwürgen würde. Das hat sie gesagt. Und weißt du, was? Sie hat mir die Narben auf ihren Fingerknöcheln und an ihrem Handgelenk gezeigt, wo dieses Miststück sie mit irgendeinem Stock geschlagen hat, und zwar vom ersten Tag an.«

»Nun, warum bringst du sie dann nicht nach Hause? Du findest doch bestimmt eine andere Schule für sie. Das war doch die Empfehlung deines Freundes, oder?«

»Vergiß nur nicht, daß es auch die deine war. Vergiß das ja nicht.«

»Ja. Hast ja recht. Aber das sollte nicht erlaubt sein, das Prügeln.«

»Oh, aber ich mußte lachen, oder beinahe wenigstens, weil man dort einfach nicht zu lachen wagt. Eine Schwester hat uns die ganze Zeit beobachtet, und als wir in den Garten hinausgingen, sagte sie, das sei nicht erlaubt. ›Nun, wer immer Ihnen gesagt hat, daß es nicht erlaubt ist, sagen Sie denen, die sollen es mir selber sagen‹, hab' ich gesagt und bin mit dem Kind hinausgegangen. Dort hat sie mir von dieser Schwester erzählt und mir ihre Hand gezeigt. ›Hab' keine Sorge, Mrs. Aggie‹, hat sie gesagt, ›der besorg' ich's noch, ehe ich hier weggehe, weißt du, und wenn ich ihr nur ans Schienbein trete.‹ Und das wird sie und so, das wird sie.«

Jetzt fing Ben zu lachen an. »Weißt du, man kann gar nicht glauben, daß sie noch dasselbe Kind ist, das so höflich war vor zwei Jahren. Damals ist sie uns auf die Nerven gegangen, nicht wahr? Erinnerst du dich noch, wie sie dastand und dich verrückt gemacht hat mit ihrer Höflichkeit und mit ihrer Stimme? Die Stimme hat sie immer noch, aber die Höflichkeit hat sich ein wenig gelegt . . .«

. . . Fast im gleichen Augenblick stand Millie gerade vor der Mutter Oberin, die soeben dasselbe Wort aussprach: Höflichkeit. »Du bist zu Schwester Mary unhöflich gewesen, weil sie dich dafür getadelt hat, daß du mit deiner Besucherin in den Garten gegangen bist. Sie sagt mir auch, daß du unbotsam bist. Was du lernen mußt, Kind, ist Gehorsam. Wir alle müssen Gehorsam lernen, Gehorsam gegenüber dem Willen Gottes. Und es war Gottes Wille, daß man dich zu uns geschickt hat, um dir Schutz und Erziehung angedeihen zu lassen. Also laß mich nie wieder hören, daß du zu einer der Schwestern unhöflich gewesen bist. Und sag mir ja nicht, ja nicht —«, sie hob die Hand, und ihre Stimme klang jetzt gebieterisch, »was du von der Angelegenheit hältst. Und da ist noch etwas, das du lernen mußt: Du solltest nur sprechen, wenn man dich anspricht, sofern du nicht eine wichtige Bitte äußern willst. Du darfst gehen.«

Millies Besuch im Allerheiligsten war der erste von zahlreichen Besuchen im Laufe der darauffolgenden Wochen und Monate, und alle gingen auf Schwester Marys Berichte zurück. Zwischen dem Kind und der Nonne herrschte offene Kriegführung, und die Klasse wußte es und schien täglich auf weitere Ereignisse zu warten. Im großen und ganzen war es eine Zeit des Elends, die unbewußt ihren Charakter stärkte und gleichzeitig in ihr eine Freundschaft entstehen ließ, die ihr die Augen für eine andere Art zu leben öffnete, ein Leben, das sie begriff und von dem sie wußte, daß es zu ihr paßte; denn in den Sommerferien wurde sie eingeladen, einen Tag mit Annabel zu Hause zu verbringen.

Annabel hatte ihren Eltern soviel über das schöne Mädchen mit dem langen goldenen Haar erzählt und auch, wie sie sich offen Schwester Mary widersetzt hatte, daß die Familie schließlich beschloß, das Kind zum Tee einzuladen. Annabels Vater war der Direktor der Crane-Boulder-Baumwollspinnerei. Die Spinnerei galt als fortgeschritten, und zwar deshalb, weil die Angestellten dort nur einen Zehn-Stunden-Tag leisteten und die Arbeit um ein Uhr am Samstag beendeten. Und so ergab es sich, daß Mr. Kirkley zu Hause war, als die Gäste eintrafen, und er zu seiner Überraschung und nicht geringen Verblüffung feststellte, daß Raggie Aggie die Freundin seiner Tochter an seine Tür brachte, denn Aggie war schon lange als Original bekannt, sie und ihr Schubkarren und jetzt ihr Wagen, den das Pony zog, und natürlich auch die Tatsache, daß sie fast ebenso breit wie der Wagen war. Er erinnerte sich an Geschichten, die man sich über Aggie erzählte, daß sie einmal einer angesehenen Bauernfamilie angehört hatte; etwas, was jetzt kaum glaubhaft wirkte, denn man konnte sie ganz sicherlich nicht mehr jener Kategorie zurechnen.

Da mußte etwas geschehen. Er hatte sich vorgestellt, daß die Nonnen bei der Aufnahme von Schülerinnen sehr sorgfältig vorgingen. Aber ehe der Besuch zu Ende war, mußten sich Mann und Frau eingestehen, daß Annabels Freundin reizend war und daß sie die Gefühle sehr wohl verstehen konnten, die ihre Tochter Millie entgegenbrachte, denn das Mädchen war nicht nur so schön, wie Annabel sie geschildert hatte, sondern besaß auch eine höchst angenehme kultivierte Stimme. Von ihrer Tochter hatten sie gehört, daß ihre Eltern tot waren. Aber warum, so fragten sie einander, sollte ein solches Kind in der Obhut der Lumpenfrau sein? Kirkley fand, daß es sich wohl lohnen würde, dem nachzugehen.

Das tat er auch, und als er am Ende erfuhr, daß die Mutter des Kindes Selbstmord begangen hatte und daß die Lumpenfrau sie aus Mitgefühl in ihr Haus aufgenommen hatte, damit man sie nicht ins Arbeitshaus steckte, waren sich wiederum beide einig, daß die Lumpenfrau aus ehrenwerten Motiven gehandelt hatte. Und so wurde Millie am Feiertag wieder zum Tee eingeladen, und bei diesem Besuch amüsierte sie sie und ihre anderen Kinder, einen zwölfjährigen Sohn und eine fünfjährige Tochter, indem sie die Nonnen imitierte, wobei sie über sich hinauswuchs, als sie zu Schwester Mary kam.

Annabels Freundschaft und der Sympathie der Familie Kirkley war es zuzuschreiben, daß sie im Haus Christi des Erlösers blieb, wo es, mit Ausnahme der Küche, kein Lachen gab, höchstens noch gelegentlich ein verstecktes Lächeln von Schwester Aloysius.

Ihr Aufenthalt endete allerdings dramatisch am letzten Freitag im Januar des Jahres 1858.

Es war ein schneidend kalter Morgen. Das Wasser in den Waschschüsseln war von einer dünnen Eisschicht bedeckt, die man aufbrechen mußte, ehe die Kinder sich waschen konnten. Und dann saßen sie im Eßzimmer fröstelnd da, weil das Feuer am Ende des Saales der eisigen Kälte nicht gewachsen war.

Im Klassenzimmer verursachte Schwester Marys rücksichtsloser Umgang mit dem Lineal so manche

Träne. Man hatte die Kinder aufgefordert, Antworten auf das, was Jesus im Tempel widerfahren war, aufzuschreiben: Was tat Er dort? Und was sagten Seine Eltern zu Ihm, als sie Ihn fanden?

Für Millie erforderte die Aufgabe kein langes Nachdenken, denn die Schwester hatte ihnen praktisch gesagt, was sie schreiben sollten. Aber sie spann eine Geschichte darum, als würde sich das Ganze in der Gegenwart und in Benton Fields abspielen. Unglücklicherweise machte sie den Fehler, als Namen der Kirche, in der man Jesus fand, St. George zu schreiben, was zufälligerweise ein Bauwerk der Kirche von England war.

Nachdem die Klassensprecherin die Papiere eingesammelt und sie auf den kleinen rechteckigen Holztisch gelegt hatte, der der Schwester als Pult diente, saß die Klasse ruhig da und wartete ängstlich auf den Urteilsspruch, einen Haken oder ein großes Kreuz, und murmelte unterdessen automatisch Gegrüßetseist-du-Marias. Am ganzen Tag durfte es nie einen müßigen oder stummen Augenblick geben; jede freie Minute mußte mit Gebet angefüllt sein.

Der scharfe Knall von Schwester Marys Hand, die auf das Blatt und den Tisch herunterkrachte, unterbrach das Gemurmel. Jetzt schrie sie: »Dumm! Dumm! Eine Verschwendung von Papier. Komm her, du!«

Auch wenn ihr Finger nicht gewesen wäre, hätte die ganze Klasse gewußt, wer zu der furchterregenden Schwester gerufen wurde. Und als Millie am Pult neben der Nonne stand, wurde ihr das Papier sofort mit der Frage vor das Gesicht gehalten: »Was meinst du damit? Papierverschwendung! Verschwendetes, gutes Papier. Dummes Zeug! Dummes Zeug! Und dieses Haar.« Die Frau schlug mit der Hand nach einem der langen Zöpfe, die Millie bis auf die Schulter hingen, und fuhr dann mit ihrer Tirade fort: »Ich hab' es dir doch gestern gesagt, oder? Gestern hab' ich es dir gesagt: ein Zopf und hinten und straff. Steh still, Mädchen! Dreh dich um!« Und ohne Millie Zeit zum Gehorchen zu geben, schrie sie erneut: »Umdrehen! Umdrehen, Mädchen!« und riß sie an den Schultern herum, und während sie sie mit der einen Hand festhielt, riß sie mit der anderen die Bandstücke von den beiden Zöpfen, ehe sie an dem Haar fetzte, bis es in ungleichmäßigen Strähnen herunterhing; und dann hob sie Millie fast in die Höhe, als sie jetzt mit beiden Händen die Haarsträhnen zusammenzog und anfing, einen tauähnlichen Zopf daraus zu formen.

Als sie das getan hatte, brachte sie ein Stück Band zum Vorschein und wand es ein paar Zoll vom unteren Ende entfernt um den Zopf; dann hielt sie mit einer Hand das Haar fest, während die andere vorschoß, eine Schublade aufriß und ihr eine große Schere entnahm.

Die Kinder stöhnten auf, und Millie stieß einen schrillen Schrei aus, als die Schere schnipp, schnipp, schnipp machte. Sie fuhr herum, und als sie etwa drei Zoll ihres Haares auf dem Holzboden liegen sah, schrie sie: »*Wie können Sie es wagen! Wie können Sie es wagen!*« Und jetzt tat sie das, was sie sich so lange vorgenommen hatte: hob den Fuß und zielte damit auf das Schienbein der Nonne. Es war offenkundig, daß sie sie getroffen hatte, denn Schwester Mary stieß einen Schrei aus, einen unheimlichen Laut, eher ein Hilferuf als ein Schmerzensschrei. Und dann griff sie wieder nach dem Zopf, kreischte jetzt: »Ich werd' ihn abschneiden bis auf die Kopfhaut! *Du bist böse! Schlecht!*«

Einige der Kinder schrien, als sie Zeugen des Handgemenges zwischen der Nonne und dem Mädchen wurden, das sie insgeheim bewunderten und beneideten, weil sie vor der gefürchteten Schwester Mary keine Angst hatte.

»*Du bist böse. Böse.* Und dieses Böse muß man dir austreiben.« Die Nonne hatte jetzt den Zopf wieder gepackt und bemühte sich schreiend, mit der anderen Hand, die die Schere hielt, ihr Werk zu beenden. Aber Millie hielt die Handgelenke der Frau gepackt und ließ sie nicht los, obwohl sie in dem Handgemenge hin und her gerissen wurde, und auch sie schrie: »*Das werden Sie nicht! Das werden Sie nicht!*«

Ob es nun Millies wütender Kraft zuzuschreiben war, daß der Griff der Frau an der Schere sich lockerte oder ob sie ihre Taktik geändert hatte und mit der Schere auf das Gesicht des Kindes zielen wollte, würde man nie erfahren. Jedenfalls packte Millie die offene Klinge, schaffte es, sie herumzudrücken, und trieb, ob nun bewußt oder zufällig, eine der beiden Schneiden der Schere in den Arm der Nonne.

Als der Schrei durch den Raum hallte, wurde die Tür aufgerissen und Schwester Monica und Schwester Aloysius kamen hereingerannt, gerade noch rechtzeitig, um der Nonne die Hände wegzureißen, die sich schon um Millies Kehle schlossen.

Ein ungeheurer Aufruhr herrschte in dem Raum, die Kinder drängten sich schreiend aneinander, und die Arme der großen Nonne schlugen wild herum, während die beiden anderen sie festzuhalten versuchten. Schwester Aloysius drehte sich schließlich um und rief einem der größeren Mädchen zu: *Geh und hol die Ehrwürdige Mutter!* Nimm die Kinder mit. Hinaus! Hinaus!«

Alle Kinder, mit Ausnahme Millies, rannten aus dem Zimmer; Millie war zu einer der Seitenwände getaumelt und lehnte jetzt daran, die Hände hingen ihr herunter, ihr Atem ging keuchend durch den offenen Mund.

»Ich bringe sie um! Das werd' ich! Das werd' ich! Sie sollte tot sein. Sie ist böse! Böse!« Die Nonne schrie jetzt, so laut sie konnte, und dann wurde sie einen Augenblick lang still und stumm, als sie auf das Rinnsal von Blut herunterblickte, das über ihre Finger strömte. Und jetzt kreischte sie wieder: »Da, seht! Blut! Blut! Sie ist böse!«

»Still! Still, Liebe!« Schwester Aloysius wischte ihr jetzt mit einem Leinentüchlein, das sie aus einer Tasche ihrer Kutte gezogen hatte, über die Hand. »Alles ist gut. Mutter kommt gleich. Sei jetzt still. Sei still.«

»Niemals! Niemals! Sie gehört hinter Schloß und Riegel. Sie ist böse, schlecht. Und ihr Haar gehört geschoren. Ich werde ihr das Haar scheren, das werde ich. Sie ist böse zur Welt gekommen. Pater Dolan hat der Ehrwürdigen Mutter alles über sie gesagt, alles. Sie stammt aus der Gosse. Ihre Mutter war auf der Straße. Ich hab' ihn gehört. Sie hat sich selbst das Leben genommen . . . böse. Ich habe zu Gott gesprochen. Jedesmal zwei Zoll, hat Er gesagt, bis sie geschoren ist; ihre Hochmut ist in ihrem Haar. Ihr Stolz, in ihrem Haar. Es muß herunter!« Und als ihre Stimme in einem schrillen Schrei endete, ging die Tür auf und die Mutter Oberin kam herein. Ihre Stimme war ruhig, als sie zu den Schwestern Monica und Aloysius sagte: »Laßt sie los.«

»Aber, Mutter.«

Ihr kalter Blick erfaßte Schwester Monica, und sie sagte: »Tu, was ich sage.«

Sie taten, was sie sagte, und als Schwester Marys Arme wieder zu fuchteln begannen, klatschte Mutter Francis' Hand Schwester Mary ins Gesicht, trieb sie gegen die Wand, wo sie wie erstarrt stehenblieb, den Mund aufgerissen und Schaum vor den Lippen. Die Mutter Oberin trat zurück, sah die beiden anderen Nonnen an und sagte: »Bringt sie in ihre Zelle.« Fast als würden sie ein Kind führen, brachten sie die Frau aus dem Raum, und die Mutter Oberin, die sich selbst zum Gehen anschickte, drehte sich um und sah zu Millie, die wie erstarrt an der Wand stand. Es war, als hätte sie bisher das Kind überhaupt nicht bemerkt, aber jetzt sagte sie: »Bleib, wo du bist, Kind. Rühr dich nicht von der Stelle.« Dann ging sie hinaus.

Wie lange Millie allein dastand, wußte sie nicht. Die Gedanken flogen ihr wie wild durch den Kopf: War sie böse? War ihre Mutter böse gewesen? Was meinte sie damit, daß ihre Mutter auf der Straße gewesen sei? Sie hatte diesen Ausdruck schon früher gehört. Irgendwie stand er mit bösen Dingen in Verbindung. Aber war ihre Mutter böse gewesen? Und — war sie deshalb böse? Sie wollte Mrs. Aggie bei sich haben. *Oh, Mrs. Aggie, Mrs. Aggie.*

Als die Tür aufging und Schwester Cecilia hereinkam, immer noch in der Küchenschürze, kamen die durcheinander wirbelnden Gedanken zur Ruhe, und sie sagte: »Oh, Schwester.«

Schwester Cecilia hielt ihr die Hand hin und sagte: »Komm, Kind, komm«, und führte sie aus dem Zimmer, durch den Korridor, die Treppe hinauf und in ihre Zelle. Sie war ihr nicht gleich dabei behilflich, ihre Sachen zusammenzuholen, sondern saß auf der Bettkante, zog Millie an sich und sagte: »Das ist ein trauriger Tag, Kind. Ein trauriger Tag.« Und dann beugte sie sich zu ihr und sagte, jetzt ganz ruhig: »Ich gebe nicht dir die Schuld, meine Liebe. Ich gebe dir nicht die Schuld. Es ist seltsam, und das wirst du in deinem Leben noch oft finden, daß manche Menschen den Anblick der Schönheit nicht ertragen können. Das ist eine Freude, die sie sich selbst nehmen, aber das begreifen sie nie. Die arme Schwester Mary hat nie Freude gekannt. Du mußt ihr vergeben.«

Jetzt wandte die Nonne den Blick von Millie und sah auf die Trennwand. Dann sagte sie mit einer Stimme, die nicht viel mehr als ein Flüstern war: »Er heißt uns kommen, und wenn wir Ihm nicht gleich gehorchen, wird Seine Stimme beharrlich. ›Komm. Komm, mein Kind. Du schuldest mir dein Leben‹, sagt Er. ›Laß mich dir zeigen, wie du es leben sollst.‹ Aber dann, sobald du Ihm dein Leben gegeben hast, wird Er fern sein; du mußt dich mühen, Ihn zu berühren. Und doch hat Er zu mir gesagt: ›Cecilia, du hast zwei Gnaden: Du liebst die Schönheit und das Kochen. Was könntest du dir noch mehr wünschen?‹«

Sie wandte sich wieder Millie zu und schloß: »Aber man wünscht sich immer mehr: Man will Sein Gesicht in der Nacht sehen, nicht in Stein, sondern in Fleisch. Aber ich sage mir, daß es kommen wird. Gottes Wille wird geschehen.«

Jetzt streckte sie die Hand aus, berührte Millie an der Wange und sagte mit leiser Stimme: »Ich hör nicht auf zu plappern, Kind. Du verstehst nicht, was ich sage, und doch könnten meine Worte wenigstens teilweise bei dir bleiben, weil ich glaube, daß du alt genug bist, um das zu verstehen, was ich dir jetzt sagen werde. Widerstehe dem Bösen, meine Liebe, dem Bösen, das Männer tun. Verstehst du mich? Widerstehe dem Bösen, das Männer tun.«

Millie begriff in Wirklichkeit nicht. Ihre Gedanken wollten immer noch wirbeln, aber sie würde sich die Worte merken: ›Widerstehe dem Bösen, das Männer tun.‹ Und bei dem Gedanken drängte sich das Bild des Mannes mit dem schmalen Gesicht in ihr Bewußtsein.

»Nun, mein Kind, laß uns deine Sachen packen, und laß uns bereit sein, wenn dein Vormund kommt. Man hat nach ihr geschickt.«

»Ich . . . ich soll nach Hause gehen?« Sie rutschte von der Bettkante, als wäre neues Leben in sie geflossen.

»Ja. Ja, meine Liebe, du mußt gehen. Und mir tut das sehr leid, weil du das Zeug zu einer guten Köchin hast. Du wirst nicht vergessen, was ich dir beigebracht habe, oder?«

»Nein, Schwester, weil ich das Kochen liebe. Nein, ich werde es nie vergessen. Und Sie auch nicht.«

Als sie ihre Arme um die Nonne legte, drückte sich eine Hand leicht auf ihren Rücken, und die Stimme sagte ganz sanft: »Ich . . . ich verstehe, wie dir zumute ist, Kind, und ich fühle es auch . . . Aber . . . aber —«, und die Stimme wurde belegt, als sie schloß, »wir werden unsere Gefühle nicht zeigen.«

Nachdem der Weidenkorb mit ihren Habseligkeiten gefüllt und zugeschnürt war, sagte Schwester Cecilia: »Jetzt sitz ganz still, Kind, bis man dich holt.« Sie hielt inne, und ihre Finger streiften leicht Millies Wange, als sie sagte: »Meine Gebete werden mit dir gehen, und ich werde mich immer an dich erinnern.«

»Oh, Schwester, es tut mir so leid, so leid. Ich . . . ich meine . . . nun, ich meine, es tut mir nicht leid, die Schule zu verlassen, hier wegzugehen, aber es tut mir leid, Sie zu verlassen, und ich wünsche, ich könnte Sie wiedersehen. Ich ... aber das wird nicht gehen, oder?«

»Nein, mein Kind, das ist nicht möglich. Aber du wirst immer in meinem Gedächtnis bleiben, und du wirst an meine Worte denken, nicht wahr? Hüte dich vor dem Bösen, das Männer tun.«

»Ja. Ja, Schwester.«

»Leb wohl, mein Kind, und möge Gott immer bei dir sein.«

Millie setzte sich wieder auf die Bettkante, den Kopf tief auf die Brust gesenkt, und die Tränen rannen ihr über das Gesicht. Hüte dich vor dem Bösen, das Männer tun. Hüte dich vor dem Bösen, das Männer tun. Ja, sie würde sich stets an diese Worte und an Schwester Cecilia erinnern.

4

Millie war beinahe drei Monate zu Hause gewesen, als sie einen Brief von Annabel erhielt. Es war das erstemal, seit sie den Konvent in Schimpf und Schande verlassen hatte, daß ihre Freundin mit ihr Verbindung aufgenommen hatte. Und in jener Zeit war das Haus in jeder Beziehung heller geworden, nicht nur infolge ihrer Anwesenheit und weil sie alles saubergemacht hatte, sondern auch durch ihre Kochkunst.

Sie hatte von Schwester Cecilia wenigstens drei Gerichte gelernt: den Fleischpudding, einen Lammeintopf mit Linsen, Graupen und Gemüse und, das eigentliche Meisterstück, leichtes Gebäck, das sie entweder mit Schweinefett oder mit Rindertalg bereitete.

Seit sie in das Haus zurückgekehrt war, aßen Aggie

und Ben besser, lebten bequemer und waren zufriedener. Und doch war da eine beständige Angst, die sie unaufhörlich zwang, auf der Hut zu sein. Sie machten es zur festen Regel, daß Millie nie alleingelassen werden durfte. Wenn sie den Hof verließ, was nur selten vorkam, ging einer der beiden Erwachsenen mit ihr, und sie sorgten dafür, daß immer einer von ihnen im Hof blieb.

Obwohl dieser Schutz nicht offenkundig war, war Millie sich seiner doch bewußt, und manchmal fühlte sie sich ebenso eingeengt wie in jener qualvollen Zeit, als die Schwestern sie bewachten.

Dann kam der Brief, und sie las ihn ihnen laut vor:

>*Liebe Millie,*
meine Mama läßt fragen, ob Du am Samstag nachmittag um vier Uhr zu uns zum Tee kommen möchtest. Und dann würde Mama auch gern mit Deinem Vormund über etwas sprechen, das Dir vielleicht nützlich sein könnte.
Du fehlst mir sehr. Ich bin jetzt nicht mehr bei den Nonnen, sondern soll eine Tagesschule besuchen. Ich habe Dir soviel zu erzählen und freue mich sehr auf unser Zusammentreffen.
Deine Freundin Annabel.<

Sie sah zuerst Aggie, dann Ben an, und dann meinte Aggie: >Etwas, das dir vielleicht nützlich sein könnte. Was meint sie damit?<

Ben grinste, und als er Millie ansah, meinte er: >Vielleicht wollen sie dich adoptieren.<

>Ich möchte nicht adoptiert werden, Ben. Ich bin schon adoptiert worden.< Sie lächelte Aggie zu, obwohl die nicht zurücklächelte, sondern nur sagte:

»Nun, heute ist Donnerstag. Wir müssen eben abwarten, was das Nützliches sein soll . . . Möchtest du
wieder zur Schule gehen?«

Millie gab nicht gleich Antwort; und dann meinte
sie nachdenklich: »Ich glaube, ich würde schon gern
zur Tagesschule gehen. Ich meine, so wie ich das früher getan habe. Ja —«, jetzt nickte sie, »ja, ich glaube,
ich möchte mehr Schulbildung.«

»Warum?«

Sie drehte sich zu Ben herum, als sie antwortete:
»Nun, weil ich weiß, daß es vieles zu lernen gibt.«

»Das sehe ich nicht so. Du kannst die Zeitung von
Anfang bis Ende lesen, und du kannst besser schreiben als die Leute, die dieses Ding machen. Und was
das Reden angeht, würde ich sagen, daß es wenige
gibt, die besser reden können als du. Das heißt —«,
dabei legte er den Kopf etwas zur Seite und grinste
spitzbübisch, »wenn du nicht eines von diesen häßlichen Worten fallen läßt, du weißt schon, wie gestern.«

»Das habe ich nicht. Ich habe nicht geflucht.
Nun . . . ich meine —«, sie schüttelte den Kopf, sah
dann Aggie an und sagte: »Wenn du es nicht so oft
sagen würdest, würde ich das auch nicht.«

»Was sag' ich denn so oft?«

»Verdammt, daß dir die Augen aus dem Kopf fallen.«

»Das sag' ich nicht sehr oft.«

Jetzt fingen Ben und Millie zu lachen an, und Ben
stand auf und sagte: »Du solltest dich selber besser
kennen, Frau. Erkenne dich selbst. Jedenfalls, wenn
du zu diesen feinen Pinkeln zum Tee gehst, solltest
du dich besser waschen und dir ein paar ordentliche
Kleider holen.«

»In dem Brief stand nichts davon, daß ich Tee trinken soll.«

»Nun, wenn du nicht eingeladen bist, dann werde *ich* auch nicht dableiben. Aber wie Ben schon gesagt hat: Zieh was Hübsches an. Da ist . . . da ist dieser bedruckte Rock, den ich ausgelassen habe, der dir paßt. Der ist hübsch. Und dann ist da noch dieses nette Cape, das du letzte Woche gekriegt hast.«

»Seid still! Alle beide.« Aggie stemmte sich aus dem Sessel hoch. »Warum zieht ihr mich eigentlich nicht aus und macht euch mit dem Schrubber über mich her?«

»Das wäre eine Idee!« Bens Gesichtsausdruck war ganz ernst, als er Millie zunickte, und sie antwortete: »Ja. Ja, wirklich. Aber wir müssen es mit kaltem Wasser machen und dem Besen vom Hof.«

»Jetzt ist's genug! Habt ihr gehört? Das ist genug.« Als Aggie sich mit einer Leichtigkeit herumdrehte, die einen bei ihrem Gewicht jedesmal erstaunte, und hastig zur Tür eilte, flog Millie hinter ihr her, sprang vor sie und schlang beide Arme um ihre breiten Hüften, so weit es ging, und rief: »Es tut mir leid. Das war nicht nett. Ich wollte bloß was Komisches sagen wie Ben. Du . . . du bist drunter so sauber, und das weiß niemand besser als ich. Es tut mir leid. Es tut mir wirklich leid. Und ich hab' dich auch lieb. Oh, ich hab' dich lieb.«

»Halt den Mund und sei still. Hör auf zu plappern und laß mich los.«

Als Aggie Millies Arme von sich löste, blickte sie zur Seite, weil Ben nicht mehr im Zimmer war. »Komm her«, sagte sie und ging zurück zum Kamin. Und als Millie wieder dicht neben ihr stand, sah sie auf sie herunter und sagte: »Versuche nie auf Kosten

anderer Leute komisch zu sein. Ben darf das, weil . . .
nun, weil er ein Mann ist und weil man es von einem
Mann nicht anders erwartet. Aber eine Frau oder ein
Mädchen darf das nicht, höchstens gegen sich selbst.
Gegen dich selbst darfst du komisch sein . . . du weißt
schon, was ich meine, dich kleiner machen, aber mach
das nie mit anderen, verstehst du?«

Millies Stimme klang ganz schwach, als sie sagte:
»O ja, ja, Mrs. Aggie, ich verstehe. O ja, ich verstehe.
Ich werd's auch nie wieder tun.«

»Oh —«, Aggie wackelte jetzt mit dem Kopf, »sei so
komisch, wie du magst, aber versuche nie, jemanden
zu verletzen. Es sei denn, der Betreffende verdient es
oder hat etwas Böses getan. Ach, was red' ich da! Geh,
mach dich an deine Arbeit. Du wolltest doch einen
Kuchen backen, oder? Ich sag dir, was du sonst noch
machen kannst: Du kannst ein halbes Dutzend von
deinen Johannisbeerkrapfen machen und sie am
Samstag mitnehmen, als eine Art Geschenk für die
Lady.«

Millie konnte gerade noch an sich halten, sonst hätte sie gesagt: »Oh, ich glaube nicht, daß ich das tun
sollte. Ich meine, die haben doch eine Köchin.« Sie
hatte dieser lieben, freundlichen Frau ohnehin schon
wehgetan. Und jetzt noch darauf hinzuweisen, daß sie
nicht wußte, was sich gehörte, wenn man Leute wie
die Kirkleys besuchte, wäre in gewisser Weise gegen
den Rat, den sie gerade bekommen hatte, obwohl es
nichts mit Reden zu tun hatte; da ging es eher um Verhalten und Betragen oder so etwas. Nun, was auch
immer es war, sie wußte, daß sie ihre kleinen Kuchen
backen und sie Mrs. Kirkley am Samstag würde geben
müssen.

Das Hausmädchen, das ihnen die Tür öffnete, konnte die Augen nicht von der großen fetten Frau mit dem biskuitfarbenen, mit großen Stoffrosen geschmückten Strohhut wenden, und von dem Cape, das gerade ihre Schultern bedeckte und darunter den Blick auf einen mächtigen, in blauen Baumwollstoff gehüllten Busen freilegte, wie sie noch nie einen gesehen hatte. Als sie gerade sagen wollte: »Ich werde der Mistress sagen, daß Sie gekommen sind«, waren auf der Treppe schnelle Schritte zu hören, und dann warf sich Annabel Millie förmlich entgegen und rief: »Oh! Ist das schön! Ist das schön, dich zu sehen!«

Millie strahlte ihre Freundin an, hielt ihr den bunten Teller hin und sagte: »Ich . . . ich habe Johannisbeerkrapfen für dich gebacken.«

»Die sind für deine Mutter, Liebes.« Aggie strahlte Annabel an.

»Oh, dann wird Mama sich bestimmt freuen. Oh! Hier ist sie. Mama, Millie hat dir ein Geschenk mitgebracht. Das sind Johannisbeerkrapfen. Sie kann prima backen, das habe ich dir gesagt.«

Es sprach für Mrs. Kirkleys Stil, daß sie, nachdem sie Aggie mit einem Kopfnicken und mit einem Lächeln begrüßt hatte, Millie ansah, die ihr das Geschenk reichte, und sagte: »Oh, danke, Millie. Die sind sicher köstlich. Wir essen sie dann zum Tee. Jessie —«, sie wandte sich nach dem Mädchen um, das hinter ihr stand, reichte ihr den Teller und sagte: »Laß die zum Tee auf den Tisch stellen, bitte.«

Das Mädchen nahm den Teller entgegen, als wäre er glühend heiß. Dann ging Mrs. Kirkley ins Wohnzimmer voraus, deutete allen mit einer Kopfbewegung an, daß sie Platz nehmen sollten, sah dann Millie an und meinte: »Ach, das ist aber nett! Freut mich wirklich, dich wiederzusehen. Wie geht's dir denn?«

»Sehr gut, Ma'am, sehr gut.«

»Bist du zur Schule gegangen?«

»Nein — bis jetzt noch nicht. Aber wir —«, sie warf Aggie einen Blick zu, »wir denken darüber nach, ziehen es in Betracht.«

»Oh, nun, das ist dann in gewisser Weise schade, wenigstens was uns betrifft, weil der Vorschlag, den Annabel in ihrem Brief angedeutet hat, mit einer Stelle für dich zu tun hat.« Jetzt senkte sie den Kopf tief; und dann wandte sie sich Aggie zu und sagte: »Sie müssen wissen, meine Cousine ist auf der Suche nach einem Kindermädchen, das ihr mit ihren sechs Kindern behilflich ist. Das wäre eine sehr gute Stellung für jedes junge Mädchen, und eine sehr nette obendrein. Meine Cousine ist mit dem Verwalter von Mr. Crane-Boulder verheiratet. Das sind die Fabrikbesitzer, müssen Sie wissen.« Und wie um zu erklären, wie es kam, daß eine Cousine von ihr mit einem Verwalter verheiratet war, fügte sie hinzu: »Meine Cousine war sehr jung, als sie heiratete. Ihr Mann kommt aus einer guten Familie, er ist sogar entfernt mit den Crane Boulders verwandt, aber . . . er war der jüngste Sohn, und Sie wissen ja, was für Stellen jüngste Söhne bekommen.«

Sie streckte die Hand aus, die Handfläche nach oben, und schüttelte bedächtig den Kopf, während sie Aggie ansah, als spräche sie mit einer Freundin, die sicher verstehen würde, daß eine ihrer Cousinen nicht unter ihrem Stand geheiratet hatte. Und dann fuhr sie fort: »Sie wohnen auf dem Anwesen. Nicht in der Hütte; es ist ein sehr großes, hübsches Haus. Das muß es ja schließlich auch sein —«, und dabei wurde ihr Lä-

132

cheln breiter, »bei sechs Kindern, nicht wahr? Nun, das wär's. Ich bin sicher, daß Sie das besprechen möchten, aber wenn Sie glauben, daß Sie es sich überlegen würden —«, sie sprach immer noch zu Aggie gewandt, »dann würde ich meine Cousine bitten, die Stellung noch ein oder zwei Wochen offenzuhalten. Und in der Zwischenzeit, falls Millie vielleicht meine Cousine besuchen und über die ganze Sache reden möchte, dann würde mein Mann mit Vergnügen mitkommen.«

Sie fügte nicht hinzu, »er wäre geradezu entzückt, wenn jemand die Stelle übernehmen würde, damit ihm erspart bliebe, Rose die Kinder abzunehmen, bis sie wieder jemanden hat, der mit diesem wilden Haufen zurechtkommt«. Als sie Ende letzten Jahres drei von den Kindern bei sich gehabt hatten, hatte ihn das fast in den Wahnsinn getrieben. Er gab Rose die Schuld und hätte nie ein Wort gegen William gesagt.

O ja, er würde Millie hinbringen. Und sie war auch überzeugt, daß das Mädchen gut hinpassen würde. Sie war jedenfalls noch jung genug, um mit Kindern zu spielen, schien aber irgendwie einen sehr erwachsenen Kopf auf ihren Schultern zu tragen.

Und so lächelte sie jetzt und sagte: »Das wär's. Sie müssen, wie ich schon sagte, Zeit haben, um darüber nachzudenken.«

»Ich hätte gedacht, daß es eine Menge junger Mädchen gibt, die sich um eine solche Stellung reißen, Ma'am, wo doch Arbeit so rar ist.«

»Ja. Ja, es gibt viele . . . Mädchen, Mrs. Winkowski, aber die sind nicht von der Art, wie meine Cousine sie gern hätte. Einige hat sie schon erlebt. Wie Sie ja sicher wissen, können die meisten Mädchen, die solche Stellungen suchen, weder lesen noch schreiben und sind so unintelligent, daß sie keine Kontrolle über die Kinder haben; und dann kommt es sehr schnell dazu, daß die Kinder sie ausnützen. Kinder sind da raffiniert, müssen Sie wissen. Ich habe mir deshalb gedacht, daß es schon ein ganz besonderes junges Mädchen braucht, und da ist mir Millie eingefallen, und deshalb habe ich beschlossen, Ihnen den Vorschlag zu machen, Mrs. Winkowski. Aber natürlich nur, wenn Sie nicht vorhaben, sie weiter auf die Schule zu schikken. Andererseits bin ich sicher, daß sie eine Menge lernen kann, wenn sie mit meiner Cousine und ihrem Mann zusammen ist, ganz zu schweigen von den Crane-Boulders selbst, wissen Sie, den Besitzern des Anwesens, weil die nämlich eine Menge gesellschaftlichen Umgang haben. Ah —«, sie sah zur Tür, »da hör ich jetzt, daß der Tee fertig ist. Möchten Sie bitte mitkommen?«

Sie nahmen den Tee zu viert. Mrs. Kirkley aß einen von Millies Krapfen und lobte ihn überschwenglich; und nachdem Annabel einen gegessen hatte und dann darum bat, einen zweiten zu bekommen, rief ihre Mutter mit gespielter Strenge aus: »O Annabel! Deine Manieren!«

Als sie zu Ende gegessen hatten, sagte Mrs. Kirkley zu ihrer Tochter: »Möchtest du nicht Millie im Garten herumführen, Liebes?« Und als Annabel ausrief: »O ja, Mama!«, nahmen sich die beiden Mädchen an den Händen, ehe sie nach draußen rannten. Aggie wußte natürlich, daß ihr jetzt etwas vertraulicher Klatsch, wie sie es nannte, bevorstand, und damit täuschte sie sich auch nicht, denn Mrs. Kirkley begann sofort ohne Vorrede und sagte: »Es gibt noch einen weiteren Grund, weshalb ich diese Stellung für Millie vorgeschlagen habe. Wissen Sie, Mrs. Winkowski, Mädchen reden ja eine ganze Menge, und ich denke, daß Millie sich im Konvent Annabel anvertraut und ihr gesagt hat, warum man sie dorthin geschickt hatte. Ich weiß daher um Ihre große Besorgnis hinsichtlich eines bestimmten Mannes, der offenbar darauf aus war ... nun, wie soll ich sagen, sie zu entführen. Und zu welchem Zweck er das vorhat, wollen wir hier besser gar nicht erwähnen. Millie weiß, wie Ihnen ja sicher auch klar ist, daß sie mit ihrem Aussehen Aufmerksamkeit erregt, und mit diesem herrlichen Haar; seine Farbe ist so ungewöhnlich, daß man sie einfach nicht übersehen kann. Nun, muß ich noch mehr sagen?«

»Nein, das müssen Sie nicht, Ma'am. Und was die Sache mit der Entführung angeht, so meine ich, wir können sagen, daß das vorbei ist. Wir haben diesen Mann jetzt seit einem Jahr nicht mehr zu Gesicht bekommen. Könnte sein, daß er die Stadt verlassen hat.«

»O ja.« Die schmalen Augenbrauen hoben sich. »Andererseits ist es natürlich durchaus möglich, daß das nicht so ist. Aber das wissen Sie natürlich selbst am besten. Ich erwähne es nur. Übrigens, wissen Sie viel über ihre Mutter?«

»Nein, Ma'am, nur daß sie sehr jung gestorben ist und früher einmal Kammerzofe war.«

»Ach, tatsächlich, Kammerzofe? Ah ja, das erklärt vieles, ich meine das Wesen von Millie ... oder glauben Sie vielleicht, daß es vom Vater kommt? Wissen Sie etwas über ihn?«

»Nur daß er anscheinend eine ordentliche Stellung hatte und daß er gestorben ist.«

»Oh. Oh.« Mrs. Kirkley lehnte sich in ihrem Sessel zurück. »Ich bin wirklich froh, daß wir dieses Gespräch geführt haben. Und es freut mich wirklich, daß sie und Annabel Freundinnen sind. Annabel hat eine sehr hohe Meinung von ihr.« Den nächsten Gedanken, der ihr in den Sinn kam, sprach sie nicht aus: dem Himmel sei Dank dafür, daß Annabel auf die Schule gehen würde und daß damit die Verbindung bald beendet sein würde, denn sie fortzusetzen, würde eine unmögliche Situation heraufbeschwören.

Aggie erhob sich jetzt halb aus ihrem Sessel und brachte die Unterhaltung damit zum Ende, indem sie sagte: »Nun, Ma'am, ich danke ihnen für Ihre Gastfreundschaft und auch dafür, daß Sie zu der Kleinen so freundlich sind. Ich werde mir das, was Sie gesagt haben, überlegen und auch mit Ben darüber sprechen. Er hilft ihr und ist so etwas wie ein Partner und hat sich viel um sie gekümmert, seit ich sie zu mir genommen habe, und sein Rat ist immer vernünftig. Und deshalb müssen wir jetzt gehen.«

»Natürlich. Natürlich. Ich werde die Mädchen rufen.«

Sie verabschiedeten sich; Annabel und Millie drückten sich fest die Hände, aber Mrs. Kirkley hinderte ihre Tochter mit sanftem Nachdruck daran, die Gäste ans Tor zu bringen. Und das war vielleicht auch gut so, denn dort saß Ben auf dem Sitz des Lumpenwagens und wartete ebenso geduldig wie das Pony. Und wie er so dasaß, sah er wie ein großer, ordentlich gekleideter junger Mann aus, denn sein Kopf und seine Schultern ragten ein gutes Stück über die Sitzlehne.

Als er sie sah, sprang er herunter und war zuerst Aggie, dann Millie beim Hinaufklettern behilflich und zwängte sich zuletzt selbst auf den Sitz, griff nach den Zügeln und rief: »Höh! Höh, Laddie!« Und sie fuhren nach Hause.

Ein wenig später saßen sie um den Tisch. Aggie hatte Ben den Anlaß zu der Einladung zum Tee erklärt, und jetzt brach sie sein Schweigen, indem sie sagte: »Nun! Kannst du nicht etwas sagen?«

Aber er meinte nur: »Das kommt doch nicht mir zu, Aggie, das ist ihre Sache. Laß sie doch hingehen und sehen, ob es ihr dort gefallen würde. Zehn Meilen von hier, sagst du, und ein ganzes Rudel Kinder, um die sie sich kümmern muß?« Er drehte sich zu Millie herum und sagte: »Was hältst du davon? Sechs Kinder, das älteste zehn?«

»Oh, das würde mir nichts ausmachen, jedenfalls auf eine Weile. Vielleicht würde ich nicht sehr lange dort bleiben wollen, weil ich wie gesagt vielleicht wieder zur Schule gehen möchte. Aber«, jetzt lächelte sie zuerst Ben, dann Aggie an, »es wäre ein neues Erlebnis, und wie Annabel mir sagte, würde ich einen Schilling Sixpence die Woche kriegen und einen halben Tag freihaben und dazu noch einen ganzen Tag jeden Monat.« Sie schnitt jetzt ein Gesicht, als sie hinzufügte: »Annabel schien das für sehr großzügig zu halten.«

»Nun, im Vergleich zu dem Urlaub, den man in den großen Häusern bekommt, ist es das, glaube ich, auch; manche kriegen einen halben Tag im Monat und überhaupt keinen, wenn sie aus dem Arbeitshaus kommen oder aus einer der Siedlungen. Nun, mir scheint, du solltest hingehen und dir das Haus und die Leute ansehen, ehe du dich entscheidest; das ist wohl recht und billig. Aber hast du auch darüber nachgedacht, was ich hier tun werde, wenn ich dann wieder ganz allein bin? Das wird dann wieder ein Schweinestall werden. Und dein gutes Essen wird mir fehlen, wie?«

»Oh, Mrs. Aggie —«, sie streckte die Hand über den Tisch und griff nach dem mächtigen Ellbogen, der dort lag, »ich werde nicht gehen. Und wie ich schon sagte, ich könnte hier auf die Halbtagsschule gehen. Ja, warum nicht? Das ist eine alberne Idee, und ich bin groß genug, daß ich mich um mich selber kümmern kann . . .« Ihre Stimme wurde leiser, als die zwei Augenpaare sie fixierten, und der Kopf sank ihr herunter. »Es war albern, das zu sagen«, meinte sie. »Aber du könntest mich ja hinbringen und auch wieder holen, wie du das beim letztenmal gemacht hast.« Das hatte sie zu Ben gewandt gesagt, und der meinte: »Ja, das könnte ich. Aber weißt du, was? Für dich wäre es ganz bestimmt gut, wenn du wenigstens auf ein Jahr hier weg wärst. Und ganz tief in ihrem Herzen denkt die da —«, damit deutete er mit dem Daumen auf Aggie, »ganz bestimmt dasselbe. Und eines verspreche ich dir: Ich werde nicht zulassen, daß aus dem Haus wieder ein Schweinekoben wird. Ich werde selber 'n wenig saubermachen. Und wenn die bloß zulassen würde, daß ich Annie ins Haus hole —«, er wackelte wieder mit dem Daumen, »dann wäre alles hier blitzeblank.«

Der Blick, mit dem Aggie ihn fixierte, brachte ihn zwar zum Schweigen, wischte aber das breite Grinsen nicht aus seinem Gesicht.

Aggie stand auf und ging in die Küche, und Ben griff über den Tisch und legte seine Hand auf die Millies, und die drehte sich um und sah ihn an.

Von Ben ging immer etwas Beruhigendes aus: Sie hatte das Gefühl, daß sie ihn genauso liebhatte wie Mrs. Aggie. Und bei dem Gedanken hob sie seine Hand, die breite, ungewöhnlich saubere Hand, und hielt sie sich an die Wange.

»Oh, Millie, Liebes. Millie.«

In seiner Stimme war etwas, das in ihr den Wunsch erweckte, sich in seine Arme zu werfen; aber sie wußte auch, daß das Aggie nicht recht sein würde. Mrs. Aggie mochte es nicht, wenn man seine Zuneigung zur Schau stellte. Und sie fand, daß das schade war. Liebe brauchte einen Ausdruck.

5

Bis zum vorangegangenen Abend waren Aggie und Ben sich darüber uneinig gewesen, ob es nun für Millie zweckmäßig sein würde oder nicht, den ihr angebotenen Posten anzunehmen. Aber um halb acht am darauffolgenden Morgen wußten sie, daß sie die richtige Entscheidung getroffen hatten. Tatsächlich schien die Situation, in der Millie sich befand, sogar wie von Gott gegeben, als um sieben, gleich nachdem Ben die Tore geöffnet hatte, eine Mrs. Walton eilig in den Hof kam.

»Sie haben nicht etwa unsere Betty gesehen, Ben?« fragte sie.

»Betty? Nein. Nein, Mrs. Walton. Warum? Ist sie verschwunden?«

Die Frau sah sich im Hof um, als erwarte sie, ihre Tochter jeden Augenblick aus einer der Türen oder hinter einem der Schrotthaufen auftauchen zu sehen. Dann wiederholte sie: »Verschwunden? O ja, sie ist verschwunden. Aber er hat ja immer gesagt, daß das einmal passieren würde, weil ich ihr immer die Haare gewaschen und ihr Gesicht saubergehalten habe und sie entlaust und all das, statt selber arbeiten zu gehen. Er hat gesagt, es sei meine Schuld. Aber ich hab' doch bloß ihr Bestes gewollt.« Und jetzt flehte sie mit brüchiger Stimme, beide Hände ausgestreckt, Ben förmlich an: »Sagen Sie mir bloß nicht, daß einer sie mitge-

nommen hat. Ewig habe ich davor Angst gehabt, weil
sie so unstet ist. Immer auf dem Markt rumgelaufen
ist sie, kaum daß ich sie aus den Augen gelassen habe.
Und so ein hübsches Kind. Sie wissen doch, wie
hübsch sie ist.«

»Ja.« Ben nickte ihr zu. »Ja, sie ist hübsch, Mrs.
Walton. Seit wann ist sie denn weg?«

»Seit gestern abend. Gestern abend. Sie hat nicht
vor der Bar auf ihn gewartet, und er —«, wieder eine
ausdrucksvolle Handbewegung, »er kehrt dort immer
ein, wenn er von der Fabrik heimkommt. Er wird dort
trocken, wissen Sie ... der Flachs. Das würgt ihn
manchmal. Und außerdem, wenn er weiß, daß sie da
ist, dann zieht ihn das nach Hause. Und jetzt ist er
wütend. Er ist heute morgen nicht zur Arbeit gegangen und hat an jede Tür in der Foley Street geklopft.
Aber wenn die sie dort hätten, meinen Sie dann, daß
die's ihm sagen würden? Und jetzt macht er mir Vorwürfe, weil ich sie immer saubergehalten habe. Sie
war unser erstes Mädchen, immer seine Lieblings-
tochter. Die Jungs haben ihn nie interessiert. Was soll
ich denn machen?«

»Waren Sie schon bei der Polizei?«

»Aber freilich. Ja, ich war bei der Polizei. Aber was
werden die denn machen? Er hat schon recht: Die
Hälfte von denen werden ja von dem Gesindel in der
Foley Street bezahlt. Nun, es ist schon komisch: Wenn
ein Kind verschwindet, finden die's nie. O mein Gott!
Ben, wenn die weg ist, bringt ihn das um. Ich sag's
Ihnen, das bringt ihn um. Und dann schnappt er sich
einen von diesen Scheißkerlen und macht ihn kalt.
Und was dann? Dann baumelt er, oder die schicken
ihn nach Australien. Wo wir doch gerade angefangen haben, auf die Füße zu kommen. Drei von den

Jungs arbeiten, und er bringt auch Geld ins Haus, das, was übrigbleibt, nach der Kneipe, am Freitag. Aber irgendwie sind wir durchgekommen. Und Sie wissen ja selbst, ich bin jede Woche hier gewesen und hab' 'n paar Sachen gebracht.«

Sie wandte sich jetzt von ihm ab und sah zur Haustür hinüber, wo Millie stand. Eine volle Minute lang konnte sie den Blick nicht von dem Mädchen wenden, ehe sie sich wieder zu Ben wandte und mit einem hilflosen Achselzucken meinte: »Mein Gott! Ist ja ein Wunder, daß die die noch nicht geholt haben.« Und dann fügte sie mit kläglicher Stimme hinzu: »Sie kommen ja rum, Ben. Und Ihre Annie, wenn das stimmt, was man erzählt, hat eine Verwandte, die auch nicht besser ist, als sie sein sollte, und ganz gut davon lebt. Vielleicht können Sie über die was rauskriegen . . . würden Sie das tun, Ben?«

»Ja, sicher, Mrs. Walton. Ich muß heute morgen was erledigen, aber sobald ich zurück bin, werde ich . . . nun, da werd' ich mich umsehen, und dann sag ich Ihnen Bescheid. Sie wohnen doch in Booth Court, oder?«

»Ja, Nummer sechsundfünfzig. Dritter Stock. Ich danke Ihnen.« Jetzt drehte sie sich um und sah noch einmal zu Millie hinüber, ehe sie aus dem Hof eilte. Millie ging auf Ben zu und fragte: »Hat sie Schwierigkeiten?« Und er sah ihr gerade in die Augen und antwortete: »Ja, sie hat Schwierigkeiten. Ihr kleines Mädchen ist verschwunden. Du kennst sie, Betty, das nette kleine Ding; sie war oft hier im Hof.«

Millie drehte sich ohne ein Wort um und ging ins Haus zurück, und Ben folgte ihr und sah, wie Aggie gerade ins Zimmer geschlurft kam. Und obwohl ihre Augen noch schlaftrunken waren, schien sie zu spüren, was vorgefallen war. »Was gibt's denn?« wollte sie wissen.

»Die kleine Betty Walton ist verschwunden«, antwortete Ben. Er sagte nicht: ›Er ist wieder am Werk und rückt uns näher‹, aber nach einem kurzen Schweigen meinte er wie beiläufig: »Die Kleine treibt sich ziemlich rum, überall konnte man sie sehen, wenn ich mich richtig erinnere, also ist sie wahrscheinlich bei einer Freundin geblieben und hat jetzt Angst, nach Hause zu gehen — wenn der alte Walton einen gehoben hat, würde er sie sich mit seinem Gürtel vornehmen. Dabei hat sie ihn oft genug aus der Bar nach Hause geschleppt, aber . . .«

»Ja, ja, ist schon gut«, warf Aggie ein. »Jedenfalls ist's höchste Zeit, daß das Frühstück auf den Tisch kommt. Und ihr beiden habt noch eine Fahrt vor, also laßt uns anfangen. Und du, Ben Smith, Jones oder Robinson, putz dich ein bißchen raus, du kommst zu vornehmen Leuten.«

Sie hatten The Courts verlassen und die zahllosen Reihen von Rücken an Rücken stehenden Häusern, die nicht sauberer und nicht gepflegter waren als die halbe Meile von Gebäuden, die jetzt hinter ihnen lagen. Sie hatten den Markt überquert und waren an den Kirchen und Kapellen vorbeigefahren, die miteinander und mit den zahllosen Kneipen wetteiferten und in der Welle religiöser Erneuerung und auf das Beispiel hin, das die Königin selbst gab, sogar hofften, daß es ihnen eines Tages gelingen würde, die Sünder aus den Flammen der Hölle zurückzuholen und sie in die Arme des Herrn zu treiben.

Und dann kamen die Fabriken. Wohin das Auge blickte, waren Fabriken: Baumwollfabriken, Textilfabriken, alles finstere Gebäude, viele Wange an Wange mit den Elendsvierteln, die sie ins Leben gerufen hatten.

Und dann änderte sich die Szene plötzlich, als hätte jemand eine Grenze quer durch den Stadtrand gezogen: Ben lenkte jetzt den Karren an Reihenhäusern mit Spitzenvorhängen an den Fenstern vorbei. Die Treppen, die zu den lackierten Haustüren hinaufführten, waren mit Fliesen belegt, und hier und da konnte man ein kleines Hausmädchen sehen, das die Treppen schrubbte oder das Pflaster vor dem kleinen, mit einem Zaun umgebenen Gärtchen putzte.

Dies waren die Häuser der oberen Arbeiterklasse, der Handwerker, Büroangestellten und Ladenverkäufer.

Sie erreichten jetzt freies Land, das bald in größere Gartenflächen überging, von denen jede ein einzelnes Haus umgab, das man von der Straße durch ein Eisentor erreichen konnte.

»Sei darauf vorbereitet, die Knie zu beugen, und halte den Mund. Und, ja, beiß dir auf die Zunge.« Er grinste sie an.

»Nun, könnte sein, daß ich das muß, oder? Aber würdest du es je tun?«

»Ich?« Er warf sich in die Brust. »Niemals! Ich bin das, was man eine freie Seele nennt; frei wie der Wind.«

»Mit Ausnahme von Mrs. Aggie und dem Hof.«

»Jetzt werd mir bloß nicht frech, Miss. Aber ja, hast schon recht: mit Ausnahme von Mrs. Aggie und dem Hof. Wir dürfen nie vergessen, du nicht und ich nicht, wenn Mrs. Aggie und der Hof nicht gewesen wären, dann wären wir in diesem Augenblick weiß Gott wo. Schließlich hätte sie mich rauswerfen können, nachdem ihr Pa gestorben war, und jemand anderen aufnehmen können . . . jemand Ansehnlicheren.«

»Du bist sehr ansehnlich, Ben. Wirklich sehr.« Sie musterte ihn jetzt von oben bis unten, und er war wirklich ansehnlich. Sie hatte ihn noch nie so gekleidet gesehen wie heute morgen. Er trug den Anzug, der jenem alten Mann gehört hatte, der gestorben war. Chinesen-Charly hatte eine Menge daran ändern müssen, daß er ihm paßte, und er hatte den Anzug auch gebügelt, und das veränderte Ben wirklich sehr. Er sah aus . . . nun, sie fand nicht den richtigen Ausdruck dafür. Hübsch paßte nicht, aber er hatte so ein nettes Gesicht und eine Menge braunes Haar, und sein Oberkörper war wirklich schön. Nur seine Beine! Jammerschade war das mit seinen Beinen. Wenn sie nur ein paar Zoll länger gewesen wären; oder wenn vielleicht sein Oberkörper nicht so groß gewesen wäre, dann würden seine Beine nicht so auffallen. Und er hatte eine hübsche Stimme. Er sprach nicht immer korrekt, aber immerhin hatte er eine hübsche Stimme. Alles an ihm war hübsch. Sie mochte Ben. Ja, sie mochte ihn wirklich. Und so streckte sie jetzt impulsiv die Hand aus, legte sie auf die seine und sagte leise: »Du wirst mir wirklich fehlen, Ben, ich meine, wenn ich diese Stelle annehme.«

Er zügelte das Pony, brachte es zum Stehen und blickte auf ihre Hand herunter, die immer noch auf der seinen lag: »Da bist du nicht die einzige, Millie. Dieses Haus wird wie tot sein, wenn du nicht da bist. Aber egal —«, seine Stimme wurde jetzt lauter, »du mußt dorthin gehen, wenigstens für eine Weile. Und das verstehst du doch auch, nicht wahr?«

»Ja. Ja, Ben, das verstehe ich. Aber gleichzeitig frage ich mich, warum? Warum?«

»Das weißt du ebensogut wie ich.«

Fast hätte er sie angeschrien; seine Stimme war tatsächlich so laut geworden, daß er sich instinktiv umdrehte, weil er das Gefühl hatte, jemand hätte ihn gehört, und er blickte auf die zwei schmiedeeisernen Torflügel, in die ›The Grange‹ eingelassen war. Und dann senkte er ebenso instinktiv wieder die Stimme und sagte noch einmal: »Das weißt du ebensogut wie ich. Ist gar nicht nötig, darüber zu reden.«

»Doch, ist es schon.«

Er starrte sie an und holte tief Luft, wobei sich sein mächtiger Brustkasten noch weiter ausdehnte, und sagte dann: »Nun, wenn du es wissen willst: Du solltest nicht so aussehen, wie du es tust, auf die Weise ziehst du die falschen Leute an. Das ist die Antwort. Und mehr sag ich nicht. Also, steig jetzt ab, wir sind da.« Er deutete auf das Tor.

Als er eine Minute später an dem eisernen Glockengriff zog und es laut tönte, öffnete sich die Tür eines kleinen Häuschens dicht hinter dem Tor, und ein Mann kam heraus und musterte sie einen Augenblick lang, ehe er sagte: »Nun, was wollen Sie?«

»Sie . . . Miss Forester hier wird erwartet. Von einer Mrs. Quinton.«

»Oh.« Der Mann machte eine leichte Kopfbewegung und sah Millie an; dann deutete er mit dem Zeigefinger und sagte: »Ein Stück weiter unten an der Straße ist noch ein Tor. Sie finden das Haus auf halbem Weg die Auffahrt hinauf.« Er sah an ihnen vorbei auf das Pony und den Karren und fügte dann nicht unfreundlich hinzu: »Damit könnten Sie die Auffahrt hinauffahren.«

»Danke«, sagten Ben und Millie gleichzeitig. Dann wandten sich beide ab und lächelten.

Ben meinte: »Geh du zu Fuß; könnte sein, daß du das Tor öffnen mußt ... Der Mann war ganz nett, nicht wahr?«

»Ja, wirklich.«

»Nun, das könnte ein gutes Omen sein, so wie's im Buch steht.«

Millie lachte laut auf, und während Ben sich wieder auf den Kutschbock setzte, sagte sie: »Weißt du, du sagst manchmal so komische Sachen.«

Er blickte auf sie herab. »Nun, du bist nicht die einzige, die Bücher liest, weißt du? Wenn ich wollte, könnt ich dich da leicht übertreffen. Und das werd ich auch und so; eines Tages machen wir ein Wettlesen, wenn du anfängst, erwachsene Sachen zu lesen.« Und damit klatschte er dem Pony mit den Zügeln auf den Rücken.

Sie war ein paar Schritte vorangegangen, drehte sich jetzt um und meinte: »Warum gehst du nicht zur Schule, Ben?«

»Was! Was sagst du da? Zur Schule gehen? Ich? Ein Mann!«

»Eine Menge erwachsene Leute gehen abends zur Schule, manche nach der Arbeit. Ich weiß, daß Pater Dolan eine Abendklasse hat.«

»Was! Zu den Katholiken soll ich gehen? Damit ich mit der Schere auf ihn losgehe? ... Oh, tut mir leid, Mädchen, tut mir leid.«

»Das braucht es nicht.« Sie brachte das Pony vor dem zweiten Tor zum Stehen. Die beiden Torflügel standen offen. Sie nickte Ben zu und meinte: »Ich hab' da nie Schuldgefühle gehabt, und es hat mir auch nicht leid getan. Das war eine schreckliche Frau, böse und grausam, und nicht nur mir gegenüber. Aber es gibt auch andere Leute, die in Abendkurse gehen, Ben; Parson King zum Beispiel. Der ist Protestant.«

»Das sind alles Betbrüder. Aber geh aus dem Weg und laß *mich* ihn durchs Tor führen, wenn du's nicht machst.«

Sie fuhren jetzt eine Zufahrt hinauf, die beiderseits von Sträuchern gesäumt war, und dann kamen sie plötzlich an eine offene Fläche. Sie war wie ein kleines Feld, nur daß das Gras gemäht war, und da stand auch ein Haus. Im Vergleich zu den anderen Häusern, an denen sie vorbeigekommen waren, war es eher klein zu nennen. Es sah aus, als hätte es nur zwei Stockwerke, aber das Dachfenster deutete darauf hin, daß da oben noch ein ausgebauter Dachboden war.

Ben hatte kaum die Füße auf den Boden gesetzt, als eine ganze Schar Kinder aus dem Haus gerannt kam und drei Meter vor ihnen stehenblieb. Es waren fünf: Das größte Kind war ein Mädchen, nicht viel jünger als Millie selbst. Es waren drei Mädchen und zwei Jungen. Und der größere der beiden Jungen musterte Ben und Millie, ehe er sich zu den anderen wandte und sagte: »Er hat kurze Beine.« Dann stoben sie schreiend auseinander, als Ben lachend auf sie zulief und rief: »Ja, aber die sind mächtig schnell!«

Jetzt erschien eine junge Frau in der Tür und rief mit hoher Stimme: »Kinder! Betty! Paddy! Du auch, Daisy, kommt! Kommt sofort her!« Aber die Kinder rannten alle, so als hätten sie sie nicht gehört, an die Schmalseite des Hauses, wo sie zusammengedrängt stehenblieben und den Mann mit den kurzen Beinen und das Mädchen mit dem fast weiß wirkenden Haar dabei beobachteten, wie sie auf ihre Mutter zugingen.

»Oh, da seid ihr. Guten Morgen. Kommt herein.«

Millie begriff sofort, daß Mrs. Quinton eine nervöse

Lady war und daß sie noch nicht sehr alt war; sie wirkte sogar ausgesprochen jung. Ihr Haar war wirr, und sie trug eine Schürze. Auf Millie machte sie gar nicht den Eindruck wie die Art von Lady, die ein Kindermädchen einstellen würde. Überhaupt nicht wie Annabels Mutter.

»Kommt in die Küche«, sagte sie und ging ihnen durch einen kleinen Flur in eine große Küche voraus, die, wie Millie feststellte, von einem rechteckigen Tisch beherrscht wurde, unter dem eine Anzahl Hocker standen. Sie stellte auch gleich fest, daß die offene Feuerstelle, die einen Backofen auf der einen und einen Wasserboiler auf der anderen Seite erwärmte, ganz so war wie die, mit der Schwester Cecilia sie vertraut gemacht hatte.

»Setzt euch. Ach, du liebe Güte! Du liebe Güte!« Mrs. Rose Quinton zog zwei Hocker unter dem Tisch hervor und bedeutete Millie und Ben, daß sie sich setzen sollten. Und als sie saßen, stand sie vor ihnen und wirkte etwas hilflos, meinte aber lächelnd: »Unglücklicherweise habt ihr ja meine Familie schon kennengelernt; zumindest alle, mit Ausnahme des Babys. Sie sind ziemlich wild, aber nicht böse, nur ein wenig ungebärdig, wißt ihr?«

Millie lächelte ihr zu, und Mrs. Quinton erwiderte das Lächeln und sagte: »Ich . . . ich muß offen zu dir sein. Sie . . . sie brauchen eine feste Hand. Nun, ich meine, man muß sie bändigen. Und noch etwas anderes muß ich dir ganz offen sagen, denn wenn ich es nicht tue, dann wird es ganz sicher eines der Hausmädchen bald tun, nämlich daß ich in diesem Jahr bereits schon zwei Helferinnen gehabt habe. Siehst du, ich möchte nämlich nicht, daß du . . . nun, sagen wir —«, ihr Lächeln wurde breiter, »unter falschen Voraussetzungen kommst, verstehst du?«

»Ja. Ja, Ma'am, ich verstehe; und ich habe auch schon früher mit Kindern gearbeitet . . . Als ich auf der Nonnenschule war, gehörte es nämlich mit zu den Pflichten der älteren Schülerinnen, daß wir uns um zwei oder drei jüngere kümmerten, also dafür sorgten, daß sie sich richtig wuschen und . . . nun, solche Dinge. Und das habe ich gemacht, kurz bevor ich wegging.«

»Du warst auf der Nonnenschule? O ja. O ja.« Mrs. Quinton schloß kurz die Augen, wie um sich daran zu erinnern, was ihr ihre Cousine von dem Mädchen berichtet hatte. Sie hatte dabei freilich nichts von der Sache mit der Schere erzählt, denn das hätte eine besorgte Mutter sicher davon abgehalten, eine solche Xanthippe zu engagieren.

»Hat dir meine Cousine die Bedingungen gesagt?« Millie hielt kurz inne und sagte dann: »Ja.«

»Und sie passen dir?«

»Ja. Ja, danke.«

»Nun, wann kannst du dann deine Arbeit antreten?«

Jetzt wandte Millie sich zu Ben, und der zuckte die Achseln und sagte: »Es liegt bei dir, aber ich könnte dich morgen wieder hierherbringen, wenn du das möchtest?«

»Ja, das möchte ich«, sagte sie, sah dann Mrs. Quinton gerade an und sagte: »Ich werde morgen anfangen.«

»Würdest . . . würdest du gern jetzt die Kinder kennenlernen? Nun, ich weiß, du hast sie schon gesehen, aber wenn ich sie rufen würde und . . .«

Millie erhob sich von dem Hocker, sah ihre zukünftige, geplagte Dienstgeberin an und sagte: »Oh, das ist schon gut. Wir werden einander morgen ganz sicher kennenlernen, und zwar sehr schnell.«

»Ja. Ja, das ist vielleicht das beste. Aber, oh, übrigens, du weißt doch, daß es noch andere Aufgaben gibt? Ich ... ich habe jemanden, der jeden Morgen zwei Stunden herkommt, aber ... sie macht nur die ganz schwere Arbeit. Ich brauche manchmal Hilfe in der Küche und ...«

»Oh, ich würde gern überall behilflich sein, wo ich kann.«

»Sie ist eine prima Köchin«, sagte Ben.

Rose Quinton sah den ungewöhnlichen Mann an und dachte, wie so viele andere schon gedacht haben: Wie schade! Er hätte ein gutaussehender Mann sein können. »So, ist sie das?« sagte sie. Und er nickte entschieden und sagte: »Ja, das ist sie. Sie können's mir glauben, Ma'am. Ich esse gern gut, und sie ist die beste Köchin, die ich je erlebt habe.«

Wieder lächelte Mrs. Quinton Millie zu. »Das wäre ja herrlich. Nun, du wirst morgen um ... etwa um dieselbe Zeit? ... kommen?«

»Ja, Ma'am.«

Millies neue Dienstherrin zögerte, als wüßte sie nicht recht, was sie jetzt tun solle. Dann drehte sie sich schnell um und führte sie aus der Küche in den Korridor und wieder zur offenen Haustür und sah dann ihre Kinder bei dem Pony stehen. Ihr Sohn Patrick war sogar auf den Karren gestiegen.

»Oh, du liebe Güte! Du liebe Güte! Dieser Junge! Es tut mir leid«, murmelte sie.

»Das braucht Ihnen nicht leidzutun, Missis, ich meine, Ma'am. Es ist ein gutes Zeichen, wenn Kinder Tiere mögen und gern mit ihnen spielen. Guten Tag.«

»Guten Tag.«

Wie Millie jetzt vor ihrer künftigen Dienstherrin stand, wußte sie nicht, ob sie knicksen sollte oder nicht. Sie entschied sich dagegen und schuf damit einen Präzedenzfall, der bald in Frage gestellt werden sollte. »Guten Morgen, Ma'am«, sagte sie, und Rose Quinton antwortete im selben Tonfall: »Guten Morgen«, und fügte dann hastig hinzu: »Wie heißt du denn?«

»Millie, Ma'am.«

»Oh. Millie? Nun, dann guten Morgen, Millie.«

Und Millie sagte erneut: »Guten Morgen, Ma'am«, drehte sich dann um und folgte Ben zum Karren, wo die fünf Kinder jetzt eine Gruppe bildeten, so als wären sie mit vereinten Kräften stärker. Aber als Millie dann von ihrem Platz aus den Arm hob und ihnen zuwinkte, sahen sie einander an und kicherten und winkten dann alle zurück, was Millie als gutes Vorzeichen und Rose Quinton als Zeichen für relativen Frieden aufnahm. »Es war«, meinte sie später im Bett zu ihrem Mann William, »als ob plötzlich ein Segen über das Haus gekommen wäre. Seltsam, nicht wahr?« Und er antwortete darauf: »Ja, wahrhaftig. Nun, ich bin gespannt darauf, diesen Segen zu sehen. Ja, wahrhaftig, das bin ich.«

6

Millie lebte jetzt seit sechs Monaten bei den Quintons in Little Manor und konnte sich nicht erinnern, jemals eine glücklichere Zeit verbracht zu haben. Auf den halben Tag bei Aggie und Ben freute sie sich immer noch ebenso wie auf den ganzen Tag, den sie einmal im Monat hatte; aber sie war immer wieder froh, in den Quinton-Haushalt zurückzukehren, wo sie sich so zu Hause fühlte, daß sie sich nicht vorstellen konnte, den Ort je einmal verlassen zu wollen. Aber im Rückblick erinnerte sie sich auch daran, daß die erste Woche sehr schwierig gewesen war.

Mr. und Mrs. Quinton ließen sich ihre Mahlzeiten im kleinen Eßzimmer servieren, während sie die ihren mit den Kindern am Küchentisch einnehmen mußte. Und als die neunjährige Daisy einen Löffel voll heiße Suppe nahm und ihn ihr ins Gesicht warf und die anderen kicherten und Millie aufstand, an einen Beistelltisch ging, sich dort ruhig einen größeren Löffel auswählte, an den Tisch zurückging, den Löffel mit Suppe füllte und den Inhalt der kleinen Übeltäterin ins Gesicht warf, führte das zu einem lauten Schrei von Daisy und erschrecktem Aufstöhnen ihrer Geschwister. Als dann das erschreckte Kind schrie: »Ich werd's Mama sagen!«, sagte Millie: »Dann geh nur und sag es ihr.« Aber als das Kind vom Hocker rutschen wollte, hielt Paddy, ihr jüngerer Bruder, sie auf und riet ihr: »Tu's nicht! Papa ist da. Du wirst ihr's schon zurückgeben können; warte nur.«

Das ›zurückgeben‹ erfolgte in der Form, daß Millie in ihr Schlafzimmer im Dachgeschoß eingeschlossen wurde, das man über eine Leiter erreichte, die vom Treppenabsatz aus nach oben führte. Die Klappe war mit zwei Riegeln versehen, die unsinnigerweise an der Außenseite und nicht innen angebracht waren. Die Kinder hatten die Riegel vorgelegt, nachdem Millie zu Bett gegangen war. Als sie am nächsten Morgen um halb sieben die Klappe verschlossen vorfand, tat sie freilich nicht, was man von ihr erwartete, nämlich an die Falltür zu schlagen und laut zu schreien, sondern kehrte vielmehr zu ihrer Schlafstätte zurück, hüllte sich in die Decke ein und wartete. Sie brauchte auch nicht sonderlich lange zu warten, denn als Mr. Quinton um sieben herunterkam, um zu frühstücken, und einen ungedeckten Tisch vorfand, eilte er nach oben und verständigte seine Frau. Mrs. Quintons erste Reaktion war: »Oh, dann ist sie sicher weggegangen. Und ich dachte schon, sie wäre anders. Ich dachte, sie würde mit ihnen fertig werden. Vielleicht hat sie auch nur verschlafen. Geh nachsehen, William.«

Als William die Leiter hinaufstieg und die Riegel vorgeschoben sah, zog er sie auf, klappte die Falltür auf und sah im schwachen Schein einer fast heruntergebrannten Kerze das Mädchen angezogen neben ihrer Schlafstelle mit ausgestreckten Füßen dasitzen. Sie lächelte ihm entgegen, und er lächelte zurück und sagte: »Die kleinen Teufel!«

Worauf sie sagte: »Sie haben bestimmt noch kein Frühstück gehabt, Sir, aber ich mache es schnell.«

Sie bereitete sein Frühstück zu, während er in die beiden Zimmer ging, in denen fünf seiner Kinder schliefen. Drei von ihnen waren hellwach und warteten auf das Geschrei und das Poltern, das bis jetzt nicht zu hören war. Nachdem William seinem Sohn eins hinter die Ohren gegeben und seine Töchter ein wenig durchgeschüttelt und ihnen gesagt hatte, daß sie eigentlich klüger sein müßten, weckte er seinen sechsjährigen Sohn Robert und seine vierjährige Tochter Florrie jeweils mit einem kräftigen Klaps auf die Kehrseite. Dann wies er zuerst auf Betty, dann auf Daisy und Paddy und sagte: »Ich hab' euch gewarnt, nicht wahr? Hab' euch gesagt, was passieren würde, wenn wir wieder ein Kindermädchen verlieren. Dann ist Schluß mit der Schule; und du, Betty, kommst dann ins große Haus in die Küche, und du auch, Daisy. Die haben jetzt ein junges Mädchen dort, das den ganzen Tag mit Dreckkübeln herumlaufen muß. Und was dich angeht, Paddy, du kommst in den Stall. Und das ist mein heiliger Ernst.« Er hob die Hand. »Ich sag das diesmal nicht bloß so. Dieses Mädchen ist tüchtig und intelligent und wird euch wahrscheinlich genauso viel beibringen können, wie ihr in der Schule lernen würdet, weil sie auch auf der Schule war. Und das ist die letzte Warnung, die ihr von mir bekommt. Habt ihr das verstanden?« Und jetzt schrie er seinen Sohn an: »Paddy! Hast du verstanden?«

»Ja, Vater. Ja.«

»Willst du in den Stall?«

»N . . . n . . . nein, Vater. Ich . . . ich mag Maschinen. Ich meine, ich kann Maschinen zeichnen, das weißt du.«

»Schon gut, schon gut. Dann merkt euch, was ich euch gesagt habe. Alle drei. Was dich betrifft, Robert«, er sah seinen jüngeren Sohn an, »du hältst dich besser auch dran, sonst kommst du auch in den Stall. Da ist ein Junge in deinem Alter, der schon seit Wochen dort ausmistet.« Damit machte er auf dem Absatz kehrt und ließ sie allein.

Seine Warnung saß, auch wenn sie nur widerwillig akzeptiert wurde; wenigstens die nächsten paar Tage, bis Millie es schaffte, das Eis zu brechen, denn sie verstand sich gut darauf, Geschichten zu erzählen, und außerdem spielte sie mit ihnen. Wahrscheinlich auch, weil sie Patrick sagte, daß sie ihm gern zuhörte, wenn er auf seiner Blechpfeife blies, was die anderen offenbar nicht so schätzten. Die letzte Barriere fiel wahrscheinlich, als sie eines Nachmittags auf einer Lichtung im Wald, als die Sonne grell vom Himmel brannte und kein Lufthauch wehte, für sie tanzte, einen irischen Hopser, den sie von Ben gelernt hatte und den er selbst als kleiner Junge wiederum von Annie gelernt hatte.

Patrick, der ein gutes Gehör hatte, konnte bald die Melodie spielen, die sie ihm vorsummte, und als sie dann alle dazu brachte, mit ihr den Hopser zu tanzen und sie den ganzen Wald mit ihrem Gelächter füllten, zogen sie damit die Aufmerksamkeit von zwei jungen Reitern auf sich, die auf dem Reitweg vorüberritten. Sie stiegen vom Pferd und spähten durch die Bäume. Zu ihrer großen Überraschung sahen sie, wie die junge Quinton-Bande einen wilden Tanz um ein Mädchen vollführte, das sie noch nie gesehen hatten. Sie hatte ihr goldenes Haar im Nacken mit einem Band zusammengebunden, aber das Haar unterhalb des Bandes hüpfte beim Tanzen um ihre Schultern.

Millie sollte diese jungen Männer kennenlernen; oder besser erfahren, daß sie die Söhne von Raymond Crane-Boulder waren, so wie sie über viele Leute in The Grange von Jane Fathers hören sollte, dem Mädchen, das in der Dienstbotenhierarchie auf The Grange auf der untersten Stufe stand, weil sie nur die Ausschütterin war.

Das war ein sehr passender Titel, denn Jane nahm von den Hausmädchen die Nachttöpfe und die Porzellankübel mit den Küchenabfällen entgegen und leerte sie in eiserne Kübel; anschließend trug sie sie, unterstützt von Ken Atkins, dem Stiefelputzer, die ganzen hundert Meter bis ans Ende des Küchengartens, wo die Jauchegruben waren.

Da der Wald nur ein paar Meter hinter den Jauchegruben begann, schlüpfte Jane manchmal in den Schutz der Bäume und legte sich dort hin und träumte von dem Tag, an dem sie vielleicht einmal Küchenmädchen wurde, falls sie sich gut mit Mrs. Potter, der Köchin, stellte, die bei Mrs. Roper, der Haushälterin, vielleicht ein gutes Wort für sie einlegen würde.

Während einer jener kurzen Siestas sah sie Millie das erstemal und fand in ihr jemanden, der an ihrem Wissen um die Angehörigen des Haushaltes interessiert war. Da war der alte Master, dem zwei Fabriken in der Stadt gehörten, der sie aber nie besuchte, weil er fett war und die Gicht hatte und nur selten sein Zimmer verließ. Um die Geschäfte kümmerte sich Mr. Raymond, sein Sohn, und Jane versicherte Millie, daß sie ihn sofort erkennen würde, wenn er ihr je über den Weg lief, weil er groß und hager war und gut aussah. Die Mistress hingegen war von ganz anderem Schlag, erklärte Jane, völlig anders, weil — und diese Information gab sie im Flüsterton weiter — sie einen großen Fehler hatte: Sie liebte die Flasche, und manchmal war oben der Teufel los. Flo Yarrow, das war das zweite Hausmädchen, sie und Jessie Kitson, das war die dazwischen, konnten über das, was im ersten Stock vor sich ging, Geschichten erzählen und taten es auch: Genau wie in Ridley's Pub an einem Samstagabend, sagten sie, war es manchmal. Dann waren da die beiden Söhne, Mr. David, der fünfzehn war, und Mr. Randolph mit vierzehn. Richtige Flegel waren das, die den Dienstboten dauernd Possen spielten. Einmal traten sie unmittelbar vor ihr einen Eimer mit Küchenabfällen um. Iih! Scheußlich war das gewesen, sagte sie.

Millie erfuhr, daß einige der Dienstboten ganz in Ordnung waren, daß sie mit einem redeten, aber nicht Mr. Winters, der Kammerdiener, und auch nicht die Zofe der Lady, Miss McNeil. Der Butler auch nicht, der war hochnäsig. Aber Mr. Boswell, der erste Lakai, war in Ordnung. Nun, manchmal lachte er einen sogar an; aber nicht John Tester, der zweite, der war genauso rotzig wie ein Polizist. Der Küche waren vier

Mädchen zugeteilt und drei weitere dem ersten Stock; und dann gab es noch vier Männer im Hof und vier Gärtner.

Zuerst verwirrten Millie die vielen Namen, aber mit der Zeit und nachdem sie sich mindestens zweimal die Woche Janes Klatsch angehört hatte, hatte sie das Gefühl, jetzt die Angestellten und ihre jeweiligen Zuständigkeiten zu kennen. Was sie nicht wußte, weil Jane selbst es auch nicht wußte, war, wie die Räume im Haus angeordnet waren; denn obwohl das Mädchen seit ihrem achten Lebensjahr im Dienst der Familie war und jetzt elf Jahre alt war, war sie nie über den Dienstbotenflur hinausgekommen und ganz sicher nicht über die mit grünem Fries bezogene Tür, die aus dem Gang in die Haupthalle führte, nicht einmal, um ihren Jahreslohn von zweiundfünfzig Schillingen zu empfangen; denn den erhielt sie, wie der Rest der Küchenangestellten auch, vom Butler, der ihnen das Geld an einem Tisch im Dienstboteneßzimmer aushändigte.

Aber Jane hatte große Hoffnung, daß sich das dieses Jahr ändern würde, denn der Bruder oder der Halbbruder der Mistress würde im Laufe des Jahres großjährig werden, und da würde es ein großes Fest geben. Und man munkelte, daß es auch ein besonderes Fest für die Dienstboten geben würde. Würde das nicht wunderbar sein?

Millie tat Jane leid, und das erzählte sie Aggie an einem ihrer Halbtage. »Sie kommt aus dem Arbeitshaus«, sagte sie, »genauso wie der Stiefelknecht, und man behandelt sie, als ob sie die Pest hätten, nach allem, was ich erfahre. Aber sie ist so dankbar für ein freundliches Wort und redet dauernd von dieser Party, die für den Halbbruder der Mistress stattfinden soll.

Aber soweit ich das bisher begriffen habe, wird er erst nächstes Jahr großjährig. Wirklich traurig. Sie tut mir so leid.«

Sie saß neben Aggie auf der Couch und sagte, den Kopf an ihren dicken Oberarm gelehnt: »Sie hatte nicht soviel Glück wie ich.« Aggie legte den Arm um sie und meinte in einer seltenen Anwandlung von Gefühl: »Und ich meinerseits hatte auch Glück, dich zu kriegen, meine Liebe.« Dann schob sie sie von sich, sah ihr ins Gesicht und fragte leise: »Weißt du, was Ben vorhat?«

»Nein, was?«

»Das frage ich dich, Mädchen, weil er mit dir redet, auf der Fahrt hin und her. Also, hat er etwas gesagt?«

»Worüber denn?«

»Nun, wo er zweimal die Woche in seinem guten Anzug hingeht. Wenn er dich absetzt, trägt er ihn nicht. Er ist anständig angezogen, das geb ich ja zu; das war er immer, selbst wenn er zu Annie geht putzt er sich ein wenig raus. Aber das ist etwas völlig anderes. An den Abenden, an denen er diesen Anzug anzieht, geht er nicht zu ihr, sondern in die Stadt. Also, wo geht er dort hin? Er hat dir gegenüber also nichts gesagt?«

»Nein, Mrs. Aggie. Nein, aber es muß schon etwas Besonderes sein, wenn er diesen Anzug anzieht.«

»Nun, das denk ich eben auch und so, Mädchen. Ich hab' ihm gesagt, im Spaß, weißt du: ›Hast wohl deiner langjährigen Freundin den Laufpaß gegeben und dich mit einer ganz Besonderen eingelassen?‹ Und weißt du, was er zu mir gesagt hat?«

Millie schüttelte den Kopf.

»›Da wär ich gar nicht überrascht‹, das hat er gesagt, ›da wär ich gar nicht überrascht. Sind schon seltsamere Dinge passiert.‹ Und weißt du, was er dann noch gesagt hat? Mit einer ganz eigenartigen Stimme: ›Zum erstenmal, Mrs. Winkowski‹, hat er gesagt, ›hast du für die Beziehung, die zwischen mir und Miss Annie Blackett besteht, den richtigen Ausdruck gewählt.‹ Iih! Fast hätt' ich ihm den Topf mit Gemüse ins Gesicht geworfen, wirklich.«

Aber Millie war auch neugierig darauf, wohin Ben wohl zweimal die Woche in seinem guten Anzug ging, und so fragte sie ihn auf der Fahrt zurück zu den Quintons geradeheraus: »Was machst du denn, Ben, wenn du zweimal die Woche in deinem neuen Anzug in die Stadt gehst?«

»Oh, das will sie also von dir wissen, was? Ich hab' schon lange drauf gewartet. Nun, Miss, wenn ich es dir sagen würde, würdest du genauso viel wissen wie ich, oder? Und dann würdest du es ihr am nächsten Sonntag in aller Stille sagen.«

»O nein, das würd' ich nicht, nicht wenn du es nicht willst. Das weißt du doch, Ben.«

Er sah sie von der Seite an und sagte dann leise: »Nun, wenn ich es dir sage, wirst du lachen; das ist das Allermindeste, was du tun wirst.«

»Vielleicht lach' ich auch nicht, wenn es nicht komisch ist. Ist es etwas Komisches?«

»Nein, ich glaube nicht, daß es komisch ist. Es ist etwas, was ich schon lange tun wollte, bloß daß ich nicht den Mumm dazu gehabt habe. Aber dann hab' ich nachgedacht: Da bist du, ein kleines Mädchen, und hast den Kopf voll mit allen möglichen Sachen; und da bin ich, zehn Jahre älter als du, ein ausgewachsener Mann, und ich weiß praktisch gar nichts. Nun, ich meine, mein Kopf arbeitet ja die ganze Zeit, aber er dreht sich im Kreis sozusagen, und die Kreise werden nicht größer, wenn du verstehst, was ich meine. Also hab' ich mir gedacht: Da gibt's so manchen besseren Mann als ich, der noch zu lernen angefangen hat, als er schon ziemlich alt war. Und genau das tu ich jetzt. Ich geh in die Abendschule.«

»*Oh, Ben! Oh, bin ich froh!* Wie kommst du denn drauf, daß ich dich auslachen würde? Und daß ich mehr im Kopf habe als du, das ist doch albern. Ich habe immer gefunden, daß du gescheit bist.«

»Ich, gescheit?«

»O ja. Was du manchmal sagst, wenn du Dinge zusammenfaßt . . . oder über Menschen. Aber ich bin so froh, daß du in die Abendschule gehst. Was lernst du denn?«

»Nun!« Er ließ die Zügel klatschen und rief: »Hü! Vorwärts, Laddie!«, schien einen Augenblick nachzudenken, ehe er Antwort auf ihre Frage gab: »Zuerst kam's mir komisch vor, als ich das erstemal hinging und dem Burschen bloß zugehört habe, wenn er etwas vorgelesen hat, und einen dann fragte, was man davon hielt. Nun, ich war nicht der einzige dort, der ihm nicht sagen konnte, was er von den Armenrechts-Gewerkschaften hielt, bevor der Vormundschaftsaus schuß gegründet wurde. Aber wie ein schlauer Pinkel sagte: Je weniger er über die Arbeitshäuser wußte, desto glücklicher würde er sein; er war gerade erst in die Klasse eingetreten, um auf die Weise eine bessere Stellung zu kriegen und nicht ins Arbeitshaus zu müssen. Darüber haben wir alle gelacht, und der Lehrer hat auch gelacht. Das hat irgendwie das Eis gebrochen. Fast wär ich dann rausgeplatzt, als er fortfuhr und über die Gesundheitsgesetze redete, die '48 erlassen worden waren. Iih! Ich hätte am liebsten gesagt, daß die damals wohl die Courts übersehen haben, wo mehr Platz für die Ratten ist als für die, die dort wohnen. Aber es macht einen schon nachdenklich. Nun, mir hat es jedenfalls die Augen geöffnet. Aber ein wenig durcheinander war ich dann schon, als er sagte, es würden gute Häuser für die Arbeiterklasse gebaut, und die Leute würden dort nicht einziehen wollen, weil sie es gewöhnt waren, in Mäuselöchern zu wohnen. Einer ist aufgestanden und wollte auf ihn losgehen, aber da hat er ihm gesagt, er solle doch in die Boston Lane gehen, dort würde er schon sehen, daß das stimmte. Und weißt du, Millie, damit hatte er auch recht, denn ich bin selbst hingegangen und hab' mich umgesehen. Es waren kleine Häuser, aber sauber und aus Ziegeln gebaut, und doch stand die Hälfte von ihnen leer. Ich hätte das selbst nicht geglaubt, solange ich es nicht mit eigenen Augen gesehen hatte.«

»Das klingt alles interessant, Ben; ich wollte, ich könnte da auch dabeisein.«

»Oh, du bist besser dran, wo du bist, viel besser dran, wenn du dich um diese verzogenen Fratzen kümmerst, wie Aggies Freund von der Polizei sie nennt. Über Kinder hab' ich übrigens auch etwas gelernt, über das neue Gesetz von 1842. Demzufolge dürfen anscheinend Kinder nicht zur Arbeit geschickt werden, solange sie noch nicht zehn Jahre alt sind. Aber das halbe Land hat sich dagegen erhoben: Bauern, sogar Eltern. Ich meine, die Eltern von den Kleinen, weil die das Brot verdient haben. Aber sie waren natürlich billige Arbeitskräfte für die Fabriken und die Bauern. Nun, das hab' ich immer gewußt. Aber wenn es einem vorgelesen wird und man von den Gesetzen hört, die man dagegen erlassen hat und die nicht eingehalten werden, macht einen das nachdenklich. So, jetzt weißt du's, Millie Forester, das tu ich zweimal die

Woche in meinem guten Anzug: lernen. Und noch mehr lesen — wenn ich Gelegenheit dazu bekomme.«

»Oh, ich bin stolz auf dich, Ben. Wirklich.« Und als er murmelte: »Da bist du sicher die einzige«, schüttelte sie seinen Arm und sagte: »Sei nicht albern. Das bin ich nicht. Mrs. Aggie hat dich lieb.«

Sie wartete auf seinen Widerspruch, aber der kam nicht, nicht einmal sein übliches »Ja, ich kann nichts dafür und sie auch nicht«. Statt dessen schrie er nur das Pferd an: »Hü, Laddie!«

Der Gedanke, daß Ben zur Schule ging, selbst wenn es nur zweimal die Woche abends war, erinnerte auch sie wieder daran, daß sie eigentlich gern zur Schule gehen würde. Sie wußte zugleich auch, daß sie nicht alles haben konnte; sie arbeitete schließlich gern mit den Quinton-Kindern und hatte auch Freude daran, Mrs. Quinton zu helfen. Tatsächlich besorgte sie jetzt den größten Teil des Kochens und wußte, daß man ihre Arbeit schätzte, und in ihr vielleicht sogar etwas mehr als nur eine Dienstbotin sah. Trotzdem wurde sie auch an den drei Sonntagen im Monat, wo die Kinder ihr Mittagessen im Eßzimmer gemeinsam mit ihren Eltern einnahmen, nie aufgefordert, sich zu ihnen zu setzen. Und doch vermittelten sie ihr das Gefühl, mit zur Familie zu gehören, wohingegen Nellie Fuller, die Tochter des Kutschers, die jeden Morgen für zwei Stunden kam, überhaupt keine Privilegien erhielt. Mrs. Quinton war insoweit nett zu ihr, daß sie sie nie anschrie — aber man bot ihr nie zu trinken oder einen Happen zu essen an, ehe sie aus dem Haus ging, und ihr Lohn wurde immer direkt ihrem Vater ausgehändigt.

Sie gehörte auch zu den Menschen, die Millie leid taten, und manchmal steckte sie ihr einen Johannisbeerkrapfen zu, den sie sich am Vormittag in ihrer Pause abgespart hatte und den Nellie immer annahm und wortlos aß.

Aber dann kam sie eines Morgens, als sie die Kinder auf dem Weg zur Kirchenschule im Dorf begleitete, auf eine Idee, die sie abends auf höchst diplomatische Weise Mrs. Quinton vortrug.

Mrs. Quinton selbst gab ihr den Anlaß dazu, als sie sagte: »Bin ich froh, daß es diese Schule gibt. Sie kommen dort so gut voran, und daß du ihnen abends vorliest, hat ihnen auch wesentlich geholfen, Millie. Weißt du, du könntest selbst Lehrerin sein.«

»Nun, ich habe die Hoffnung, eines Tages eine zu werden, Ma'am.« Der Gedanke war ihr bisher nie in den Sinn gekommen. »Ehe ich zu Ihnen kam, um mich um die Kinder zu kümmern, hatte ich vor, auf die Schule zurückzukehren, und das möchte ich immer noch.«

Ehe sie weiterreden konnte, rief Rose Quinton aus: »O nein! Millie! Nein! Du darfst unmöglich die Kinder verlassen. Nicht jetzt. Und sie haben dich lieb, wirklich, sie lieben dich. Du kommst mit ihnen zurecht wie vor dir keine andere; es ist sogar so, daß sie dir mehr gehorchen als mir. O Millie, Millie, du denkst doch nicht daran, uns zu verlassen, oder?«

»Nun, ich würde wirklich gern zur Schule gehen, und wenn es auch nur ein halber Tag wäre.«

»O Millie, Millie. Ich dachte, du würdest hierbleiben, bis die Kinder herangewachsen sind, das hab' ich wirklich gedacht. Du bist mir eine so große Hilfe. Und wir schätzen dich, Mr. Quinton ebenso wie ich. Er wird so enttäuscht sein.«

»Aber ich gehe nicht gleich weg.«

»Nein; aber du hast es vor, nicht wahr?«

»Nun ja, das schon. Ja. Aber . . . es gäbe einen Ausweg . . . Wenn Sie wirklich der Meinung sind, daß die Kinder möchten, daß ich bleibe.«

»Ja? Ja? Was denn? Ich meine, was für ein Ausweg?«

»Nun, wenn es möglich wäre, daß ich an zwei oder drei Vormittagen in der Woche mit den Kindern die Schule besuche, nur auf einen halben Tag, dann würde mir das für den Augenblick reichen.«

Rose Quinton dachte einen Augenblick nach, und dann sagte sie mit strahlender Miene: »Ja. Ja, wirklich, Millie, das ist eine Idee. Ich muß mit Mr. Quinton sprechen, und dann wird er mit Mrs. Wilkins reden, das ist die Lehrerin, weißt du, und ich bin sicher, daß du ihr wahrscheinlich irgendwie mit den Jüngeren behilflich sein könntest. Ja. Ja, ich werde gleich, wenn Mr. Quinton heimkommt, mit ihm reden. Das wäre ein Ausweg. Und den Kindern würde das gefallen, und sie würden dich auch nicht ausnutzen. Nun, das läßt du ja ohnehin nicht zu, oder?« Sie nickte Millie wissend zu, ehe sie aufstand und aus der Küche ging. Dabei seufzte sie tief, als wäre sie sehr erleichtert.

Also ging Millie wieder zur Schule, und das Leben verlief in glatten Bahnen, und die Wertschätzung, die die Familie ihr entgegenbrachte, war so groß, daß man sie zu ihrem dreizehnten Geburtstag zum Tee ins Speisezimmer einlud.

Und man könnte sagen, daß in den darauffolgenden Monaten das Leben für Millie rosige Züge annahm, bis die Feierlichkeiten auf The Grange anläßlich der Volljährigkeit des Halbbruders der Mistress, Bernard Thompson, und die Party für die Bediensteten, die sich anschloß, alles völlig veränderten.

7

In der Woche vor dem großen Ereignis machten sich die wachsende Aktivität und die Aufregung, die es auf The Grange hervorrief, auch in The Little Manor bemerkbar. Ganz besonders Millie bekam das zu spüren, denn Mrs. Quinton hatte sie wissen lassen, daß man sie zu der an dem Tag nach dem Hauptereignis geplanten Party für die Bediensteten einladen würde, von der Jane ihr gesagt hatte, daß sie im Saal stattfinden sollte.

Aggie hatte bei einer ihrer Sammlungen ein Taftkleid mit blauem Seidenfutter, das vorher eine Lady getragen hatte, bekommen. Außen hatte das Kleid mehrere Flecken, aber innen sahen der Stoff und das Futter noch wie neu aus. Sie hatte es zum Chinesen-Charlie gebracht und ihn gefragt, ob seine Frau daraus ein Kleid für Millie machen könne. Mrs. Charlie verstand sich sehr gut darauf, Kleider umzuarbeiten, und hatte den Vorschlag gemacht, daraus ein Kleid im chinesischen Stil anzufertigen. Und darauf einigte man sich dann auch für den großen Tag.

Millie war wegen des Kleides genauso aufgeregt wie wegen der eigentlichen Party; aber ganz besonders gespannt war sie darauf, die Bewohner des Hauses zu sehen. Mit Ausnahme des Kutschers und Ken Atkins, des Stiefeljungen, der gelegentlich mit Jane einen kleinen Abstecher in den Wald machte, zu einem Zweck, den sie bis jetzt noch nicht in Erfahrung gebracht hatte und über den sie auch nicht länger nachdenken mochte, weil sie sie beide gern hatte; ja, abgesehen von diesen beiden und hier und da einem Gärtner, hatte sie noch keine Angehörigen des Haushalts gesehen, denn The Little Manor war von The

Grange so völlig losgelöst, als stünde es in einem anderen Stadtviertel. Die Angestellten benutzten die Zufahrt, die an The Little Manor vorbeiführte, nie; man hatte sie angewiesen, nicht am Haus des Verwalters vorbeizufahren. Das Fest sollte am kommenden Dienstagabend stattfinden; aber jetzt war Samstag, und am Samstag war keine Schule, und Samstagnachmittag war eine Zeit zum Spielen, im Haus oder außerhalb. An diesem Nachmittag würden sie im Freien spielen.

Es war ein sonniger, aber kalter Tag, und Millie hatte die Kinder im Wald herumgejagt, um sie und sich selbst warmzuhalten, und das Spiel, das sie alle mochten, bestand darin, hinter ihr herzuhüpfen und dabei Patrick zu folgen, der auf seiner Pfeife blies.

Rings um die Bäume hüpften sie dabei, und Millie selbst wurde in diesem Spiel immer wieder zum Kind, tanzte und hüpfte und empfand dabei eine ganz besondere Freude.

In diesem vergnügten Zustand kam Millie hinter dem Pfeifer aus dem Wald, gefolgt von den vier Kindern, um verblüfft stehenzubleiben, als sie sich der hochgewachsenen Lady und dem Gentleman gegenübersah.

Da sie bisher den Master und die Mistress des Hauses noch nicht zu Gesicht bekommen hatte, hatte Millie sich auch kein Bild davon gemacht, wie sie aussehen würden. Aber es war ihr sofort klar, mit wem sie es hier zu tun hatte, weil Betty über den Rasen auf die Straße sprang und dort knickste, die beiden ansah und sagte: »Master . . . Mistress, wir haben gespielt.«

Berenice Crane-Boulder starrte auf das Mädchen herab und sagte mit einer Stimme, die ihre schlanke Gestalt Lügen strafte: »Ich hätte gedacht, daß du schon über das Spielstadium hinaus bist, Kind. Und dieses Mädchen —«, sie deutete auf Millie und starrte sie dann einen Augenblick lang durchdringend an, ehe sie sagte: »Wer ist sie?«

Ehe Betty antworten konnte, sagte Millie: »Ich bin das Mädchen für die Kinder und helfe auch Mrs. Quinton, Ma'am.«

Ihre Stimme und ebenso ihr Verhalten schienen der Mistress einen Augenblick die Sprache zu rauben; aber nur einen Augenblick. Dann legte sie zusätzliche Autorität in ihre Stimme, und schrie Millie an: »Rede, wenn man dich anspricht, Mädchen! Offensichtlich hat man deine Ausbildung vernachlässigt.« Dann meinte sie, wieder zu Betty gewandt: »Sag deiner Mutter, daß ich sie morgen früh in meinem Büro sprechen möchte.«

»Berenice.« Das war der Master, der sich jetzt zu Wort meldete, aber seine Frau schien ihn nicht zu hören, sondern sie sah Patrick an und sagte: »Junge! Geh zu den Stallungen und sag den Männern dort, daß ein Rad an der Kutsche ausgebessert werden muß. Fort mit dir!«

Jetzt sah Millie der Lady nach, wie sie davonschritt, und das Rascheln ihrer voluminösen Röcke erzeugte ein Geräusch, als ginge sie durch trockenes Laub; sie malte sich aus, sie wäre ein Vogel, der sich gerade zum Flug erheben wollte, denn die Federn hinten an ihrem Hut ragten wie Flügel empor.

Der hochgewachsene Mann tätschelte jetzt Bettys Kopf und sagte: »Es ist hübsch, zu spielen. Zum Spielen ist man nie zu alt«, und das Kind sagte lächelnd und mit großen Augen: »Danke, Master. Danke, Master«, und knickste bei jedem Satz. Dann drehte er sich um und sah Millie an, ehe er zwei

Schritte auf sie zuging und sagte: »Du tanzt wohl gern?«

»Ja, Sir.«

»Wie alt bist du?«

»Dreizehn, Sir.«

»Dreizehn. Das ist ein schönes Alter. Dein . . . dein Tanz war so wild, daß dir die Mütze verrutscht ist.« Und dabei streckte er die Hand aus und zog die kleine gestärkte Mütze, die ihr hinters Ohr gerutscht war, nach vorn und sagte: »Du hast schönes Haar.«

Als seine Hand ihre Wange berührte, zuckte ihr Kopf ein wenig zurück, und sie blickte zu ihm auf. Er hatte ein schmales, freundliches Gesicht. Jetzt erinnerte sie sich daran, was Jane ihr gesagt hatte, daß er dünn war. Seine Augen waren braun, die Nase spitz; auch seine Oberlippe war dünn, aber die Unterlippe war voll und stand ein wenig hervor. Und wenn er lächelte, was er jetzt tat, konnte man einen Mund voll blitzender Zähne sehen.

Dann wurde sie abgelenkt, denn Florries dicke Beinchen hatten ihr offenbar den Dienst versagt, und sie plumpste ins Gras und sagte: »O du liebe Güte!«, was die Kinder zum Kichern veranlaßte und den Master dazu, sich wieder zu Millie umzudrehen und zu sagen: »Du hast sie überanstrengt.«

Ohne dem Mann Antwort zu geben, hob Millie Florrie auf, neigte den Kopf ein wenig zu dem Mann hin, um ihm zu zeigen, daß sie ihn gehört hatte, und drehte sich um, um wieder in den Wald zu gehen. Und die Kinder knicksten nacheinander vor dem Master und rannten ihr nach.

Angeregt miteinander plappernd betraten sie das Haus, und Daisy rannte den anderen voraus ins Wohnzimmer zu ihrer Mutter und ihrem Vater. Rose saß auf der Couch und William Quinton am Tisch, wo er einen Bericht schrieb, und sie rief ihnen entgegen: »Wir haben den Master und die Mistress gesehen! Und der Master hat Millie die Mütze zurechtgeschoben.«

Ihr Vater hielt mit Schreiben inne und sagte: »Wovon redest du, Kind?«

Jetzt schob sich der Rest der Familie ins Zimmer, und Mr. Quinton blickte von einem Kind zum anderen, und Betty wiederholte, was Daisy gesagt hatte: »Wir haben den Master und die Mistress gesehen, Dada. Die Mistress war ganz aufgedreht. Sie möchte dich morgen sprechen, Mama, um zehn Uhr in ihrem Büro.«

Mr. Quinton und seine Frau wechselten Blicke, dann sagte William: »Wo habt ihr sie gesehen?«

»An der Straße.«

»Auf unserer Einfahrt?« Er war jetzt aufgestanden.

»Ja; ihre Kutsche war kaputtgegangen. Das muß vor den Toren gewesen sein, unten. Sie ist auf Millie losgegangen, aber der Master war nett. Er hat ihr die Mütze zurechtgerückt und ihr das Gesicht getätschelt.«

Rose war jetzt ebenfalls aufgestanden und sagte: »Er hat Millie die Mütze zurechtgeschoben? Warum?«

»Nun, wir hatten im Wald getanzt, und dabei müssen sich die Haarnadeln gelockert haben, und sie war ihr heruntergerutscht, und er hat sie zurechtgeschoben und ihr die Wange getätschelt. Und mit ihr geredet hat er.«

Wieder wechselte William Blicke mit seiner Frau, dann blickte er auf seine Familie herab und sagte: »Ihr seid alle schon zu groß, um im Wald zu tanzen, ganz besonders du, Betty, und du auch, Daisy. Und Paddy,

169

ich werde deine Pfeife verbrennen. Und außerdem hätte Millie mehr Verstand haben sollen.«

Jetzt sagte Patrick: »Wenn du das tust, Dada, mach' ich mir einfach eine neue. Taggard hat mir gezeigt, wie man sie aus Holz schnitzt.«

Jetzt breitete William die Arme aus und sagte mit dramatischem Tonfall: »Was ist das für eine Familie, die ich da großziehe!« Und dann sah er seine Frau an und sagte: »Was für eine Familie ziehst du denn da groß, Frau, wenn mein Sohn mir widerspricht und meine Töchter sich wie lose Mädchen benehmen und im Wald herumtanzen? . . . Robert, ich will dieses Grinsen nicht sehen! Sonst wisch' ich es dir weg.«

Als Robert sich mit der Hand über das Gesicht strich und plötzlich todernst blickte, fingen die anderen Kinder laut zu lachen an, was zu dem Befehl ihres Vaters führte: »Verschwindet, alle zusammen! Mir aus den Augen!« Sie trollten sich, und ihre Eltern sahen einander an. Und dann sagte William etwas Seltsames: »Ich will das einfach nicht glauben«, und seine Frau antwortete ebenso rätselhaft: »Vielleicht ist das, weil sie so eine schreckliche Frau ist.«

Aggie und Ben traten einen Schritt zurück und betrachteten stumm das schlanke junge Geschöpf, das in einem blauen Brokatkleid mit einem winzigen Stehkragen und einer Schärpe vor ihnen stand, und bestaunten den Rock, der bis auf ihre schwarzen Lederschuhe herunterreichte. Die Ärmel waren weit, und als Millie die Arme hob und sich im Kreis drehte, konnte man erkennen, daß sie bis zu den Aufschlägen am Kleid befestigt waren.

»Hast du jemals etwas so Hübsches wie diesen Rock gesehen?«

»Nun, ich kann nur sagen, daß Charlies Frau gute Arbeit geleistet hat.«

»Mein Gott! Und ob sie das hat. Ich wußte gleich, als ich das Kleid bekam, daß das guter Stoff ist, aber daß man so etwas daraus machen könnte, habe ich nie gedacht.«

»Aber schau doch, wer es trägt, Aggie. Schau doch, wer es trägt.«

»Oh —«, Aggie warf den Kopf in den Nacken, »in einem solchen Rock würde jede gut aussehen.« Aber dabei grinste sie. Und dann fügte sie hinzu: »Aber du wirst etwas mit deinem Haar machen müssen, Mädchen. Du kannst es nicht so lose lassen.«

»Oh, Mrs. Quinton hat gesagt, sie wird mir einen ganz besonderen Knoten im Nacken machen.«

»Scheint eine nette Frau zu sein, diese Mrs. Quinton.«

»Sie ist auch nett, Mrs. Aggie. O ja, sie ist sehr nett. Und jung ist sie . . . nun, ich meine, sie hat sechs Kinder, aber sie ist trotzdem noch irgendwie jung, obwohl sie neunundzwanzig ist.«

»Neunundzwanzig?« Aggie und Ben sahen einander an, und dann wiederholte Ben mit Grabesstimme: »Neunundzwanzig. Praktisch reif fürs Grab.«

»Ach, du! Ben! Du weißt schon, was ich meine. Aber ist es nicht wirklich hübsch?« Sie strich mit beiden Händen über den Rock. »Ich hab’ in meinem ganzen Leben noch nichts so Schönes gesehen. Oh, danke, Mrs. Aggie. Vielen Dank.«

Als sie sich auf Aggie stürzte, stieß diese sie weg und rief: »Paß auf! Es . . . es ist doch gedämpft und gebügelt und hat mich ’ne Menge Geld gekostet, das kann ich dir sagen; eine halbe Krone für das alles. Also zerknautsch es jetzt nicht.«

»Oh.« Millie griff nach den beiden Händen, die sich ihr entgegenstreckten, und sagte: »Oh, vielen Dank, vielen, vielen Dank. Du weißt ja, du bist wunderbar, und ich werde das immer wieder sagen. Und weißt du, was? Ich habe den Kindern neulich eine Geschichte über dich erzählt. Ich bringe sie abends dazu, ruhig zu sein, indem ich ihnen Geschichten erzähle. Jedenfalls, ich war mitten in dieser Geschichte, und es war ganz still, und ich glaube, deshalb ist Mrs. Quinton heraufgekommen. Sie saß auf Bettys Bettkante und hat zugehört. Und nachher, als wir wieder hinuntergegangen waren, sagte sie zu mir: ›Das war eine hübsche Geschichte. Sie handelte von Mrs. Winkowski, nicht wahr?‹«

»Oh, lieber Gott im Himmel!« Aggie tat so, als wäre sie ärgerlich, und als sie sich abwandte, sah sie dabei Ben an und sagte: »Hast du das wirklich getan? Was werden wir als nächstes zu hören bekommen? Am Ende geht sie noch zu diesen Betbrüdern in die Kapelle und erzählt von mir und preist Gott, während sie den Kindern die Köpfe aneinanderschlägt.«

Als Aggie durch die Tür entschwand und Ben, der vor Lachen kaum mehr an sich halten konnte, gerade etwas sagen wollte, meinte Millie etwas bedrückt: »Man darf ihr einfach nicht danken, wie? Dank erträgt sie nicht.«

»Ach ja, Liebes.« Ben ging zu ihr und legte den Arm um ihre Schulter, zog ihn aber gleich wieder schnell zurück und sagte: »Iih! Ich darf dich doch nicht anfassen, nicht solange du das anhast. Aber so ist sie eben. Wenn sie noch eine Minute länger geblieben wäre, wären mir die Tränen gekommen. Begreifst du denn nicht, Kleines, daß du für sie die Sonne bist, die am Morgen aufgeht, und der Mond, der untergeht, und alles, was sich dazwischen abspielt.«

Millie lächelte ihn an: »Das war hübsch«, sagte sie. »Von wem ist das? Hast du das irgendwo gelesen?«

»Nein! Nein! Hab' ich nicht. Das ist mir einfach so eingefallen.«

»Wirklich? Die Sonne, die aufgeht, und der Mond, der untergeht, und alles, was sich dazwischen abspielt . . . Das sagt alles, Ben.« Und dann fügte sie hinzu: »Gehst du immer noch auf die Abendschule?«

»Ja. Das macht mir immer noch Spaß, und ich mach auch immer noch den Mund auf. Die meisten von den Leuten haben Angst, was zu sagen, weil man sie dann vielleicht nicht mehr kommen läßt. Ich hab' denen gesagt, daß das nicht passieren würde. Und dann gibt es jetzt auch noch andere Orte, wo man zur Schule gehen kann. Das breitet sich jetzt aus. Aber ich glaube, in einem machen sie einen Fehler: Die lassen uns nicht genug schreiben. Die lesen uns vor und lassen uns auch kleine Stücke lesen; aber nur Bruchstücke, wenn du weißt, was ich meine. Diese Woche hat er sich mit '47 befaßt und den Korngesetzen, weißt du, und wie ein paar von den großen Heinis kaputtgegangen sind, als das Korn von hundertvierundzwanzig Schilling der Viertelzentner innerhalb von ein paar Monaten auf neunundvierzig und sechs fiel. Für die armen Leute war das gut, aber alle hatten anscheinend Mitgefühl mit den Kornhändlern und den Maklern, weil die ruiniert waren. Gar nicht übel, hab' ich gesagt. Und von da an blühte der Handel anscheinend. Aber jetzt schreiben wir Ende der fünfziger Jahre, und geht es uns besser? Dabei sind so viele Leute zum Goldgraben nach Kalifornien und Australien weggegangen. Haben wir etwa gehört, daß irgendeiner von ihnen sein Glück gemacht hat? Gestorben sind eine Menge von ihnen, das ist bekannt. Bill Watsons Bruder zum Beispiel. Und, weißt du, Bill hat es erst neun Monate später erfahren. All das Gerede von wegen Wohlstand geht mir auf die Nerven, denn selbst wenn sich auf der Welt in der Richtung 'ne ganze Menge tut, sterben doch viel mehr in Armut und in Dreck. Und ein Laib Brot um sieben Pennys! Das hilft den Leuten in Irland auch nicht, die zu Hunderten tot umfallen. Iih! Ein Jammer ist das.

Ein Lehrer hat gesagt, für die Counties im Norden bis hinauf nach Schottland und selbst nach Wales hätte ein goldenes Zeitalter begonnen. Weißt du, Millie —«, er ließ sich schwer auf die Bank fallen, »wenn ich in diesem Raum sitze und dem Burschen zuhöre, bin ich in einer ganz anderen Welt. Manchmal ist auch eine Lehrerin da. O ja, es gibt auch weibliche Lehrer und all das. Aber ich bin dann immer wie hypnotisiert, und ich denke dann, ja, die Dinge entwickeln sich schon zum Besseren, ja, ganz bestimmt tun sie das; und dann geh ich die halbe Meile zurück hierher zu den Courts, und dann sag ich mir, was bildest du dir eigentlich ein, Den Smith, Jones oder Robinson? Die haben von dieser wäßrigen Milch immer noch keinen Rahm abgeschöpft. Und weißt du, was ich dann denke, Millie, ich meine, woher all dieser Dreck und dieses Elend in The Courts kommt? Die Iren sind es. Die Lehrerin hat gesagt, ihre Armut dort drüben würde von Religion und Unwissenheit verursacht. Und dann hat sie gesagt, wir dächten vielleicht, es gäbe hier ein paar schlimme Elendsviertel, aber verglichen mit denen in Belfast und solchen Orten seien die gar nichts. Nun, hab' ich nachher zu ihr gesagt, wollen Sie einmal mit nach Belling Court kommen? Das ist keine fünf Minuten von dem Platz entfernt, wo ich wohne. Das hab' ich zu ihr gesagt. Die haben ihre Schweine und ihren Dreck mitgebracht; es wimmelt förmlich davon. Vierzehn wohnen in einem von den Kellern dort, und Schweine haben sie bei sich und all das, glaub' ich. Und was machen sie? Sie arbeiten praktisch für nichts, und wenn die Bosse so billige Arbeitskräfte kriegen können, dann werden sie einem Engländer auch keinen ordentlichen Lohn bezahlen, oder? Oh, Millie —«, er schüttelte jetzt heftig den Kopf, »ich wünschte, ich wäre gebildet.«

»Nun —«, sie lachte, »du packst es ja richtig an. Und du sagst mir Dinge, die ich nie gewußt habe. Ich möchte auch gern in eine dieser Schulen gehen.«

»Oh, dann müßtest du zuerst erwachsen werden.«

»Ich bin erwachsen.« Jetzt war sie empört. »Ich werde vierzehn.«

»Ja, das wirst du.« Er stand auf und sagte: »Nun, ich werd einen kleinen Bummel machen.«

»Darf ich mitkommen?«

»Nein, das darfst du nicht, nicht dorthin, wo ich hingehen werde. Und außerdem solltest du besser dein Kleid wieder ausziehen, wenn du willst, daß es zu dem Fest noch frisch ist.«

»Du machst am Sonntag immer einen Bummel. Wo gehst du hin?«

»Oh, das ist ganz verschieden. Ich rede da mit verschiedenen Leuten. Es ist erstaunlich, wie am Sonntag alles anders aussieht als unter der Woche, und die Leute auch und so. Die reden ganz anders; sie sehen die Dinge ganz anders. Oh, man lernt eine ganze Menge, wenn man einen Sonntagsbummel macht.«

Er tippte sich in einer Art Ehrenbezeigung für sie an

die Stirn und ging hinaus. Aber kaum hatte die Tür sich hinter ihr geschlossen, als Aggie ins Zimmer zurückkam und sagte: »Ich würde jetzt das Kleid ausziehen, wenn du nicht willst, daß es ganz verdrückt wird und der Saum schmutzig wird. Wie du wahrscheinlich bemerkt hast, Miss, ist dieser Boden nicht mehr so sauber, wie er das war, als du hier warst.«

»Nun, ich kann ihn ja saubermachen.«

»Das wirst du nicht tun. Und mir paßt es so. Zieh also das Kleid aus. Und wo ist Seine Lordschaft hingegangen? Oh, muß ich da fragen? Sein Sonntagsbummel. Der wird langsam wirklich zu groß für seine Stiefel.«

»Er ist ein guter Mann, Mrs. Aggie, das weißt du auch.«

»Hör zu, soll ich dir jetzt das Kleid ausziehen?«

Millie eilte hinaus und die Treppe hinauf, wo sie das Kleid auszog und in ihr Sonntagskleid schlüpfte; dann faltete sie das schöne Kleidungsstück zusammen und legte Papier dazwischen, um es so für die Reise zu ihrer Arbeitsstätte, die ihr solchen Spaß machte, vorzubereiten.

Als sie wieder in die Küche zurückkehrte, sagte Aggie: »Komm, setz dich einen Augenblick hin und erzähl mir von dem Gentry*, dem du gestern begegnet bist. Was hör ich da: daß der große Master dir die Mütze zurechtgeschoben hat?«

»Hat Ben dir das gesagt?«

»Nun, vielleicht kannst du deinen Kopf ein wenig

---

* Gentry: niederer britischer Landadel. — Anmerkung des Übersetzers.

benutzen, der doch so schlau sein soll; wie könnt ich denn sonst davon reden?«

»Nun, wenn er es dir Wort für Wort erzählt hat, und das hat er wahrscheinlich, kann ich auch nicht mehr sagen. Er hat mir die Mütze zurechtgeschoben, mich an der Wange getätschelt und gelächelt.«

»Was für ein Mann ist er denn?«

»Er war groß und hatte ein nettes Gesicht und wirkte freundlich auf mich. Aber seine Frau klang schrecklich. Wie ich höre, trinkt sie.«

»Das tu ich auch, in Maßen.«

»Nun, ich glaube, sie weiß nicht, was ›in Maßen‹ bedeutet. Nach dem, was ich von Jane höre und was sie mit ihren großen Ohren in der Küche aufschnappt, geht es in diesem Haus manchmal hoch her.«

»Und dort wirst du Dienstag abend hingehen?«

»Ja, Mrs. Winkowski, dort werd ich Dienstag abend hingehen, und ich freue mich darauf.«

Aggie drehte sich herum, blickte ins Feuer und sagte leise: »Du wirst von uns und diesem Viertel weggehen, genau wie er das tut.«

»Was meinst du damit: weggehen? Schau.« Sie zog an Aggies Arm. »Ich werde nie von dir weggehen, das weißt du. Und was Ben angeht, so ist es nicht fair, das von ihm zu sagen.«

Aggie seufzte. Dann meinte sie: »Ich kenne das Geheimnis, das ihr miteinander habt. Ich hab' das vor einer Weile rausgekriegt. Ich hab' mich jedenfalls darum bemüht, es herauszukriegen. Er geht doch zur Schule, nicht wahr? In seinem Alter in die Schule zu gehen!«

»Nun, ich dachte, du würdest stolz auf ihn sein.«

»Mädchen, Ausbildung und Erziehung haben für die, die es brauchen, einen Sinn, wenn man etwas damit anfangen wird, wenn es für den Lebensunterhalt oder so etwas ist, aber sonst — was bewirkt es? Es bringt bloß die Gedanken durcheinander und bringt nie Vergnügen, denn je mehr du weißt, desto klarer wird dir, wieviel du nicht weißt, und so suchst du immer weiter. Die Veränderung tut keinem gut. So wie ich es sehe, setzt Gott dich auf deinen Platz und gibt dir deine Arbeit, und du tust sie, so gut du kannst. Aber du sagst nicht zu Ihm, ich mag diese Arbeit nicht, die Du mir gegeben hast, ich bin für bessere Dinge geschaffen, wo dir doch tief drinnen etwas sagt, daß du diese besseren Dinge gar nicht tun könntest, jedenfalls auch nicht besser, als du sie schon tust, wenn du begreifst, was ich meine.«

Millie begriff, was sie meinte, und es machte sie traurig. »Dann magst du es nicht, wenn die Menschen in der Welt vorankommen, wenn sie aus ihrem Trott herauskommen?«

»Nicht wenn sie für den Trott gemacht sind, Mädchen, dann nicht. Nimm doch Constable Fenwick. Er ist jahrelang Streife gegangen; und dann wird er plötzlich Sergeant. Ich frag ihn, wie ihm dabei zumute ist, und er antwortet wahrheitsgemäß darauf, er weiß es nicht. Es fehlt ihm etwas, weil seine Arbeit jetzt anders ist und er 'ne Menge Sachen schreiben muß, und dazu muß er in seinem Büro hocken, während er vorher fast alle Leute auf seiner Streife kannte; und weil er Ire ist und Katholik, hat er denen geholfen, denen er helfen konnte, besonders den Kleinen. Zu seiner Zeit hat er 'ne ganze Menge von ihnen untergebracht, aber jetzt, seit man ihn befördert hat, kommt er nicht mehr an sie ran. Kaum ein Tag ist verstrichen, an dem er nicht hier vorbeigekommen ist und reingesehen hat oder mir wenigstens zugenickt hat, wenn ich mit dem Karren auf der Straße unterwegs war. Und ich weiß, daß er Sachen gemacht hat, die einem gewöhnlichen Polizisten nie in den Sinn gekommen wären. Aber jetzt ist er Sergeant und muß aufpassen, daß in seinen Berichten keine Tintenkleckse sind. Und dann hat er mir erzählt, daß er das macht, was du studieren willst. Was studieren? hab' ich zu ihm gesagt. Und als er sagte, ›die Gesetze‹, hab' ich gesagt, er soll nur aufpassen, daß er dabei nicht die kleinen Leute vergißt. Nein, ich halt nichts von Bildung, wirklich nicht.«

»Warum hast du mich dann auf die Schule geschickt? Zu den Nonnen? Und warum wolltest du, daß ich zu Mrs. Quinton gehe?«

»Oh, das ist eine ganz andere Geschichte. Dafür gab's einen Grund. Das war das kleinere von zwei Übeln. O ja, weiß Gott, das viel kleinere, und du weißt genau, wovon ich rede.«

Millie löste sich von ihr, legte den Kopf an die Couchlehne und musterte die riesige Frauengestalt einen Augenblick lang. Dann sagte sie: »Mrs. Agnes Winkowski, du bist ein kompliziertes Geschöpf.«

»So, bin ich das?«

»Ja, das bist du, und darüber hinaus hab' ich dich lieb. Oh, oh, ich weiß, für dich ist das Gesabbere, aber ich sage es ein zweites Mal: Ich hab' dich lieb, Mrs. Agnes Winkowski.« Und jetzt beugte sie sich schnell vor, drückte ihre Lippen auf die herunterhängende Wange und fügte dann hinzu: »Und wenn da nicht soviel mehr wäre, weshalb ich dich liebe, dann allein deshalb, weil du mir dieses schöne Kleid geschenkt hast.« Jetzt nahm sie Pose an: »Du meine Güte, diese Dienstboten werden staunen und die besseren Leute auch, wenn ich am Dienstag abend meinen Auftritt in The Grange habe.«

Aggie lächelte nicht, sie lachte auch nicht, sie sagte

gar nichts; denn wenn sie ihren Gedanken Ausdruck verliehen hätte, hätte sie damit Millie erschreckt und beunruhigt, denn dann hätte sie gesagt: »Ich wünschte bei Gott, du würdest nicht zu diesem Fest gehen, Liebes. Ja, das wünschte ich mir. Das wünschte ich mir.«

8

William Quinton hatte sie an die hintere Tür gebracht, ihr zugelächelt und gesagt: »Viel Spaß.« Dann hatte er die Tür aufgestoßen und gesagt: »Geh jetzt, sonst fangen die ohne dich an.«

Sie war durch die Stiefelkammer gegangen, die von zwei Kerzenlaternen beleuchtet war, die beiderseits der Tür zur Pfannenküche hingen, die auf dieselbe Weise beleuchtet war. Sie ging langsam und nahm zuerst die gewaltige Größe des Raumes in sich auf und dann die erstaunliche Anzahl von eisernen Pfannen, die entlang einer Bank angeordnet waren, und die Bottiche mit Wasser, die an der Wand standen. Jetzt befand sie sich in der eigentlichen Küche und blieb stehen, um sich erstaunt umzusehen. Einen solchen Raum hatte sie sich nie vorstellen können. Da waren zwei Backöfen rechts und links von einem großen Feuer und darüber ein Spieß, an dem ein riesiges Stück Fleisch hing; Ken Atkins stand davor und drehte den Spieß mit einer Kurbel. Er sah frisch gewaschen und geschrubbt aus, und jetzt blickte er über die Schulter und sagte: »Ich bin grade hergekommen, um den Braten zu drehen. Die sind alle im Speisesaal. Komm.« Er streckte ihr die Hand hin; dann hielt er inne und sah sie an. Sie trug einen braunen Umhang über dem

180

Kleid, aber er stand vorn offen, und als er den Stoff sah, meinte er: »Das sieht aber hübsch aus. Hör zu. Du läßt deinen Umhang besser hier im Flur.« Er führte sie durch die lange Küche in einen kurzen Gang, der in einen kleinen Flur mündete, und sagte dort, nachdem er auf einen Stuhl gezeigt hatte: »Da kannst du ihn hinlegen.«

Nachdem sie das getan hatte und in ihrer ganzen Pracht vor ihm stand, blieb ihm der Mund offenstehen, als er sie von oben bis unten betrachtete, und dann sagte er: »Iih! Meine Güte! Nun!« Und dann stand er noch ein paar Sekunden lang da und starrte sie an, als könnte er den Blick nicht von ihr wenden, ehe er sagte: »Komm.«

Sie folgte ihm durch einen weiteren Gang, von dessen anderem Ende Stimmengewirr und Gelächter hallten, die noch einen Augenblick lang anhielten, nachdem sie den Raum betreten hatten; dann wandte sich ein Gesicht nach dem anderen ihr zu.

Millie starrte die Gesichter an. Innerlich zitterte sie, weil sie wußte, daß sie einen Fehler gemacht hatte oder zumindest daß das Kleid ein Fehler war. Niemand im Raum trug gewöhnliche Kleidung; sie hatten alle ihre Dienstbotenuniformen an.

Jemand fing zu lachen an, aber eine Stimme sagte: »Sei still, Carter!« Daraufhin verstummte das Gelächter sofort, und der Besitzer der Stimme erhob sich und deutete zum Ende des Raumes auf einen blankgescheuerten Tisch, an dem eine Bank stand, auf der Amy Carter, das Küchenmädchen, und Jane Fathers bereits Platz genommen hatten. Ken Atkins ging schnell zu der Bank und setzte sich; als Millie ihm nicht gleich folgte, räusperte sich Mrs. Roper, die Wirtschafterin, ehe sie sagte: »Setz dich.« Millie kam der Aufforderung nicht gleich nach, sondern sagte mit klarer Stimme: »Es tut mir sehr leid. Ich dachte, es sei ein Fest.«

»Natürlich ist es ein Fest! Aber wir wissen, wie man sich zu einem Fest anzieht. Setz dich!«

Während sie quer durch den Raum ging, um sich neben Ken zu setzen, rief ihr eine innere Stimme zu: Mrs. Quinton hätte es wissen müssen. Aber dann stellte sich auch gleich die Antwort ein. Vielleicht wußte sie es und wollte es mir sagen, aber Mr. Quinton hat sie daran gehindert, denn er war es, der gesagt hatte: Es ist eine Party, Rose, und dieses Kleid ist traumhaft schön. Laß doch. Und dann hatte er etwas gesagt, das sie nicht verstanden hatte: Die wollen aufgeschreckt werden, diese Gesellschaft; und wenn eines nicht wäre, hätte ich einen Riesenspaß daran.

Jetzt wußte sie, was er gemeint hatte, nur nicht, was er mit ›wenn eines nicht wäre‹ gemeint hatte.

Langsam erhoben sich die Stimmen und das Gelächter wieder, und dabei und zwischen den einzelnen Bissen, die sie hinunterschluckte, lieferte Jane Fathers Millie einen Kommentar über die Hierarchie, angefangen bei Miss McNeil, der Kammerzofe, und Mr. Winters, dem Kammerdiener, und Mr. Carlin, dem Butler, dessen Anwesenheit am gemeinschaftlichen Tisch ihr wie ein Besuch aus dem Himmel erschien: Wenn Königin Victoria und ihr Prinz hier gesessen hätten, hätten sie in ihrer schmalen Brust keine größere Bewunderung hervorrufen können.

Das Essen wurde abwechselnd von den drei Hausmädchen serviert, denen John Tester, der zweite Lakai, mit viel Gelächter behilflich war, ganz besonders als er mit einer Verbeugung vor Millie mit lauter Stimme ausrief: »Und was ist euer Begehren, Madam? Rindfleisch oder Truthahn? Ich bin nur hier, um euch zu dienen«, einem Gelächter, das freilich gleich etwas leiser wurde, als das Küken, das wie eine chinesische Lady in Brokat gekleidet war, zu sagen wagte, und dies nicht einmal mit leiser Stimme: »Daß ich höflich bedient werde, wenn Sie belieben.«

Als John Tester sich umdrehte und die Wirtschafterin und den Butler ansah, hätte dies der Anfang einer peinlichen Situation sein können; es hätte sogar dem ganzen Fest einen Dämpfer aufsetzen können, hätte nicht David Boswell, der erste Lakai, seinen Beitrag geleistet, indem er sagte: »Eine hervorragende schauspielerische Leistung, das muß man schon sagen. Was meinen Sie, Mr. Carlin?«

Der Butler, der es sichtlich für seine Pflicht hielt, dafür zu sorgen, daß das Fest einen munteren Verlauf nahm, schloß sich seinem Untergebenen an und rief: »Gut gesagt, Leibeigene. Wohl gesprochen!« Was lautes Gelächter auslöste, und die Mahlzeit nahm ihren weiteren Verlauf. Nur daß Jane Fathers jetzt mit gesenktem Kopf flüsterte: »So hättest du nicht reden sollen, Millie. Das tut niemand. Was ist nur über dich gekommen?«

Millie wußte nicht, was über sie gekommen war; sie wußte nur, daß sie sich in der augenblicklichen Gesellschaft nicht wohl fühlte und sich auch nicht amüsieren würde und daß die ganze Sache ein Fehler gewesen war. Ihre innere Stimme gab erneut Mrs. Quinton die Schuld. Sie hätte sie aufklären müssen; ja, das hätte sie. Sie hätte nicht zulassen dürfen, daß sie sich lächerlich machte. Und doch kam sie sich gar nicht lächerlich vor: In diesem Augenblick kam sie sich eher . . . nun, sie wollte es nicht einmal in Gedanken formulieren, aber sie kam sich überlegen vor. Wie viele der in diesem Raum Anwesenden, fragte sie sich, konnten auch nur ihren eigenen Namen schreiben? Sehr wenige. Wie viele würden die Courage haben, zur Abendschule zu gehen, wie Ben das tat? Niemand im ganzen Raum, sagte sie sich. Es wäre unter ihrer Würde gewesen; es hätte ihre Ignoranz offenbart. Sobald diese Mahlzeit vorüber war und sie ihren Umhang holen konnte, würde sie sich auf demselben Weg davonschleichen, auf dem sie gekommen war . . .

Die Mahlzeit war vorbei, natürlich mit einem Toast auf Mr. Thompson; und der Marsch in den Salon begann, wo zwei Fiedler und ein Flötenspieler auf sie warteten.

Dies würde für sie die Gelegenheit zur Flucht sein, dachte sie, aber der Mann, der ihr schon vorher zu Hilfe gekommen war, hinderte sie daran. Als er feststellte, daß sie nicht mit den anderen aufgestanden war, zögerte Mr. Carlin, der offenbar ihre Gefühle ahnte, und ging auf sie zu.

Er griff nach ihrer Hand, beugte sich zu ihr hinunter und sagte: »Du brauchst dich nicht zu schämen, weil du hübsch aussiehst, Liebes. Vielleicht war es das falsche Kleid, aber es hatte die richtige Wirkung, ja, die hatte es. Komm jetzt und amüsier dich.« Und damit führte er sie durch ein Labyrinth von Korridoren zu den beiden Räumen, aus denen man einen gemacht hatte, indem man eine Trennwand zurückgeschoben hatte.

Als sie den Saal betraten, hatten die meisten bereits an drei Wänden entlang Platz genommen; am anderen Ende, vor einem etwas erhöhten Podest, saßen der Master und die Mistress, ihre beiden Söhne, der sechzehnjährige David und der fünfzehnjährige Randolph mit Mr. Bernard Thompson, zu dessen Ehren diese

Festlichkeit stattfand. Die Musiker hatten bereits auf dem Podest Platz genommen.

Obwohl sie den Raum fast als letzte betrat, tat sie das nicht unbemerkt von den Familienmitgliedern. Die Mistress selbst hatte die Augen etwas zusammengekniffen, wie um das Mädchen besser sehen zu können, und sich dann ihrem Halbbruder zugewandt und etwas gesagt, was sie beide zum Lachen brachte; ihre beiden Söhne mußten allem Anschein nach kichern, was ihren Vater zu einem leisen Verweis veranlaßte, aber auch er starrte auf das junge Geschöpf, das auf ihn wie eine exquisite chinesische Porzellanfigur wirkte. Er konnte seine Überraschung nicht ganz aus seiner Stimme verbannen, als er murmelte: »Meine Güte!«

David, sein älterer Sohn, fragte, ohne sich damit jemandem speziell zuzuwenden: »Warum ist dieses Mädchen so rausgeputzt? Dachte sie, das wäre ein Kostümfest?« Er kicherte, und seine Mutter gab ihm einen leichten Schubs und sagte: »Ich wette, du hast nicht den Mut, sie zum Tanz aufzufordern.«

»Was? Ich? O Mama, sei nicht komisch!«

Jetzt drehte sie sich zu ihrem Halbbruder herum und sagte: »Du solltest jetzt besser aufstehen und ihnen dafür danken, daß sie gekommen sind, und sie dann weitermachen lassen.«

»Nein, das muß Raymond tun«, sagte er leise. Aber Raymond Crane-Boulder widersprach sofort: »Nein, nicht ich. Das ist ja dein Geburtstag, also sieh zu, daß du auf die Beine kommst.«

Langsam stand der junge Mann auf und hob die Hand, um sich Schweigen zu verschaffen. Dann begann er stockend: »Vielen Dank. Ihnen allen vielen Dank für Ihre Freundlichkeit mir gegenüber und für

Ihre Glückwünsche, und ganz besonders für diesen sehr schönen Sattel, den Sie mir geschenkt haben. Wie Sie ja schon bemerkt haben, bin ich nicht besonders gut im Redenhalten, also schlage ich vor, daß die Musiker anfangen und wir tanzen, wie?« Und damit winkte er den drei Männern auf dem Podest zu und setzte sich, von lautem Klatschen begleitet, wieder hin.

Die Musiker stimmten eine muntere Polka an, aber niemand wagte sich auf die offene Tanzfläche, bis der Kammerdiener die Hand der Kammerzofe ergriff und sie zum Tanz führte. Jetzt schlossen sich die übrigen an, und der Boden dröhnte von dem lauten Eins- zwei- drei- hopp; eins- zwei- drei- hopp.

Als Berenice Crane-Boulder sich erhob, fragte ihr Mann: »Wo gehst du hin?« Worauf sie ihm einen leicht angewiderten Blick zuwarf und antwortete: »Wohin meinst du wohl?« Damit wandte sie sich zu ihrem Sohn und sagte: »Kommst du mit, David?«

»Ja, Mama. Ja, Mama, ich komme.« Der Junge kicherte und war infolge des Weines, den er beim Essen getrunken hatte, nicht gerade standfest. Jetzt drehte er sich um und zog seinen Bruder mit sich hinaus.

Als die drei durch eine Tür nach rechts aus dem Saal gingen, murmelte Bernard Thompson halblaut: »Wir können doch nicht alle weggehen.«

»Nein, nein, natürlich nicht«, nickte der ältere Mann. »Aber so ist sie eben. Du hast's ja selbst gesehen, nicht wahr, die letzten paar Tage? Es ist schlimmer mit ihr geworden, viel schlimmer. Niemals nüchtern. Und diese Jungs hat sie ruiniert. Gut, daß sie nächste Woche wieder auf die Schule kommen.«

Bernard Thompson hatte auf eine Stelle im Saal geblickt, wo etwas abseits von drei älteren Paaren zwei junge Mädchen und ein Junge saßen; jetzt erhob er sich fast impulsiv und bahnte sich lächelnd seinen Weg durch die Tanzenden zu ihnen.

Er sah Ken Atkins an und fragte: »Warum tanzt du nicht?« Und der Junge stand auf und antwortete: »Ich versteh nicht viel vom Tanzen, Sir.«

»Nun, wenn du hier sitzenbleibst, wirst du es nie lernen. Da, nimm sie.« Er streckte die Hand aus, zog Jane Fathers in die Höhe, schob sie Ken hin und sagte: »Einfach hopsen. Einfach hopsen.« Und als sie sich die Hände gaben und beide zu lachen anfingen, lachten die anderen, die in der Nähe tanzten, auch. Und das zog sie in den Strudel hinein.

Jetzt stand er allein vor dem bemerkenswerten Mädchen und sagte, wobei sich sein Ton änderte: »Tanzt du?«

»Ja, Sir, ich tanze . . . auf meine Art.«

Wie seltsam: ihr Verhalten war ebenso eigenartig wie ihr Kleid. Sie war nicht wie die anderen. Und warum war sie überhaupt so gekleidet? »Wie heißt du?«

»Millicent Forester, Sir.«

»Nun, Miss Forester, darf ich Sie fragen, ob Sie mir die Freude machen wollen, mir diesen Tanz zu gewähren?«

Ohne zu zögern und, wie es später im Gesinderaum hieß, unverfroren, stand sie auf und streckte ihm die Hand entgegen. Als er danach griff, legte er seine andere Hand um ihre schlanke Taille, und sie legte ohne zu zögern ihre freie Hand auf seine Schulter. Dann tanzten sie.

Ihre Schritte schienen sich einander anzupassen, weil er nicht besonders groß war. Nach Bens Größe zu schließen, der etwas über fünf Fuß groß war, konnte dieser Mann höchstens sechs oder sieben Zoll größer sein. Sie hatte diesen Tanz noch nie zuvor getanzt, aber er war so einfach: eins, zwei, drei, hopp; eins, zwei, drei, hopp.

Als er zu ihr hinabblickte, lachte sie ihm ins Gesicht. Aber als er sagte: »Du bist leichtfüßig wie eine Nymphe«, verschwand ihr Lächeln, weil die Worte sie an das Gesicht des Mannes erinnerten, der sie die Lumpennymphe genannt hatte.

Aber dieser Mann war ganz anders: In seinen Augen konnte sie nichts Böses entdecken. Hübsch war er eigentlich nicht, aber gutaussehend. Und obwohl er der Halbbruder der Mistress war, war da keine Ähnlichkeit zwischen ihnen; jedenfalls nicht so, daß sie sie hätte erkennen können, ganz besonders nicht in seinem Verhalten.

Der Tanz endete in lautem Beifall. Er führte sie zu ihrem Platz zurück, und als sie sich setzte, verbeugte er sich vor ihr und sagte: »Vielen Dank, Miss Forester. Ich hoffe, ich werde das Vergnügen im Laufe des Abends noch einmal haben.«

Sie gab ihm keine Antwort, neigte nur ein wenig den Kopf; und als Jane sich neben ihr niederplumpsen ließ und sagte: »Iih! Lustig. Wie war's denn   ich meine, mit ihm zu tanzen?«, antwortete sie: »Genau wie dein Tanz mit Ken.«

Ken bog sich fast vor Gelächter und platzte heraus: »Aber ich bin ihr auf die Zehen getreten und hab' McTaggart gegen's Schienbein getreten.« Dann beugte er sich über Jane zu Millie hinüber und flüsterte: »Das wollt ich schon immer«, und dann lachten sie alle vier.

Die Musik fing nicht gleich wieder an, und der ganze Raum schien von lauten Stimmen erfüllt. Millie blickte in die Runde und stellte fest, daß die meisten um sie herum alt waren ... nun, in den Dreißigern.

Sie vermutete sogar, daß einige um die Fünfzig waren, so alt wie Mrs. Aggie. Selbst die Hausmädchen waren erwachsene Frauen. Jane, Ken und sie schienen die einzigen jungen Leute im Saal zu sein.

Als der Butler aufstand, verstummte das Gerede, und er rief: »Würden Sie bitte Ihren Partner für die Quadrille wählen, meine Damen und Herren?«

Wieder erhob sich Gelächter, und ein Gedränge begann, als einige der Anwesenden in Paaren mit anderen Vierergruppen bildeten und sich im Quadrat aufstellten. Aber als andere sich lachend sträubten, aufzustehen, erhoben sich der Master und Mr. Bernard gleichzeitig. Und als Mr. Bernard auf Sarah Cross, das erste Hausmädchen, zuging, schritt der Master weiter durch den Raum, bis er zu den drei jungen Leuten kam. Dort blieb er vor Millie stehen und sagte: »Erweist du mir die Ehre, meine Liebe?«

Während sie Mr. Bernard Thompsons Einladung ohne Zögern angenommen hatte, saß sie jetzt da und blickte den hochgewachsenen Mann starr an, bis er ihr lachend die Hand hinstreckte und ihr sanft befahl: »Komm —«, und erst dann ließ sie sich von ihm zu der Stelle führen, wo erst zwei Paare standen. Nachdem er mit seiner Partnerin zu ihnen getreten war, drehte er sich um, blickte zu seinem Gärtner und rief: »Komm schon, Benson. Sag mir ja nicht, du wärst schon zu alt für ein Tänzchen. Und Sie, Mrs. Benson, reden Sie ihm zu.«

Das Befremden, das der Master damit ausgelöst hatte, daß er diese Fremde, dieses so anders aussehende Geschöpf zum Tanz aufgefordert hatte, wurde irgendwie dadurch gemildert, daß er den Gärtner und seine Frau auf die Tanzfläche lockte.

Als die Fiedeln und die Flöte eine muntere Melodie

anstimmten, murmelte Millie: »Ich kenne die Schritte nicht.« Und er beugte sich zu ihr herunter und rief laut: »Was?«

»Ich kenne die Schritte nicht.«

»Keine Sorge. Los geht's!« Und damit führte er sie gewandt im Kreis herum; dann drehte er sie um und führte sie wieder zurück. Und so brachten sie die fünf Figuren des Tanzes hinter sich.

Jeder der drei anderen Männer schwang Millie im Kreise, aber Raymond Crane-Boulder nahm sie immer unter den Armen und hob sie in die Höhe.

Als der Tanz zu Ende war, schnappten alle nach Luft, waren aber sichtlich vergnügt.

Diesmal wurde sie nicht zu ihrem Platz zurückgeführt, weil ihr letzter Tanzpartner Fred Bateholm war, und der ließ sie stehen und ging zu seiner Frau, so daß sie allein zu der Stelle gehen mußte, wo Jane und Ken saßen. Als sie sich neben ihnen auf ihren Platz fallen ließ, sagte Jane: »Puh! Der Master tanzt also, was? Und er hat dich hochgehoben. Weißt du —«, ihre Stimme wurde leiser, »dein Kleid hat sich hochgeschoben, und man konnte deinen blauen Unterrock und deine weißen Strümpfe bis zu den Waden sehen.«

Millie kümmerte sich nicht um Janes Geplapper, weil sie zur Tür blickte, wo jetzt die Mistress stand. Sie hatte sie schon vorher entdeckt, wie sie den Tänzern zusah, und jetzt wußte sie, daß sie sie ansah. Und als sie sich abwandte, kam ihr der Gedanke, daß sie es in den Diensten jener Frau wohl nicht lange aushalten würde. Aber dazu würde es nie kommen. Für jemanden wie sie würde sie nie arbeiten.

Als der Butler die nächsten Polka ankündigte, kam Flo Yarrow, das zweite Hausmädchen, das einen Augenblick draußen gewesen war, herein und zögerte kurz, ehe sie über die Tanzfläche auf sie zuging. Sie beugte sich zu Jane herunter und sagte: »Die Mistress möchte dich im Arbeitszimmer sprechen, und du sollst sie mitbringen.« Sie deutete mit einer Kopfbewegung auf Millie.

»Die Mistress will mich sprechen? Wozu?«

»Wie soll ich das wissen? Sie hat sonst nichts gesagt, nur daß sie dich sprechen möchte und . . .« Wieder die auf Millie gerichtete Kopfbewegung.

»Aber . . . aber, Miss Yarrow, ich . . . ich weiß nicht, wo das Arbeitszimmer ist.«

»Komm mit.«

Jane stand sofort auf, aber Millie zögerte, und jetzt wollte auch sie wissen: »Warum will sie mich sprechen?«

»Das solltest du sie besser selbst fragen, Miss, wenn du bei ihr bist.« Die Stimme klang sarkastisch; aber dann änderte sich der Tonfall, und sie sagte: »Oh, komm mit.«

Draußen deutete sie auf einen breiten Korridor: »Die letzte Tür auf der rechten Seite«, sagte sie. »Und wartet, bis man euch zum Eintreten auffordert.«

Flo Yarrow blickte den beiden jungen Mädchen nach und biß sich auf die Unterlippe, dabei legte sie den Kopf etwas zur Seite, als dächte sie über etwas nach. Dann drehte sie sich um und ging in den Saal zurück, wo sie Mr. Winters, den Kammerdiener des Masters, sah; aber er tanzte wieder mit Miss McNeil, also trat sie zur Seite und wartete.

Unterdessen hatten die beiden Mädchen das Ende des Korridors erreicht, und Jane flüsterte Millie zu, ehe sie an die Tür klopfte: »Was meinst du, daß sie von uns will? Sie hat dir beim Tanzen zugesehen.

Wahrscheinlich ist es, weil man deine Beine und deine weißen Strümpfe sehen konnte.«

»Sei nicht albern«, flüsterte Millie zurück. »Außerdem, warum würde sie dann dich sprechen wollen und so?«

Janes Hand zögerte vor der Tür, als sie von drinnen lautes Gelächter hörte. Sie tauschten Blicke; und als dann Janes Hand an der Tür heruntersank, klopfte Millie kurz entschlossen zweimal, und dann warteten sie. Während sie warteten, schlug das Gelächter in Kichern um und hörte dann ganz auf, ehe die Stimme der Mistress rief: »Herein!«

Als Millie in den Raum trat, war das erste, was ihr auffiel, daß es eine Art Bibliothek war. Die Wände waren alle von Bücherregalen gesäumt, und wo keine Bücher standen, waren silberne Pokale und Schilde. Im offenen Kamin brannte ein mächtiges Feuer. Die Stühle waren alle mit braunem Leder bezogen.

Die Mistress saß in einem davon auf der einen Seite des Kamins, ihr älterer Sohn in einem Sessel auf der anderen, während Randolph sich auf die Rückenlehne stützte. Zwei Karaffen und drei Gläser standen auf einem Tisch zwischen ihnen; Millie war sofort klar, daß die zwei jungen Männer sinnlos betrunken waren.

»Kommt hierher!«

Die Stimme war gebieterisch; und Jane gehorchte hastig, aber Millie blieb stehen, wo sie war, ein paar Fuß von der Tür entfernt. Und seltsamerweise sah sie in diesem Augenblick nicht die Herrin des Hauses, noch ihre betrunkenen Söhne, sondern Schwester Cecilia, die zu ihr sagte: »Hüte dich vor dem Bösen, das Männer tun.«

Sie hörte, wie ihre eigene Stimme, die jetzt ganz dünn klang, sagte: »Was wollen Sie von mir, Madam?«

»*Komm her, Mädchen!* Dann wirst du schon sehen.« Die Frau war aufgestanden, und als Millie sich immer noch nicht von der Stelle regte, sprang die Frau auf sie zu.

Sie packte Millies Kleid an der Schulter, zerrte sie mit sich und stieß sie ihrem Sohn hin. Ohne sie loszulassen, sagte sie: »Du bist geschaffen, um Männer in Versuchung zu führen, und ich werde dafür sorgen, daß du nicht enttäuscht wirst.«

Millie riß sich los und sprang zurück, und die Frau wurde nur dadurch davor bewahrt, zu Boden zu stürzen, daß sie gegen den langen Eichentisch fiel, der mitten im Raum stand. Von dort rief sie jetzt ihrem älteren Sohn zu: »Nur zu! Davey, mein Junge. Fang an und zeig' uns, wie man es macht. Ja, bei Gott, zeig es uns. Und du, Randy, du kannst das Stück da haben.«

»Was! Die, Mama?« Der Junge warf den Kopf in den Nacken und lachte. »Die gehört auf den Misthaufen; sie leert die Nachttöpfe. Die nicht, Mama.«

»Mit irgendwas muß man anfangen, Junge. Mit irgend etwas.«

Als von der anderen Seite des Raumes ein Schrei kam, drehte die Frau sich um und sah, wie ihr Sohn die Hände des Mädchens abwehrte, und sie rief ihm zu: »Zieh sie aus, Junge! Zieh sie aus!«

Millie stand mit dem Rücken vor einer Reihe Bücher, und jetzt griff sie hinter sich und packte eines davon. Es war ein dicker, ledergebundener Foliant, und den schwang sie jetzt und zielte damit auf den Jungen; im gleichen Augenblick war seine scheue, lachende Trunkenheit verschwunden, die er vorher an den Tag gelegt hatte, denn er schrie jetzt: »Du Miststück!« Im nächsten Augenblick packten seine Finger den Kragen ihres Kleides, und das Reißen des Brokats und ihres Unterrockes drang an ihr Ohr.

»Du! Du Bestie! Laß mich in Ruhe!« schrie sie ihn an, schlug mit den Armen um sich und riß ihr Knie hoch. Als sie ihn in den Unterleib traf, schrie er vor Schmerz laut auf, ehe er brüllte: »Du Katze!« Und dann war er über ihr, und seine Fäuste trommelten auf sie ein, wenn er nicht gerade wieder an ihren Kleidern fetzte.

Als sie mit einem lauten Krachen zu Boden fiel, er über ihr, waren es vielleicht ihre Schreie und das Gelächter der Frau, die das Geräusch der sich öffnenden Tür übertönten.

Raymond Crane-Boulder, gefolgt von Bernard Thompson, erstarrten einen Augenblick förmlich, als sie sahen, was hier vorging. Es war, als könnten sie ihren Augen nicht trauen. Und dann machte Raymond einen Satz und schleuderte seine Frau mit einer weit ausholenden Armbewegung gegen die Wand, wo sie nur ihr jüngerer Sohn davor bewahrte, zu Boden zu fallen.

Mit einer Wut, die wahrscheinlich größer war als die, die sein älterer Sohn empfand, riß der Vater ihn von der hingestreckten Gestalt in die Höhe, hielt ihn am Halstuch fest, ballte die Faust und schmetterte sie ihm ins Gesicht. Der Aufschrei seines Sohnes schien ihn noch wütender zu machen, denn er schnappte sich eine Reitgerte, die an der Wand über ein paar Trophäen befestigt war. Er mußte sie vom Haken reißen, aber sobald er sie in der Hand hielt, ließ er sie seinem Sohn ins Gesicht klatschen. »Du junges Schwein! Du Dreckskerl!«

Nach dem dritten Schlag packte ihn Bernard am Arm und schrie ihn an: »Genug! Genug!« und zog ihn weg; und jetzt kreischte Bernice Boulders Stimme: »Heuchler! Heuchler! Erträgst es wohl nicht, wenn sie sich natürlich benehmen, was? Heuchler! Dreckiger Heuchler!«

Der jüngere Knabe weinte und redete auf seine Mutter ein: »Sei still! Sei still! Bitte, bitte, Mama, sei still!«, was seinen Vater nur noch mehr anzustacheln schien: Er entwand sich Bernards Griff, ging auf den Jungen zu, packte ihn, stieß ihn auf seinen Bruder und befahl ihnen: »Hinaus mit euch! Und du auch!« Damit deutete er auf die wie versteinerte Jane. Die Tür hatte sich kaum hinter ihnen geschlossen, als er schon mit schnellen Schritten auf seine Frau zuging, in ihr haßerfülltes Gesicht starrte und ihr mit der Reitpeitsche einen Schlag versetzte, wobei er schrie: »Du dreckige, besoffene Schlampe! So etwas wie du dürfte gar nicht am Leben sein. Hast du gehört? Nicht am Leben sein. Du würdest ja zusehen, wie dein Sohn —«, er preßte die Augen zu, und dann sank ihm der Arm herunter, und er stand da und starrte seine Frau an, die, nachdem sie unter dem Schlag zusammengezuckt war, jetzt aufrecht dastand und seinen Blick herausfordernd erwiderte. Sie hatte sich nicht einmal mit der Hand an die Wange gegriffen, wo der Schlag sie getroffen hatte. Und was sie jetzt sagte, klang, als wäre sie völlig nüchtern: »Ich werde dein Ende noch erleben, Raymond. Und es wird ein ganz langsames Ende sein. Ich prophezeie dir, daß es ein ganz langsames Ende sein wird, du abartiges Schwein!« Und damit drehte sie sich um, als verspürte sie keinen Schmerz, und ging aus dem Zimmer. Und er stand wie besiegt mit gesenktem Kopf da, ehe er sich zu Bernard herumdrehte, der auf dem Boden kniete und Millie in den Armen hielt.

Er eilte zu ihm und sagte: »Ist . . . ist sie in Ordnung?«

»Ich weiß nicht.« Die Worte kamen kurz und knapp.

Jetzt erhob sich Bernard, beugte sich vor, hob Millie auf und legte sie auf einen der ledernen Armsessel. Dann zog er ihr das zerfetzte Kleid über die nackte Brust, ehe er sich aufrichtete und den Mann ansah, den er als Schwager betrachtete. »Aber eines weiß ich«, sagte er, »ich kann Bernice nicht länger als meine Halbschwester betrachten. Und dir kann man nicht zu deinen Söhnen gratulieren, Raymond, wenn du in ihrem Alter nicht verhindern kannst, daß sie sich betrinken.«

»Was weißt du denn?« stieß Raymond zwischen zusammengebissenen Zähnen hervor. »Und außerdem verzichte ich auf deine Kritik; dies ist mein Haus.«

»Das ist noch nicht dein Haus, Raymond. Es gehört deinem Vater. Und ich frage mich wirklich, ob er in seinem Schlupfwinkel dort oben weiß, was hier unten vor sich geht. Was würde er dazu sagen, daß dieses arme Kind . . .?« Er hielt inne. Dann fuhr er fort: »Nun, ich weiß nicht, ob sie vergewaltigt worden ist oder nicht, aber so wie die Dinge aussehen, hat dein Sohn sich redlich Mühe gegeben.«

»Ja, aber wer hat ihn dazu getrieben? Die Frage solltest du dir stellen. Jedenfalls, geh mir aus dem Weg. Ich werde sie zu den Quintons bringen.«

»Nein. Nein, Raymond; du hast in dem Saal schon genügend für Klatsch gesorgt, als du bei deiner Art von Tanz die Beine des Mädchens sehen ließest, was überhaupt nicht nötig war. Bei den anderen Mädchen hast du es ja auch nicht getan. Bitte —«, er hob die Hand, »sag jetzt nichts mehr, sonst wird noch mehr gesagt, und nachher tut es uns beiden leid. Nur eines noch: Ich werde deine Gastfreundschaft nicht länger als bis morgen früh in Anspruch nehmen.«

Raymond Crane-Boulder trat einen Schritt zurück und sagte: »Das soll mir recht sein.« Dann blickte er auf das zerzauste Mädchen herab, das auf dem Sessel lag. Ihr Haar hatte sich gelöst und hing ihr über die Schultern und ihren unbedeckten Halsansatz; ihre kleinen Brüste wogten und schoben dabei das zerrissene Kleid beiseite. Während er sie so anstarrte, schob sich seine dicke Unterlippe über die schmale Oberlippe, ehe er sie zwischen die Zähne zog. Dann fuhr er ruckartig herum und verließ den Raum, und Bernard sagte leise, während er sich über den Stuhl beugte: »Ist schon gut. Schon gut.«

Langsam schlug Millie die Augen auf. Sie hatte die Männer schon eine Weile wahrgenommen, wenn auch anfänglich wie durch einen Schleier. Aber über eines war sie jetzt froh: daß der Master gegangen war. Der hier machte ihr nichts aus; er war irgendwie anders. Sie sah ihn an, und als er wieder »Schon gut« sagte, rannen die Tränen langsam über ihre geröteten Wangen.

»Oh, meine Liebe, meine Liebe«, sagte Bernard. »Alles wird gut werden. Du gehst nach Hause. Laß mich dir die Augen trocknen.« Er zog ein Taschentuch heraus und wischte ihr damit das Gesicht; dann sagte er: »Sei jetzt ganz ruhig. Hast du übrigens einen Mantel?«

Ihre innere Stimme sagte: »Einen Umhang«, aber ihre Lippen weigerten sich, die Worte auszusprechen, und er sagte: »Mach dir keine Sorgen. Sei ganz ruhig. Ich werde jemanden finden. Bleib ganz ruhig.«

Er verließ das Zimmer. Sie bewegte den Kopf nicht, sah nur die Bücherreihen, und während ihr Blick darauf ruhte, sagte sie zu sich: »Ben. Ben, ich will nach Hause.« Aber das war es nicht, was sie gemeint hatte oder hatte denken wollen; es war etwas, das mit Ben und den Büchern zu tun hatte. Ihm würde es Freude machen, bei all diesen Büchern in diesem Raum zu sein. Warum lag sie hier? Ihr Kopf schmerzte. Er tat hinten weh. Sie war gestürzt, mußte eine Beule haben. Hatte sie zuviel getanzt? Nein. Nein, sie hatte nicht zuviel getanzt. Warum lag sie hier?

Und plötzlich, als hätte man in ihrem Bewußtsein eine Tür aufgerissen, wußte sie, weshalb sie hier lag, und sie begann zu keuchen, stieß jetzt halblaut hervor: »O nein! Nein! Bitte, nicht! Bitte, nicht!« Aber sie war jetzt allein; sie waren gegangen. Er hatte ihr Kleid zerrissen, ihr wunderschönes, wunderschönes Kleid; und Mrs. Aggie hatte so viel Geld bezahlt, um es auftrennen, neu nähen und bügeln zu lassen. Sie würde es nie wieder tragen. O nein, nein, nein! Niemals wieder würde sie es tragen. Nicht einmal, wenn es repariert war. Sie wollte nach Hause. Wenn nur jemand kommen und sie nach Hause bringen würde.

»Alles wird gut werden. Du gehst jetzt nach Hause.« Sie schlug die Augen auf, und da war er wieder, der nettere von den beiden; tatsächlich sogar der netteste überhaupt. Ein anderer Mann war bei ihm und hielt ihren Umhang; und der nette Mann sagte zu ihm: »Ich werde sie tragen müssen, Winters. Ich weiß nicht, ob ich sie die ganze Strecke tragen kann. Sie werden mir also helfen müssen.«

»Meinen Sie nicht, daß sie gehen kann, Sir?«

»Sie haben ja gehört, wie sie vor sich hingemurmelt hat. Ich glaube, sie hat eine leichte Gehirnerschütterung. Ich werde sie hochheben, legen Sie den Umhang über sie.«

Sie wußte, daß sie aufgehoben wurde und daß ihr Kopf an seiner Schulter lag. Er trug sie nach Hause. Sie war so froh. Und morgen früh würde sie aufwachen und in die Küche hinuntergehen und das Frühstück für Mrs. Aggie und Ben machen. Oh, das würde herrlich sein . . .

Bernard Thompson schaffte es, sie durch das Haus und die Zufahrt hinunter zum Haus der Quintons zu tragen, und George Winters half ihm dabei, indem er neben ihm ging und ihre herunterbaumelnden Beine hielt. Und als er sie schließlich in dem Wohnzimmer der Quintons vor zwei überraschten, besorgten Leuten auf die Couch legte, sagte er zu ihnen: »Ich glaube, wenn sie sich bis morgen früh nicht völlig erholt hat, sollten Sie den Arzt rufen.«

Als William Quinton fragte: »Was in aller Welt ist geschehen? Sehen Sie sich doch ihre Kleider an!«, sagte Bernard: »Kommen Sie einen Augenblick mit heraus?«

Im Flur erfuhr William die Einzelheiten, soweit Bernard sie kannte, aber sie reichten aus, daß er sagte: »Allmächtiger Gott! Diese Frau wird eines Tages noch einen Mord verursachen.« Und dann entschuldigte er sich und sagte: »Tut mir leid: Ich habe vergessen, daß sie mit Ihnen verwandt ist, Bernard.«

»Nun, soviel kann ich Ihnen sagen, William: Es tut mir wirklich leid, daß das so ist, selbst wenn ich nur ihr Halbbruder bin. Ich werde jedenfalls morgen abreisen.«

»Ich dachte, Sie wollten den Rest der Feiertage hierbleiben?«

»Nein, mir gefällt die Atmosphäre hier nicht.«

»Der alte Gentleman wird Sie vermissen.«

»Oh, ich glaube, dem ist's zur Zeit ziemlich gleichgültig, wen er sieht oder wen er nicht sieht.«

»Werden Sie nach Hause gehen?«

Bernard lachte leise.

»Nein, William. Die dritte Frau meines Vaters erwartet zum erstenmal Nachwuchs. In welcher verwandtschaftlichen Beziehung zu mir das Kind stehen wird, weiß ich nicht. Wieder irgendein Halb-Soundso. Nein, ich glaube, ich werde nach Oxford zurückgehen. Dort habe ich einige Freunde, und da werde ich mich wieder an die Arbeit machen.« Er machte eine kleine Pause und fügte dann hinzu: »Sind Sie mit Ihrer Arbeit glücklich, William?«

»Ja. Ja, meistens schon; aber ich weiß, daß ich die Stelle nicht hätte, wenn der alte Herr nicht wäre und seine Beziehung zu meinem Großvater und meinem Vater. Schließlich bin ich das letzte von zehn Kindern, und da muß man froh sein, überhaupt eine Stellung zu haben.«

»Ich hatte immer das Gefühl, daß Sie für etwas Besseres geschaffen wären als das hier. Und trotzdem sind Sie glücklich. Aber —«, er blickte zur Tür, »das arme Kind dort drinnen. Ich bezweifle, daß Sie sie behalten können.«

»Ja, das sehe ich auch so.«

»Sie ist sehr schön. Ich glaube, ich habe noch nie jemanden gesehen, der so schön ist. Dort oben hat sie jedenfalls heute abend einigen Wirbel gemacht. Du liebe Güte! Sie hätten die Gesichter sehen sollen: die Verbitterung, der Neid. Seltsam, nicht wahr, daß die Menschen Schönheit so hassen. Sie war wie eine Prinzessin auf einem Misthaufen.«

»Nun, das ist seltsam: Sie mag nicht gerade von einem Misthaufen gekommen sein, aber sie lebt doch ziemlich nahe daran, denn ihr Vormund ist eine alte Lumpenfrau.«

»Das kann doch nicht wahr sein!«

»O doch. Ein ungeheuer fettes altes Ding, selbst ein Lumpenbündel. Sie hat den Müllplatz, wie die Leute ihn nennen, am Rand von The Courts, hinter dem Markt. Die ganze Stadt kennt sie. Ihr Spitzname ist ›Raggie Aggie‹. Jahrelang hat sie einen Schubkarren geschoben, und das Kind ging immer mit, habe ich gehört. Jetzt sind sie aufgestiegen und haben ein Pferd und einen Wagen. Ein verwachsener Bursche holt sie an ihren freien Tagen ab und bringt sie auch wieder zurück. Ich sage verwachsen . . . nun, er ist nur etwa fünf Fuß groß, aber wenn seine Beine länger wären, wäre er ein kräftiger Bursche und gutaussehend obendrein. Aber nach allem, was ich gehört habe, hat die alte Lumpenfrau ihn auch zu sich genommen und sich um ihn gekümmert.«

»Erstaunlich. Aber sie wirkt . . . nun, irgendwie gebildet. Ja, ich kann nicht anders sagen; sie redet jedenfalls nicht wie all die anderen.«

»Oh, sie hat schon eine Erziehung, wenigstens bruchstückweise; sie war eine Weile bei den Nonnen, und später hat sie eine Schule besucht, und ob Sie's glauben oder nicht, sie hat darum gebeten, mit meiner Bande die Schule besuchen zu dürfen. Sie hat da sogar ein wenig manipuliert. Entweder würde sie zur Schule gehen dürfen oder weggehen. Und die Kinder sind ganz verrückt nach ihr. Oh —«, er griff sich an die Stirn, »ich weiß nicht, was jetzt passieren wird: Die sind ihr ganzes Leben lang noch nie so umgänglich gewesen; sie kommt mit ihnen zurecht, und sie vergöttern sie. Du liebe Güte! Warum mußte ausgerechnet das passieren? Übrigens —«, seine Stimme wurde leiser, »glauben Sie, daß Sie . . .?« Er schüttelte den Kopf, und Bernard antwortete: »Ich weiß nicht. Ich weiß es wirklich nicht. Ich habe sie schreien hören. Offenbar hat Yarrow, das ist eines der Mädchen, den Auftrag bekommen, die Mädchen ins Arbeitszimmer zu schicken, und sie hatte Verstand genug, Winters Bescheid zu sagen, und der hat es Raymond gesagt. Ich war zufällig da. Da haben Sie es. Nun, ich werde noch einmal einen Blick auf sie werfen, und dann gehe ich.«

Und das war es, woran Millie sich noch lange Zeit erinnerte: das freundliche Gesicht, das sich über sie beugte, und die Stimme, die erneut sagte: »Alles wird gut werden.«

9

Drei Tage nach dem Vorfall fuhr William Quinton Millie in seinem Gig nach Hause. Es war Freitag, und im Hof war es ruhig. Ben war mit einem Mann beschäftigt, der Schrott gebracht hatte, und Aggie beobachtete in der Scheune zwei Frauen dabei, wie sie in der Ware herumwühlten, und vergewisserte sich, daß sie nichts mitgehen ließen. Sie hatte in letzter Zeit ein paar gute Stücke verloren und glaubte zu ahnen, wohin sie gewandert waren, und eine der beiden Kundinnen stand unter Verdacht. Als sie aber zur Tür hinausblickte und sah, wie ein gutgekleideter Mann Millie half, von einem Gig zu steigen, wäre sie fast quer über den Hof auf sie zugerannt, so wie Ben es tat. Und beide riefen gleichzeitig: »Was ist denn? Was ist passiert?«

»Oh, Mrs. Aggie!« Millie streckte Aggie die eine und Ben die andere Hand hin und murmelte kaum hörbar: »Ich bin zu Hause, ich bleibe jetzt hier.« Dann drehte sie sich zu dem gutgekleideten Mann um und sagte: »Das ist Mr. Quinton. Er ist sehr freundlich gewesen, wie Mrs. Quinton. Ich . . . ich muß mich setzen. Ich bin immer noch ein wenig schwindlig.«

Voll Erstaunen waren ihr beide, jeder auf einer Seite, dabei behilflich, ins Haus zu gehen, und William Quinton folgte ihnen, und seine Augen wurden immer größer, als er durch einen Raum kam, in dem nicht zueinander passendes Mobiliar stand und dahinter in einen anderen Raum, der, wie er sofort feststellte, zugleich als Küche, Eß- und Wohnzimmer benutzt wurde. Dort drehte sich die unförmig korpulente Frau zu ihm um und sagte: »Was soll das alles? Ist sie krank? Was hat man mit ihr gemacht?«

»Sie . . . ist gestürzt und hatte eine leichte Gehirnerschütterung. Aber nichts Ernstes. Ich kann Ihnen versichern, sie ist in Ordnung. Und außerdem kann ich Ihnen versichern, daß sie sehr froh darüber ist, wieder bei Ihnen zu Hause zu sein. Aber daß sie hierher zurückkehrt, ist für mich und meine Frau und unsere Kinder ein großer Verlust, weil sie, das darf ich sagen, Ordnung und Fröhlichkeit und Glück in mein Haus gebracht hat. Die Kinder lieben sie, und meine Frau hat sie als große Hilfe schätzengelernt.«

»Ja, ich wette, daß sie das war.« Aggie nickte ihm zu und wußte noch nicht recht, was sie mit ihm anfangen sollte, als Ben sich von Millie abwandte, Mr. Quinton ansah und sagte: »Möchten Sie sich setzen, Sir? Und dürfen wir Ihnen vielleicht etwas zu trinken anbieten?«

»Nein. Nein, vielen Dank. Ich . . . ich muß so

schnell wie möglich zurückkehren.« Er lächelte dem kleinwüchsigen Mann zu und meinte dann: »Ich habe zu arbeiten. Wie Sie wissen, bin ich Mr. Crane-Boulders Verwalter.« Als er das sagte, wandte er sich wieder Aggie zu und sagte dann zu ihr: »Ich würde es als große Gefälligkeit betrachten, wenn ich hier und da vorbeikommen und vielleicht ein oder zwei meiner Kinder mitbringen dürfte, damit sie Millie besuchen. Das wäre für die Kinder eine große Freude.«

Aggie stützte jetzt ihren wogenden Busen mit dem Unterarm und sah Ben an, und der Ausdruck, den sie in seinem Gesicht sah, ließ das, was sie jetzt zu dem Besucher sagte, milder ausfallen: »Nun, wenn das Ihr Wunsch ist, Sir, dann werden Sie uns willkommen sein. Und . . . vielen Dank, daß Sie sie nach Hause gebracht haben.«

Jetzt ging Quinton auf Millie zu, griff nach ihrer Hand und sagte: »Ich werde dich bald besuchen kommen und die Mädchen und Patrick mitbringen. Wenn ich ihnen das verspreche, dann sind sie vielleicht auf eine Weile erträglich ruhig.« Dabei schnitt er eine kleine Grimasse, und sie sagte: »Danke, Mr. Quinton. Das wäre schön. Ja, ich würde die Kinder gern wiedersehen. Würden Sie ihnen bitte Grüße von mir bestellen?« Und dann fügte sie mit einem schwachen Lächeln hinzu: »Und sagen Sie Paddy, er soll weiter auf seiner Pfeife spielen.«

»Das werde ich. Das werde ich bestimmt.« Er richtete sich auf, drehte sich um und sah Ben und Aggie an und meinte: »Also dann, auf Wiedersehen.« Und als Aggie darauf antwortete: »Auf Wiedersehen, Sir«, sagte Ben: »Ich bring Sie hinaus.«

Im Hof wollte Ben wissen: »Was war denn los, Sir?« William Quinton zögerte einen Augenblick, atmete dann tief durch und schilderte Ben kurz, was vorgefallen war. Dann meinte er: »Das ist alles, was ich weiß, und nach dem, was Bernard ... Mr. Thompson ... mir gesagt hat, glaube ich nicht, daß man sie ... nun, berührt hat. Sie wissen doch, was ich meine?«

Bens Antwort klang tief und drohend: »Ja, ich weiß, was Sie meinen. Mein Gott! Sie wollen sagen, der Sohn des Hauses hat versucht ... lieber Gott im Himmel!«

»Sie waren sehr betrunken, die jungen Männer, und ich fürchte, ihre Mutter hat den ganzen Vorfall angezettelt. Unglücklicherweise trinkt sie gewohnheitsmäßig, und es gibt niemanden, dem das Ganze mehr leid tut als meiner Frau und mir, weil wir Millie wirklich in unser Herz geschlossen haben. Und meine Kinder, nun, die haben sie angebetet. Wenn sie mit ihnen zusammen war, war sie wie ein Kind, und doch hatte sie sie fest in der Hand.« Er nickte jetzt langsam und fügte dann hinzu: »Auf eine seltsame Weise hat sie etwas sehr Erwachsenes an sich. Nun, ich hoffe, daß ich sie wiedersehen werde, Mister ... Es tut mir leid, ich kenne Ihren richtigen Namen nicht. Millie hat viel über Sie geredet, aber sie hat immer nur Ihren Vornamen benutzt.«

»Ich heiße Smith.«

»Oh, Smith. Nun, ich glaube, ich ziehe Ben vor.«

War da etwas von Herablassung zu spüren? Ben war sich nicht sicher, meinte aber schnell: »Ich heiße Smith.«

William Quintons Ausdruck veränderte sich, und er sagte steif: »Nun, guten Tag, Mr. Smith«, und dann kletterte er auf seinen Gig und verließ den Hof.

Ben ging ins Haus zurück, blieb aber eine Weile im vorderen Zimmer stehen und hielt sich mit beiden

Händen an der Lehne einer alten Couch fest. So stand er, den Kopf nach vorn gebeugt, ein oder zwei Minuten lang reglos da, bis er schließlich die Tür aufstieß, um Millie mit einer Tasse Tee in der Hand vor sich stehen zu sehen.

Sie sah ihn an, als ob sie auf ihn gewartet hätte, und als er auf sie zuging, sagte sie: »O Ben. Oh, ich bin so froh, dich wiederzusehen. Ich . . . ich habe Mrs. Aggie gesagt, daß . . . daß ich nie wieder von zu Hause weg möchte, daß ich euch beide nie wieder verlassen will.«

»Nun, das soll uns beiden sehr recht sein. Aber . . . aber wie fühlst du dich wirklich?«

»Gar nicht schlecht; aber ich habe die meiste Zeit Kopfweh. Der Doktor hat gesagt, das würde sich geben, wenn ich mich vielleicht eine Woche ausruhen würde.« Dann ließ sie den Kopf sinken und sagte leise: »Mein Kleid ist kaputt, Mrs. Aggie«, was bei Aggie aber keinen schroffen Tadel auslöste, vielmehr legte sie dem Kind den Arm um die schmalen Schultern und drückte sie an sich. Dann meinte sie: »Wen kümmert schon ein Kleid? Dort, wo das herkam, gibt es noch andere. Wenn das alles ist, was dir Sorge macht, kannst du ganz ruhig sein. Aber kannst du uns erzählen, was wirklich passiert ist? Ich meine . . .«

Millie hob den Kopf und sah zuerst Aggie, dann Ben an, der vor ihr kauerte. Dann sagte sie zögernd: »Ich . . . ich hätte nicht so angezogen hingehen sollen, aber . . . aber die haben gesagt, es sei ein Fest. Und doch haben sie alle ihre Uniform getragen.«

»Wirklich?«

Ben hob den Kopf und sah sie an. »Alle in Uniform? Auf einem Fest?«

»Ja. Mit Ausnahme —«, sie kaute auf ihrer Unterlippe, ehe sie etwas zögernd hinzufügte: »Nur die Mistress natürlich nicht. Und . . . ich bin da aufgefallen. Und dann Mr. Thompson, der, der am Montag seinen Geburtstag gefeiert hat, wißt ihr? Er ist einundzwanzig geworden. Er hat mich zum Tanz aufgefordert, und wir haben die Polka getanzt. Er war . . . er war sehr nett; und doch —«, wieder biß sie sich auf die Unterlippe, »man sagt, er sei der Halbbruder der Mistress. Aber . . . aber er ist kein bißchen wie sie. Dann . . . dann kam eine Quadrille, und der Master hat mich zum Tanz aufgefordert.«

»Der Master . . .?« sagte Aggie mit ungläubigem Gesichtsausdruck, und sie zog den Kopf in die fetten Schultern und wiederholte: »Der Master hat dich aufgefordert?«

»Ja. Nun, er hat mich eigentlich nicht aufgefordert, sondern mich einfach genommen und . . . mich im Kreis herumgedreht. Und ich wußte nicht, daß mein Unterrock und meine Strümpfe zu sehen waren. Aber Jane hat gesagt, daß es so war. Ihr wißt ja, ich hab' euch von Jane erzählt. Sie muß all die dreckige Arbeit machen und war so richtig aufgeregt wegen dem Fest. Sie hat mir gestern, als sie mich besucht hat, erzählt, daß die Mistress von der Tür aus zugesehen hat, und anschließend hat sie sie und mich ins Arbeitszimmer kommen lassen.«

Mit einer schnellen Bewegung drückte sie ihren Kopf gegen die Couchlehne und machte den Mund weit auf, und Ben sagte: »Es ist schon gut, schon gut. Du brauchst nicht weiterzuerzählen, wenn du nicht magst. Es ist schon gut.«

Aber sie fuhr stockend fort und erzählte ihnen alles, woran sie sich erinnern konnte. Und als sie geendet hatte, starrten sie beide an. Schließlich meinte

Aggie: »Dieser Mr. Thompson hat dich aus dem Haus getragen?«

»Ja. Und wie ich höre, hat Mr. Winters, der Kammerdiener, ihm geholfen, und sie haben mich nach Hause gebracht . . . nun, ich meine zu den Quintons. Und Mr. Thompson kam dann am nächsten Tag, um nach mir zu sehen. Er hat gesagt, er würde das Haus verlassen. Und Annie hat gesagt, daß darüber viel geredet wurde, weil er zuerst die Ferien dort verbringen wollte.«

Jetzt hob sie den Kopf wieder und sagte leise: »Oh, ihr habt ja keine Ahnung, wie herrlich es ist, zu Hause zu sein. Aber, Mrs. Aggie, meinst du, ich könnte mich eine Weile hinlegen?«

»Dich hinlegen, Liebes? Du wirst jetzt ins Bett gehen und die nächsten paar Tage dort bleiben, wie der Doktor gesagt hat. Und außerdem werd' ich den alten Partridge kommen lassen, damit er nach dir sieht.«

»Oh, ich brauche keinen Doktor, Mrs. Aggie.«

»Überlaß das mir, Mädchen, ich weiß schon, was du brauchst. Außerdem wollte der alte Partridge schon seit Jahren wieder in dieses Haus kommen. Die letzte Rechnung, die ich ihm bezahlt habe, war vor sechzehn Jahren, als mein Vater starb. Zwei Schilling hat er pro Besuch verlangt. Straßenraub am hellichten Tag, nenn ich das, und das hab' ich ihm auch gesagt.« Sie lächelte sanft, streckte Millie beide Hände hin und zog sie sanft in die Höhe. »Komm jetzt«, sagte sie. »Komm mit . . .«

Es war Abend geworden. Die Tore zum Hof waren abgeschlossen, und sie saßen beim Abendessen. Millie schlief im Obergeschoß, und Aggie und Ben saßen einander gegenüber: Ben mit einem Krug Bier neben sich auf der Bank und Aggie mit einem Glas Gin auf einem Regalbrett in Griffweite. Sie waren schon eine ganze Weile stumm dagesessen.

Als Aggie jetzt zum Reden ansetzte, war ihre Stimme leise. »Ich weiß, was du denkst«, sagte sie. »Ich denke ganz genauso. Wir haben getan, was wir für das Beste hielten: Wir haben sie weggeschickt, um sie davor zu bewahren, daß man sie schnappt, mit all den Folgen, die das hätte; und doch rennt sie mitten hinein; und all das hat dieses Miststück von einer Frau arrangiert. Hast du darüber nachgedacht, was ihr hätte passieren können, wenn die Männer im Haus nicht in dem Augenblick gekommen wären?«

»Ja, ich hab' natürlich darüber nachgedacht. Und es stimmt auch, daß ich das gleiche wie du gedacht habe. Nun, hier ist sie und hier wird sie bleiben. Und ich werd' sie nicht mehr aus den Augen lassen, dafür werd' ich sorgen.«

»Ha! Und wie lange glaubst du wohl, daß du sie im Auge behalten kannst? Sie wächst schnell heran. Die Lösung für sie besteht darin, zu heiraten, das ist die einzige Gewähr . . .«

Sie hatte das letzte Wort noch nicht zu Ende gesprochen, als er schon aufgesprungen war und schrie: »Heiraten? Sie ist doch erst dreizehn, Weib!«

Sie starrte ihn einen Augenblick lang an, und dann sagte sie mit trügerisch leiser Stimme: »Sie ist beinahe vierzehn und noch dazu für vierzehn schon recht gut entwickelt.«

»Also schön, dann ist sie beinahe vierzehn, und du willst sie verheiraten.«

»Ich will sie nicht jetzt verheiraten, aber in zwei Jahren wird sie soweit sein. Ja, ganz sicher, wenn nicht schon vorher.«

»Was ist über dich gekommen, Weib? Willst du sie los sein?«

Jetzt stemmte Aggie sich in die Höhe und setzte sich auf die Seitenlehne der Couch. Dann sagte sie langsam und bedächtig: »Ja, ich möchte sie los werden, weil sie das einzige Glück, das ich je gehabt habe, in mein Leben gebracht hat. Natürlich will ich sie los werden: Ich will sie los werden, weil ich sie liebhabe; ich will sie los werden, weil ich keinen Augenblick lang Frieden haben werde, solang ich nicht weiß, daß sie sicher verheiratet ist. Ja, ich will sie los sein.«

Ben stand mit gespreizten Beinen da, die Arme halb erhoben, und es sah so aus, als wollte er jeden Augenblick losspringen; aber jetzt beugte er seinen kräftigen Oberkörper nach vorn und sagte: »Und wo hast du vor, einen Mann für sie zu finden? Jemanden von The Courts? Oder glaubst du etwa, daß jemand aus diesem großen Haus angeritten kommt und anbieten wird, sie dir abzunehmen? Zum Beispiel dieser Mr. Thompson, der sie aus dem Haus geschleppt hat? Du hast sie doch nach ihm gefragt, oder? Nun, was meinst du?«

Aggie ließ sich wieder auf die Couch sinken und sagte jetzt mit verhaltener Stimme: »Ich hab' nicht an jemand von The Courts gedacht oder einem großen Haus, sondern jemand zwischendrin, zum Beispiel einer dieser Lehrer, bei denen du deinen Abendunterricht nimmst.«

»Oh. Oh, du hast wohl deine Spitzel ausgeschickt, wie?«

»Nein, ich hab' keine Spitzel ausgeschickt. Das brauch' ich nicht; in meinem Geschäft reicht es, die Ohren offenzuhalten, und ich höre alles. Rosie Dillon, das ist eine alte Kundin, ihr Bruder ist allem Anschein nach Hausmeister in dieser — wie heißt es doch? —

Nationalschule und kümmert sich um die Räume, die abends benutzt werden. Sie hat gesagt: ›Wie ich höre, geht dein Ben wieder zur Schule.‹ Du hättest mir das irgendwann auch gesagt, das weiß ich. Ich denke jedenfalls, daß sie eines Tages wieder irgendwie mit Lernen anfangen will und daß es ungefährlich für sie wäre, wenn sie mit dir abends auf die Abendschule ginge. Und man weiß ja nie, wen sie dort kennenlernt, nicht unter den Schülern, o nein, aber einer der Lehrer vielleicht. Und, weißt du, mit dem Kopf, den das Kind auf den Schultern trägt, könnte sie selbst Lehrerin werden.«

»Hast nicht lang gebraucht, dir das alles zurechtzulegen.«

»Nun, es gibt da so ein Sprichwort über verzweifelte Maßnahmen, die die Not der Verzweiflung herbeiführt. Und —«, sie hielt inne, griff nach ihrem Glas, nahm einen Schluck von dem Gin und stellte das Glas dann wieder hin, ehe sie weitersprach: »Ich möchte, daß sie gut untergebracht ist, ehe ich meine letzte Reise tue, denn wo würde sie sonst bleiben? Ich werd' ja wahrscheinlich über kurz oder lang hören, daß du weggehst und deine Annie heiratest.«

»Was hast du gesagt?«

»Du hast mich ganz genau verstanden. Und eines will ich noch dazufügen: Es wäre ja nicht gerade übereilt, wenn man denkt, wie viele Jahre du jetzt schon mit ihr zusammensteckst.«

Ben ging auf die Couch zu, beugte sich über Aggie und sagte nachdrücklich, aber ruhig: »Versuch das in deinen Kopf zu kriegen, Aggie. Ich werd' Annie nicht heiraten. Nicht jetzt und nicht später. Das weiß sie. Das hat sie von Anfang an gewußt. Ich bin gern mit ihr zusammen, man kann sich gut mit ihr unterhalten.

Sie hat sich um mich gekümmert, als das niemand anderer wollte . . . ich meine, als Mädchen. Wie alt war ich, als ich zu deinem Dad kam? Acht? Sie war damals sechzehn. Mir kam sie erwachsen vor. Aber sie war freundlich und einsam und verlassen wie ich. Hinter all meinem Geschwätz hat es niemanden gegeben, der einsamer und verlassener war als ich. Ich hatte sie schon länger als ein Jahr gekannt, ehe ich hier in den Hof kam, und was du nicht weißt und was ich dir nie gesagt habe, ist, daß sie mir häufig nachts Unterschlupf gewährt hat, wo ich sonst erfroren wäre. Sie hatte nur ein Zimmer. Ihre Mutter lag in der Ecke im Bett, seit Jahren lag sie dort, ihr ganzer Körper aufgequollen wie ein Ballon. Den ganzen Tag ist sie allein dort gelegen, während Annie in der Fabrik war. Und abends hat Annie ihr immer Laudanum gegeben, um den Schmerz zu lindern, und wenn sie dann eingeschlafen war, hat sie mich reingelassen, und ich lag vor dem fast heruntergebrannten Feuer auf der Matte, bis früh am nächsten Morgen. Zwei Winter lang hat sie das getan. Und dann ist ihre Mutter gestorben, und sie ließ mich weiter dort auf der Matte schlafen, bis dein Dad mir das Zimmer über dem Stall angeboten hat. Das war damals das erstemal in meinem Leben, daß ich einen Platz hatte, der nur für mich da war.«

Als Aggie anfing, mit dem Kopf zu wackeln und gerade zum Reden ansetzen wollte, hob er die Hand, um sie zum Schweigen zu bringen, und fuhr fort: »Jetzt, wo ich damit angefangen habe, werde ich dir die ganze Geschichte erzählen. Es hat da Zeiten gegeben, da haben wir einander gegenseitig getröstet, weil wir einsam waren. Und ich war da noch ein kleiner Junge, versteh das richtig; aber ich hab' ihr gesagt, daß ich nie jemanden heiraten würde, und das hat sie begriffen. Sie ist immer noch unansehnlich, fast nur Haut und Knochen, aber in den letzten paar Jahren ist mir aufgefallen, daß sie angefangen hat, sich ein wenig rauszuputzen, und als sie dann Gelegenheit bekam, aus The Courts in eines der neuen Häuser zu ziehen, hat sie das getan. Und ich hab' auch rausgekriegt, warum. Ein Mann, neben dem sie jahrelang in der Fabrik gearbeitet hat, er ist ein Witwer und viel älter, aber er muß etwas von ihr halten, weil er ihr den Hof macht, wie man sagen könnte, und das macht mich für sie glücklich.«

»Du meine Güte! Du meine Güte! Aber sag, wenn das so ist, warum gehst du dann immer noch hin?«

»Aus einem ganz einfachen Grund, Aggie, und ich hab' schon oft versucht, dir das klarzumachen: weil wir Freunde sind. Wir können Karten spielen, wir können miteinander reden und uns über den Tagesklatsch unterhalten. Und sie erfährt eine Menge Klatsch, weil, wie du ja weißt, ihre Cousine die bekannteste Hure auf der Straße ist. Und manchmal besucht sie sie, und dann lachen wir über die Geschichten, die sie erzählt.« Er machte eine kurze Pause. Dann fuhr er fort: »Aber nicht immer, weil manchmal auf der Straße Dinge passieren, bei denen sich selbst Nancy Pratt der Magen umdreht. Und, das kann ich dir sagen, dazu gehört einiges. So, jetzt weißt du alles, Aggie, und brauchst nicht mehr rumzubohren. Aber um auf dein . . . wie der Lehrer sagen würde: Ableben zu kommen und was aus Millie werden würde, wenn es dazu kommen sollte: Da werd' immer noch ich da sein, bis zu meinem Ableben, was, weil ich ja nicht weiß, welche Absichten der Herr im Himmel hat, zugegebenermaßen jederzeit eintreten könnte. Aber mit ein wenig Glück hab' ich noch ein paar Jahre vor mir, wo ich doch erst dreiundzwanzig bin.«

Wieder schob Aggie sich auf der Couch vor, schob ihr Gesicht ganz nahe an das seine und warf ihm das, was sie sagte, förmlich entgegen: »Und du erwartest, daß sie heranwächst und weiterhin hier lebt, unter deiner . . . was? . . . deiner Vormundschaft? Ein Mädchen wie sie soll zur Frau heranwachsen, einer Frau, die die Männer wie Fliegen umschwärmen werden? Oh, jetzt sei doch vernünftig, Ben Smith, und laß dir von mir etwas sagen.« Jetzt preßte sie sich die Faust gegen die Brust. »Ich bin bereit, sie gehen zu lassen, und — weiß Gott! — ich werd' dafür sorgen, daß du dasselbe tust, weil dein Kopf, wenn es um sie geht, deine kurzen Beine nicht zur Kenntnis nimmt. Ich weiß, was sich in deinem Kopf abspielt. Ich weiß, was all diese Bildung soll. Ich weiß, was der neue Mantel und der Zylinder zu bedeuten haben. Nun, sämtliche Zylinder der ganzen Welt werden dich nicht größer machen, noch wirst du mit eleganten Mänteln etwas anderes werden, als du bist. Also schlag dir das aus dem Kopf, Mr. Ben Smith.«

Einen Augenblick lang brachte er keinen Ton hervor; sein Adamsapfel zuckte erregt auf und ab, und als er dann wieder reden konnte, war seine Stimme ganz ruhig. »Aggie«, sagte er, »ich werd' immer in deiner Schuld stehen, weil ich ganz genau weiß, daß ich dir alles verdanke, was ich heute bin, und ich hab' dir in all den Jahren, die ich dich jetzt kenne, keinen Augenblick lang etwas Böses gewünscht. Genau das Gegenteil ist der Fall. Ja, genau das Gegenteil. Aber in dieser Minute könnte ich meine Faust nehmen und sie dir zwischen die Augen setzen. Nicht weil du versucht hast, in bezug auf Millie in meinem Kopf zu lesen, sondern weil du mir ein Gefühl geben willst, als wäre ich etwas Geringeres als ein Mann.«

Sie starrten einander an, wie sie es in der ganzen Zeit, die sie einander kannten, niemals getan hatten; dann machte er auf dem Absatz kehrt und ging hinaus.

TEIL DREI

Die Köchin

1

Von dem Tag an, an dem Mr. Quinton sie nach Hause gebracht und sie die Küche betreten hatte, wußte Millie, daß sie ihre Umgebung jetzt mit ganz anderen Augen sah, obwohl sie nie wieder von diesen beiden Menschen getrennt werden wollte.

Während die Tage dahinstrichen und sie ihre Zeit mit Kochen und Saubermachen verbrachte, wurde ihr immer klarer, daß in ihr ein tiefes Bedürfnis entstanden war. Obwohl sie jetzt an drei Abenden die Woche Ben in seine Abendschule begleitete, ließ sie doch die nagende Frage nicht los: Was sollte wirklich aus ihr werden? Wie würde sie eines Tages ihren Lebensunterhalt verdienen? Zuerst hatte sie gedacht, mit Kochen, aber nur um diesen Gedanken gleich darauf wieder von sich zu schieben. Was sie auf The Grange erlebt hatte, hatte in ihr den festen Entschluß wachsen lassen, nie wieder eine Dienstbotentätigkeit anzunehmen, und zugleich hatte sie Angst davor, es könne doch dazu kommen.

Und doch mußte sie der Tatsache ins Auge sehen, daß Kochen das einzige war, worauf sie sich wirklich verstand. Als sie das Aggie gegenüber erwähnt hatte, hatte die hinzugefügt: »Und reden. Warum überlegst du nicht, ob du lernst, Kinder zu lehren?« Und sie hatte darauf geantwortet: »Dazu braucht man eine beson-

217

dere Ausbildung.« Und doch hatte sie manchmal das Gefühl, mehr als Mrs. Sponge zu wissen, die eine der Klassen unterrichtete, aber dann auch wiederum bei weitem nicht so viel wie ihr Mann, Mr. Sponge, wußte. Er war ein kluger Mann, dieser Mr. Sponge, nicht nur was Jahreszahlen und Geschichte anging, sondern auch in bezug auf die Dinge, die im Kopf eines Menschen vor sich gingen. Er war es, der gesagt hatte, daß es für jedes Problem eine Lösung gab; man brauchte sich nur hinzusetzen und sein Problem vor sich auszubreiten, wie Karten auf einem Tisch sozusagen, und dann nachsehen, ob es in irgendeinem Teil des Spiels eine Lösung gab, die sich für das Problem eignete.

Nun, sie hatte darüber nachgedacht und hatte ihre Karten auf dem Tisch ausgelegt, und die meisten deuteten darauf hin, daß sie gute Fleischpasteten, Scones und Johannisbeerkrapfen machen konnte. Sie verstand sich auch darauf, einen sehr guten, nahrhaften Eintopf zuzubereiten. Eine weitere Karte wies sie darauf hin, daß sie eine Fähigkeit besaß, die jeden in die Lage versetzen würde, eine Gaststätte zu eröffnen. Aber bei dem Gedanken legte sie die Karte sozusagen mit dem Gesicht nach unten ab. Fast unmittelbar darauf wies sie eine andere Karte darauf hin, daß sie ja bereits in einer Art Ladengeschäft lebte. Jener Hof dort draußen war ein Laden; nun, eine Art Laden jedenfalls, der Handel mit den Resten vieler anderer Gewerbe trieb.

Und dann schien die Karte ihr förmlich vom Tisch entgegenzuspringen und ihr ein Bild von einem absolut sauberen Hof zu zeigen und an den offenen Toren eine lange Holzbank, auf der ihre Pasteten, ihre Scones und ihre Krapfen angeboten wurden. Und am Ende der Bank ein Kessel voll heißem Eintopf, und sie auf der anderen Seite des Tisches damit beschäftigt, Kunden zu bedienen.

Aber was für Kunden? Nun! die Fabrikarbeiter: die meisten von denen, die bei Freeman arbeiteten, kamen am Tor vorbei, um zu ihrem jeweiligen Court zu gehen. Jeden Abend um sechs Uhr war da ein wahrer Strom von Menschen. Und dann gingen auch untertags alle möglichen Leute die Straße herauf und hinunter; obwohl sie einräumen mußte, daß es hauptsächlich zerlumpte, schmutzige Kinder waren und Erwachsene, von denen der Gestank nach Gin und Unsauberkeit ausging, ein Gestank, der den Geruch vom Hof wie den eines Kräutergartens wirken ließ.

Aber es war eine Idee, und wer wußte schon, ob sie nicht am Ende zu etwas führen würde. Obwohl sie weder Aggie noch Ben je verlassen wollte, wußte sie doch, daß zumindest Aggie eines Tages sterben würde, und Ben würde höchstwahrscheinlich Annie heiraten. Und obwohl sie Annie mochte, als . . . nettes kleines Geschöpf, konnte sie sich nicht vorstellen, daß Ben mit ihr zusammenlebte. Aber bei weiterem Nachdenken konnte sie sich auch nicht vorstellen, daß Ben sie heiratete. Worüber würden sie reden können? Annie konnte keine Gespräche führen. Sie hatte festgestellt, daß sie zuhören konnte, aber sie redete nicht, diskutierte nie über etwas . . . nun, jedenfalls nicht in ihrer Gegenwart.

Eines Abends saßen sie um den Küchentisch und erfreuten sich an Millies neuem Gericht, einer Kaninchenpastete, nicht auf die alte Art als Eintopf gekocht mit Kartoffeln, sondern in der Bratröhre mit einer dikken Soße geschmort, mit Apfelschnitzen belegt und mit einer Pastetenkruste überbacken. Sie hatte das Rezept im *Sunday*-Magazin gesehen. Das ist eine hübsche Zeitschrift mit netten Geschichten, viel besser als *Das Band der Hoffnung* und *Das Magazin der guten Worte*, die ihr Mrs. Sponge freundlicherweise jede Woche mitbrachte.

Die Pastete hatte reichliches Lob geerntet. Und nachdem das Geschirr weggeräumt worden war und sie um das Feuer saßen, ließ sie ihre Bombe platzen. Und eine Bombe war es in der Tat.

Als Aggie ihre Überraschung schließlich überwunden hatte, war das erste, was sie sagte: »Du denkst wohl daran, mich zu verdrängen?«

»Sei nicht albern, Mrs. Aggie. Aber weißt du, du sagst ja selbst, daß du es müde bist, die Runden zu machen, und Laddie ist doppelt so alt, wie du damals gedacht hast, als du ihn gekauft hast.«

Und dann hatte sie Ben gefragt: »Nun, was meinst du? Sitz nicht bloß da und starr mich an; sag mir, was du denkst.«

»Ich denke, daß es eine prima Idee ist. Du bist eine Köchin. Ganz gleich, was du auch sonst im Lauf deines Lebens sein wirst, eine Köchin wirst du immer sein. Und, ja, ich kann mir gut vorstellen, daß der Hof saubergemacht wird und daß vorn am Tor eine Bank steht. Aber ich sag genauso wie Aggie: Was wird aus mir werden? Was für einen Platz habe ich in deinem Plan? Bist du bereit, mir acht Schilling die Woche zu zahlen?«

»Ich werd' dir gar nichts bezahlen; Miss Aggie wird dich bezahlen.« Sie deutete mit einer Kopfbewegung auf Aggie. »Und wahrscheinlich zweimal soviel, weil, du kennst doch diesen Laden, an dem wir immer vorbeikommen, wenn wir zur Schule gehen, nun, dort kosten die Pasteten zwei Pence und einen halben das Stück.«

»Ja, nun, mag ja sein. Aber ich frag dich noch einmal: Was soll in diesem neuen Geschäft aus mir werden? Was soll ich tun?«

»Nun, du denkst doch nicht etwa, daß ich das alles allein machen kann, oder? Ich werde die ganze Zeit mit Mrs. Aggie hier mit Kochen beschäftigt sein, und jemand wird sich um —«, jetzt lachte sie, als sie das Wort aussprach, »den Laden kümmern müssen.«

»Oh, ich kann mir einfach nicht vorstellen, daß ich in einem Laden bediene. Niemals!« Er rümpfte die Nase.

»Nun, ist auch recht. Dann würde ich eben nachts kochen, na ja, am Abend, und dann würde ich am nächsten Tag hinter dem Tisch stehen.«

Aggie und Ben sahen sie jetzt beide an, und Aggie meinte zu Ben gewandt: »Die hat sich das alles zurechtgelegt. Mein Gott! Ich kann's einfach nicht glauben. Das hier war ein Trödlerladen, solang ich mich erinnern kann, und jetzt will sie ihn rausputzen mit Pasteten und Krapfen und so. Aber würdest du mir sagen, Miss —«, sie hatte sich jetzt Millie zugewandt, »wie viele Pasteten und Krapfen und so du wohl auf einmal da drin backen kannst?« Sie deutete mit dem Daumen auf den runden Backofen.

»Einundzwanzig: zwölf oben und neun unten. Und wenn das Fleisch vorher gekocht ist, brauchen sie nur etwa eine halbe Stunde. Und das Allermindeste, was ich am Abend schaffen würde, wären vier Ladungen. Ich würde natürlich jemanden brauchen, der das Feuer schürt, und jemanden, der die Zutaten besorgt —«, sie sah zuerst Aggie, dann Ben an, »weil ich eine Menge Fett und Mehl und Fleisch und Beeren und dergleichen brauchen würde. Und dann hatte ich auch an Erbsen gedacht. Auf dem Markt gibt es einen Stand, wo pürierte Erbsen verkauft werden. Du hast ihn mir einmal gezeigt.«

Ein polterndes Geräusch kam von Ben; und dann bog er sich auf der Bank vor Lachen, einem Lachen, das immer lauter wurde. Und Aggie sah ihn an und hatte Mühe, ein ernstes Gesicht zu behalten, als sie sagte: »Er findet das komisch.« Und Millie sah die alte Frau an und fragte leise: »Du nicht?«

Anstelle einer Antwort sagte Aggie mit leiser Stimme: »Oh, Liebes, ich kann es mir einfach nicht vorstellen. Und um das Zeug dort draußen im Hof wegzuschaffen, würde es schon ein Erdbeben brauchen. Und dann, schau dir doch das Wetter an. Was ist damit? In Wind oder Regen könntest du doch dort draußen keinen Tisch aufstellen.«

»Ja, darüber habe ich schon nachgedacht. Den könnte man unter den Bogen stellen, oder man könnte die Scheune ausräumen. Das ließe sich ganz leicht machen.«

Dazu sagte Aggie nichts, sondern sah nur zu Ben hinüber, der sich jetzt mit beiden Händen den Bauch hielt. Die Tränen liefen ihm über die Wangen, so lachte er, bis Aggie nach einem Blick auf Millie sagte: »Mädchen, hast du je darüber nachgedacht, daß du nicht ewig hier sein wirst? Wirst ja bald sechzehn. Wer weiß, es könnte doch sein, daß du heiratest.«

Beide zuckten zusammen, als Ben aufsprang und mit einem Gesicht, aus dem alle Heiterkeit und alles Gelächter wie weggewischt schienen, schrie: »Jetzt fang bloß nicht an, ihr Flausen in den Kopf zu setzen! Man könnte ja glauben, wenn man dich so reden hört, daß sechzehn für ein Mädchen die oberste Grenze zum Heiraten ist. Sie wird heiraten, wenn sie soweit ist, und wird's dann schon wissen, ob sie soweit ist.

Und wen sie heiraten will und so. Also schlag dir das aus dem Kopf, Weib.« Und damit drehte er sich um, stapfte hinaus und hinterließ eine sehr verstörte Millie, ganz im Gegensatz zu Aggie, die völlig ruhig geblieben war.

»Er regt sich richtig auf, wie?« sagte Aggie. »Aber weißt du, meine Liebe, was ich sage, stimmt schon: Wenn du sechzehn bist, wenn nicht schon früher, wird dir das im Kopf rumgehen. Übrigens, wie lang ist's denn her, daß dieser Mr. Thompson hier war?«

»Drei Monate.«

»Ja. Ja, wird wohl so sein. Hab' mir schon gedacht, daß du dich erinnern würdest. Das war das dritte Mal, daß er hier gewesen ist, nicht wahr?«

Millie war jetzt aufgestanden und blickte auf das breite, fleischige Gesicht herunter, und ihre Stimme war ganz leise, kaum mehr als ein Flüstern, als sie sagte: »Nein, Mrs. Aggie. Nein, nie. Er . . . er ist bloß ein netter, freundlicher Mann. Er ist ein Gentleman. Und was viel wichtiger ist: Hast du vergessen, mit wem er verwandt ist? Mit dieser . . . dieser schrecklichen Frau.«

»Sie ist doch bloß seine Halbschwester, hast du gesagt.«

»Mrs. Aggie, bitte, so etwas sollst du nie denken. Ich . . . ich würde ihn nicht anschauen oder normal mit ihm reden können, wenn ich dächte, er würde sich vorstellen, daß ich . . . nun, es ist so, wie Ben gesagt hat: Sechzehn ist kein Alter, und ich hab' nie daran gedacht, zu heiraten. Nun, nicht richtig jedenfalls. Ich werde noch viele Jahre nicht heiraten. Und dann würde es jemand sein müssen, der mich nicht verlegen macht, nie jemand wie Mr. Thompson. Und im übrigen —«, ihre Stimme war jetzt lauter geworden, »ich würde die Art, wie sie leben, nicht mögen, und die würden nie jemanden . . . nun, wie mich in ihrer Familie dulden, das weiß ich. O ja, ja, das weiß ich. Du brauchst nur Mr. Sponge in der Schule zuzuhören. Er hat die Wahrheit gesagt, und deshalb haben sie ihn daran gehindert, weiter Unterricht zu geben. Dabei hat er nur auf den Abgrund hingewiesen, den es zwischen denen und uns gibt, ich meine, der Mittelklasse und der Arbeiterklasse. Und nicht nur . . . nun, so wie die Leute, die hier leben, sondern auch die Handwerker . . . du weißt schon, die ein Handwerk gelernt haben und die für die Mittelklasse immer noch der Abschaum sind. Weißt du, was? Die lassen keine Arbeiter in den Bahnhof, wenn der Landadel dort ist, weil ihr Anblick ihre Augen beleidigen könnte. Erst wenn der Zug schon am Abfahren ist, können sie sich in die dritte Klasse zwängen und müssen dann die meiste Zeit stehen. Oh, Mrs. Aggie. Und du denkst, daß Mr. Thompson . . .?«

Jetzt war sie an der Reihe, sich umzudrehen und aus dem Raum zu eilen, so daß jetzt nur noch Aggie dasaß und stumm vor sich hinnickte. Dann sagte sie laut zu sich, als spräche sie zu jemanden: »Nun, wir werden ja sehen, was wir schließlich sehen werden. Ich hoffe, ich lebe noch lange genug.«

2

Neun Monate vergingen, bis Millies Idee in Gestalt von Pasteten, das Stück um zwei Pence oder vier Pence, Früchte trug. Einfache Scones um einen halben Penny das Stück, Johannisbeerkrapfen um einen Penny oder drei um zwei Pence; Hammelsuppe um einen

Penny für einen Schöpfer voll, wobei es sich um ein Utensil großzügigen Fassungsvermögens handelte; Erbsen je nach Menge um einen halben Penny oder einen Penny die Portion, wobei der Samstag der Tag der Johannisbeerteekuchen und der Blätterteigecken war, beide je um einen Penny das Stück, letztere waren dick genug, daß man sie auseinanderschneiden und Marmelade oder eine Scheibe Fleisch dazwischen legen konnte.

Aber das Geschäft hatte auch eine Enttäuschung mit sich gebracht, wenigstens für Millie: Sie hatte jetzt keine Zeit mehr, die Abendschule zu besuchen; und obwohl Ben keineswegs unter Druck gewesen war, seine Freizeit aufzugeben, hatte er das getan. Zu einem freilich war er nicht bereit, nämlich sie zur Sonntagsschule für Erwachsene in der Methodistenhalle zu begleiten. Nein; zu den Betbrüdern würde ihn niemand kriegen.

Millie war glücklich; wenigstens machte sie die meiste Zeit den Eindruck. Und Aggie war glücklich, sehr glücklich, besonders an den Freitag- und Samstagabenden, wenn sie die Einnahmen zusammenzählte. Millie mußte sie freilich immer wieder daran erinnern, daß man die Kosten der Zutaten und Bens acht Schillinge und ihren eigenen Lohn von fünf Schillingen in Betracht ziehen mußte, ehe man sagen konnte, wie groß der Gewinn war.

»Nun, Miss Schlaukopf«, sagte Aggie, »was hältst du von heute abend?«

»Wenn du mir ein paar Minuten Zeit läßt, werde ich es dir sagen, aber es wird nicht soviel sein, wie du denkst.«

»Nun, das sind hier sieben Pfund, vier Schillinge. Wieviel haben wir verdient?«

»Du, meine liebe Mrs. Aggie, hast ein Pfund, siebzehn Schilling und zwei Pence verdient.«

»Nun, ich denke, ich kann mir, sagen wir, zehn Schilling ausbezahlen, wenn man alles in Betracht zieht, bleibt also ein Gewinn von einem Pfund, sieben Schilling und zwei Pence. Nun, das ist eigentlich nicht schlecht. Und was haben wir während der restlichen Woche verdient, wie sieht's da aus?«

Millie fing an, auf der Schiefertafel zu kritzeln, auf der sie Konto führte, und nach ein paar Minuten verkündete sie: »Nun, insgesamt sieht es so aus, als wäre der Wochengewinn vier Pfund achtzehn und Sixpence.«

»Nicht schlecht. Gar nicht schlecht. Ich würde fast drei Tage durch die Stadt ziehen müssen, um da auch nur einigermaßen ranzukommen. Eine kleine Goldmine, wie? Aber —«, jetzt streckte sie die Hand aus und legte sie auf die Millies, »so hältst du das nicht durch, Mädchen. Du arbeitest vom frühen Morgen bis spät in die Nacht hinein, außer wenn es so ist wie heute, wenn wir ausverkauft sind. Und es hat auch keinen Sinn, davon zu reden, einen neuen Backofen reinzustellen, weil du nur ein Paar Hände hast, ganz gleich, wie sehr Ben und ich dir auch helfen. Du mußt das Zeug machen, und du wirst mit der Zeit dünn wie eine Bohnenstange, wo du doch eigentlich ein wenig zunehmen solltest. Du bist flach wie ein Pfannenkuchen.«

»Bin ich nicht.«

»Nun, wenn du das nicht bist, dann hast du es gut versteckt, vorn genauso wie hinten. Nein, meine Liebe, ich kann einfach nicht zulassen, daß du so weitermachst. In vierzehn Tagen wirst du sechzehn sein; und das ist ein wichtiges Alter, und da mach ich jetzt auch keine Witze, denn dann fängst du wirklich an, eine Frau zu sein.«

Als eine Glocke anschlug, drehte sie sich ungeduldig zur Tür herum und sagte: »Können Sie nicht sehen, daß wir geschlossen haben? Warum er eine Glocke außen anbringen mußte, weiß allein der Himmel.«

»Das ist«, erklärte Millie und lachte jetzt, »weil du dich beklagt hast, daß sie praktisch hier in die Küche hereingerannt kommen, nachdem wir geschlossen haben. Und deshalb hat er die Glocke draußen angebracht, Mrs. Aggie. Ich werde jedenfalls mal nachsehen, wer da ist.«

»Du wirst nichts dergleichen. Du wirst hier sitzen bleiben. Du warst seit dem frühen Morgen auf den Füßen. Und je mehr du sitzt, desto größer ist die Aussicht, daß du ein wenig Form annimmst. Sieh mich an.« Sie ging hinaus und lachte über den Witz, den sie über sich selbst gemacht hatte. Und Millie lehnte sich in ihrem Stuhl zurück und schloß einen Moment lang die Augen. Es stimmte; sie fühlte sich tatsächlich müde. Es stimmte auch, daß sie in vierzehn Tagen sechzehn sein würde, also das Alter erreichen, von dem Aggie gesagt hatte, daß sie anfangen würde, eine Frau zu sein. Aber war das nicht schon vor einiger Zeit geschehen? In welchem Stadium wurde man eine Frau . . .? Wenn man nachts dalag und nachdachte, wie wunderschön es sein würde, wenn . . . wenn . . . wenn . . . und doch genügend Verstand besaß, daß man, wenn dann das Tageslicht kam, all die Nachtgedanken leugnete und sich sagte: »Hab' doch Verstand« oder »Gebrauche deinen Kopf«.

Als wäre sie plötzlich in die Nacht zurückversetzt worden, sah sie voll Erstaunen den Mann, der ihre

Gedanken beschäftigt hatte. Da stand er, in voller Größe, stand neben Aggie und lächelte sie an.

Als sie aufsprang, stieß sie dabei den Stuhl um, und er trat schnell einen Schritt vor, richtete ihn wieder auf und sagte: »Tut mir leid. Warst du eingenickt?«

Ehe sie antworten konnte, warf Aggie ein: »Sie ist müde, Sir. Sie war den ganzen Tag auf den Beinen. Dieses Geschäft hier war ihre Idee, aber es macht sie fertig.«

»Oh, sei still, Mrs. Aggie, und rede keinen Unsinn.« Millie streckte jetzt die Hand aus, deutete auf die Bank und sagte: »Wollen Sie sich nicht setzen?«

»Ja. Ja, einen Augenblick vielleicht, aber ich werde nicht bleiben, wenn ich störe.«

»Das tun Sie nicht. Das tun Sie ganz und gar nicht, Sir«, warf Aggie ein. »Darf ich Ihnen etwas zu trinken anbieten?«

»Nein, danke. Ich . . . ich habe vor einer Weile gegessen und das Essen hinuntergespült, verstehen Sie?«

Aggies Kopf nickte jetzt heftig, und sie lächelte dabei breit und sagte: »O ja, Sir, das versteh ich durchaus. Ich hab' mir das auch angewöhnt. Iih!« Sie machte eine weit ausholende Handbewegung zu Millie hin und sagte: »Sehen Sie uns zwei doch an! Samstagabend und noch nicht mal die alten Sachen ausgezogen. Nun, wenn ich Ihnen nichts zu trinken anbieten kann, dann biete ich Ihnen auch meine Konversation nicht an, weil sie ganz bestimmt nicht das wäre, was man erbaulich nennen könnte. Aber ich werd weggehen und etwas Besseres anziehen. Wenn Sie mich entschuldigen wollen; es dauert nicht lange.«

Millie machte mit halboffenem Mund eine protestierende Geste, als wolle sie Aggie aufhalten; aber

Aggie ließ sich nicht aufhalten, sie war bereits durch die Tür verschwunden, die in den Flur hinausführte.

Da Millie vor ihm stand und ihn anstarrte, stand er auf und sagte lächelnd: »Ich kann nicht sitzen bleiben, wenn du stehst.«

»Oh.« Als wäre sie erst jetzt aus ihrem nächtlichen Traum erwacht, drehte sie sich um und ließ sich langsam auf die Couch sinken, worauf er wieder seinen Platz auf der Bank einnahm.

»Wie geht es dir? Du siehst müde aus. Wie Mrs. Winkowski sagt, arbeitest du zu schwer.«

»Das ist doch ganz natürlich. Am Ende des Tages ist man immer müde, und Samstag ist ein besonders anstrengender Tag.«

»Ja. Ja. Läuft das Geschäft immer noch gut?«

»Sehr gut sogar.«

»Hast . . . hast du je daran gedacht, einen Laden zu nehmen?«

Sie blickte zur Seite, ehe sie antwortete: »Ja. Ja, das habe ich, aber das würde heißen, daß ich hier weggehe und Mrs. Aggie und Ben verlasse.«

Er antwortete darauf nicht: »Ja, ich verstehe«, sondern saß da und starrte sie an und fragte sich die ganze Zeit, wie sie diese Umgebung nur ertragen konnte, wo sie doch, wenigstens eine Weile, in der gepflegteren, wenn auch lauteren Atmosphäre der Quintons gelebt hatte. Dieser Raum beispielsweise: er war wirklich schrecklich. Natürlich war es ein Arbeitsraum, aber den größten Teil nahm die Couch ein, auf der sie saß, und die beiden Tische: einer unter dem Fenster, auf dem die verschiedenen Mehlsorten und die Zutaten für ihr Gebäck lagerten; der andere, an dem sie wahrscheinlich aßen und den sie offensichtlich auch zum Schreiben benutzte, weil Papier und ein Bleistift sowie eine Schiefertafel darauf lagen. Und jener Raum, durch den er gerade gekommen war; er roch; kein schlechter Geruch, aber abgestanden, wie ihn alte Leute an sich hatten. Und hier war sie, dieses schöne, lilienartige Geschöpf, das nicht nur schön aussah, sondern auch einen Verstand besaß, was in den kurzen Gesprächen, die sie bisher geführt hatten, so offenkundig geworden war. Herrgott! Wenn die Dinge nur anders wären. Wenn nur . . . wenn nur. Wie oft hatte er sich das in den letzten Monaten gesagt, jedesmal wenn ihr Bild wie eine Vision vor seinem inneren Auge aufgetaucht war, jenes Bild, das ihn heute hierhergeführt hatte. Wie lange würde er das noch aushalten, und was würde sie sagen? »Du hast bald Geburtstag«, sagte er jetzt. »Ich erinnere mich, daß du mir gesagt hast, daß es im September sei.«

»Ja. In vierzehn Tagen.«

»Dann wirst du sechzehn sein. Fühlst du dich erwachsen?«

Sie gab ihm nicht gleich Antwort, sah ihm aber gerade in die Augen, als sie schließlich meinte: »In gewisser Hinsicht kann ich mich gar nicht erinnern, mich je nicht erwachsen gefühlt zu haben. Und doch ist mir in anderer Hinsicht das Gefühl unangenehm, und ich möchte, wenn schon nicht ein Kind, dann doch jung bleiben.«

Er lächelte und meinte: »Aber du bist jung, und du bist die Art von —«, er hielt inne, weil er nicht wußte, ob er Dame oder Frau sagen sollte, und entschied sich dann taktvollerweise für: »— Persönlichkeit, die immer jugendlich frisch sein wird, bis sie eine sehr alte Lady sein wird wie meine Tante Chrissie. Und doch —«, er machte eine wegwerfende Handbewegung und sagte: »— war das ein schlechter Vergleich, weil sie zwar mit fünfundsechzig noch jene mädchenhafte Vitalität an sich hat, aber unglücklicherweise geistig ein wenig wirr geworden ist. Sie lebt nicht sehr weit von hier in einem süßen kleinen Haus mit einem alten Bediensteten. Ich würde mich wirklich sehr freuen, wenn du sie einmal besuchen und sie kennenlernen würdest.« Und dann fügte er scherzhaft hinzu: »Wenn du sechzehn bist und allein ausgehen darfst.«

»Ich darf jetzt schon allein ausgehen, Mr. Thompson; niemand hindert mich daran.«

»Aber ich habe dich nie ausführen dürfen, oder?«

Ihre Haltung versteifte sich ein wenig, als sie antwortete: »Bis jetzt haben Sie mich auch nie eingeladen.«

Er hatte ein hübsches Lachen an sich, etwas, was sie ein sauberes Lachen nannte.

»Dieses Gespräch könnte in einem Salon stattfinden«, sagte er, »mit Deckchen mit Quasten dort —«, er deutete auf den hölzernen Kaminsims, auf dem nur ein paar bronzene Kerzenhalter und zwei Zierbecher standen, »mit schweren Brokatvorhängen vor den Fenstern und dazu ein Tisch mit Elfenbeinintarsien. Oh, und der da —«, dabei wies er lachend auf den Tisch unter dem Fenster, »oh, der ist in indischem Stil geschnitzt. Und da drüben —«, er wies auf die Tür, »steht ein Piano, aber den Deckel kann man nicht sehen, weil ein riesiger spanischer Schal darauf liegt. Und an den Wänden hängen Gemälde, alle von großen Künstlern. O ja. Und der Boden? Nun, nichts weniger als ein Brüsseler Teppich für den Boden. Und hier unter meinen Füßen —«, er tippte die selbstgemachte Matte an, »liegt ein Bärenfell, ein echtes Bärenfell, das früher einmal den armen, alten Bär draußen im Schnee warmgehalten hatte. Und weißt du —«,

231

er beugte sich zu ihr vor, »deine Antwort hat gerade zu einem solchen Zimmer gepaßt.«

»Ich weiß nicht, ob ich das als Kompliment oder als genau das Gegenteil auffassen soll.«

Ihre Antwort überraschte ihn offenbar, und als sie fortfuhr: »Nun, Sie haben einen Salon geschildert, wie Sie ihn gewöhnt sind, wie finden Sie also das hier im Vergleich dazu?«, war er sichtlich verblüfft.

Sie beobachtete ihn, wie er zwei- oder dreimal blinzelte, sich über die Lippen leckte und dann leise sagte: »Ich ziehe keine Vergleiche. Das war ein Bild, das zu deiner Stimme in jenem Augenblick paßte; obwohl ich vielleicht hinzufügen darf«, seine Stimme wurde noch leiser, »daß du vortrefflich in meine Schilderung passen würdest.«

Er stand auf, als wolle er auf sie zugehen, aber in dem Augenblick öffnete sich die Tür und Ben trat ein, blieb kurz stehen und ging dann langsam auf den Küchentisch zu.

»Hallo.« Bernard Thompsons Stimme klang locker. »Ich . . . ich kam gerade vorbei und bin reingekommen, um —«, er deutete mit dem Kopf zu Millie hinüber, »zu sehen, wie es unserer jungen Freundin geht.«

»O ja. Wollten Sie zu The Courts?«

»The Courts?« Die Frage klang verblüfft.

»Ja, das einzige Ziel, zu dem man kommt, wenn man an unserem Tor vorbeigeht, ist The Courts; Sie wissen schon: Nelson Court und so weiter.«

»Ben!« Millies Stimme klang ganz ruhig. »Mr. Thompson ist gekommen, um mich zu besuchen, wie er das früher auch schon getan hat; er weiß, wie es in The Courts ist.«

»Hm! Das bezweifle ich. Sind Sie je dort gewesen . . ., Sir?« Das Wort klang, als hätte er es sich nachträglich überlegt.

»Nein, ich bin noch nicht dort gewesen, aber der Gestank läßt ahnen, in welchem Zustand sich die Häuser befinden.« Bernard Thompsons Gesichtsausdruck war jetzt ebenso starr wie sein Tonfall. »Und obwohl Sie es vielleicht nicht glauben, kenne ich den Unterschied zwischen dem einen Ende dieser Stadt und dem anderen sehr wohl. Tatsächlich könnte ich sagen, daß ich in gewisser Hinsicht ebenso betroffen bin wie Mr. Engels. Und jetzt, wo ich Teilhaber in einer Fabrik bin, werde ich mein möglichstes tun, um die Situation, wo immer das möglich ist, zu erleichtern.«

Jetzt wandte er sich wieder Millie zu — sein Gesicht hatte sich gerötet — und fügte erklärend hinzu: »Mr. Crane-Boulder senior, mein Patenonkel, ist kürzlich gestorben und war so freundlich, mich in seinem Testament mit einem Anteil an der Fabrik zu bedenken, so daß mir die jetzt gemeinsam mit seinem Sohn gehört. Und deshalb —«, und damit fuhr sein Kopf wieder ruckartig zu Ben herum, »hoffe ich, jetzt einige Verbesserungen vornehmen zu können, zumindest soweit das Gesetz es zuläßt. In der Vergangenheit war ich in dieser Beziehung etwas behindert, da ich ja nichts mit der Fabrik zu tun hatte.«

Einen Augenblick lang herrschte Schweigen, ehe Ben wieder etwas sagte, wobei der Sarkasmus in seiner Stimme nicht zu überhören war: »Ja, natürlich, soweit das Gesetz es zuläßt. Nun, ich hoffe, wenn Sie die Kleinen zählen, die zwischen fünf und zehn Jahre alt sind und in Ihrer Fabrik sterben, daß Sie dann schleunigst nach London fahren und sich mit Mr. Disraeli oder Mr. Gladstone in Verbindung setzen oder sonst jemand von der Clique. Die haben dort natürlich alle tiefe Trauer, nicht wahr, weil seit dem Tod von Prinz Albert alle in Schwarz herumlaufen. Selbst *ich* habe gelesen, daß die Pianobeine jetzt schwarze Strümpfe tragen. Da stirbt einer, und er war schließlich auch nur ein menschliches Wesen wie wir anderen auch, nur daß er natürlich mit etwas mehr Hygiene aufgewachsen ist. Aber wer trauert um die, die man dutzendweise in die Armengräber wirft? Ja, dutzendweise. Oder die, die mit neun Jahren schon zu krank sind, um zu arbeiten, und die man den Hügel hinauftreibt ins Arbeitshaus, von dem aus sie den stinkenden Fluß sehen können? Und . . .«

»Sind Sie jetzt fertig?«

»Nein, ich könnte noch fortfahren; aber ich kann das natürlich nicht so gut erklären wie Mr. Sponge. Der ist natürlich Lehrer in der Methodistenhalle und hat eine genauso gute Ausbildung wie Sie, oder eine bessere, und kennt beide Seiten aus persönlicher Erfahrung. Er ist auf Ihrer Seite geboren worden, sagt er uns, aber das hat ihn nicht daran gehindert, eine Weile in The Courts zu leben, nur um einmal selbst auszukosten, welcher Komfort dort geboten wird.«

»Bon!«

»Ja, Millie?« Er schob affektiert die Brauen hoch. »Willst mich wohl zum Schweigen bringen? Nun, eigentlich solltest du ja inzwischen wissen, daß das nicht so einfach ist. Du weißt ja, Mr. Sponge hat uns das erklärt, wenn man einmal anfängt zu denken, kommt man einfach nicht mehr zur Ruhe. Es ist wie eine Küchenschabe in einer Walnußschale; du weißt schon, man bindet sie kleinen Kindern an den Bauch, damit sie weinen und Mitgefühl erwecken. Das nagt an einem, das kratzt.«

»Vielleicht ist Ihr Lehrmeister noch nicht auf das Axiom gestoßen, daß ein wenig Ausbildung auch sehr gefährlich sein kann, Mr. Smith. Und jetzt wünsche ich Ihnen einen guten Abend.«

Nachdem er sich von Ben mit einem knappen Kopfnicken verabschiedet hatte, wandte er sich Millie zu und sagte mit gestelzter Höflichkeit: »Würdest du mir die Freundlichkeit erweisen, mit mir zum Tor zu kommen?«

Millie gab keine Antwort, erhob sich aber von der Couch, und als sie an Ben vorbeikam, wandte sie den Kopf und warf ihm einen Blick zu, in dem Abscheu lag; dann ging sie weiter, öffnete die Tür, ging Thompson durch das andere Zimmer voraus in den Hof; erst als sie das versperrte Tor erreichten und sie auf die rostigen Gitterstangen blickte, sagte sie: »Es tut mir leid. Ich . . . ich muß mich entschuldigen.«

»Das ist nicht nötig. Und, weißt du, ich verstehe sogar, wie dem —«, er wollte sagen: dem Burschen, fuhr dann aber fort, »wie ihm zumute ist, und zwar in mehr als nur einer Hinsicht, das kannst du mir glauben. Und jetzt schau mich an.«

Sie drehte sich langsam um und sah ihm ins Gesicht, und wieder wurde ihr bewußt, daß er gar nicht so groß war und daß ihre Augen fast auf gleicher Höhe mit den seinen lagen; und der Blick, mit dem er sie ansah, vermittelte ihr plötzlich das Gefühl, ihr säße ein Kloß in der Kehle. Es tat beinahe weh.

»Es tut mir leid, daß ich nicht hier sein kann, um dir zum Geburtstag zu gratulieren; ich habe die nächsten zwei oder drei Wochen in London zu tun. Es gibt soviel Geschäftliches zu erledigen. Zu einer anderen Zeit hätte ich vielleicht an der Freizeit Freude gehabt, nachdem die geschäftlichen Dinge erledigt sind, aber wie unser Freund —«, er drehte sich um und blickte zur Haustür zurück, »es so aggressiv formuliert hat, trägt London Trauer und wird das wahrscheinlich noch eine Weile tun, weil die Queen so betrübt ist. Aber sobald ich zurückkehre, werde ich kommen und Mrs. Winkowski um Erlaubnis bitten, dich zu Tante Chrissies kleinem Haus fahren zu dürfen. Ich bin sicher, du wirst sie mögen, so wirr sie auch in vieler Hinsicht ist. Und das Haus wird dir bestimmt auch gefallen. Wenn du die Erlaubnis bekämst, wärst du dann einverstanden?«

Die Antwort war einfach: »Ja«, sagte sie, »ja, ich wäre einverstanden.« Er verglich sie sofort mit der Aufnahme, die sein Vorschlag gefunden hätte, wenn er ihn irgendeiner anderen Frau in seinem Bekanntenkreis gemacht hätte. Da wäre zuerst ein affektiertes Lächeln gekommen, ein Zögern, und dann wäre die Antwort geziert gewesen, hätte angedeutet, wie abenteuerlich, wenn nicht nachgerade verrucht sein Vorschlag war. Aber dieses Mädchen hatte geradeheraus geantwortet. Da war nichts Falsches an ihr, nichts Frivoles, und doch ging etwas von ihr aus, das wirklich unbeschreiblich war, etwas wie Freude. Das einzige, was er wußte, war, daß er sich danach sehnte, sie in die Arme zu nehmen, und das seit damals, als er sie zu Williams Haus getragen hatte. Auch William hatte das Besondere an ihr gespürt.

Bei dem Gedanken an William erinnerte er sich an ihr letztes Gespräch, in dem er ihm gesagt hatte, daß Raymond ihn gefragt hatte, ob er etwas von dem blonden Kind gehört hätte. Und dann hatte er ihn mit Fragen bedrängt, wo sie wohne. Und William hatte geantwortet, sie hätte in einem der Courts gelebt, den schmutzigen Courts, aber sie sei inzwischen ausgezo-

236

gen, und er wisse nicht, wo sie jetzt wohne. William war schlau. O ja, William war schlau. Ebenso schlau wie sein Patenonkel gewesen war, als er William das Little Manor vermacht hatte und dazu einen Morgen Land: Er hatte gewußt, daß Raymond ihn, sobald er einmal nicht mehr war, sofort losgeworden wäre, weil die beiden sich nicht leiden konnten, weil William nicht die Fähigkeit besaß, unterwürfig zu sein.

Sie hatte die Torflügel geöffnet, und er streckte ihr jetzt die Hand hin, und als sie ihre Hand in die seine legte, hielt er sie fest und sagte: »Wenn wir uns das nächste Mal sehen, wirst du großjährig geworden sein. Leb wohl, meine Liebe.« Die letzten Worte waren weich und voll Gefühl. Aber sie antwortete nicht darauf, sondern stand nur da und sah ihm nach, wie er wegging, ein Gentleman in einem eleganten grauen Anzug, einem Zylinder und mit einem Spazierstock mit goldenem Knauf. Und er hatte gesagt, er würde zurückkommen, wenn sie großjährig war.

Erst als er nicht mehr zu sehen war, verließ sie das Tor. Sie marschierte förmlich über den Hof und in die Küche, wo inzwischen auch Mrs. Aggie erschienen war. Aber so als ob Mrs. Aggie nicht zugegen wäre, ging sie geradewegs auf Ben zu und rief: »Wenn wir nicht fast im selben Haus wohnen würden, würde ich nie wieder mit dir sprechen. Dein Benehmen war einfach widerwärtig, scheußlich! Du mußtest ja deine Theorien verbreiten, dabei weiß er mehr darüber als du und kann mehr für die Leute tun, als du jemals tun kannst.«

»Fertig?«

»Ja. Aber ich könnte noch fortfahren.«

»Nun, warum tust du es dann nicht? Ich bin ganz Ohr. Aber erst will ich dir etwas sagen: Er taugt nichts, keiner von seinem Schlag taugt etwas; in ihrer eigenen Klasse, ja, aber nicht wenn sie von jenseits der Grenze auf diese Seite kommen und einem jungen Mädchen schöne Augen machen und ihr den Kopf vollreden mit Ideen, wo sie doch nichts über das Leben weiß —«, seine Stimme wurde immer lauter, »als das, was sie in diesem Dreckloch gelernt hat. Denn so hat er es doch gesehen, oder? Als ein Dreckloch.«

Als Aggie dazu ansetzte, etwas zu sagen, fuhr er zu ihr herum und schrie sie an: »Sei still! Ich werd jetzt sagen, was ich zu sagen habe, und kann auch mit dir anfangen.« Er stach mit dem Finger nach ihr. »Du hast große Dinge mit ihr vor, nicht wahr? Du glaubst, dieser Kerl ist in Ordnung. Du denkst, er wird kommen und sagen: ›Mrs. Winkowski‹«, seine Stimme hatte sich jetzt verändert, »»darf ich Sie um die Hand Ihres Mündels bitten . . . zur Ehe, meine ich, Mrs. Winkowski, nicht bloß um mit ihr den Weg hinaufzugehen und mich mit ihr in die Büsche zu schlagen.‹ O nein.«

Jetzt schrie auch Aggie: »Ben Smith, halt den Mund! Und schau, daß du hinauskommst, ehe ich dir etwas an den Kopf werfe. Du wirst diesen Abend noch bedauern, ja, das wirst du. O ja, das wirst du.«

Ben hob die Hand und zog sich seine schmale Krawatte unter dem Kragen fest. Dann sah es so aus, als müsse er sich zum Reden zwingen, denn seine Kiefer mahlten zwei- oder dreimal, ehe er hervorstieß: »Ja, das mag schon sein; aber ich kenne zwei Leute, denen es noch mehr leid tun wird. Das ist eine Prophezeiung, und ihr werdet sie noch erleben.« Und damit machte er nicht etwa auf dem Absatz kehrt und stampfte auch nicht nach draußen, sondern er drehte sich langsam um und ging ebenso langsam hinaus und schloß die Tür leise hinter sich.

Blind vor Tränen taumelte Millie auf Aggie zu und warf sich in ihre Arme; und während sie sie schluchzend festhielt, strich Aggie ihr übers Haar und sagte: »Schon gut jetzt. Schon gut. Was weiß er denn schon davon? Er ist ein unwissendes Schwein, sonst gar nichts, ein unwissendes Schwein.« Und dann schob sie Millie nach einer Weile sanft von sich, sah in ihr tränenüberströmtes Gesicht und sagte: »Hat er etwas zu dir gesagt . . . nun, du weißt schon?«

Millie schüttelte den Kopf, und dann stammelte sie: »Er . . . er ist nicht so. Ich meine, das, was Ben da sagt, das ist alles falsch. Mr. Thompson ist ein Gentleman, freundlich und . . .«

»Magst du ihn? Ich meine, etwas mehr als ihn nur mögen?«

Millie senkte den Kopf, ehe sie murmelte: »Ja. Ja, das tu ich, Mrs. Aggie. Ich . . . ich mag ihn, ich meine, mehr als nur mögen.«

»Nun, meine Liebe, wenn das so ist, dann ist es eben so, und wir werden sehen, was geschieht. Aber schau, du darfst ihm das nicht übelnehmen, ich meine Ben, weil er ja nichts dafür kann. Er ist eifersüchtig.«

Millie trocknete sich die Augen mit ihrer weißen Schürze, und als sie fertig war, verzog sie das Gesicht und sagte: »Eifersüchtig? Ben eifersüchtig?«

»Ja, Mädchen. Er ist ein Mann. Mag sein, daß er kurze Beine hat, aber trotzdem ist er durch und durch ein Mann. Du kannst's mir glauben.«

»Aber . . . aber . . . nun, er hat mich doch praktisch großgezogen und . . . und war immer wie ein Bruder.«

Aggie lachte trocken und meinte: »Schlag dir das aus dem Kopf, Mädchen. Kein Mann wird sich je nur als dein Bruder sehen. Der Spiegel in deinem Schlafzimmer ist gesprungen; ich glaube, ich sollte dir einen ordentlichen besorgen, damit du dich selbst sehen kannst.«

»Oh, Mrs. Aggie. Das Leben ist nicht einfach, oder?«

»Ja, Mädchen, das Leben ist nicht einfach. Und du hast bis jetzt Glück gehabt, weißt du, weil du es erst so spät erfährst. Die meisten Menschen, besonders die hier in der Gegend, lernen das kurz nachdem sie anfangen zu krabbeln.« Und das führte zu keiner weiteren Bemerkung oder Frage von Millie; vielmehr ging sie langsam zur Couch und setzte sich und dachte dabei: Sie sagt genau dasselbe, wie Ben gesagt hat, nur daß sie mich nicht anschreit. Sie hatte gesagt, Ben sei eifersüchtig. Wie albern! Wie albern! Ben eifersüchtig auf einen anderen Mann? Dann muß er denken ... Sie sprang in die Höhe und sagte: »Ich werde einen anderen Rock anziehen«, und eilte aus dem Zimmer. Und Aggie nahm die Ginflasche vom Regal, goß sich reichlich ein und setzte sich ans Feuer, sah in ihren Becher und nippte daran und sagte dann zu sich: »Ja, zieh dir einen anderen Rock an, mein schöner Liebling. Zieh dir nur einen anderen Rock an.«

3

Die Feindseligkeiten zwischen Ben und Millie endeten drei Tage später abrupt, und das Band, das vorher zwischen ihnen bestanden hatte, wurde fester. Das bewirkte die Ankunft eines Fremden.

Da es Dienstag war, waren die Bewohner der Courts knapp an Geld für jeglichen Bedarf, also standen auf der anderen Seite des langen Tisches nur ein halbes Dutzend Leute. Zwei davon waren kleine Kinder, die beide einen Blechteller über den Tisch schoben, um Erbsen für einen halben Penny zu kaufen. Und nachdem Millie auf jeden Teller einen reichlichen Löffel voll getan hatte, nahmen die schmutzigen, zerlumpten Knirpse ihre Teller nicht gleich und rannten davon, sondern starrten sie an, bis sie lächelte, nach einem Stück Gebäck griff, es auseinanderbrach und die zwei Stücke neben die Erbsen legte, worauf die Knirpse sie angrinsten, sich ihre Mahlzeit schnappten und ohne danke zu sagen davonrannten.

Die nächste Kundin war eine Frau. Sie meinte: »Die beiden haben's gut. Ein Skandal ist das. Sie hat fünf in der Arbeit, aber das meiste wandert in den Ginladen, und da nimmt sie zwei davon mit, die sind erst zehn. Ich sag' ja: ein Skandal.«

»Womit kann ich Ihnen dienen, Mrs. Bright?«

»Vier Pasteten, Mädchen.«

»Die um vier Penny?«

»O nein. Nein, nicht an einem Dienstag —«, die Frau lachte, »der kann von Glück reden, daß er die Zwei-Penny-Pasteten kriegt. Und ich nehm' einen Löffel Brühe. Die tut einem gut, wirklich, das kann ich Ihnen sagen. Ich hab' nie bessere gekostet, ganz besonders wenn man einen hübschen Brocken fettes Hammelfleisch darin findet.«

Millie begriff, was gemeint war, und sorgte dafür, daß in dem Schöpflöffel, den sie in die Schüssel der Frau kippte, ein Stück Hammelfleisch war. Als die Frau der nächsten Kundin Platz machte, bemerkte Millie den Mann, der auf der anderen Seite der schmalen Gasse stand. Sie hatte ihn noch nie zuvor zu Gesicht bekommen, und dabei kannte sie jetzt eine ganze

Menge der Bewohner vom Sehen, weil es ein kleines Viertel war und nur wenige Fremde hierherkamen, jedenfalls am Tor vorbei und zu den eigentlichen Courts, es sei denn, sie hatten das Pech, gerade hier eingezogen zu sein.

Es konnte zwar durchaus einen Mann oder sogar viele Männer in The Courts geben, die sie noch nicht gesehen hatte. Aber dieser Mann war anders: Er war anders gekleidet als die Männer aus der Umgebung. Er trug einen schwarzen Anzug und einen weißen Kragen; wenigstens sah es aus dieser Entfernung wie ein helleres Hemd aus. Und er trug einen Zylinder.

Als sie dann weitere vier Kunden bedient hatte, war außer dem Mann niemand mehr zu sehen, und jetzt kam er auf den Tisch zu.

Als er nähertrat, sah sie, daß er groß war, fast sechs Fuß, und sehr dünn und einen ausgebeulten Anzug trug.

Als er dann auf der anderen Seite des Tisches vor ihr stand, fixierte er sie starr, und als er zu reden begann, war auch seine Stimme fremdartig: Da war nicht die rauhe, laute Heiserkeit, die sie an der Arbeiterklasse gewöhnt war. Aber es war auch nicht die Stimme eines Gentleman, welchen Ranges auch immer.

»Millicent Forester? So heißen Sie doch, oder?«

»Ja, so heiße ich.«

»Nun, mein Name ist Forester und so. Reginald Forester. Ich bin dein Vater.«

Der Löffel entglitt ihrer Hand und fiel auf den Holztisch. Dann trat sie zwei Schritte zurück und sagte: »Nein. Nein . . . mein Vater ist tot.«

»Nun, das hat sie dir wohl gesagt, wie? Aber . . . aber ich bin schon dein Vater. Ich habe nicht damit gerechnet, dich so bald zu finden: Die Frau des Pfarrers hat gesagt, sie hätte zuletzt hier von dir gehört; aber du hättest natürlich inzwischen irgendwo sein können. Ich hab' dich gleich erkannt, als ich dich sah. Du bist deiner Mutter wie aus dem Gesicht geschnitten.«

Wieder sagte sie: »Nein, nein«, weil sie instinktiv nicht wollte, daß dieser Mann ihr Vater sei. Sie mochte sein Gesicht nicht. Auf der einen Seite war da eine dünne Narbe, die quer über die ganze Wange verlief. Der obere Teil des Gesichts war im Schatten der Hutkrempe verborgen, aber sie sah es unten bis zum Kinn. Sie drehte sich schnell um und rannte über den Hof, und da kam Ben aus der Scheune.

Als sie ihn sah, drehte sie sich um und rannte auf ihn zu, klammerte sich an seinem Arm fest und wimmerte: »Da . . . da ist ein Mann am Tor, Ben. Er . . . er sagt, er . . . er sei mein Vater. Er . . .«

»Was?« Er blickte über den Hof auf die Gestalt, die hinter dem Tisch stand, und sagte: »Was sagt er?«

»Er . . . er hat gesagt, er sei mein Vater. Ich . . . ich dachte, er sei tot. Kommst du ihn dir ansehen?«

»Bleib, wo du bist.« Ben ging jetzt langsam auf das Tor und den Mann zu, der dort stand, und fragte: »Was wollen Sie?«

»Wer sind Sie?«

»Das sag ich Ihnen, wenn ich weiß, wer Sie sind. Sie sagen, daß Sie ihr Vater sind. Nun, nach allem, was sie weiß und nach allem, was ich weiß, ist ihr Vater tot.«

Der Mann legte seine beiden Hände auf die Tischkante, wie um sich zu stützen, und der Kopf sank ihm herunter, als er sagte: »Das ist, was ihre Mutter ihr weismachen will. Ich bin eine Weile weggewesen.«

Es dauerte ein paar Augenblicke, bis Ben sagte: »Ja, und ich kann mir vorstellen, wo Sie gewesen sind und so.«

Der Kopf ruckte in die Höhe. Auch die Stimme klang scharf: »Nun, wenn Sie das können, dann wissen Sie ja, warum ich nicht früher gekommen bin, um sie zu holen«, sagte er.

»Um sie zu holen? Sie haben keinen Anspruch auf sie. Sie gehört Aggie, ich meine Mrs. Winkowski.«

Ben drehte den Kopf herum, als er Aggies Stimme im Hof hörte, und rief: »Komm einen Augenblick her, ja?«

Als Aggie heranschlurfte, sagte Ben: »Da muß was geklärt werden. Dieser Bursche sagt, er sei ihr Vater, und er ist gekommen, um sie zu holen. Was hältst du davon?«

Aggie starrte den Mann an und schien irgendwo in dem schmalen Gesicht eine Ähnlichkeit zu sehen, und es war, als hätte sie Jahre auf diesen Augenblick gewartet. Leise sagte sie: »Laß ihn ein.« Dann wandte sie sich ab und eilte so schnell sie konnte zum Haus, wo sie Millie unter dem Vordach stehen sah. Dem Mädchen schienen die Augen aus dem Kopf zu treten, und Aggie sagte: »Komm rein. Mach dir keine Sorgen; wir kriegen das schon hin.«

»Aber er hat gesagt, Mrs. Aggie, er . . . er hat gesagt . . .«

»Ja, und das ist er wahrscheinlich auch. Ja, wahrscheinlich ist er dein Vater, also beruhige dich.«

Eine Minute später stand der Mann in der Küche und sah sich ebenso erstaunt um, wie Bernard Thompson das getan hatte. Und als Aggie sich ihm zuwandte und sagte: »Nun, setzen Sie sich hin«, nahm er auf der Bank Platz. Dann sah er zu Millie hinüber, die am Fenster stand, wie um Abstand zwischen sich und ihm zu halten, und meinte: »Ich . . . ich wußte, daß das ein Schock sein würde, aber . . . es ist nicht meine Schuld, daß man dir die Wahrheit jahrelang vorenthalten hat. Das war ihre Schuld: Sie hätte dich von Anfang an ins Bild setzen müssen. Ich hörte gestern, daß sie sich umgebracht hat. Nun, mich überrascht das nicht . . . Sie war immer überdreht.« Er nickte jetzt zu Aggie hinüber. »Ihre Mutter war immer überdreht. Der ist's einfach zu gut gegangen, wissen Sie. Nun —«, jetzt lachte er, »beiden ist es uns einmal zu gut gegangen.« Er fuhr sich mit der Zunge über die Lippen, ehe er sagte: »Meinen Sie, ich könnte Sie um etwas zu trinken bitten?«

»Würden Sie lieber Tee oder Bier wollen?«

»Oh, Bier, bitte. O ja, ein Bier.«

Aggie nickte zu Ben hinüber, und der ging an den Schrank und holte eine Flasche Bier und einen Becher und stellte beides nicht besonders sanft neben dem Mann auf die Bank, und der sah den Mann mit der seltsamen Gestalt an und sagte: »Danke.«

Sie sahen ihm zu, wie er den Becher mit Bier füllte und, wie es schien, in einem Zug in sich hineinschüttete, worauf er ein Taschentuch aus der Tasche zog und sich den Mund wischte. Von jemandem, der so aussah wie er, war das eine seltsame Geste; es wäre viel natürlicher gewesen, wenn er sich den Mund mit dem Handrücken gewischt hätte.

Jetzt stellte er den Becher und die leere Flasche auf den Herd und sagte, nachdem er Millie angesehen hatte: »Komm her. Ich werd' dich nicht fressen. Ich glaube, es wird langsam Zeit, daß wir einander kennenlernen, findest du nicht auch?«

Millie machte keine Anstalten, ihm zu gehorchen;

und was sie jetzt sagte, veränderte den Gesichtsausdruck des Mannes, denn sie sagte mit scharfer Stimme: »Ich weiß nicht. Ich war immer der Ansicht, du wärst tot; warum hast du also so lange gebraucht, um dich zu melden? Das würde ich gern wissen.«

»Nun, weißt du, das läßt sich erklären. Ich war weg.«

»Im Knast war er«, sagte Aggie ausdruckslos.

Der Mann fuhr von der Bank hoch, ließ sich dann aber wieder zurücksinken und sagte: »Ja. Ja, ich war im Knast; aber es war nicht meine Schuld. Es war Notwehr. Ich wäre fast umgebracht worden. Sieh dir das an! Ich trag die Spur mit mir herum.« Er deutete auf die Narbe an seiner Wange. »Das war, um sie zu retten, deine Mutter. Ich hätte dafür baumeln können, nur daß die die Notwehr erkannt haben.«

»Dann ist der Mann also gestorben?«

Er wandte sich zu Aggie und sagte: »Ja. Ja, er ist eine Weile später gestorben . . . so nach einer Woche; und ich fast auch und so. Aber trotzdem haben die mir zwölf Jahre aufgebrummt. Mein Gott!« Sie sahen zu, wie seine Zähne mahlten und er den Kopf sinken ließ. Er blickte zur Seite, und seine Augen huschten über den Boden, als sähen sie dort etwas kriechen. Dann fuhr sein Kopf in die Höhe, und er sagte: »Die haben mir ein wenig von der Zeit nachgelassen, wegen guten Benehmens, und ich konnte es nicht erwarten, rauszukommen und dich zu sehen.« Er nickte Millie zu. »Aber sehr willkommen scheine ich nicht zu sein, wie?«

»Was erwarten Sie denn?« Aggie stand jetzt dicht vor ihm.

»Nun . . . nun, sie könnte wenigstens freundlich zu mir sein und mich erklären lassen, wie all das passiert ist. Lassen Sie mich Ihnen sagen, Missis, ich war nicht immer so.« Er fuhr sich mit der Hand von der Schulter bis zum Knie. »Ich hatte einmal eine gute Stellung, und sie ist anständig erzogen worden, bis es dann passierte. Aber jedenfalls, nachdem wir ja offen miteinander reden, weil anscheinend ja schon einiges offen gesagt wurde —«, er warf Ben einen Blick zu und fuhr dann fort: »Ich habe Anspruch auf sie: Sie gehört mir und . . .«

»Mein Gott! Mister!« fiel Aggie ihm ins Wort. »Man muß Ihnen, glaube ich, einiges klarmachen, und das tu ich besser jetzt gleich. Sie haben gar keinen Anspruch auf sie. Ich hab' vor Jahren ein Papier unterschrieben. Sie ist das, was man mein Mündel nennen würde, und das ist von einem Mann der Gesetze gemacht worden, und ein Freund, der jetzt Sergeant bei der Polizei ist, war Zeuge.«

»O mein Gott!« Der Mann war jetzt aufgestanden. »Sagen Sie mir bloß nicht, daß ich von einem Knast in den anderen gekommen bin. Diese verdammte Polizei!« Er schüttelte verzweifelt den Kopf. »Was glauben Sie wohl, wie es ist, nichts als verdammte Wärter zu sehen und jedesmal zu springen, wenn einer von denen einem etwas anschafft. Schauen Sie —«, er griff sich an die Kehle, als fiele ihm das Atmen schwer; und dann drehte er sich plötzlich zu Millie herum und sagte mit etwas ruhigerer Stimme: »Das einzige, was ich will, Mädchen, ist . . . nun, reden will ich mit dir. Darüber, wer Anspruch auf wen hat, können wir ja später reden. Schließlich bist du meine Tochter. Ich . . . ich hab' dich aufgezogen, bis du fünf Jahre alt warst. Ich hab' für dich gearbeitet, um dir das Beste zu geben.« Jetzt ließ er sich wieder auf die Bank sinken, und seine Hand fuhr wieder an

seine Kehle, und er atmete gequält, was Aggie dazu
veranlaßte, aufzustehen und zu ihm zu sagen: »Fehlt
Ihnen etwas? Was haben Sie denn?«

»Es ist nichts, nur eine kleine Erkältung.« Die Arme
hingen ihm jetzt schlaff herunter, und der Kopf war
ihm nach vorn gesunken; und nachdem Aggie ihn eine Weile gemustert hatte, drehte sie sich zu Millie herum und winkte sie heran.

Millie kam langsam näher; aber als Aggie ihr dann
bedeutete, sich neben den Mann zu setzen, schüttelte
sie den Kopf, stellte sich neben ihn, sah in sein Gesicht und sagte: »Es . . . es tut mir leid, aber . . . aber
alles das ist ein großer Schock für mich, und ich brauche Zeit, um mich daran zu gewöhnen. Verstehst du?«

Das brachte den Mann zum Lächeln, und er sagte:
»Ja. Ja, ich verstehe. Vielleicht hätte ich es dir anders
beibringen sollen, aber ich wußte nicht, wie ich es machen sollte. Und, weißt du, das Gefängnis ermuntert
einen nicht gerade dazu, die Nettigkeiten im Leben zu
entwickeln.«

Die Worte waren so, wie Bernard selbst sie gesprochen hätte, nur der Ton war anders, und das ließ sie
erkennen, daß er einmal ein netter Mann gewesen
sein mußte und auf gewisse Weise gebildet; das Gefängnis hatte ihn rauh gemacht. Aber . . . wenn er nur
anders ausgesehen hätte. Sein Gesicht stieß sie ab,
auch etwas an seinem Verhalten.

»Das wird sich schon geben. Wir . . . wir werden
einander kennenlernen, und das wird nicht lang dauern. Aber das ist natürlich meine Meinung. Ich . . . ich
muß mich um Arbeit umsehen.«

»Was haben Sie denn gemacht?«

Er drehte sich zu Ben herum und seufzte, ehe er erklärte: »Ich . . . ich war Butler in einem großen Haus.

Das war eine Stellung mit großem Prestige. Meine Frau war Kammerzofe, und wir haben geheiratet. Aber wir sind dort weggegangen. Später war ich Geschäftsführer in einem —«, er atmete tief, ehe er sagte: »einem Kaufhaus. Und dort . . . dort fing der Ärger an. Sehen Sie, meine Frau war genauso schön wie meine Tochter, und deshalb können Sie vielleicht verstehen, daß ich sie beschützen wollte.«

Einen Augenblick lang war da eine Welle von Mitleid, die Millies Gefühle für ihn überflutete. Plötzlich wollte sie seine Hand nehmen und sagen, es wird schon gut werden. Mrs. Aggie wird dich hier wohnen lassen, und ich werde mich um dich kümmern. Aber sie kam nicht dazu, ihre Gedanken auszusprechen, denn er wandte sich jetzt zu Aggie und sagte: »Können Sie mich ein paar Nächte lang unterbringen, bis ich etwas gefunden habe?«

»Nein. Nein, tut mir leid, das kann ich nicht. Wir haben keinen Platz.«

Millie blieb der Mund offenstehen: Oben gab es noch zwei weitere Schlafzimmer. Mrs. Aggie wollte ganz entschieden nicht, daß er blieb. Aber dann wußte sie, daß auch sie darüber erleichtert war. Sie sah den Mann an, wie er Aggie und dann Ben anstarrte, ehe er aufstand und sagte: »Nun, wenn das so ist, dann werd' ich mich umsehen müssen, nicht wahr, und zusehen, daß ich irgendwo einen Ort finde, wo ich mein Haupt betten kann.«

Die letzten Worte klangen fast weinerlich und verfehlten ihre Wirkung auf Millie und die beiden anderen nicht. Und so war niemand überrascht, als er sagte: »Seit die mich letzte Woche entlassen haben, habe ich noch nicht richtig Tritt gefaßt — das können Sie wahrscheinlich verstehen —, und . . . das Wenige, was ich hatte . . . ist weg. Ob Sie mir wohl ein paar Schilling leihen könnten, bis . . .?«

Ehe er zu Ende gesprochen hatte, war Aggie an die Kommode gegangen und hatte den Deckel der Geldbüchse angehoben und einen Florin herausgenommen, den sie ihm jetzt reichte. »Das sollte Ihnen für ein paar Nächte Unterkunft verschaffen.«

Er sah auf die Münze, die auf seiner Hand lag, und gab einen Laut von sich, der etwa wie »hö!« klang oder wie ein kleines Lachen; dann nahm er seinen Zylinder von einem Stuhl, setzte ihn auf und zog sich die Krempe auf der Seite, wo die Narbe war, etwas herunter. Die Augen jetzt auf Millie gerichtet, sagte er: »Wiedersehen, Tochter. Ich werd' natürlich wieder vorbeikommen, weil wir reden müssen, nicht wahr? Die Dinge irgendwie klären.«

Damit ging er, gefolgt von Ben, hinaus; aber Millie und Aggie blieben, wo sie waren. Als die Tür sich hinter ihm geschlossen hatte, warf Millie sich förmlich auf die Couch, schlug mit der Faust auf sie ein und sagte: »Ich . . . ich habe Jahre und Jahre und Jahre davon geträumt, wie er war, Mrs. Aggie. Ich habe geträumt, wie er war. Er hatte ein nettes Gesicht und war liebenswürdig. Er . . . er war in gewisser Weise ein Gentleman. Aber die einzige Ähnlichkeit ist seine Größe.«

»Mädchen! Hör zu. Du mußt dich damit abfinden, er ist nicht dieser Mann; er ist dein Vater, wie er gesagt hat. Und weißt du, da ist eines: Wir können uns unsere Eltern nicht aussuchen. Oh, wie ich mir wünsche, daß wir das könnten. Dann würden wir ein ganz anderes Leben führen. Nun, da ist nichts von dir in ihm; oder ich sollte eher sagen, da ist nichts von ihm in dir. Du gerätst nach deiner Mutter.«

Darauf sprang Millie in die Höhe, baute sich vor Aggie auf und zischte: »Und sie war eine von der Straße! Schwester Mary hat das gesagt; eine von der Straße. Ich wußte damals nicht, was das bedeutete, aber jetzt weiß ich es. Ich weiß es schon lange. Ich habe eine Prostituierte zur Mutter und einen Mörder zum Vater. Oh, Mrs. Aggie, Mrs. Aggie!« Die Tränen strömten ihr jetzt aus den Augen.

Aggie packte sie an den Schultern und schüttelte sie, während sie sie anschrie: »Deine Ma war keine Prostituierte! Sie war eine junge Frau, die keine andere Wahl hatte, als das einzige zu tun, was sie konnte, um dich am Leben zu halten. Aber sie hat festgestellt, daß sie es nicht ertragen konnte, also verachte sie nie. Was auch immer du von ihm denkst, laß deine Mutter da raus . . .«

Plötzlich spürte Aggie, daß ihre Arme von Millies Schultern weggerissen wurden, und Ben schrie sie an: »Was bildest du dir eigentlich ein? Willst ihr wohl das Hirn aus dem Kopf schlagen? Das fehlst ihr gerade noch, daß man sie jetzt hart anpackt, nachdem sie dieses Individuum gesehen hat.«

»Sie hatte einen hysterischen Anfall.«

»Nun, ist ja kein Wunder.« Er setzte sich neben Millie auf die Bank, legte die Arme um sie und zog ihren Kopf auf seine Schulter. »Hör jetzt auf«, sagte er. »Komm schon. Alles wird gut werden. Du brauchst nie wieder in seine Nähe, wenn du das nicht willst.«

»Oh, das ist ja ein großartiger Rat, den du ihr da gibst. Großartig! Und jetzt kapier endlich mal, Mr. Schlaukopf, dieser Mann ist ihr Vater. Er wird ein Recht haben, sie zu sehen. Du wirst gar nichts dagegen tun können. Und ich kann mir vorstellen, daß er eine Weile hier sein wird, bis er sich etwas einfallen läßt und wieder in den Knast wandert. Und das würde mich wirklich nicht überraschen.«

Millie löste sich aus Bens Arm und sah zuerst ihn, dann Aggie an und sagte: »Es ist schlimm. Es ist schlimm, daß ich das sage, aber . . . ich will ihn nicht sehen. Und doch ist er mein Vater, ich weiß, warum sollte ich mich also von ihm abgestoßen fühlen? Aber . . . aber ich kann nichts dafür. Ich . . . ich kann mir einfach nicht vorstellen, daß ich ihn je mögen werde.«

»O mein Gott! Jetzt klingelt es schon wieder. Aber mach dir keine Sorgen, Mädchen, ich werd' nachsehen gehen. Setz dich hin und beruhige dich.«

Während Aggie aus dem Zimmer ging, stand Ben einen Augenblick lang da und sah Millie an; dann drehte er sich schnell um und ging hinaus zu Aggie. Ohne auf den Kunden zu achten, der dastand und darauf wartete, bedient zu werden, sagte er: »Hör zu, wie lang ist es denn her, daß du deinen Freund . . . den Sergeant zuletzt gesehen hast?«

»Oh, ich weiß nicht; Wochen. Warum?«

»Nun, ich denke, ich würd' an deiner Stelle mal zu ihm gehen und ein Wörtchen mit ihm reden, denn weißt du, ich glaub' diesem Kerl seine Geschichte nicht, daß er zwölf Jahre gekriegt hat, weil er seine Frau beschützt hat. Nein; an diesem Kerl ist irgend etwas Schmieriges, Verschlagenes. Leute wie dein Sergeant sollten über die Mittel verfügen, um in . . . wo war es doch? . . . Durham nachzufragen und die wahre Geschichte rauszukriegen. Ich glaube, es wird sich auszahlen, wenn du diesen kleinen Spaziergang machst. Was meinst du?«

»Ja, nun, das könnte etwas für sich haben. Und wenn er mir helfen kann, dann wird er es auch tun,

252

das weiß ich. Aber was macht es denn für einen Unterschied, wofür er die zwölf Jahre gekriegt hat . . .

Komisch —«, sie sah sich jetzt um, während sie sich selbst zunickte, und meinte: »Ich bin nie mehr als ein paar Meilen über diesen Hof hinausgekommen, und doch kommt aus allen Ecken des Landes Ärger anmarschiert, und wenn man einmal darüber nachdenkt, betrifft nichts davon mich. Das Leben ist komisch. Das ist es wirklich. Also gut. Also gut!« schrie sie den ungeduldigen Kunden an. Und dann wandte sie sich wieder Ben zu und sagte: »Es war ein Fehler, weißt du, diese Sache anzufangen. Von Montagmorgen bis Samstagnacht ist man den Leuten ausgeliefert, und das ist einfach nicht . . . das ist einfach nicht mein Geschmack.«

4

Am nächsten Tag ließ der Mann sich nicht sehen; auch nicht am darauffolgenden; und sie fingen an, über mögliche Gründe nachzudenken. Erst am Sonntag, und auch dann erst, als Millie gerade im Begriff war, das Haus zu verlassen und in Begleitung Bens zur Methodisten-Sonntagsschule für Erwachsene zu gehen, kam er.

Als er ihnen in der Küche gegenüberstand, sah er völlig anders als bei seinem ersten Besuch aus: Er trug einen neuen Anzug, der ihm paßte; auch seine Stiefel wirkten neu; und man konnte sagen, daß auch sein Verhalten neu war, er war fröhlich und aufmerksam.

»Schönen guten Morgen«, sagte er zu Millie gewandt. »Gehst du aus?«

»Ich . . . ich gehe zur Sonntagsschule.«

»Sonntagsschule?« So wie er es sagte, klang es überrascht. Dann fügte er hinzu: »Oh, nun, das gibt mir dann Gelegenheit, mit dir zu gehen. Es wird wie in alten Tagen sein. Ich pflegte an den Sonntagen immer mit dir spazierenzugehen, weißt du: Wir gingen dann in Durham am Fluß entlang. Ah ja.« Er nickte, als erinnere er sich an jene glücklichen Tage. Dann sah er Ben und Aggie an und meinte: »Ich hoffe, es geht ihnen gut?«

»Ja, ganz gut, vielen Dank.« Und sie fügte hinzu: »Sie scheinen seit Ihrem ersten Besuch auf die Füße gefallen zu sein.«

»Nun, ich sagte da ja, daß ich auf der Suche nach Arbeit sei, und die hab' ich gefunden. Jeder kann Arbeit finden, wenn er das will. Ich wußte das schon vor Jahren, und es scheint immer noch so zu sein.« Und die Art, wie er redete, war eine weitere Überraschung für Millie.

Aggie sagte: »Nun, was ist das denn für eine wunderbare Stellung, die Sie bekommen haben, die es Ihnen erlaubt, sich ganz neu herauszustaffieren?«

»Oh, es ist eine Art Hotel, ein Speisehaus. Übrigens . . .«, er wandte sich wieder Millie zu, »in einem der Säle in der Stadt ist ein Konzert. Ich habe versehentlich die Ankündigung gelesen. Die neuesten Sänger und Künstler, heißt es. Was ich über sie weiß, ist natürlich lückenhaft. Aber früher ging ich gern ins Konzert. Hättest du Lust, mitzukommen?«

Aber ehe Millie antworten konnte, warf Aggie ein: »Sie haben ja gerade gehört, sie geht jetzt zur Sonntagsschule, also kann ich mir nicht vorstellen, daß so ein Konzert da hineinpaßt. Und außerdem geht sie abends nicht aus.«

Das ganze Verhalten und auch der Tonfall des Mannes änderten sich, als er sich wieder zu Aggie herumdrehte und sagte: »Nun, nach allem, was ich höre, geht sie überhaupt kaum aus, und dabei ist sie fast sechzehn. Sie können sie nicht ihr ganzes Leben lang hier festbinden. Sie ist meine Tochter, und nach meiner Vorstellung sollte sie hier rauskommen und sehen und gesehen werden.«

Nach dieser Feststellung wurde es seltsam still: Es war, als bereiteten sie sich auf eine verbale Auseinandersetzung vor. Ben reagierte als erster und rief: »Sehen und gesehen werden! Was zum Teufel meinen Sie damit? Und woher, wenn ich fragen darf, haben Sie eigentlich Ihre Information, daß sie hier festgebunden ist? Das einzige, womit sie festgebunden wurde, ist, daß wir sie beschützt haben vor Leuten wie —«, er schluckte tief, und statt zu sagen ›Ihnen‹, sagte er: »Gesindel. Und das findet man nicht in diesem Viertel, lassen Sie sich das von mir gesagt sein. Sehen und gesehen werden! Und was das betrifft, daß Sie ihr Vater sind, haben Sie, Mister, jedes Recht auf diesen Titel aufgegeben. Und darüber hinaus haben Sie keinerlei Befugnisse über sie. Für Millie gilt nur Mrs. Winkowskis Wort.«

Ben hatte das Wort Befugnisse gebraucht. Inmitten ihrer wirren Gefühle, in die sich auch Furcht mischte, verspürte Millie einen Anflug von Stolz auf das, was er mit Lesen und der Abendschule erreicht hatte. Und dann, so als wolle sie auch ihre Bildung zeigen, sagte sie: »Jetzt hört mir alle zu, ganz besonders Sie, Sir.« Sie konnte diesen Mann nie ›Vater‹ nennen. »Ich will nicht ausgehen, um zu sehen oder gesehen zu werden, und diese netten Leute hier haben mich nicht eingeengt. Ich kann sogar sagen, daß ich großes Glück hatte, in diesem Haus heranzuwachsen, unter dem

Schutz von Mrs. Winkowski. Sie, Sir, waren so verantwortungslos, etwas zu tun, das dazu führte, daß man Sie einsperrte. Ich kann nicht erkennen, daß Sie sich über Ihre Frau und Ihr Kind Gedanken gemacht haben, wenn Sie auch sagen, daß Sie Ihre Tat für meine Mutter begangen haben. Ich kann mich ganz deutlich an meine Mutter erinnern. Sie war ein liebevoller Mensch und ein sanftes Geschöpf, und sie hätte ganz bestimmt nicht gewollt, daß Sie zu ihrem Schutz etwas Unrechtmäßiges tun.«

Diesen letzten Satz empfand sie selbst als etwas albern, weil ihre Mutter sicher keinerlei Meinung dazu gehabt hatte, was ihr Mann zu ihrem Schutz tun sollte.

»Nun, nun! Man verweist mich in meine Schranken. Das sehe ich deutlich. Mein Gott! Nach all den Jahren, die ich in dieser stinkenden Zelle saß und die Tage zählte, bis ich frei und imstande sein würde, mein Leben wieder weiterzuführen, ein Leben mit meiner Familie. Ja, davon habe ich geträumt, und das ist jetzt daraus geworden.« Er wies mit dem Finger anklagend auf Millie. »Du hast mir kein einziges freundliches Wort gesagt oder auch nur einen Funken von Mitgefühl gezeigt für das, was ich durchgemacht habe. Nun, ich kann dir sagen, du bist nicht wie deine Mutter, nein, du bist völlig aus der Art geschlagen. Für mich bist du ein stures kleines Ding.«

»Diese Sprache will ich in meinem Haus nicht hören«, sagte Aggie. »Und jetzt fordere ich Sie auf, Ihrer Wege zu gehen. Und wenn Sie auf die Idee kommen, uns wieder aufzusuchen, dann sorgen Sie dafür, daß Sie nüchtern sind. Wobei es mich freilich freuen würde, Ihr Gesicht nie wiederzusehen.«

»Oh, Missis, mein Gesicht werden Sie schon wiedersehen. Ich werd' den Fall aufgreifen. Ich kann Ihnen ruhig sagen, daß ich diese letzte Woche nicht untätig war. Ich hab' mich mit einem Mann unterhalten, der in diesen Dingen Bescheid weiß. Er hat mir geraten, die Sache vor Gericht zu bringen, dann wird sie mir gehören, bis sie einundzwanzig ist.«

»Raus!« Die drohende Haltung, die Ben dicht vor ihm einnahm, ließ den Mann zwei Schritte zurücktreten; aber trotzdem funkelte er auf Ben herab und sagte: »Und was wollen Sie tun?«

»Sie rausschmeißen, ehe Sie wissen, was mit Ihnen passiert, und das wäre erst der Anfang. Sie können sich's ja überlegen.«

Der Mann drehte sich zu Millie herum und sagte mit erregter Stimme: »Weißt du, ich bin oft dagesessen und hab' darüber nachgedacht, welchen Empfang du mir bereiten würdest, aber daß es so werden würde, ist mir nie in den Sinn gekommen. Dieser Bursche hier —«, er deutete mit einer angewiderten Handbewegung auf Ben, »hat gerade gesagt, ›Sie können sich's ja überlegen‹. So ähnlich haben sich die Bobbys in Durham auch geäußert, nur daß die sagten: ›Wie woll'n Sie's haben: auf die ruhige Tour oder anders?‹ Nun, guten Tag, Tochter, wir werden uns wiedersehen, und zwar bald.« Und damit drehte er sich um und ging hinaus, und Aggie und Millie ließen sich, als hätten sie das miteinander abgesprochen, gleichzeitig auf die Bank sinken.

Aggies Atem ging schwer, und sie preßte sich die Hand an die Seite. »Dieser Mann regt mich auf«, sagte sie. »Noch nie in meinem Leben ist mir jemand so auf die Nerven gegangen, aber —«, sie tätschelte Millies Arm, »sei unbesorgt, mein Liebes«, meinte sie dann, »du brauchst ihn nicht zu sehen, wenn du das nicht willst. Und das willst du doch nicht, oder?«

»O nein, Mrs. Aggie. Ich ... ich wäre so froh, wenn ich ihn nie wieder sehen würde. Und doch ... er ist mein Vater.« Jetzt sah sie Ben an und fügte hinzu: »Ich kann das einfach nicht glauben, weißt du. Ich sage mir immer wieder, daß er das unmöglich sein kann, und doch weiß ich die ganze Zeit, daß er es ist, und doch —«, sie hielt inne, zuckte dann die Achseln, als würde sie ein Gewicht von sich werfen, und schloß dann etwas kleinlaut, »schäme ich mich.«

»Da gibt es nichts, dessen du dich schämen müßtest. Jedenfalls, wenn du nicht den halben Unterricht verpassen willst, sollten wir jetzt besser gehen.«

»Mir ist gar nicht danach, Ben.«

»Oh, das kommt nicht in Frage.« Aggie schob sie von der Bank. »Das ist die einzige Abwechslung, die du die ganze Woche hast, und du hast Spaß daran. Also, geh, raus mit dir! Und sobald Ben dich dort sicher abgeliefert hat, wird er seinen üblichen Bummel durch die Stadt machen und vergessen, sich um seine eigenen Angelegenheiten zu kümmern, und überall seine Nase reinstecken.« Ein kleines Lächeln spielte um ihre Lippen, als sie Ben ansah. »Also geht nur, verschwindet beide hier. Ich will ein wenig Frieden haben, denn, wißt ihr, den hab' ich die ganze Woche nicht.«

»Du tust mir sehr leid.« Ben nahm seine Mütze, stülpte sie sich über den Kopf, knöpfte seinen Rock zu; dann grinste er Aggie an und sagte: »Wie wär's denn, wenn du, statt deine dicken, fetten Beine auf den Hocker zu legen, ihnen etwas Bewegung verschaffen und mit zur Sonntagsschule kommen würdest? Die ist für Erwachsene, und du bist doch eine

Erwachsene. Und lernen würdest du auch etwas; und die anderen auch und so, oder?«

Anstelle einer Antwort griff sich Aggie einen Blechteller von einem Regal neben der Feuerstelle und warf damit nach ihm. Aber Ben fing den Teller mit einer eleganten Handbewegung auf und sagte: »Du hast auch schon besser gezielt.« Er warf den Teller auf den Tisch, ehe er Millie zur Tür schob.

Wenn sie nebeneinandergingen, war ihre ungleiche Größe kaum feststellbar, denn Millie war zwar etwas größer als er, aber er trug einen langen Mantel, der ihm bis an die Waden reichte und ihn wie einen ganz normalen, etwas kleinwüchsigen Mann erscheinen ließ.

Sie hatten ein Stück Weges zurückgelegt, ehe ein Gespräch zwischen ihnen aufkam, und dann fragte Millie mit leiser Stimme: »Was wird geschehen, Ben? Wie wird das ausgehen?«

»Ich müßte mit dem Herrgott verwandt sein, wenn ich das wüßte, Millie. Aber eines kann ich dir versichern: Solang ich es verhindern kann, wird dir nichts zustoßen. Und was ihn betrifft, deinen sogenannten Vater, so kannst du den mir überlassen. Wenn er einen seiner Tricks versucht, wird er sich schnell wieder in einer dieser Zellen wiederfinden.«

»O Ben, sag so etwas nicht. Das muß schrecklich gewesen sein.«

»Ja, für einen Unschuldigen muß das schrecklich sein. Aber für solche, die jemanden ermordet haben, habe ich kein Mitleid. Und genau das muß er getan haben. Und denk immer dran, wir haben nur seine Version von der Geschichte gehört. Aber, weißt du, Aggie hat ihren lieben Freund besucht.« Er drehte sich zu ihr und grinste und leitete das, was er ohnehin hatte sagen wollen, ein mit: »Es ist ja nicht, daß ich den Burschen nicht mag, nur das, was er repräsentiert, denke ich . . . Jedenfalls wird der Sergeant einige Erkundigungen einziehen. Und dann, hoffe ich, werden wir eines Tages die Wahrheit erfahren . . .«

Als sie den Versammlungssaal erreichten, sagte sie: »Willst du nicht mit hereinkommen? Es ist wie in der Abendschule, nur daß die ein paar Choräle singen.«

»Das wäre das Schlimmste, was denen passieren könnte, denn, weißt du, ich hab' eine Stimme wie eine rostige Säge. Nein, geh du nur. Ich mach meinen üblichen Bummel und werd' rechtzeitig wieder zurücksein, um dich abzuholen. Viel Spaß. Und wenn du Gelegenheit hast, Fragen zu stellen, dann frag die doch, was eigentlich mit dem Rest der Äpfel im Garten Eden passiert ist. Die werden doch wohl nicht alle verfault sein.«

Sie stieß ihn an und lachte, wandte sich dann von ihm ab und ging hinein. Er drehte sich um und marschierte zielstrebig in Richtung altes Stadtzentrum.

Gegen fünf Uhr brachte er Millie nach Hause zurück. Aggie hatte einen Imbiß vorbereitet, und nachdem sie gegessen und abgedeckt hatten, saßen sie um das Feuer und unterhielten sich, wie sie das all die Jahre getan hatten. Bevor sie sich dem Backgeschäft zugewandt hatten, hätten sie vielleicht über die Geschehnisse in der Welt des Schrotts und der Lumpen geredet; wenn nur Ben oder Aggie da waren, drehte sich das Gespräch meistens um Millie und ihre Ausbildung und natürlich ihre Zukunft. Aber inzwischen war es beinahe zur Regel geworden, daß Ben sie an einem Sonntagabend nie verließ. Er pflegte unter der Woche zur Schule zu gehen oder Annie zu besuchen, was ohnehin immer seltener der Fall war, aber die Sonntagabende verbrachte er immer zu Hause. Und so zeigte Aggie etwas Überraschung, als er gegen halb acht aufstand und erklärte: »Ich werd' euch eine Weile alleinlassen. Ich mach einen kleinen Bummel. Ich brauch' etwas frische Luft, das heißt, wenn ich hier draußen welche finden kann.«

»Wo gehst du hin?« fragte Millie.

»Eigentlich nirgends. Wie gesagt, bloß ein Bummel. Willst du mitkommen?«

»Nein.« Sie lachte.

Aggie behielt ihre Überraschung für sich. Sie fragte ihn nicht einmal, wohin er gehe, wußte aber, daß er in Wirklichkeit ein Ziel hatte und nicht bloß einen Bummel machte. Sie hatte im Laufe der Jahre erkannt, daß Ben Smith, Jones oder Robinson nie etwas ohne Sinn und Zweck tat. So plauderte sie, nachdem Ben das Haus verlassen hatte, eine Weile mit Millie, bis Millie schließlich um neun Uhr zu Bett ging, und versprach, ihr bald nach oben zu folgen.

Das tat sie aber nicht, sondern blieb unten und wartete, weil sie wußte, daß er, wenn er zurückkam, nicht in sein Zimmer über der Scheune gehen, sondern zu ihr kommen würde.

Es war zehn Uhr, als er an die Tür klopfte, und sie schlurfte schnell durch das Zimmer, um ihn einzulassen.

Als er ihr gegenüber Platz genommen hatte, sagte er: »Ist da noch Bier in dem Krug? Ich bin trocken wie ein Fisch.« Und als sie antwortete: »Nein, tut mir leid, aber da ist noch ein Tropfen Gin«, sagte er: »Nun, du weißt ja, was ich über Gin denke, aber trotzdem, gib ihn her.«

Sie wartete, bis er getrunken hatte, und sagte dann: »Also, raus damit!«

»Ich weiß jetzt, wo dieser Bursche arbeitet . . . Reilly's Steakhaus.«

»*Reilly's?* Du meinst . . .?«

»Ja, Reilly's, Slim Boswells Kneipe, wo er seine Kuppler und seine Huren verköstigt und seine Schwuchteln; all die Damen und Herren von der Straße. Es heißt, daß Big Joe auch einen Anteil an der Pinte hat. Nun, würde zu ihm passen, oder? Schließlich müssen die auch irgendwo essen.«

»Wie hast du das rausgekriegt?«

»Nun, bei meinem Bummel, du weißt schon. Heute nachmittag hab' ich mit dem einen oder anderen geredet. Fred Miller, weißt du, auf dem Fischmarkt, und Randy Croft, der handelt mit Gemüse. Das sind zwei anständige Burschen, und denen hab' ich den Kerl beschrieben und sie gefragt, ob er bei ihnen um Arbeit nachgefragt hat. Fred wußte nichts mit der Beschreibung anzufangen, aber Randy sofort. Er sagte: ›Ich glaub, der arbeitet bei Reilly's, weil er gestern in einem von ihren Anzügen hier durchgekommen ist. Boswell, das muß man ihm lassen, der zieht seine Leute immer anständig an, ob's nun Männer oder Frauen sind.‹ Er lachte; also hab' ich mitgelacht. Aber es ist Tatsache, er arbeitet dort . . .«

»Du bist doch nicht etwa hingegangen? Die hätten dir doch sofort ihre Schläger auf den Hals gehetzt.«

»Das brauchte ich nicht —«, er lachte, »da gibt es ein großes Glasfenster, durch das man die Bar sehen kann, aber nicht das Eßlokal. Wie man mir sagt, ist es dort sehr plüschig. Jedenfalls ist eine der *Ladys* zur Tür herausgekommen und hat diesen gutaussehenden Burschen gesehen, nicht besonders groß, aber sicht-

lich interessiert, und so geht sie auf ihn zu und sagt:
›Guten Abend, Sir. Hier ißt man sehr gut. Würden
Sie . . .?‹« Ben hielt inne und lachte glucksend, ehe er
fortfuhr: »Dann drehte ich mich zu ihr herum und
sagte: ›Im Augenblick nicht, Nellie, aber ein andermal
gern.‹ Und sie stieß mich an und sagte: ›O Ben, Ben
Smith, Jones oder Robinson . . .‹ Ja, das hat sie getan,
mit dem vollen Namen hat sie mich angesprochen.
Und dann hat sie mich gefragt, was ich dort machen
würde, und da hab' ich sie gefragt, ob es einen neuen
Mann dort gibt, einen Kellner, der Forester heißt.

›O ja‹, hat sie gesagt. Sie kannte ihn gleich und
wußte auch, wer er ist. Und dann, Aggie, um ihre eigenen Worte zu gebrauchen, sagte sie: ›Er sagt, er sei
der Vater von Raggie Aggies blonder Nymphe drüben
im Wald.‹ Sie hat gesagt, er ist ein ziemliches Groß-
maul und hat seine Kleine sehr gern. Und je mehr er
trinkt, um so mehr redet er. Und dann hat sie noch etwas gesagt.« Ben hielt inne und nickte bedächtig.
»Und, Aggie, das drückt ihm für mich den Stempel
auf, weil er denen nämlich gesagt hat, er ist deshalb
nicht früher aufgetaucht, weil er zur See gefahren und
an irgendeiner fremden Küste gestrandet ist. Kannst
du das glauben? Nun, die glauben es anscheinend, die
haben es geschluckt, wenigstens einige von denen,
aber nicht Nellie. Weißt du, was sie gesagt hat? ›Er
mag ja ihr Vater sein, aber ich glaub, die ferne Küste,
wo er gestrandet war, war in Wirklichkeit irgendein
Kittchen. Als ich ihn das erstemal zu sehen kriegte‹,
hat sie gesagt, ›ist mir aufgefallen, daß er ganz bleich
war, und das sieht nach Kittchen aus, und eine solche
Hautfarbe kriegt man nicht, wenn man nicht lange
Zeit an einer Küste von dieser Art strandet.‹ Und dann
hat sie mich gefragt, was ich davon halte. Ich hab' ge-

sagt, dasselbe wie sie. Und dann hat sie gesagt, ich soll mit ihr gehen, weil, und dabei hat sie gelacht, man in ihrem Geschäft nicht herumsteht. Liegen schon, aber nicht stehen. Nellie ist wirklich nicht übel, weißt du.« Jetzt grinste er Aggie an. »Und weißt du, was dann passierte? Sie ist bis zur Bale Street gegangen, Aggie. Das sind dort gar keine kleinen Häuser, und diese Straße ist am Rand der Achtbarkeit. Jedenfalls, sagte sie, die ersten drei würden Boswell gehören; in dem ganz am Ende sind anscheinend sie und die Mädchen untergebracht. Das sind seine sechs besten Pferdchen. Aber die zwei anderen . . . nun, da fing es schon an dunkel zu werden, und ich konnte ihr Gesicht nicht sehen, als sie geredet hat. Aber ihre Stimme hat mir verraten, daß sie davon nicht gerade erbaut war, was man mit denen machte. Sie sagte, die sind für spezielle Kunden da, solche, die man als Gäste, Verwandte oder Besucher kennt. Wie sie lachend meinte: Jedem Tierchen sein Pläsierchen. Und auf das läuft es wohl immer hinaus: Reiche Männer mit eigenartigem Geschmack wollen auch versorgt werden.«

Er leerte sein Glas und meinte dann: »Ich war ungehobelt genug, sie zu fragen, warum sie denn im Gewerbe bleibt, wo die Gendarmen sie doch schon öfter geschnappt haben, als ich Finger und Zehen habe. Und nach dem, was ich gehört habe, ist die Untersuchung, die die Polizeiärzte machen, nicht gerade sanft. Weißt du, Aggie, ich wette, die ist noch keine dreißig . . . nun, jedenfalls höchstens dreißig. Aber die Antwort, die sie mir gab, hat mich umgehauen: ›Ich hab' jung angefangen, Ben‹, sagte sie. ›Schon bevor man mich zur Frau gemacht hat. Du verstehst doch, was ich meine? Und nach zwanzig Jahren in dem Geschäft hat man keine Zeit, was anderes zu lernen.‹ Und, Aggie, ich weiß genau, daß sie dabei nicht gelacht hat.«

Aggie sagte eine Weile gar nichts, und dann fragte sie, praktisch veranlagt, wie sie nun einmal war: »Hast du ihr etwas gegeben?«

»Ja. Ja, das hab' ich. Ich . . . ich hab' ihr eine halbe Krone zugesteckt.«

»Oh, eine halbe Krone! Das war großzügig. Das reicht für zweieinhalb Freier.«

»Du hast eine schmutzige Phantasie. Aber jedenfalls weiß ich das jetzt, und wir können beide dankbar dafür sein. Es ist gut, wenn man jemanden kennt, der in diesem Verein arbeitet.«

»Hm! Verlaß dich nicht zu sehr darauf, Junge. Die verraten ihre Leute nicht; sie wissen genau, daß sie, wenn sie das täten, irgendwo in einem Gully erwachen würden. Schau dir doch den jungen Burschen an, der als Zeuge gegen Big Joe aufgetreten ist. Es heißt, er hat sich erhängt. Nun, wenn er das getan hat, dann weil er wußte, daß ihm das ohnehin bevorstand, und er es dann ebensogut auch selbst tun konnte. Also rechne nicht damit, von Nellie Pratt Hilfe zu bekommen, und bilde dir nichts ein, weil sie dir ihre Lebensgeschichte erzählt hat. Ich halt von denen allen nicht viel, und noch weniger von denen, die von ihnen leben. Aber was du mir da erzählt hast, daß dieser Bursche bei Reilly's arbeitet, gefällt mir gar nicht, obwohl es irgendwie zu ihm paßt.« Jetzt wuchtete sie sich von der Couch hoch und sagte: »So, und ich werd' jetzt ins Bett gehen. Ich laß dich raus. Ich mag Sonntage nicht. Sonntage machen mich müde. Ich werd' froh sein, wenn es Montag ist.« Sie öffnete ihm die Tür, drehte sich dann um und musterte ihn im schwachen Licht der Kerzenlaterne, die an einem Nagel im Flur hing, und sagte: »Aber kannst du verstehen, daß er eine solche Tochter hat?«

»Nein, Aggie. Nein, das versteh ich nicht. Aber es wäre nicht das erstemal, daß ein Kern von einem verfaulten Apfel einen guten Baum hervorbringt. Gute Nacht.«

»Gute Nacht, Junge.«

Sie verriegelte die Tür oben und unten, dann nahm sie die Laterne vom Nagel und ging in die Küche zurück, wo sie den Docht der Öllampe herunterdrehte. Während sie sich müde mit Hilfe des Geländers die Treppe hinaufzog, dachte sie: Sie muß heiraten. Sie muß heiraten. Wir müssen sie unter die Haube kriegen; und er ist da und bereit für sie und wartet nur darauf.

5

Millies Geburtstag kam und lief ohne großes Getue ab. Aggie gab ihr einen Umschlag, in dem zwei Sovereigns waren: Das würde reichen, meinte sie, um einen neuen Mantel und eine Haube zu kaufen; aber dann fühlte sie sich in ihrer Großzügigkeit übertroffen, als Ben nach dem Frühstück in sein Zimmer zurückging und gleich darauf wieder mit einer Schachtel zurückkam, deren Deckel kunstvoll mit Streifen verziert und die mit einer braunen Schnur zugebunden war. Millie öffnete sie aufgeregt und fand darin einen wunderschönen großen Schal aus hellblauer Seide mit Blumenmotiven in den Ecken und mit Fransen eingesäumt. Sie hielt ihn hoch und sagte ehrlich verblüfft: »O Ben, ist der schön. Ich habe noch nie so etwas Schönes gesehen.«

»Nun, er ist auch für ein wunderschönes Mädchen.«

»Schau doch, Mrs. Aggie, schau!«

»Ja, ich schau schon.« Jetzt drehte sich Aggie zu Ben um und sagte: »Mußt ja ein ganz schönes Stück nach oben gegangen sein, um darauf zu stoßen.«

»Und . . . was er gekostet haben muß . . . oh . . . oh . . .« Millie schüttelte den Kopf, und dann rannte sie impulsiv auf Ben zu und drückte ihre Lippen auf die seinen. Das war das erstemal, daß sie ihn küßte. Gelegentlich hatte sie ihn an sich gedrückt, und hier und da hatte er das auch getan, wenn sie geweint hatte und er sie tröstete. Aber nie zuvor hatte sie ihn auch nur auf die Wange geküßt.

Mit linkisch herunterhängenden Armen machte er keine Anstalten, die Umarmung zu erwidern; aber als sie ihn schließlich losließ und sagte: »Den werde ich mein ganzes Leben lang wie einen Schatz hüten und ihn noch tragen, wenn ich sehr alt bin«, gewann er etwas von seiner Fassung zurück und sagte: »Nun, bis dahin wird er wahrscheinlich in Fetzen sein.«

Nach der Aufregung, die der Schal mit sich gebracht hatte, sollte der Tag wie jeder andere verstreichen: Es galt zu backen, sich um die Kunden zu kümmern und dann noch einmal zu backen; und dann abends das kurze Beisammensein am Feuer und dann ins Bett . . .

An einem Samstag in der vierten Woche ihres siebzehnten Lebensjahres sollte es sich begeben, daß sie drei männliche Besucher hatten, und keiner war gekommen, um Pasteten oder Gebäck zu kaufen.

Der erste war Sergeant Fenwick. Er mußte klingeln, weil die Tore jetzt morgens nie vor halb zwölf geöffnet wurden und erst nachdem der lange Tisch aufgestellt war.

Ben öffnete und begrüßte den Sergeant mit einem Scherz: »Ich weiß nichts über die Diamanten, die Perlen oder das Diadem.« Der Sergeant spielte sofort mit, setzte eine strenge Miene auf und sagte: »Nun, guter Mann, wenn Sie nichts wissen, dann weiß sonst auch keiner etwas. Da wird es wohl am besten sein, meine ich, bis Sie Ihr Gedächtnis wiederfinden, wenn Sie mitkommen, weil wir dieses Diadem finden müssen.«

Zum erstenmal, seit sie einander kannten, lachten beide. Und jetzt sagte Sergeant Fenwick: »Wo ist sie?« Und Ben deutete mit dem Daumen hinter sich und sagte: »Drüben in der Scheune.«

»Ist Millie bei ihr?«

»Nein. Sie ist im Haus und kocht, wie gewöhnlich.«

»Nun, nach allem, was ich höre, versteht sie sich recht gut darauf.« Jetzt gingen sie auf die Scheunentür zu, und als sie eintraten, sagte der Sergeant: »Ein Jammer, daß sie keinen Laden hat. Dort würde sie ihre Sache sicher gut machen.«

»Wer würde seine Sache in einem Laden gut machen?«

»Ihr Mündel, Mrs. Winkowski, Ihr Mündel. Mit der richtigen Unterstützung und der richtigen Vorbereitung würde sie es schaffen.«

»Sie hat die richtige Unterstützung. Was stimmt denn nicht mit uns beiden?«

Der Sergeant ließ seinen Blick zwischen den beiden hin und her wandern. »Oh, ich weiß nicht, wo ich mit der Frage anfangen sollte«, antwortete er. Und dann sagte er fröstelnd: »Hier drinnen ist es eiskalt.«

»Ja, das weiß ich«, erwiderte Aggie, »aber das ist für das Geschäft sehr gut, weil die Lebensmittel hier frisch bleiben . . . Nun, sind Sie gekommen, um uns etwas zu sagen?«

»Ja. Ja, eine ganze Menge, Aggie, eine ganze Menge. Aber ich kann Ihnen nur die nackten Tatsachen bieten. Ein Teil von dem, was dieser Bursche gesagt hat, stimmt; er war ein Butler, und seine Frau war eine Kammerzofe. Aber damals, als der Schmuck verschwand, war sie nicht seine Frau.« Jetzt drehte er sich halb herum, warf Ben einen verschmitzten Blick zu und sagte: »Ich denke, es muß dieses Diadem gewesen sein, über das Sie ja anscheinend Bescheid wissen.«

»Was ist das? Von was für einem Diadem reden Sie denn?«

»Das ist ein Witz, Aggie, ein Witz. Ihr junger Mann hier versteht Spaß. Ich hab' das immer gewußt, aber bis heute morgen nicht viel davon bemerkt. Jedenfalls fehlte Schmuck. Der Bursche hat geleugnet, den Schmuck genommen zu haben, und die Familie hat davon abgesehen, Anklage gegen ihn zu erheben; anscheinend war er der Sohn eines alten Bediensteten, der kurz zuvor gestorben ist. Aber die Kammerzofe glaubte an seine Unschuld, und so ist sie mit ihm weggegangen, und die beiden haben geheiratet. Aber ohne Referenzen fiel es ihm schwer, Arbeit zu finden. Und dann muß es ihm doch gelungen sein, denn er wurde Verkäufer in einem Ladengeschäft. Und dann hat er eine Liebschaft mit einer der Angestellten angefangen, und sie war allem Anschein nach nicht die erste. Ihr Mann war auf einem Boot beschäftigt, das zwischen Tyne und London verkehrte. Das war eine anstrengende Fahrt und konnte ebensogut zwei Wochen wie zwei Monate dauern, je nachdem, wie das Wetter war. Jedenfalls, worauf ich hinauswill, eines Tages muß er zurückgekehrt sein und die beiden zusammen vorgefunden haben, und da muß er in seiner Wut auf diesen Forester losgegangen sein, mit der entschiedenen Absicht, ihn zu töten, wie die Narbe an seiner Wange zeigt. Aber unser Mann muß stärker gewesen sein, denn es gelang ihm, dem wütenden Ehemann das Messer zu entreißen und ihm einige Stiche zu versetzen. Am Ende ist der Mann gestorben. Bei der Verhandlung erklärte die fragliche Frau, daß unser Bursche ihr nach Hause gefolgt und zudringlich geworden sei, und dabei hätte der Ehemann sie ertappt. Nun . . .«, er lächelte, »wie mein Gewährsmann mir schrieb, wenn Sie so etwas einer Katze erzählen, würde sie Ihnen die Augen auskratzen. Jedenfalls hat ihr das Gericht auch nicht geglaubt, und es war auch gut für ihn, daß es das nicht getan hat. Es stellte sich heraus, daß die Affäre schon einige Monate dauerte, und damit wurde die Tat als Notwehr eingestuft, und das hat ihn vor dem Strick gerettet, und er kriegte zwölf Jahre. Nun, was haben Sie zu sagen, Aggie?«

»Daß mich das überhaupt nicht überrascht. Ich hab' seine Darstellung ja nie geglaubt, aber ich kann nur sagen, daß diese Kammerzofe ganz schön blöd war. Aber dann muß ich das Ganze auch noch in einem anderen Licht sehen. Wenn sie nicht gewesen wäre, hätte ich die letzten neun Jahre nicht Millies Gesellschaft genießen können, und das wäre schade gewesen.«

»Ja, Aggie, das denke ich auch, denn sie ist wirklich ein nettes Mädchen.«

»Aber was wird man jetzt in bezug auf ihn unternehmen? Können wir ihn daran hindern, hierher zu kommen?«

Der Sergeant sah Ben an, schüttelte den Kopf und meinte: »Ich wüßte nicht, wie man das machen sollte. Schließlich ist er ihr Vater. Er hat nichts getan, wenigstens bis zur Stunde, womit er sich strafbar gemacht hätte. Wenn er freilich irgendwelche Drohungen ausstoßen sollte . . .«

»Nun, das hat er praktisch getan. Er hat gesagt, er sei bei jemandem gewesen. Es klingt mir nach einem Advokaten, und er ist der Ansicht, er könnte sie, bis sie einundzwanzig ist, unter seine Kontrolle bekommen.«

»Nun, das würde er vor Gericht durchsetzen müssen, und bei seiner Vorstrafe bezweifle ich, daß er da großen Erfolg haben würde. Ich würd' mir darüber keine Sorgen machen. Nun, ich muß jetzt gehen«, und dann fügte er noch hinzu, »ehe ich hier drinnen erfriere. Draußen ist's wärmer. Woher kommt es, daß es hier so kalt bleibt?«

Aggie lächelte. »Wahrscheinlich ist das der Luftzug durch die Ritzen in dem alten Holz«, meinte sie. »Selbst vor Jahren, als hier noch Heu gelagert wurde, blieb es immer kalt. Ich erinnere mich noch gut. Aber wollen Sie nicht reinkommen und etwas Heißes trinken?«

»Nein. Nein, danke, Aggie. Ich muß weiter. Aber ich dachte mir, Sie würden gern wissen, was mit diesem Burschen los war.«

»Ja. Ja, das wollte ich wissen. Aber irgendwie überrascht mich das nicht, was ich gehört habe. Trotzdem vielen Dank, Sergeant. Und wenn ich je etwas für Sie tun kann . . .«

Jetzt sah er sie an und lachte. »Was Sie für mich tun können, Mrs. Winkowski, solange Sie nicht Ihren Karren nehmen und wieder auf die Straße gehen? Ich wette, Sie hören nicht viel Klatsch, solange Sie Pasteten verkaufen.«

»Oh, da würden Sie staunen. Ja, das würden Sie wirklich.«

»So, würde ich das?«

»Ja, das würden Sie.«

»Nun, wollen Sie mich dann überraschen?«

»Im Augenblick nicht, im Augenblick nicht.« Auch sie lachte jetzt lauthals. »Aber schauen Sie doch mal wieder vorbei, wenn Sie nicht weiterkommen und Hilfe brauchen, wissen Sie.«

Er ging hinaus, winkte den beiden zu und lächelte breit. Und als er am Tor angelangt war, drehte er sich zu Ben herum und sagte: »Die ändert sich auch nie«, und Ben antwortete darauf: »Nein, ganz sicher nicht, und das ist auch gut so . . . Vielen Dank, daß Sie vorbeigekommen sind.«

Der Sergeant sah ihn an und meinte, plötzlich ernst geworden: »Sie sind ein guter Junge, Ben. Kümmern Sie sich um sie. Kümmern Sie sich um beide.« Damit drehte er sich um und ging. Und Ben ging über den Hof zurück auf Aggie zu, die gerade im Begriff war, ins Haus zu gehen, und sagte zu sich: Das ist einer von den Anständigen, da hat sie schon recht; aber davon gibt es herzlich wenige, würd' ich sagen.

*

Der samstägliche Ansturm war vorbei. Wieder hatten sie alles verkauft, und es war noch nicht einmal zwei Uhr. Jetzt waren sie in der Küche, und Aggie antwortete Millie: »Nun, wenn du eine Hilfe hättest, könntest du dann zweimal soviel backen?« Und Millie erwiderte ungeduldig: »Nein, das hab' ich dir doch gesagt, es liegt am Backofen. Es geht nicht so sehr darum, das Zeug zu machen, es geht um das Backen. Und den Ofen kann man nicht schneller machen.«

»Sie will damit sagen«, warf Ben ein, »daß du eine

neue Feuerstelle brauchst. Das hab' ich schon einmal gesagt und sag es wieder: Du solltest Geld rausrücken und eine neue Feuerstelle einbauen.«

»Würdest du zur Hölle gehen und dich um deine eigenen Angelegenheiten kümmern?«

»Würde mir nichts ausmachen; dort wäre es wärmer als hier. Jedenfalls hatte ich eine Zeitlang den Eindruck, daß dies zum Teil auch meine Angelegenheit war.«

»Seid still, alle beide, ja?« Millies Stimme klang erschöpft, und beide drehten sich um und sahen sie an, und dann meinte Ben mit einem Blick auf Aggie: »Sie ist müde.«

»Sonst weißt du wohl nichts Neues?« sagte Aggie. »Und übrigens, wer hat denn den Segen dazu gegeben, daß sie Köchin wird? Ich hab' es nicht gewollt; ich war mit meinem Hof, so wie er war, ganz zufrieden.«

»Noch mal, bitte, seid still, alle beide«, sagte Millie. »Ich bin nicht müde, und ich bin mit dem Hof, so wie er jetzt ist, durchaus glücklich. Wir können diese Sache in Ruhe besprechen.«

»Ja, können wir das? Hört euch das an!« Ben deutete mit dem Daumen auf die Tür. »Schon wieder die Glocke.«

»Nun, dann geh und sag ihnen, sie sollen zur Hölle gehen. Da draußen ist ein Schild, auf dem steht ›geschlossen‹, und wenn sie nicht lesen können, dann wissen sie doch, was es bedeutet.«

Während Ben vor sich hinmurmelnd aus dem Zimmer ging, drehte sich Aggie zu Millie um, die auf der Bank saß und den Kopf angelehnt hatte, und sagte mit leiser Stimme: »Hör mal, ich werd' dich hier nicht auffordern, etwas zu trinken, aber wenn du dich so fühlst, dann kann ein kleiner Schluck Gin wirklich sehr guttun. Also, willst du einen haben?«

»Nein, danke, Mrs. Aggie. Du weißt, ich hab' dir oft gesagt, daß ich Gin oder Bier nicht mag. Und ich bin auch nicht müde, nur ein wenig erschöpft und bedrückt.«

Ja, das war das richtige Wort: bedrückt. Die tägliche Routine bedrückte sie ebenso wie das Haus in seinem jetzigen Zustand, weil sie es nicht mehr so sauber und adrett halten konnte wie früher. Und dann bedrückte sie auch dieses Gefühl der Einsamkeit, das sie erfüllte, diese Sehnsucht nach irgend etwas, das sie nicht definieren konnte.

Und plötzlich, als hätte sie ein Zauberstab berührt, waren all diese Gefühle weggefegt, denn da kam hinter dem finster blickenden Ben Mr. Thompson durch die Tür . . . Mr. Bernard Thompson . . . Bernard.

Sie erhob sich von der Bank, und ihre Hände zogen ihre zerknitterte Schürze gerade, ehe sie ins Haar griffen. Aber er sah sie gar nicht an, sondern hatte sich Aggie zugewandt und sagte: »Wie geht es Ihnen, Mrs. Winkowski? Ist lange her, daß ich Sie zuletzt gesehen habe.«

»Wie Sie mich sehen, Sir, wie Sie mich sehen. Nicht besser und auch nicht schlechter. Setzen Sie sich doch, ja?« Sie deutete auf die Bank.

Jetzt sah er Millie an und sagte: »Und Sie, Miss Millie, wie geht es Ihnen?«

Sie schaffte es, kühl zu antworten: »Ich glaube, ich könnte darauf genauso wie Mrs. Aggie antworten: nicht besser, nicht schlechter.«

»Sie ist müde. Sie ist überarbeitet, und das ist ihre eigene Schuld.« Aggies Stimme war jetzt lauter geworden. Dann sagte sie, wieder zu Bernard gewandt:

»Sind Sie gerade aus der Stadt zurückgekehrt, Sir . . . aus London?«

»Ja. Unglücklicherweise wurde ich dort länger festgehalten, als ich ursprünglich dachte, obwohl ich nicht die ganze Zeit in London war. Dort ist es ziemlich bedrückend. Aber ich mußte nach Sussex fahren, um dort Freunde zu besuchen. Es sollte eigentlich nur ein kurzer Besuch werden, ein oder zwei Tage, aber dann ist doch mehr als eine Woche daraus geworden. Sie wissen ja, wie es ist, wenn die Leute einmal zu reden anfangen und —«, er zuckte die Achseln, »das Leben aller anderen Leute ordnen wollen, nur nicht ihr eigenes.«

»Darf ich Ihnen einen Drink anbieten, Sir?«

»Nein, vielen Dank, nein. Aber da ist etwas, was Sie für mich tun können, Mrs. Winkowski. Ich komme mit einer Bitte zu Ihnen.«

»Ich, Sir? Jetzt sagen Sie mir, was *ich für Sie tun kann?*«

»Nun —« Er sah zuerst sie an, und dann wanderte sein Blick zu Ben, der ihn immer noch mit undurchsichtiger Miene musterte, ehe er Millie ansah und sagte: »Sie könnten mir erlauben, mit Ihrem Mündel eine kleine Fahrt zu machen, um mein neues Zuhause zu inspizieren. Ich habe ein Haus . . . nun, eigentlich ist es ja nur ein Häuschen, am Stadtrand, wissen Sie. Es ist ganz klein und gehört einer meiner Tanten. Sie würde entzückt sein, Miss Millie zum Tee einladen zu dürfen.«

Aggie stand neben Ben, preßte ihm den Ellbogen in die Seite und hinderte ihn damit daran, irgend etwas zu unternehmen; dann wackelte sie mit dem Kopf und sagte: »Nun, Sir, wenn Sie mich so bitten, wie könnte ich da nein sagen? Das frag ich Sie. Aber es liegt natürlich bei der betreffenden *Lady*. Meinen Sie nicht auch?«

»Ja. Ja, natürlich.«

Millie ermahnte sich, ruhig zu bleiben und nur diesen wunderbaren Mann anzusehen, Bens Blick überhaupt nicht zur Kenntnis zu nehmen und auch ja nicht mit einem Satz auf Mrs. Aggie loszuspringen und die Arme um sie zu werfen, die sehr wohl begriffen hatte, wie ihr Herz schlug, schon seit einiger Zeit schlug.

»Das wäre sehr nett. Ich würde gern mit Ihrer Tante Tee trinken, Mr. Thompson.«

Sie reagierte nicht, als Ben sich umdrehte und aus dem Zimmer ging, sondern fuhr fort: »Ich werde mich umziehen müssen. Macht es Ihnen etwas aus, ein wenig zu warten?«

»Nein, überhaupt nicht. Überhaupt nicht. Ich bin sicher, daß Mrs. Winkowski mich während Ihrer Abwesenheit gut unterhalten wird.«

Sie neigte leicht den Kopf und ging dann aus dem Zimmer, zwang sich dazu, nicht zu rennen. Das tat sie erst, als sie die Treppe erreicht hatte, und dann hetzte sie hinauf ins Schlafzimmer. Und als sie dort die Tür hinter sich abgeschlossen hatte, lehnte sie sich dagegen und hielt sich beide Hände vors Gesicht. Sie preßte die Lippen einen Augenblick lang fest zusammen, dann öffnete sie weit den Mund und holte tief Luft, ehe sie an ihren Kleiderschrank eilte.

Sie riß die Türen auf und starrte die Kleider an, die dort hingen. Dann riß sie einen dunkelgrünen Rock und ein kurzes Jackett vom Bügel, schnappte sich ein Paar braune Knopfstiefel aus dem unteren Teil des Schrankes und ließ sie auf den Boden fallen, ehe sie das Kostüm aufs Bett warf. Schließlich holte sie eine weiße Bluse aus der obersten Schublade ihrer alten

Kommode. Und dann hüpfte sie förmlich aus ihrer Arbeitskleidung.

Jetzt goß sie etwas kaltes Wasser aus einem Krug in eine Schüssel und wusch sich Gesicht und Hände; dann entschied sie, daß die Zeit nicht ausreichte, ihre Zöpfe zu lösen, und steckte sie sich deshalb oben auf dem Kopf zusammen. Ihre Haube würde ohnehin den größten Teil ihres Haares bedecken, und so kämmte sie sich nur ein paar Strähnen über die Stirn und zwei Locken an die Wangen.

Als sie angezogen und in einen braunen Veloursmantel geschlüpft war, holte sie aus einer der beiden Schubladen neben dem zersprungenen Spiegel ihrer Ankleidekommode ein Taschentuch und aus der zweiten Schublade ein Paar Handschuhe. Am Ende nahm sie noch eine mit Perlen bestickte Tasche. Dann beugte sie sich vor und musterte sich in der oberen Hälfte des Spiegels.

Sie gab keine Meinung zu ihrem Spiegelbild ab, aber als sie im Begriff war, die Tür zu öffnen, blieb sie doch stehen, und ihr Blick wanderte an dem grünen Kostüm herunter, das unter dem offenen Mantel zu sehen war, und sie fragte sich, ob sie richtig gewählt hatte. Aber das war unwichtig. Es war unwichtig.

Sie ging die Treppe hinunter und durch den Flur in die Küche, wo Bernard sich sofort erhob. Er sah sie einen Augenblick an, ehe er sagte: »Ich bin . . . ich bin froh, daß Sie sich warm angezogen haben; es weht ein kalter Wind. Ich hoffe, es macht Ihnen nichts aus, zu Fuß bis zu dem Mietstall zu gehen, wo ich das Pferd und die Kutsche abgestellt habe?«

»Überhaupt nicht. Ich gehe gern zu Fuß.«

»Und wann darf ich erwarten, daß Sie sie zurückbringen?« fragte Aggie jetzt.

Während er überlegte, ertönte erneut die Glocke, aber weder Aggie noch Millie nahmen davon Notiz. Sie sahen Bernard an, der seine Uhr herausgenommen hatte und jetzt sagte: »Es ist jetzt beinahe zwei Uhr. Die Fahrt bis zu dem Häuschen dauert eine gute halbe Stunde. Sagen wir, daß ich sie Ihnen kurz nach sechs Uhr zurückbringe. Was halten Sie davon?«

»Nun, dann wird es schon beinahe dunkel sein, aber ich vertraue darauf, daß sie in Ihrer Gesellschaft sicher ist.« Aggie ging jetzt mit ausgestreckten Händen auf Millie zu und fügte hinzu: »Wir sollten den Mantel zuknöpfen«, als die Tür sich öffnete und Ben, gefolgt von Millies Vater, eintrat. Wenn Ben einen Eimer mit Eiswasser hereingebracht und über sie geschüttet hätte, hätte der Schock nicht schlimmer sein können.

Der Anblick des Mannes veranlaßte Aggie zu einem innerlichen Stöhnen, das sagen wollte: O mein Gott! Nein! Gerade als die Dinge sich für sie zum Guten gewendet haben.

Was Millie betraf, so wollte sie die Augen schließen, um seinen Anblick zu verdrängen. Das einzige, wofür sie in diesem Augenblick dankbar war, war, daß er sich nicht in irgendeinem Zustand der Trunkenheit zu befinden schien.

Sie fragte sich, was sie sagen konnte. Konnte sie zu Bernard sagen: »Das ist mein Vater«? Aber der Mann kam ihr zuvor, indem er sich selbst vorstellte.

Er hatte sofort erfaßt, daß sie zum Weggehen gekleidet war, ebenso wie der Gentleman, und obwohl ihm eigentlich die Worte »Aha, aha!« in den Sinn kamen, sprach er sie nicht aus, sondern sagte vielmehr: »Nun! Nun, Tochter! Ich sehe, du willst ausgehen. Und ist dieser Gentleman dein Begleiter?«

Bernard sah zuerst den Mann, dann Millie und dann wieder den Mann an und sagte: »Ja, ich werde gleich das Vergnügen haben.«

»Nun! Nun! Und wo bringen Sie sie hin?«

»Das geht Sie nichts an.« Aggie trat jetzt vor. »Gehen Sie aus dem Weg. Die beiden wollten gerade gehen.«

Dann wandte sie sich Bernard zu und sagte: »Ich möchte Sie darauf hinweisen, Sir, daß dieser Mann hier nicht willkommen ist. Und . . .« Ehe sie mehr sagen konnte, rief George Forester mit lauter Stimme aus: »Ich habe hier zu tun. Solange meine Tochter hier ist, kann niemand mich davon abhalten, sie zu besuchen. Das hab' ich Ihnen schon einmal klargemacht, Missis. Und da ich hergekommen bin, um ihr ein Geburtstagsgeschenk zu bringen, gebe ich ihr das auch.« Damit griff er in seine Brusttasche und zog eine kleine Schachtel heraus. Sie war nicht verpackt, aber es handelte sich ohne Zweifel um eine Ringschachtel. Er schob sich an Aggie vorbei und streckte Millie die Schachtel hin.

Bedrückt blickte Millie von Aggie zu Bernard und dann zu Ben, dessen Gesichtsausdruck sie, selbst wenn man sie danach gefragt hätte, nicht hätte beschreiben können.

Langsam nahm sie die Schachtel aus der ausgestreckten Hand entgegen und sagte: »Danke.«

»Nun, mach sie auf.«

Und sie klappte, immer noch ganz langsam, den Deckel auf und sah auf den goldenen Ring mit den drei schräg zueinander angeordneten Steinen: Der in der Mitte war rot, die beiden anderen sahen aus wie mattes Glas.

»Steck ihn dir an.«

»Ich . . . das werde ich ein andermal tun.«

»Nein, jetzt. Ich will ihn an dir sehen.«

Sie blickte hilflos von einem Gesicht zum anderen, aber niemand regte sich. Und so nahm sie den Ring aus der Schachtel und zögerte dann, an welchen Finger sie ihn stecken sollte. Als sie ihn am Zeigefinger der linken Hand probierte, rutschte er herunter, aber als sie ihn an den rechten Mittelfinger steckte, hielt er. Er griff nach ihrer Hand und sagte: »Jetzt sieh dir das an! Und das ist kein billiger Tand, das sag ich dir. Und denk immer daran, daß ich ihn dir gegeben habe.« Jetzt drehte er sich um, sah die anderen an und sagte: »Ich sehe, ich bin hier nicht erwünscht, deshalb werd' ich jetzt auf demselben Weg wieder gehen, auf dem ich gekommen bin; aber ich komme wieder.« Und dann drehte er sich noch einmal zu Millie herum und richtete seine letzten Worte an sie: »Hast du das gehört? Ich komme wieder. Und übrigens . . .«, er wies auf den Ring, »das ist nur der Anfang. Das kannst du mir glauben.« Damit zog er sich seinen Mantel über die Schultern und schob sich an Aggie und Bernard vorbei zur Tür, die Ben ihm bereits offenhielt, der ihm dann nach draußen folgte.

»Es tut mir leid, Sir, daß Sie ihn ertragen mußten. Es tut mir sehr . . .«

»Oh, bitte, sorgen Sie sich nicht. Aber . . .« Er sah jetzt Millie an und meinte: »Ich dachte, Ihr Vater wäre tot?«

Als sie antwortete, hielt sie den Kopf etwas gesenkt: »Ja, das dachte ich auch. Alle dachten wir das. Aber er ist sehr lebendig, und es ist schrecklich, daß ich das sagen muß: leider. Aber . . . aber das ist meine Empfindung für ihn.« Und damit versuchte sie den Ring von ihrem Finger zu ziehen, aber er wollte nicht über den Knöchel gehen. »Ich muß Seife holen, damit er heruntergeht«, sagte sie zu Aggie.

»Nicht. Tun Sie's nicht. Lassen Sie mich sehen.« Bernard Thompson hob ihre Hand und sah den Ring an; dann zog er ihn sachte über ihren Finger und schob ihn wieder zurück. Dann musterte er ihn eine Weile, ehe er sagte: »Das ist ein schöner Ring.«

»Das wird eine Imitation sein, Sir. Einen echten kann er sich bestimmt nicht leisten.«

»Oh, ich glaube nicht, daß es eine Imitation ist. Ich bin kein Fachmann für Schmuck, aber der Ring sieht echt aus. Ich würde ihn steckenlassen. Er macht Ihre Hand schöner. So, wollen wir jetzt gehen?«

Statt ihm direkt zu antworten, ging sie zu Aggie hinüber, beugte sich vor und küßte sie auf die Wange. Dann starrten sie einander einen Augenblick lang an, ehe Millie sich aufrichtete und auf die Tür zuging, während er nach Aggies nicht sonderlich sauberer Hand griff und leise sagte: »Die Abwechslung wird ihr guttun, glauben Sie nicht?«

»Doch, das glaub' ich schon, Sir. Das glaub' ich wirklich«, flüsterte sie verschwörerisch.

Warum mußte sie wohl auf halbem Wege durch den Hof, als Ben ihnen entgegenkam, stehenbleiben und sagen: »Ich bin nicht lange weg«, fragte sich Millie. Aber das mußte wohl an seinem Gesichtsausdruck gelegen haben.

Ben sah sie nur einen Augenblick lang durchdringend an, ehe er sich umdrehte und zur Scheune hinüberging.

»Er . . . er ist Ihnen gegenüber sehr fürsorglich.«

»Ja. Ja, das ist er. Das war schon immer so.«

Sie hatten jetzt das Tor hinter sich gelassen und schritten vorsichtig durch den verkrusteten Schlamm.

Seine Hand lag an ihrem Ellbogen und lenkte sie, nicht nur weil der Weg so uneben war, sondern auch um die vielen häßlichen Kinder fernzuhalten, die sich dort herumtrieben. Als ein kleiner Junge, einer aus einer Schar von vielleicht einem Dutzend »Hallo, Millie!« rief und die anderen einfielen, fast im Chor, und alle »Hallo, Millie!« schrien, zwang sie sich dazu, ihnen zuzulächeln und winkend die Hand zu heben.

»Man kennt Sie hier gut.«

»Das sollte wohl so sein; die gehören zu meinen besten Kunden«, sagte sie nur, weil sie die Bemerkung für unnötig hielt.

Als er leise lachte, drehte sie sich halb herum und sah ihn an. Er lächelte sie an, und sie erwiderte sein Lächeln und dachte, er versteht, er versteht wirklich. Er blickt nicht auf sie herab und auch nicht auf Mrs. Aggie oder Ben.

Als sie zehn Minuten später im Gig saßen, ließ er das Pferd traben, und sie sagte: »Das ist ein sehr hübscher Wagen.«

»Gefällt er Ihnen?«

»Ja. Ich mag Pferde. Wir hatten einmal eines, das hieß Laddie, es war ein alter Hengst. Er muß wohl schon Ende zwanzig gewesen sein, als Mrs. Aggie ihn kaufte, denn wir haben ihn eines Morgens tot im Stall gefunden. Sie sagte, das war, weil sie ihn überfüttert hatte. Aber daß er gestorben ist, hat sie sehr betrübt, ebenso wie mich.«

»Haben Sie das Pferd gelenkt?«

»Ja. Aber es war kein Pferd, in Wirklichkeit war es ein Pony.«

»Nun, Sie können dieses Gespann lenken, wann immer Sie wollen.«

Sie gab keine Antwort, weil sie aus irgendeinem

Grund das Gefühl hatte, daß mehr hinter dem Vorschlag steckte, als die Worte aussagten.

Sie fuhren jetzt durch ein Viertel, das ihr neu war. Es war nicht so arm wie The Courts, aber die einfachen Häuschen drängten sich zwischen Fabriken dicht aneinander. Sie sagte: »Ich bin noch nie hier gewesen. Mrs. Aggie hatte bestimmte Routen, aber so weit raus ist sie nie gekommen.«

»Dieses Viertel nennt sich The Hulme«, sagte er. »Aber keine Sorge, wir sind bald durch.«

»Oh, ich mache mir keine Sorgen.« Sie sah sich jetzt um und betrachtete das Labyrinth von Straßen, die von der Hauptstraße abzweigten, auf der sie fuhren. Zwei nach oben, zwei nach unten und Hinterhöfe, die in schmale Gassen führten, in denen hier und dort Unrat aufgetürmt war. Wahrscheinlich sah es in den Häusern auch nicht anders als in The Courts aus, nur daß die hier flach waren und nicht übereinandergeschachtelt.

Sie überquerten eine Hauptstraße mit viel Verkehr, angefangen bei Schubkarren und Handwagen aller Art bis zu billigen Droschken, die mit Stroh ausgelegt waren, aber keine Kutschen oder Kaleschen.

»Jetzt wird es besser«, sagte er, »jetzt kommen wir zu den ersten Einzelhäusern.«

Zuerst standen die Häuser noch in Reihen, aber alle hatten adrette Vorhänge und Messingtürknöpfe. Und dann folgten Einzelhäuser, jedes in einem kleinen Garten, und dann folgten noch größere, jedes mit zwei Eingängen, einer mit zwei Torflügeln, der andere mit einem einzigen und einer Tafel darüber, auf der in großen Buchstaben ›Lieferanten‹ stand. Hinter den Häusern war offenes Land und hier und da ein Stückchen Wald; und als sie an einem der Häuser vorüberrollten, rief sie aus: »Das erinnert mich an die Quintons. Hören Sie manchmal von ihnen?«

»Nicht viel. Ich komme nur selten dorthin. Manchmal sehe ich William, also Mr. Quinton, in der Stadt, und er erzählt mir von den Kindern. Und dabei erkundigt er sich immer nach Ihnen.« Er senkte den Kopf. »Die haben Sie sehr vermißt, wissen Sie. Und die Kinder waren nach Ihrem Weggang ziemlich unerträglich.«

Bei dem Gedanken, weshalb sie weggegangen war, beschloß sie, das Gespräch nicht in dieser Richtung fortzusetzen oder zu sagen, daß Mr. Quinton gesagt hatte, er würde sie mit den Kindern besuchen, was er nie getan hatte. Vielmehr sagte sie: »Ihr Haus ist ziemlich weit von der Stadt entfernt?«

»Wir sind fast da, nur noch ein paar Minuten.« Und es schienen nur wenige Augenblicke vergangen zu sein, als er sagte: »Hier sind wir.«

Er zügelte das Pferd, sprang vom Gig und öffnete zwei schmale eiserne Torflügel; dann stieg er wieder auf, drehte das Pferd herum und ließ es über eine kurze Zufahrt und dann um eine Kurve traben. Und jetzt sah sie sein Haus.

Oder war es ein Häuschen? Oder ein Palast? Während sie noch dasaß und es anstarrte, bot er ihr den Arm und sagte: »Von außen ist es hübsch, aber innen ist es noch viel hübscher.«

Sie stand auf dem kiesbedeckten Einfahrtsweg und betrachtete die bleigefaßten Fensterscheiben, die in der Sonne blitzten, und die dicken Stämme der Kletterpflanze, die von der einen Seite der Terrasse die Mauer emporkroch. Als er nach ihrer Hand griff, um mit ihr ins Haus zu gehen, tauchte ein junger Mann an der Ecke auf, und Bernard rief ihm zu: »Kümmere dich um ihn, Geoff. Ich brauch' ihn wieder gegen halb sechs.«

Jetzt zog er sie durch den Türbogen in eine Eingangshalle und fing tatsächlich an, ihre Haube aufzubinden; aber als er dann ihre Mantelknöpfe öffnen wollte, versetzte sie ihm einen leichten Klaps auf die Hand, lachte und sagte: »Bitte!«, was ihn zurückzukken ließ. Dann biß er sich auf die Unterlippe und sagte: »Tut mir leid, tut mir wirklich leid, aber ich bin so aufgeregt. Sie sind endlich hier. Ich habe mir immer ausgemalt, daß Sie hier sein würden . . . nun, seit ich das Haus bekam.«

Sie hatte jetzt Haube und Mantel ausgezogen und stand da und sah sich um. Die Eingangshalle war klein, etwa ebenso groß wie die im Haus der Quintons, höchstens fünfzehn Fuß breit und vielleicht zwanzig Fuß lang, aber sie war wunderschön eingerichtet. Im Augenblick konnte sie die einzelnen Farben nicht voneinander unterscheiden, sie sah nur Rosa und Gold, angefangen bei den Teppichen bis zu den gerafften Vorhängen an den kleinen Bogenfenstern. Am Ende der Halle führte eine Treppe nach oben, und sie sah auch dort dieselben Farben. Jetzt führte er sie auf eine Tür zu, und als er sie aufstieß, sah Millie, daß eine winzige puppenartige Frau sich von einem mit blauem Satin überzogenen Sessel erhob und rief: »Oh, mein Lieber. Mein Lieber. Ich hab' die Kutsche nicht gehört. Oh, wie nett, dich zu sehen. Mein lieber Junge. Ist das die junge Lady?«

»Ja, Tante Chrissie, das ist die junge Lady.«

Millie spürte, wie zwei winzige weiße Hände die ihren ergriffen, Hände, die so weich waren, daß sie das Gefühl hatte, sie würden schmelzen, wenn sie fester zupackte. Sie schienen unwirklich, gar nicht ganz menschlich. Nichts an dieser kleinen Person schien wirklich; ganz sicher nicht ihre Stimme, die wie die Töne aus einem Spinett klang, als sie sagte: »Der Tee ist schon fertig. Er ist gerade fertig geworden. Ich liebe es, Tee zu trinken. Mögen Sie keinen Tee, Miss . . . Miss . . .?«

»Millie, Tante Chrissie.«

»Millie. Oh, das ist ein süßer Name. Natürlich, Millie. Aber, wie ich sagte, mögen Sie Tee?«

»Ja. Ja, ich mag Tee sehr gern.«

»Soll ich nach Fanny klingeln?«

»Tante Chrissie, setz dich und beruhige dich und hör auf zu plappern, sonst machst du Millie angst.«

»Oh —«, die Stimme wurde etwas tiefer, »ich mache Ihnen doch keine Angst, oder?«

»Nein, ganz sicher nicht, Ma'am.«

»Sie hat Ma'am zu mir gesagt.« Ihre Stimme tönte wie ein Glöckchen. »Ich bin keine Ma'am und auch keine Missis, ich bin nur Miss Christine Lavor. Aber der liebe Bernard hat mich immer Tante Chrissie genannt. Die anderen —« Jetzt drehte sie sich um und sah Bernard ins Gesicht, während sie sagte: »Erinnerst du dich, Bernard, die anderen haben mich immer Lavy genannt. Ich habe das nie gemocht. Nur deine liebe Mama natürlich nicht, nicht Berenices Mutter, nein, deine Mutter . . .«

»Tante Chrissie, du wirst Millie ganz wirr machen. Sie ist noch nicht mit unserer Familie vertraut. Willst du jetzt bitte still sein und uns setzen lassen?«

»O du meine Güte!« Jetzt trippelte das kleine Persönchen durch das Zimmer und sagte: »Ich habe Patiencen gelegt; ich muß die Karten wegtun. Ich will sie nicht durcheinanderbringen; sie lagen so gut, und ich habe heute schon zwei gelegt. Legen Sie Patiencen, Miss Millie?«

»Bis jetzt habe ich das noch nicht getan —« Sie machte eine kleine Pause, ehe sie »Miss Christine« sagte, was, wie sie feststellte, bei Bernard ein anerkennendes Lächeln auslöste, Miss Lavor aber anscheinend nicht auffiel, die jetzt vorsichtig das Tablett mit ihren Patiencekarten beiseite schob.

Jetzt führte Bernard Millie zu einem anderen mit blauem Brokat bezogenen Sessel, und als sie Platz genommen hatte, streckte er die Hand aus und zog an einer Klingelschnur neben dem offenen Kamin. Und Millie bemerkte, daß auch hier, selbst in der Glockenschnur, das rosagoldene Farbmuster durchgehalten wurde, weil ein langes Stück rosa Samt in ein ebenso langes goldenes Band überging, an dem unten eine rosagoldene Quaste hing.

Sie sah sich in dem Raum um. Sie hatte den Eindruck, daß alles, was aus Stoff gemacht war, sorgfältig ausgewählt worden war, um zu den anderen Stücken zu passen: der Teppich zu den Vorhängen; die Vorhänge zur Polsterung der Sessel; die voluminösen Kleider der Ladys auf den beiden Gemälden beiderseits des Kamins. Das Ganze hatte ihr richtig den Atem geraubt. Nichts hätte ihr in diesem Augenblick größeren Spaß bereitet, als allein in diesem Raum zu sein, nur um die Farben zu genießen und die Stoffe zu betasten und mit den Fingern über die Möbel zu streichen. Es war kein großer Raum, nicht viel größer, dachte sie, als die Küche in dem Haus, das sie gerade verlassen hatte; und der Gedanke ließ sie sich fragen, ob das ihr Zuhause war, ein Ort, den sie geliebt hatte und auf gewisse Weise immer noch liebte. Aber dies hier war anders. Dies war, als träte man in eine Märchenwelt. In einem Raum wie diesem, in einem Haus wie diesem konnte man ein völlig anderes Leben leben . . . mit Menschen wie diesen. Ja, selbst mit dieser zierlichen, kleinen plappernden Lady. Bernard mochte mit den Leuten in The Grange verwandt sein, aber jene Leute führten ein völlig anderes Leben als das, das in diesem Haus gelebt wurde. Es könnte sogar noch besser sein als das, was sie im Haus der Quintons erlebt hatte. O ja, weil sie dort nur eine Dienstbotin gewesen war . . . und hier würde sie . . .

»Sie sind ganz woanders.« Bernards Hände ruhten auf den beiden Armlehnen ihres Sessels; sein Gesicht schwebte über dem ihren. »Was haben Sie gerade gedacht?« fragte er.

Sie sah in seine Augen, und die ihren waren weich und außerstande, ihre Gefühle zu verbergen, und sie sagte: »Ich dachte, daß dies ein wunderschönes Zimmer ist und daß ich gerade in ein Märchenland gekommen bin.«

Das Lächeln schwand von seinem Gesicht, und seine Stimme kam tief aus seiner Kehle, als er sagte: »Sie könnten in einem Märchenland leben, meine Liebe, wenn Sie das wollen.«

»Oh, hier ist Fanny mit dem Tee. Hast du das Brot und die Butter gerollt, Fanny? Ich mag es gerollt.«

»Ja, Miss Chrissie, ich habe es gerollt.«

Die Frau, die ins Zimmer gekommen war und jetzt ein schwerbeladenes Tablett auf einen Beistelltisch stellte, richtete sich auf, sah Millie an und sagte mit fröhlicher Stimme: »Guten Tag, Miss.«

»Guten Tag.«

»Würden Sie mir diesen Tisch bringen, Mr. Bernard, den am Fenster mit den Klappen?«

»Ja, Fanny. Ja.« Und Bernard eilte, als wäre er ein kleiner Junge, zu dem Tisch mit den Spindelbeinen und brachte ihn dem Mädchen. Und Millie sagte sich, daß diese Frau eine Hausangestellte war und sie gerade mit Bernard gesprochen hatte, wie das vielleicht eine Mutter getan hätte. Oh, was für eine Atmosphäre dieses Haus doch hatte! Und die Frau selbst war alles andere als jung. Sie mußte Anfang sechzig sein und wirkte so vergnügt und so fröhlich.

Der Tee wurde serviert, das gerollte braune Brot herumgereicht und dann winzige mit Konfitüre gefüllte Scones, und dabei plapperte diese kleine Lady die ganze Zeit. Und wenn Millie sie nicht schon vom ersten Augenblick an gemocht hätte, dann wäre sie ihr jetzt lieb geworden, als sie wieder mit ihrem Lachen, das wie silberne Glöckchen klang, aber etwas betrübt sagte: »Ich rede zuviel. Ich plappere zuviel. Alle sagen das. Aber wissen Sie, ich habe nicht immer Leute um mich gehabt, mit denen ich reden kann, und wenn sich die Gelegenheit ergibt, dann versuche ich das nachzuholen. Aber seit ich den lieben Bernard gefunden habe, oder seit Bernard mich gefunden hat, kann ich nach Herzenslust reden. Und es ist so nett, jemanden zu finden, der sich an die Bücher erinnert, die ich einmal gelesen habe, und dann können wir darüber reden. Aber ich kann mich nicht immer an sie erinnern . . . Möchten Sie dieses letzte Stück braunes Brot, Miss Millie?«

»Nein, danke. Es hat wunderbar geschmeckt.«

»Dann macht es Ihnen sicher nichts aus, wenn ich es nehme?«

Anstelle einer Antwort lächelte Millie nur und sah dann Bernard an; und er lächelte zurück. Es war ein anerkennendes Lächeln, so als dankte er ihr für etwas.

Jetzt, wo sie den Tee eingenommen hatten, stand er auf und meinte, vor Millie stehend: »Besichtigungszeit. Ich möchte Ihnen das Haus zeigen. Es wird nicht lange dauern, weil es im Vergleich zu den üblichen Herrenhäusern nur ein Puppenhaus ist. Aber ich möchte, daß Sie es sich ansehen und mir sagen, was Sie von meiner Wahl halten.«

»Soll ich mitkommen oder soll ich hierbleiben?«

»Bleib du hier, Tante Chrissie, und leg deine Patience zu Ende, und sieh, ob du dich schlagen kannst. Du hast bis jetzt noch nie drei Spiele hintereinander geschafft, oder?«

»Nein, nur zwei. Aber eines Tages werde ich das.«

Sie waren jetzt in der Eingangshalle, wo er nicht nur ihren Ellbogen, sondern ihren Arm ergriff und sie dazu veranlaßte, stehenzubleiben. »Das ist Tante Chrissie«, sagte er. »Was denken Sie?«

»Ich . . . ich finde sie süß, ganz ungewöhnlich.«

»Ja. Ja.« Aber er lächelte nicht, als er fortfuhr: »Ja, sie ist höchst ungewöhnlich. Ich werde Ihnen später, wenn wir im oberen Stockwerk sind, alles über sie erzählen. Aber jetzt kommen Sie und sehen sich Fannys Küche an. Übrigens, Fanny ist seit zweiundvierzig Jahren ihr Mädchen. Sie hat sie nie verlassen, ganz gleich, wo sie war. Sie ist ihr sehr ergeben.«

»Sie wirkt sehr nett auf mich, sehr warmherzig.«

»Das ist sie, und auch sehr verständnisvoll.«

Er stieß eine Eichentür auf, und dann standen sie in der Küche. Es war ein langer Raum mit weißgetünchten Wänden, und am anderen Ende war ein großes Fenster, nicht bleigefaßt oder mit Sprossen, sondern mit drei langen, klaren Scheiben; an der einen Seitenwand war eine Feuerstelle mit einem offenen Gitter und einem Backofen zu beiden Seiten; an der gegenüberliegenden Wand stand ein Geschirrgestell, das, wie sie auf einen Blick erkannte, ein komplettes Eßservice enthielt. Daneben stand ein Schrank mit Glastüren voll Teegeschirr.

Das Herz schwoll ihr, und sie konnte sich in dieser Küche sehen, an diesem Tisch, dessen Platte weißgescheuert war, der aber Mahagonibeine hatte; sie konnte sich Morgen für Morgen hier backen und nachher in jenen bequemen Korbsesseln neben dem Backofen sitzen sehen, die Füße auf dem Gestell aus Messing und Stahl.

Das würde natürlich sein, wenn Bernard nicht da war, denn dann würde sie im Wohnzimmer sein.

»Sie haben schon wieder diesen fernen Blick in den Augen. Haben Sie zu denen hinausgesehen?« Er deutete auf das Fenster, durch die man das Mädchen mit dem Mann sprechen sehen konnte, den Bernard Geoff genannt hatte. »Die beiden kommen gut miteinander aus«, sagte er. »Ebenso wie Fanny immer schon Tante Chrissie gedient hat, ist Geoff seit Jahren mein Mann. Es gibt nichts, was er nicht machen kann.«

Sie hatte die beiden gar nicht bemerkt; sie war völlig in die Küche versunken gewesen und meinte jetzt: »Sie sind beide sehr glückliche Menschen.«

»Ja.« Er nickte. »Ich bin immer glücklich gewesen. Manchmal habe ich sogar Angst, mein Glück könnte sich wenden; mir scheint es zu groß, um wahr zu sein. Zuletzt habe ich das erlebt, als mein Patenonkel mir einen halben Anteil an der Fabrik hinterließ. Sie ahnen nicht, was mir das bedeutet hat. Und dann hat er mir natürlich auch noch eine ziemliche Summe Geld hinterlassen, was mich in die Lage versetzt hat, dieses Haus zu kaufen. Aber wir werden ja mit der Zeit über weitere Einzelheiten reden. Aber da ist noch ein Raum hier unten, genaugenommen sogar zwei.«

Der eine Raum erwies sich als ein kleines, von Büchern gesäumtes Arbeitszimmer, das andere war unmöbliert, und er meinte: »Das könnte ein Ankleidezimmer für eine Dame werden.«

Dann befanden sie sich im Obergeschoß. Im ersten Stock gab es vier Schlafzimmer und eine steile Treppe, die zu zwei Dachräumen führte. Diese, so sagte er ihr später, waren Fannys Reich. Geoff hatte ein Zimmer über den Stallungen. Und, wie er hinzufügte, alle sehr komfortabel.

Als er die Tür zum ersten Schlafzimmer öffnete, warf sie nur einen Blick hinein, und er sagte: »Das ist ein Gästezimmer.« Beim zweiten öffnete er nur kurz die Tür und sagte: »Wir wollen Tante Chrissies Privatsphäre nicht stören, aber Sie sehen ja, es ist wie ein Puppenhaus. Sie liebt Puppen und ausgestopfte Tiere. Aber ich habe darauf bestanden, daß sie nicht im ganzen Haus herumliegen, und in der Beziehung ist sie sehr brav.«

Beim dritten Schlafzimmer öffnete er die Tür nur einen Spalt und sagte: »Bis jetzt ist das hier mein Reich.« Aber beim vierten Zimmer öffnete er die Tür weit und sagte: »Das ist das schönste Schlafzimmer. Ich . . . ich habe es sehr erlesen gehalten.«

Als sie in der Tür stand und zögerte, sagte er: »Es ist schon gut, meine Liebe. Ich . . . ich will nur sehen, ob es Ihnen genauso gefällt wie das Wohnzimmer.«

»Es ist ein wunderschönes Zimmer.« Ihre Stimme war leise. Sie wollte nicht den Eindruck von Geziertheit vermitteln, stellte aber doch fest, daß sie es nicht fertigbrachte, zu ihm aufzublicken, bis er nach ihrer Hand griff und sagte: »Kommen Sie, setzen Sie sich mit mir ans Fenster; ich möchte Ihnen von Tante Chrissie erzählen.« Das klang so beiläufig, auch im Tonfall, daß sie sich von ihm zu der Bank am Fenster führen ließ.

Als sie am einen Ende Platz nahm, setzte er sich nicht zu dicht zu ihr, sondern ließ etwa drei Fuß zwischen ihnen frei; und dann sagte er: »Menschen können sehr grausam sein. Man sollte nicht glauben, daß, nur weil dieses kleine Geschöpf dort unten soviel plappert und, wie mir scheint, nur weil sie soviel allein war und ihr Gedächtnis nicht sonderlich gut ist, Verwandte sie deshalb jahrelang wegschaffen würden.«

»Sie haben sie weggeschafft? In ein . . .?«

»Ja. Ja, in eine Art Heim. Sie hatte wahrscheinlich sogar noch Glück, weil sie es gemeinsam geschafft haben, sie in ein privates Heim zu schicken; nur um sie nicht ertragen zu müssen. Vorher war sie nicht schlecht behandelt worden; nein, man hatte sie nur einfach ignoriert, sie alleine gelassen. Meine Mutter hat sie jedes Jahr ein paar Monate zu sich genommen, bis sie krank wurde, und mein Vater konnte sie dann nicht ertragen; er hat nicht einmal erlaubt, daß sie meine Mutter besuchte.«

An der Stelle hielt er inne und seufzte; dann fuhr er fort: »Nun, nachdem ich zu Geld gekommen war und zu einem Anteil an der Fabrik, begann sich in mir ein Plan herauszubilden.« Er hielt inne und wandte kurz den Blick von ihr. Dann sah er sie wieder an und fuhr fort: »Er schien mir zuerst nicht ganz vollständig; und dann hatte ich plötzlich das Gefühl, daß Tante Chrissie der Schlüssel dazu sein könnte. Und sie ist mir so dankbar, daß ich ihr ein Zuhause gegeben habe, und begreift die Situation. Sie hat wirklich ein tragisches Leben hinter sich. Meine Mutter hat mir erzählt, daß sie bis zu ihrem siebzehnten oder achtzehnten Lebensjahr völlig normal war; sie war scheu; und dann hat sie sich in den Sohn eines Nachbarn verliebt und der in sie, aber sein Vater war nicht einverstanden. Sehen Sie, Tante Chrissie war winzig, klein; sie sah nicht so aus, als würde sie ein gutes ›Zuchttier‹ abgeben —«, er hob das Wort verbittert hervor, »also hat er seinen Sohn von ihr weggerissen. Und nach dieser ganzen Geschichte hat sich bei ihr eine Nervenkrankheit entwickelt: Während sie vorher sehr still gewesen war, plapperte sie jetzt unentwegt über alles. Ihr Zustand ist jetzt viel besser als vorher, wenigstens in der Beziehung. Und, wissen Sie, wenn man ihr die Gelegenheit dazu gegeben hätte, dann hätte sie höchstwahrscheinlich wie jede andere Frau auch Kinder bekommen und eine gute Familie gegründet. Sie hat noch zwei Schwestern, wissen Sie. Beide sind verheiratet, und beide sind unglücklich, obwohl ein Außenstehender das nicht ahnen würde. Ihre Ehen sind arrangiert worden, sozusagen schon in der Wiege vorbereitet. Das geschieht immer noch.«

Er blickte nach draußen; und dann schien ein Ruck durch ihn zu gehen, und er glitt auf sie zu, griff nach ihren Händen, preßte sie fest, und mit einer Stimme, die klang, als würde sie aus seinen innersten Tiefen kommen, sagte er. »Millie, ich liebe Sie, o Gott, wie ich Sie liebe! Das wissen Sie doch, oder? Sie wissen, daß ich Sie liebe.«

Sie mußte den Kopf nach vorn beugen, so daß ihre Stirn fast die seine berührte, ehe sie schlucken konnte und murmelte: »Ja, das weiß ich, und ... und ich liebe Sie.«

»Wirklich? Sie lieben mich wirklich?«

»O ja, und ... und das tu ich auch schon lange. Vielleicht von dem Augenblick an, wo Sie mich nach Hause getragen haben; ich meine zu den Quintons, in jener Nacht. Ich weiß nicht. Ich kann mich nicht erinnern, daß ich Sie je nicht geliebt habe.«

»*Das* —« Er drückte jetzt ihre Hände gegen seine Schultern und sagte: »In jener Nacht habe auch ich es gespürt; ich wußte es schon damals. Aber Sie waren damals noch ein Kind, ein kleines Mädchen; ich wußte, ich würde warten müssen, und das Warten war schwer, Millie.« Seine Lippen waren jetzt den ihren ganz nahe, und ihrer beider Augen blickten sehnsüchtig; und dann umarmten sie sich, preßten die Lippen aufeinander.

Wie lange das dauerte, wußte sie nicht; ihr war nur bewußt, daß sie wirklich in eine Art Märchenland eingetreten war und daß das Leben sich vor ihr im blaugoldenen Schein dieses Hauses ausbreitete.

Als er sie hochzog, schwankte sie, und er mußte sie stützen. Sein Gesicht strahlte vergnügt. »Millie! Millie! Ich bin der glücklichste Mann, den es gibt. Du hast ja keine Ahnung. Aber komm mit; laß uns hier rausgehen, wenigstens für den Augenblick.« Er zog sie zur Tür und zum Treppenabsatz. »Wir brauchen schließlich ein wenig Schicklichkeit, nicht wahr?«

Sie lachte auch, aber jetzt laut, und sagte: »O ja, Sir. Ja. Wir brauchen ein wenig Schicklichkeit.«

»Ich werde dich jetzt nach Hause bringen«, sagte er, »so wird es für dich sicherer sein.«

»O Bernard, Bernard!« Sie lehnte sich an ihn. »Bei dir werde ich mich immer sicher fühlen, immer.«

»Meine liebe, liebe Millie. Du hast immer wie ein goldener Engel ausgesehen. Deshalb habe ich die Vorhänge in Gold machen lassen. Außerdem bist du auch ein Engel, so verständnisvoll. Komm, komm, es gibt so vieles, worüber wir reden müssen. Und dann muß ich mit deiner lieben Mrs. Aggie reden. Sie begreift die Situation bereits. Sie wußte, was ich fühlte.«

»Und sie wußte auch, wie ich fühlte.«

»Glaubst du?«

»O ja. Ich kann das ja ruhig gestehen. Die letzten Monate waren für mich schlimm, weil ich dich nicht sehen konnte.«

»*Millie! Millie!*« Er stand in der Tür und hielt ihr Gesicht mit beiden Händen. »Schau«, sagte er, »ich möchte nicht, daß du gehst, und ich möchte dich morgen sehen und am Tag darauf und am nächsten und am nächsten, aber . . . o Liebes!« Jetzt schloß er die Augen und schüttelte wild den Kopf. »Aber ich muß morgen in Cheshire sein und werde wahrscheinlich eine Woche dort festgehalten sein.«

»Hast du dort Geschäfte?«

»Ja, ich denke, man könnte es Geschäfte nennen. Den Rest meines Lebens könnte man es Geschäfte nennen . . . Oh, laß mich dich aus diesem Haus wegbringen, denn wenn ich es nicht tue, werde ich dich überhaupt nicht gehen lassen.«

»Ich muß mich von Miss Chrissie verabschieden.«

»Nun, dann mach schnell. Ich werde Geoff sagen, daß wir soweit sind.«

Er ging zur Haustür hinaus. Sie ging ins Wohnzimmer zu dem Tisch, an dem die kleine Frau Patiencen legte, und sagte: »Ich gehe jetzt, Miss Chrissie.«

»Oh, wirklich, meine Liebe? Sie gehen? Wie schade! Ich dachte, Sie würden bleiben.«

»Nein, nein.« Sie lachte. »Jetzt jedenfalls noch nicht.«

»Aber Sie werden doch, oder?«

»Ja, das werde ich.«

»Und bald?«

»Ja.« Sie machte eine Pause. »Und bald auch. O ja . . .« Sie nickte jetzt heftig. »Ja, und bald.«

»Ich bin so froh. Es wird wunderbar sein, Sie hier zu haben. Sie sind ein glückliches Mädchen, wissen Sie, einen Mann wie Bernard zu kriegen. Er ist wirklich eine Ausnahme, Bernard. Und er hat alles das hergerichtet und so liebenswürdig.«

»Ja, er ist sehr liebenswürdig.«

»Sie werden sehr glücklich sein, meine Liebe.«

»Da bin ich ganz sicher. Aber zunächst adieu, Miss Chrissie.«

»Adieu, meine Liebe . . . Sie dürfen mir einen Kuß geben, wenn Sie mögen.« Sie hielt ihr die winzige Wange hin, und als Millie sich zu ihr beugte und sie mit ihren Lippen berührte, hatte sie das Gefühl, sie küsse eine große Porzellanpuppe.

Draußen wartete der zweirädrige Wagen. Bernard hob sie auf den Sitz, setzte sich dann neben sie, und schon hatte mit einem »Hüh! Los jetzt!« die Reise zurück begonnen . . .

Fast eine halbe Stunde später, als sie sich dem Mietstall näherten, rief sie aus: »O du meine Güte! Ich habe genausoviel geredet wie deine Tante. Wäre es nicht schrecklich, wenn du mit zwei so geschwätzigen Frauen leben müßtest?«

»Schrecklich?« sagte er. »Wunderbar wäre es. Und es wird auch wunderbar sein. O ja, das wird es.« Er nahm die Zügel in eine Hand und griff mit der anderen nach ihren beiden Händen. »Ich werde mich solange ich lebe an diesen Tag erinnern und an diese Fahrt, weil ich nie zuvor Zügel in der Hand gehalten und mich so gefühlt habe.«

Als er sie aus dem Mietstall führte, trat ihnen ein Mann in den Weg und sagte: »He da, hallo!«

»Oh! Ben! Ben! Was ist denn? Ist Aggie etwas passiert?«

»Nein, nein, ihr ist nichts passiert, aber ich hab' mir gedacht, dein Begleiter —« Er warf Bernard einen Blick zu. »Nun, nachdem er dich nach Hause gebracht hat, würde er allein zurückgehen müssen. Und ich bezweifle, daß jemand, der so angezogen ist wie er —«, er sagte nicht »wie Sie, Sir«, sondern wie er, »aus diesem Viertel herauskommt, ohne daß man ihn um seine Brieftasche erleichtert, und nicht nur seine Brieftasche. Also dachte ich, ich würde Sie ablösen —« Er sah jetzt Bernard an. »Ihnen die Mühe abnehmen und sie nach Hause bringen.«

»Ich glaube, das war völlig unnötig.« Bernards Stimme klang kühl. »Ich bin durchaus imstande, für mich selbst zu sorgen. Und dieser Spazierstock —«, er hob den Spazierstock, den er in der Hand hielt, »ist nicht nur Teil meiner Kleidung, sondern auch eine Waffe.«

»Ja, mag sein, wenn Sie nach vorn sehen, aber nicht, wenn die Schläge von hinten kommen oder Sie ein Dutzend Kinder zuerst zu Fall bringen. Nun, Sie können ja mitgehen, wenn Sie mögen, aber das liegt bei Ihnen.«

Jetzt drehte Millie sich zu Bernard herum und sagte: »Er . . . er hat recht, Bernard, wirklich. In dieser Gegend ist es nachts gefährlich. Bitte sei nicht beleidigt, er . . . er meinte es gut.«

»Ich meine es nicht gut, ich denke praktisch.« Ben stieß die Worte fast unfreundlich heraus.

Ein kurzes Schweigen schloß sich an, ehe Bernard sagte: »Wiedersehen, Liebes. Ich werde schreiben.«

»Ja. Ja, tu das. Wiedersehen . . . Vielen Dank für einen wunderschönen Tag.«

»Ich danke dir auch.«

Es war alles so formell, ein so förmliches Ende für einen wunderschönen, märchenhaften Tag, und alles wegen Ben. O Ben! Manchmal ging er ihr auf die Nerven. Manchmal hätte sie am liebsten nach ihm geschlagen, und manchmal waren ihre Gefühle für ihn so tief.

Sie hatten etwa ein Dutzend Schritte zurückgelegt, als sie bitter meinte: »Du verdirbst mir alles, nicht wahr? Das hast du absichtlich getan.«

Er gab ihr nicht gleich Antwort. Erst als sie ein Stück weitergegangen waren, sagte er: »Nun, besser dir den Abend verderben als ihm das Gesicht, denn du hättest ihn doch nicht gern mit eingeschlagener Nase gesehen, oder? Du weißt doch, was auf der Straße hier alles passiert, besonders am Samstagabend.«

Ja, sie wußte, was auf der Straße passierte, und nicht nur am Samstagabend, und die Rudel von Kindern und Halbwüchsigen schienen einen Fremden förmlich zu riechen. Oh, wie sie sich wünschte, Meilen von hier zu sein, Meilen von hier in jenem reizenden Haus. Und dort würde sie bald sein. Ja, das würde sie bald. Und sie konnte gar nicht schnell genug ins Haus kommen, um es Mrs. Aggie zu sagen.

Als sie das Tor hinter sich gelassen hatte, rannte sie über den Hof und ins Haus. Aggie saß auf ihrem üblichen Platz und begrüßte sie mit: »Nun, dann bist du also zurückgekommen.«

»Ja. Ja, ich bin zurückgekommen. Wußtest du, daß Ben mich abholen würde?«

»Ja. Ja, er hat gesagt, daß er das tun würde. Und ich fand es vernünftig.«

»Oh, Mrs. Aggie, er macht mich ganz wild. Er . . . er hat mir praktisch den Tag verdorben. Aber . . . aber nein, das konnte er nicht.« Jetzt warf sie ihre Haube und ihren Mantel weg und ließ sich neben Aggie hinplumpsen, griff nach ihrer Hand und sagte: »Ich bin so glücklich. Ich habe das Gefühl, ich müßte platzen, explodieren . . . in Stücke gehen.«

»Nun, was hat dich so glücklich gemacht?«

»Das weißt du.«

»Hat er gesprochen?«

»Ja.«

»Ah, Mädchen, Mädchen, ich freu' mich für dich. Oh, wie ich mich für dich freue. Hat er dir einen Ring gegeben?«

»Ring?« Sie hob ihre Hand und sah den Ring an, den ihr Vater ihr an den Finger gesteckt hatte, und sagte: »O nein, nein. Es . . . es geschah ganz plötzlich, kurz bevor wir weggingen. Wir . . . wir konnten anscheinend unsere Gefühle nicht länger zurückhalten. Und er sagte, er würde dich aufsuchen. Oh, Mrs. Aggie, du solltest dieses kleine Haus sehen. Es ist ein Palast, ein Paradies, wunderschön ist es. Und er hat immer an mich gedacht, als er es machen ließ, hat er gesagt.« Jetzt wandte sie das Gesicht ab. »Oh, ich kann es nicht glauben. Ich kann es einfach nicht glauben. In Rosa und Gold hat er es machen lassen, wegen . . . wegen meines Haares und . . . nun . . . oh, Mrs. Aggie, er ist wunderbar. Und . . . und weißt du, Mrs. Aggie, das mit ihm schien ihm gar nichts auszumachen . . . ich meine, mit meinem Vater. Er hat ihn nur erwähnt, als wir das Haus verließen und . . . und ich konnte ihm nicht die Wahrheit sagen. Irgendwann werde ich das, und ich weiß, daß es ihm nichts ausmachen wird.«

»Wie ist die Tante denn?«

»Oh . . . die Tante. Oh, Mrs. Aggie, stell dir eine

große Porzellanpuppe vor, die die ganze Zeit schnattert. Sie ist wirklich süß, so lieb. Ein wenig, würde ich sagen, das, was man exzentrisch nennen würde. Das arme Ding, sie war mit achtzehn unglücklich verliebt; und dann hat sie eine Nervenkrankheit bekommen und fing an, nachdem sie zuerst ein scheues Mädchen war, dauernd zu reden und zu schnattern. Er sagt, die Familie konnte sie nicht ertragen, und man hat sie viele Jahre in ein Heim gesteckt. Aber er hat sie herausgeholt und in dieses Haus gebracht; und sie hat ein Hausmädchen, und die ist auch so lieb, so freundlich.«

»Wie viele Bedienstete haben sie?«

»Oh, nur das Hausmädchen und Bernards Diener, der, wie er sagt, ein Hansdampf in allen Gassen ist. Und es ist nur ein kleines Haus. Im Erdgeschoß sind das Wohnzimmer, zwei kleine Zimmer und eine Küche, und oben sind vier Schlafzimmer und zwei Dachzimmer. Es ist nur ein kleines Haus, aber wunderschön, exquisit.«

»Nun, wann wird er denn zu mir kommen, um mit mir zu reden?«

»Ich glaube, das wird erst nächste... vielleicht heute in einer Woche sein. Ich weiß es nicht. Er wird schreiben. Wir konnten nicht viel miteinander reden, wie auch wohl...?« Sie schob das Kinn vor und sah Aggie an. »Wo Ben doch wie ein Bär dastand. Oh...« Sie sprang auf, und als sie so auf der alten Fußmatte stand, breitete sie beide Arme weit aus und sagte: »Oh, ich wünschte, wir hätten Musik, Mrs. Aggie, ein Piano, irgend etwas. Ich möchte tanzen.«

Als sie hörten, daß die Außentür aufging, sagte Aggie: »Geh nur, tanz dich hinauf und zieh dich um. Und dann komm runter, und dann werden wir essen. Hast du dort zu essen bekommen?«

»Ja, Tee und gerolltes Brot und Butter.«

Jetzt eilte sie aus dem Zimmer, und dabei sang sie: »Gerolltes Brot und Butter. Gerolltes Brot und Butter.«

Ben kam herein, setzte sich auf seinen gewohnten Platz, sah Aggie an und sagte: »Nun?«

»Es ist geschehen, Junge. Sie werden heiraten.« Sie beobachtete ihn, wie er ins Feuer starrte; und als er dann aufstand und wieder auf die Tür zuging, sagte sie: »Du mußt dich damit abfinden. Wo gehst du hin?«

»Wo meinst du wohl?«

»Jetzt geh bloß nicht los und laß dich vollaufen.«

Er drehte sich um und sah sie an. »Dafür würd ich mein Geld nicht verschwenden«, sagte er.

»Nun, wo gehst du dann an einem Samstagabend hin?«

»Ob du es glaubst oder nicht, zur Schule.«

»Den Teufel gehst du zur Schule!«

»Ja, den Teufel, Maggie. Du hast heute schon eine Überraschung erlebt, für die nächste bist du noch nicht bereit. Ich werd ein, zwei Tage warten. Aber, übrigens, weißt du, wenn ein Bursche seiner Klasse mit einem Mädchen ausgeht, ohne das, was man eine Anstandsdame nennt, verliert das Mädchen seinen guten Namen, genauer gesagt, nach dem, was ich höre und gelesen habe, würde einer, der für ein Mädchen Respekt empfindet, es nicht riskieren . . . Denk darüber nach, Aggie. Ja, denk darüber nach.«

Sie starrte einen Augenblick lang auf die Tür, die er hinter sich geschlossen hatte, und dann griff sie sich an die Stirn, wie um ihren schweren Kopf zu stützen, und sagte laut: »O Gott! Warum hast du ihm keine anständigen Beine gegeben? Unter dem Strich ist der eine ganze Straße voll Gentlemen wert.«

6

»Er ist wie ein Haar in der Suppe.«

»Na schön, Mädchen, ein Haar in der Suppe. Jeder Mensch hat immer irgendwie ein Haar in der Suppe. Aber du mußt begreifen, warum er sich so verhält.«

»Oh, Mrs. Aggie, das verstehe ich einfach nicht. Er hat doch jahrelang Annie gehabt.«

»Nun, so wie er es mir erzählt hat, war Annie für ihn nicht das, was wir denken, wenigstens schon seit langem nicht mehr. Jedenfalls, Mädchen, darfst du dir von ihm dein Glück nicht zerstören lassen. Nein, das ist für dich die große Chance, eine, wie man sie nur einmal im Leben bekommt, weil dir so etwas kein zweites Mal widerfahren wird. Er ist ein guter, ein anständiger Mann, und wenn du mit ihm verheiratet bist, wirst du in der Welt deinen Weg machen.«

»Manchmal scheint es mir zu schön, um wahr zu sein, weil man sich einfach nicht vorstellen kann, daß so etwas schon einmal passiert ist, oder kannst du das, ich meine, ein Gentleman und jemand wie ich und . . .?«

»Oh . . .« Aggie schob die Bemerkung mit einer weit ausholenden Handbewegung beiseite: »Glaub das ja nicht. Da gibt es diese Johnnies mit großmächtigen Titeln in London, und erst neulich ist in der Zeitung gestanden, daß einer von ihnen so 'ne Schauspielerin geheiratet hat, ich meine, keine richtige Schauspielerin, bloß eines von diesen Tanzmädchen, und jetzt ist sie eine Lady oder so etwas. Und erinnerst du dich nicht . . . nun, alt genug müßtest du sein, die ganze Stadt hat davon geredet, als einer aus der Broadhurst-Familie sich mit einem Fabrikmädchen eingelassen hat?«

»Doch, aber er hat sie nicht geheiratet.«

»Nein, das hat er nicht; aber Mr. Abel Rundell hat das in derselben Lage schon getan.«

»Wer ist das?«

»Das war vor deiner Zeit. Nein, es war etwa um die Zeit, als du hier erschienen bist. Es hieß, er komme aus einer Reederfamilie, und er hat dieses Mädchen geheiratet, die bei Mullens gearbeitet hat, du weißt schon, die Putzmacherei auf der anderen Seite des Markts. O nein, du bist nicht die erste und wirst auch nicht die letzte sein, meine Liebe, die aus der unteren Hälfte rausgehoben wird.«

»Aber . . . was wird aus euch werden? Ich meine, das Geschäft ist dann weg. Wie werdet ihr zurechtkommen?«

»Hör zu, das ist die kleinste deiner Sorgen. Ich wollte dieses Geschäft jetzt schon lange Zeit los sein, obwohl ich sagen muß, daß es sehr profitabel war, und zwar durch deine Bemühungen. Aber sobald du weg bist, mache ich in meinem alten Gewerbe weiter.«

»Das wirst du nicht. Du wirst nie wieder mit einem Karren hinausfahren können.«

»Oh, ich hab' auch nicht die Absicht, das zu tun, aber die Tore werden offen sein, und die können ihr Zeug ja hierherbringen. Und wenn irgendwas geschrieben werden muß, dann wird Ben sich darum kümmern. Der wird zu mir halten, komme, was da wolle.«

»Während ich dich verlasse.«

»O Mädchen, du bist aus ganz anderem Holz geschnitzt.«

Millie überlegte, was sie damit meinte, und fragte dann nachdenklich: »Wo meinst du wohl, daß Ben abends hingeht, ich meine, wenn er sich so rausputzt und doch nicht zu Annie geht? Und im übrigen hat er sich auch gar nicht rausgeputzt, um zu ihr zu gehen.«

»Das weiß ich nicht, Mädchen. Das einzige, was ich weiß, ist, daß er nicht betrunken nach Hause kommt. Und außerdem hat er sich angewöhnt, Pfeife zu rauchen.«

»Pfeife zu rauchen?«

»Ja. Daß ein Mann Pfeife raucht, ist natürlich nichts Besonderes, aber bei ihm ist das neu. Ich hab' es gerochen, der Rauch wehte die Treppe herunter. Und als er weg war . . . nun, ich bin in sein Zimmer gegangen, und da war sie. Und auch keine Tonpfeife, o nein: eine aus Holz. Und ich hab' auch erkannt, was für eine Art es war, eine Meerschaum. Mein Pa hat eine solche geraucht, und die sind nicht billig. Man kriegt zwei Tonpfeifen um einen Penny, aber eine von denen kostet nicht unter einen Bob*. Und, weißt du, Mädchen, ich komm einfach von dem Gedanken nicht los, daß er irgend etwas im Sinn hat. Wenn du dir schon den Kopf darüber zerbrichst, wo er abends hingeht, dann tu ich das noch viel mehr, das kann ich dir sagen. Er hat die ganze Woche lang noch keinen einzigen Abend mit uns verbracht, und jetzt ist Donnerstag.«

Millies Gedanken befaßten sich jetzt nicht mit Ben, sondern damit, wie wenig Zeit noch zwischen Donnerstag und Samstag vergehen würde. Oh, sie konnte den Samstag nicht erwarten. Sie zählte förmlich die Stunden. Sie hatte die ganze Woche lang noch keine Nacht durchgeschlafen: Sie war im Bett gelegen und hatte sich ausgemalt, in einem anderen Bett zu sein, in

---

* Bob: Slangbezeichnung für einen Schilling. — Anmerkung des Übersetzers.

jenem reizenden Schlafzimmer in diesem wunderbaren Haus, das bald ihres sein würde. Durfte sie es glauben? *Durfte sie es glauben?*

Ja, das durfte sie, weil es, wie Mrs. Aggie gesagt hatte, Männer wie Bernard gab, die sich aus Liebe herunterbeugten und Menschen wie sie aus dem Morast emporhoben; obwohl, Ehre, wem Ehre gebührte: Sie hatte dieses Haus und die Gesellschaft von Mrs. Aggie und Ben nie als etwas betrachtet, das man als Morast bezeichnen müßte, selbst wenn es sich in einem Viertel befand, in dem der Abschaum der Gesellschaft hauste, arbeitender Abschaum vielleicht, aber trotzdem die unterste Schicht.

Aggie riß sie aus ihren Gedanken, weil sie von einem Hustenanfall erfaßt wurde, der nicht mehr aufhören wollte, und so sagte sie besorgt: »Ich habe dir doch gesagt, du solltest dich ins Bett legen.«

Als der Anfall vorüber war, saß Aggie ein paar Augenblicke nach Luft schnappend da, ehe sie schließlich die Worte hervorbrachte: »Bett? Ich hab' mich noch nie wegen einer Erkältung ins Bett gelegt; da muß es schon viel schlimmer werden, ehe es so weit kommt. Hör zu: Gieß die Flasche Bier in eine Pfanne und wärm es an, tu einen Löffel Ingwer hinein. Das bringt mich wieder auf die Beine.«

»Bis jetzt hat das aber nicht dazu gereicht, die ganze Woche nicht, oder? Du mußt innerlich von dem Ingwer schon völlig verbrannt sein.«

»Nun, ich lös' ihn ja auf, Miss, dazu ist ja das heiße Bier. Also, komm, tu, was ich dir sage.«

Millie eilte in die Küche und kam mit einer Pfanne zurück, und gerade als sie das Bier hineingießen wollte, ging die Tür auf und Ben kam herein.

Normalerweise hätte sie ihm einen Blick zugeworfen und dann weitergemacht; aber jetzt richtete sie sich ebenso wie Aggie auf. Warum sie das taten, hätte keine von beiden erklären können, nur daß er anders aussah. Es war nicht sein Gesicht. Vielleicht war es der neue Zylinder, den er trug, oder der gute Mantel aus zweiter Hand, der am Kragen mit etwas Pelz aus Astrachan besetzt war. Aber nein: Nicht einmal der Hut und der Mantel waren es, die sie so verblüfften.

»Was schaut ihr denn so?«

»Dich schauen wir an«, sagte Aggie. »Oder siehst du sonst jemanden?«

»Nun, warum schaut ihr dann so überrascht, ihr habt mich doch schon öfter gesehen.«

»Ja, das hab' ich wohl, öfter als mir lieb ist, das kann ich dir sagen. Aber was hast du denn mit dir gemacht?«

»Oh, dann habt ihr es also gesehen. Ist es mein neuer Mantel?«

»Nein. Nein, nicht ganz. Es ist nicht der neue Mantel, es ist . . .«

»Oh! Oh!« Er blickte jetzt auf seine Füße hinab. »Dann sind's meine Stiefel. Die sind neu, wißt ihr?«

Aggie und Millie sahen jetzt beide auf seine Stiefel. Sie waren neu.

»Die hab' ich mir ganz speziell machen lassen.«

»Du hast sie dir speziell machen lassen?«

»Ja, Aggie, das hab' ich gesagt: Ich hab' sie mir ganz speziell machen lassen. Und der Unterschied, der euch an mir auffällt, ist . . . nun, meine Beine sind immer noch genauso lang wie immer, aber ich bin ein wenig größer geworden, gute eineinhalb Zoll. O ja, gute eineinhalb Zoll, und das macht einen Unterschied.«

Aggies Stimme war ganz leise, als sie fragte: »Und wie hast du das geschafft?«

»Oh, eigentlich hätt' ich da schon lang dran denken sollen, aber man muß sich die Stiefel natürlich machen lassen, und das ist nicht billig. Und so schwer dürfen sie auch nicht sein, damit man die Füße noch hochkriegt. Und das Oberleder muß so aussehen, als würd es bis zur Sohle runterreichen: Ganz natürlich muß es aussehen. Und ihr werdet feststellen, wenn ich mich umdrehe —«, was er jetzt tat, »der Absatz ist ziemlich hoch. Und, wißt ihr, das Beste daran ist, daß sie nicht einmal so schwer wie meine Arbeitsstiefel sind. Fred Pasternack ist wirklich ein guter Schuhmacher. Muß er auch sein, nicht wahr, um Reitstiefel für die Gentry* zu machen. Und außerdem ist er voll Verständnis und mag es, wenn man ihm eine schwierige Aufgabe stellt.«

»Well! Well! Wir kommen sozusagen wirklich voran, nicht wahr?« Millie hatte das mehr gedacht als gesagt, aber er meinte, als ob er die Worte gehört hätte: »Ja, du kommst in der Welt voran, Millie, und nimmst eine neue Stellung an, und ich werd Lehrer.«

»Lehrer? Du?«

»Ja, ich, Lehrer!« sagte er. Er bellte es förmlich, so daß Aggie und Millie zusammenzuckten. »Ich habe meine Zeit all die Jahre nicht vergeudet, Mrs. Winkowski: Mein Körper hat in diesem Loch hier gelebt, aber mein Kopf ist woanders gewesen. Du hast das vielleicht nicht bemerkt, aber andere Leute wohl. Ja, die haben ihren Verstand und sehen durch die Kleider

---

* Gentry: englischer (niederer) Landadel. — Anmerkung des Übersetzers.

durch und die Größe, die Stimme nicht zu vergessen, die früher einmal nicht richtig reden konnte. Es ist jetzt schon ein paar Jahre her, Aggie, seit ich weiß, daß ein Hauptwort ein Name von irgend etwas ist.«

Aggie erwiderte darauf nicht mit lauterer Stimme, als er gesprochen hatte, vielmehr sagte sie nur: »Nun, jetzt, wo du dir das von der Seele geredet hast, kannst du uns ja sagen, wie es dazu gekommen ist.«

Er zögerte einen Augenblick und sagte dann: »Nun, in erster Linie ist es Mrs. Sponge zuzuschreiben.« Er sah jetzt Millie an. »Sie hat mich gefragt, ob ich gern die Kleinen übernehmen würde. Ich hab' sie natürlich ausgelacht und gesagt, das könnte ich nicht. Aber sie hat gesagt, ich könnte ihnen sehr wohl das Abc beibringen. Und . . . nun, ich stellte fest, daß es mir gefiel. Ich fand Interesse daran.« Jetzt sah er zu Aggie hinüber und meinte: »Die wollten wissen, ob ich den Unterricht am Vormittag übernehmen könnte, aber ich habe ihnen erklärt, daß ich da Arbeit hatte. Also sagten sie, ich könnte auch abends kommen, und schlugen mir vor, ein paar junge Leute aus dieser Gegend einzusammeln.«

»Ha!« Das kam von Aggie, und sie fügte hinzu: »Das wird einige Mühe kosten. Dazu brauchst du 'ne Tasche voll Kupfermünzen, um sie zu bestechen.«

»Du würdest staunen, Aggie, du würdest wirklich staunen. Ich hab' vier, das wett ich, die jetzt vor dem Tor auf mich warten. Das kann natürlich auch mit dem Becher Kakao sein, den sie am Ende kriegen; aber die letzten paar Monate sind sie jedenfalls regelmäßig gekommen.«

»Du machst das schon seit Monaten?«

»O ja, seit Monaten. Aber —« Er sah jetzt auf seine neuen Stiefel herab, und seine Stimme war nicht viel mehr als ein Murmeln, als er sagte: »Aber den Kleinen etwas beizubringen, hat mir eines bewiesen: Ich hab' selbst noch 'ne Menge zu lernen. Aber ich schaffe das schon . . . Die wollten mich wegschicken, wißt ihr, um richtig zu lernen; es gibt Schulen für Leute wie mich, haben die gesagt; aber ich hab' nein gesagt.« Er hatte jetzt das Kinn vorgeschoben und starrte Millie an. »Du wirst schon sehen, ich schaffe das. Und ganz allein, mit ein wenig Hilfe natürlich. Vielleicht werde ich sogar auch so ein Terrence Sponge und steh am Sonntag auf einer Kiste im Park. Jedenfalls«, schloß er mit einem kurzen Lachen, »das wird mein Leben sein, das ich mir aufgebaut habe. Jetzt wissen wir alle, wo die Reise hingeht, nicht wahr? Und ich hoffe, alles kommt so, wie wir es vorhaben. Wir müssen uns nur darum bemühen, nicht wahr, Millie?«

Sie gab keine Antwort, aber innerlich schrie sie: O Ben! O Ben! Er war so verbittert und so traurig. Man konnte die Traurigkeit in seinen Augen lesen und spürte sie hinter der Bitterkeit, mit der er sprach. Wenn nur . . . aber was redete sie da? Es war so, wie er gesagt hatte: Ihr Leben, seines und ihres, war jetzt vorbestimmt.

»Gute Nacht, Aggie. Übrigens, an deiner Stelle würde ich früh zu Bett gehen, mit der Erkältung. Du kannst zusperren, ich komme später nicht. Aber ich kümmere mich um das hintere Tor . . .«

Nachdem er gegangen war, schien der Raum seltsam leer, und beide schwiegen eine Weile, bis Millie sagte: »Weißt du, er hat recht: Du solltest wirklich zu Bett gehen, Mrs. Aggie.«

»Ach, sei doch still, Mädchen. Du brauchst das Thema gar nicht zu wechseln. Aber über eines bin ich froh: Er schafft das aus sich selbst heraus. Und deswegen sollte ich mich gar nicht fragen, ob er am Ende etwas aus sich machen wird.« Dann wurde ihre Stimme leichter, und sie sagte: »Aber er hat wirklich größer ausgesehen, nicht wahr? Zuerst wußte ich wirklich nicht, was es war, aber es hat einen großen Unterschied gemacht. Ein Wunder, daß er nicht früher daran gedacht hat. Erstaunlich, was ein oder zwei Zoll ausmachen. Aber wenn man einmal darüber nachdenkt, dann wett ich mit dir meinen Schilling, daß es in den Courts keinen einzigen Mann gibt, der über fünf Fuß sechs ist. Ja, aber —« Ihre Stimme veränderte sich wieder, und sie murmelte: »Aber was sechs Zoll bei einem Mann doch für einen Unterschied machen.«

7

»Ich sollte nicht gehen.«

»Schau, wir haben das doch alles besprochen, oder? Und du bist fertig angezogen.«

»Nun, laß ihn doch auf einen Augenblick reinkommen. Ich glaube, er möchte mit dir reden. Das hat er doch gesagt.«

»Mädchen, ich kann doch kaum atmen. Und die ganze Bude stinkt nach Kampferöl und vielen anderen Dingen auch, und hier sieht's aus wie in einem Schweinestall, weil du ja schließlich nicht drei Dinge gleichzeitig tun kannst: kochen, am Tor sein und dich um mich fette alte Frau kümmern. Nein, sag ihm einfach, daß mir nicht gut ist und ich ihn nächste Woche sehen kann oder wann er eben kommen möchte, sobald ich wieder richtig auf den Beinen stehe. Und im übrigen will er ja schließlich mit dir reden, Mädchen. Und, schau, ich möchte, daß du mit einem Ring am

Finger zurückkommst . . . an der anderen Hand. Warum —«, sie deutete darauf, »warum hast du denn den da wieder angesteckt?«

Millie sah auf den Ring an ihrem Mittelfinger und meinte: »Ich weiß eigentlich nicht, aber er ist sehr hübsch. Ich wünschte nur, ich hätte ihn von jemand anderem bekommen, aber —«, sie zog jetzt daran, versuchte ihn über den Fingerknöchel zu ziehen und sagte: »Seltsam, er geht zwar rauf, aber ich kriege ihn ohne Seife nicht wieder runter.«

Die Tür ging auf, und Ben stand da und sagte: »Dein Begleiter ist eingetroffen. Ich hab' das Tor nicht geöffnet, das kannst du machen.«

Millie drehte sich zu Aggie herum und beugte sich über sie, in der Absicht, sie auf die Wange zu küssen. Aber Aggie schob sie weg und sagte: »Du willst dich doch nicht mit meiner Erkältung anstecken, oder?« Und dann fügte sie hinzu: »Und daß du mir bis fünf wieder zurück bist, weil Ben, wie er dir gesagt hat, um halb sechs gehen will. Obwohl ich nicht weiß, warum er eine Zeit genannt hat; es muß etwas Besonderes sein.« Sie holte tief Luft und rief dann Ben zu: »Ist es so? Ist es etwas Besonderes?«

»Ja, das könnte man sagen, wenigstens für mich ist es etwas Besonderes.«

Als Millie versuchte, an ihm vorbei zur Tür hinauszugehen, trat er nicht zur Seite; sie mußte sich an den Türstock drücken, trotzdem berührten sie sich, und dann sahen sie sich an, und als sie an ihm vorbei war, drehte sie sich um und sagte leise: »Ich hoffe, deine neuen Freunde haben Manieren und du lernst von ihnen.«

Er gab keine Antwort, und sie ging durch den äußeren Raum ins Freie und eilte dann über den Hof zum

Tor. Als sie die Türflügel aufsperrte, entschuldigte sie sich durch die Gitterstangen hindurch: »Es tut mir leid. Es tut mir wirklich leid. Er hätte dich reinlassen sollen.«

»Ist etwas nicht in Ordnung?«

»Nein, das nicht, aber Mrs. Aggie hat eine schreckliche Erkältung.« Und dann fügte sie taktvoll hinzu: »Sie sagt, Erkältungen sind ansteckend, und sie möchte nicht, daß du ... nun, daß du auch eine Erkältung wie die ihre bekommst.«

»Ich habe mein ganzes Leben noch keine Erkältung gehabt. Aber wie auch immer: Wie geht es dir?«

»Sehr gut, danke.« Und dann sah sie ihn an und fügte hinzu: »Nur daß ich sehr einsam war und ... und mich danach gesehnt habe, daß der heutige Tag endlich kommt.«

Er hatte nach ihrem Arm gegriffen, drückte ihn jetzt an sich und sagte: »Auch nicht mehr als ich, meine Liebe. Es war eine lange, lange, mühsame Woche.«

Als drei zerlumpte Jungen gerannt kamen und vor ihnen herumzuhüpfen begannen und dabei riefen: »Haben Sie einen Kupfer, Sir? Einen Kupfer, Sir?«, nahm er seine Reitgerte, fuchtelte damit herum und sagte: »Verschwindet. Weg mit euch! Weg mit euch!« Und darauf rannten sie davon. Aber einer blieb stehen und rief den anderen zu: »'s ist Millie.« Und eine Stimme antwortete ihm: »Ist sie nicht.«

»Doch, ich sag dir's doch ... Millie! Millie!«

Sie drehte sich nicht um und winkte auch nicht, wie sie das normalerweise getan hätte, sondern ließ sich von Bernard mitziehen; und als sie aus der Gasse herauskamen, sagte er etwas steif: »Oh, wie froh ich bin, daß ich dich hier raushole, meine Liebe.«

Im Mietstall entschuldigte er sich, als er sie auf den

Sitz des zweirädrigen Wagens hob: »Das ist kein Fahr-zeug für diese Jahreszeit«, sagte er. »Ich muß mich nach einer Kutsche umsehen. Das reicht zwar für mich, um in die Stadt und zurück zu fahren, aber du brauchst Schutz.«

Sie lachte. »Ich sehe aber nicht danach aus«, sagte sie. »Ich bin ziemlich wetterfest, ja, man könnte sagen zäh.«

Sein »Hüh! Hüh!« mischte sich in sein Lachen. »Wetterfest und zäh. O ja, Madam, Sie vermitteln wirklich den Eindruck, diese beiden Eigenschaften zu besitzen.« Er sah sie von der Seite an. »Wickle dich in diese Decke, es ist heute ziemlich kalt.«

Nach Hause kommen. Nach Hause kommen. Jede Drehung der Räder ließ die Worte in ihr erklingen: Nach Hause kommen. Nach Hause kommen.

Als sie durch den unteren Teil der Stadt fuhren, sagte er: »Ich habe noch nie so viele Leute unterwegs gesehen. Aber das ist wahrscheinlich das neue Fabri-kengesetz. Daß der halbe Samstag um ein Uhr be-ginnt, macht einen großen Unterschied; wenn es auch mehr Zeit für die Ginläden gibt.«

»Konntest du deine Geschäfte in Cheshire erledi-gen?«

»Geschäfte?« Sein Kopf ruckte kurz zu ihr herum und wandte sich dann wieder ab. »Oh, das waren kei-ne Geschäfte in dem Sinn; eher Familienkonferenzen: Man kann ja die Bande nie lösen, die einen an eine Fa-milie binden. Aber ich mußte noch eine andere Reise machen, um einen Freund zu Hause zu besuchen. Ich . . . ich werde dir das alles erklären, wenn wir im Haus sind.«

Es war, als wäre es erst gestern gewesen und nicht etwa eine Woche her, daß sie im Haus gewesen und dort Miss Christine Lavor kennengelernt hatte, denn sie stand mit ausgestreckten Armen in der Eingangshalle und sagte: »Oh, wie nett, euch zu sehen! Ich habe an euch gedacht. Wollen wir gleich den Tee nehmen? Fanny hat braunes Brot gerollt. Ich habe ihr in der Küche zugesehen: Sie hat auch Törtchen gemacht und sie mit Konfitüre gefüllt. Oh, zieht doch eure Sachen aus. Ich nehme sie euch ab.«

Bernard lachte, weil er Millie bereits Mantel und Haube, ebenso wie ihre Tasche und die Handschuhe abgenommen und sie auf einen Stuhl gelegt hatte; und so drehte er sich zu seiner Tante herum und sagte: »Lauf jetzt nur in die Küche, Liebes, und sag Fanny, daß wir hier sind und wir gleich den Tee nehmen wollen, weil . . . weil wir beide hungrig sind und frieren.«

»O ja, aber ja, natürlich, Bernard.«

Nachdem sie davongeeilt war, nahm Bernard Millies Hand und zog sie ins Wohnzimmer. Und nachdem er hastig die Tür hinter ihnen geschlossen hatte, legte er die Arme um sie und sah ihr einen Augenblick lang ins Gesicht, ehe er seine Lippen auf die ihren drückte, aber nicht etwa sachte: Es war ein harter, hungriger Kuß, und als er vorbei war, legte sie den Kopf auf seine Schulter und schnappte nach Luft, als wäre sie eine lange Strecke gerannt. Er seinerseits seufzte tief und hielt sie an sich gedrückt und murmelte: »Danach habe ich mich die ganze Woche gesehnt, mehr und mehr.« Und dann schob er sie ein Stück von sich, hielt sie an den Schultern fest und sagte: »Hast du eigentlich eine Ahnung, wie tief meine Gefühle für dich sind, Millie Forester?«

»Nein, Sir. Aber ich hoffe das herauszukriegen und werde unterdessen meine Gefühle für dich zum Ausdruck bringen.«

»O Millie —« Er ging mit ihr jetzt durch das Zimmer. »Allein schon dich reden zu hören ist schön. Das, nicht nur dein Aussehen, dein schönes, schönes, schönes, schönes Gesicht und dieses wunderbare Haar —«, und er strich ihr sachte eine Strähne aus der Stirn, »und die Art, wie du dich benimmst und wie du sprichst . . . wo du doch aus diesem Haus kommst! Oh, es tut mir leid, es tut mir sehr leid, ich sollte es nicht schlechtmachen, aber . . . aber wie, habe ich mich gefragt und frage es mich immer noch, wie bist du in alldem Morast so schön, so rein, so gut geblieben?«

Ihre Stimme war jetzt ganz ruhig, als sie antwortete: »Ich hatte Mrs. Aggie und Ben, die mich geführt und beschützt haben. Ich kann das nicht oft genug sagen, Bernard: Ich schulde ihnen alles. Ich schulde ihnen ganz sicherlich das, was ich bin und wie mir heute zumute ist, denn ich weiß nicht, was mir ohne ihre Fürsorge hätte passieren können. Etwas . . . etwas Schreckliches. Ich muß dir irgendwann davon erzählen. Aber für mich ist es schon genug, daß du mich so nimmst, wie ich bin.«

»O Millie, ja, ja, ich nehme dich, wie du bist, und das werde ich immer . . . Du liebe Güte! Jetzt geht's los!« Die Tür hatte sich geöffnet, und Miss Chrissie, gefolgt von Fanny, die ein beladenes Tablett trug, kamen herein. Und wieder hatte Millie das Gefühl, als hätte sie diesen Raum nie verlassen, als wäre alles genauso, wie es letzten Samstag gewesen war.

Und Miss Chrissie plapperte wie damals und meinte: »Mir gefällt die Farbe Ihrer Kleidung, Miss Millie. Ich habe Grün immer gemocht. Wahrscheinlich ist das, weil ich als Kind immer auf den grünen Feldern gespielt habe und lange, lange Ketten aus Gänseblümchen gemacht habe. Wissen Sie, wie man eine Kette aus Gänseblümchen macht?«

»Nein«, antwortete Millie, »leider nicht.«

»Oh, dann werde ich es Ihnen zeigen. Hinter dem Haus sind eine Menge Felder. Ich bin noch nie draußen gewesen, aber wir werden dort spazierengehen, und ich werde Ihnen zeigen, wie man eine Kette aus Gänseblümchen macht. Ich habe sie immer meinen Puppen umgelegt, aber da gab es immer ein oder zwei, die sie nicht mochten. Ich habe ihnen gesagt, man kann es ja schließlich nicht jedem recht machen. Gibst du mir recht, Bernard, daß man es nicht jedem recht machen kann?«

»O ja, Tante Chrissie, da geb ich dir recht.«

»Es wird noch eine Weile keine Gänseblümchen geben, weil es Herbst ist; aber der ist bald vorbei, denn Sie werden ja von nun an bei uns bleiben.«

Millie lachte und sagte: »Nun, nicht von nun an, Miss Chrissie. Und heute muß ich rechtzeitig wieder zu Hause sein, weil Ben — er ist«, sie machte eine kleine Pause, »ein Freund von mir —, weil er eine Verabredung am frühen Abend hat. Und wissen Sie, mein Vormund, Mrs. Winkowski, ist erkältet, und es wäre doch nicht nett, sie mit einer Erkältung allein zu lassen, oder?«

Sie redete zu der kleinen Frau, als wäre sie ein Kind, und Miss Lavor antwortete auch wie ein Kind: »O nein, nein, das wäre es nicht. Man darf niemanden allein lassen, wenn er erkältet oder krank ist. Aber ich dachte, Sie würden vielleicht heute nacht hierbleiben. Aber vielleicht nächste Woche.«

Millie lächelte freundlich und sagte: »Ja, vielleicht nächste Woche . . .«

Etwas später war sie recht überrascht, als Bernard

die kleine Frau in die Höhe zog und zu ihr sagte: »Geh in die Küche, Tante Chrissie, und sag Fanny, sie soll kommen und abdecken. Und ich möchte, daß du ihr hilfst, weil ich Millie eine Menge zu sagen habe. Verstehst du?«

»O ja, lieber Junge, o ja, ich verstehe. Natürlich, ich werde Fanny helfen, aber sie wird mich bestimmt nicht die Tassen spülen lassen, weil ich die bestimmt fallen lasse.« Sie trippelte kichernd hinaus.

Jetzt setzte sich Bernard neben Millie und sagte: »Oh, ich wünschte, ich hätte mit deiner Mrs. Aggie ein Wort reden können. Ich wollte, daß du heute nacht hierbleibst.«

Sie sah ihn an, war einen Augenblick verwirrt. Dann sagte sie: »Es wird andere Nächte geben.«

»Natürlich, natürlich, ich weiß, aber . . . aber ich bin so ungeduldig. Und es ist lächerlich, daß ich dich nur ein paar Stunden die Woche sehen kann. Aber das wird sich ja alles bald ändern, nicht wahr?«

Sie lächelte zu ihm auf und antwortete leise: »Das hoffe ich, Bernard, das hoffe ich.«

Das Teegeschirr war schnell abgetragen, wobei Fanny die ganze Zeit strahlte. Nachdem sie das schwere Tablett aufgehoben hatte, drehte sie sich um, die Arme immer noch ausgestreckt, und nickte Millie zu, als wollte sie sagen: Da, siehst du, ich hätt's gar nicht schneller machen können. Und Millie hätte am liebsten gesagt: Danke; aber sie wußte, daß ihr das nicht zukam, denn sie war noch nicht Hausherrin.

Jetzt schob Bernard die zwei Sessel zurück, zog das kleine Sofa zum Feuer und sagte: »Komm, Liebes.« Und nachdem sie Platz genommen hatte, legte er den Arm um sie und küßte sie wieder, drückte sie so fest an sich, daß er einen Knopf ihres Kostüms durch die

Krawatte und sein feines Unterhemd spürte. Er lachte, griff nach dem Knopf, drehte ihn etwas und sagte: »Du stichst mich ins Herz, weißt du?« Dann fügte er hinzu: »War das nicht komisch mit Tante Chrissie und den Gänseblümchen und der Farbe deines Kostüms?«

»Nun, damit zeigte sie, daß es ihr gefiel.«

Er zog ein Gesicht und antwortete: »Mag schon sein, aber, meine Liebe, ich werde dich völlig anders kleiden und in Goldfarben, die zu deiner Haut passen.«

Sie rückte von ihm ab und meinte gespielt indigniert: »Dann gefällt Ihnen mein Kleid nicht, Sir?«

»Oh, Madam, an jeder anderen wäre es gut, sehr hübsch, aber für Sie ist es nicht sehr vorteilhaft. Nicht daß du das brauchen würdest. Deine Schönheit verlangt nach etwas Passendem, und ich werde dafür sorgen, daß du so etwas bekommst. Wir werden einmal nach London fahren — dort gibt es einige sehr elegante Läden —, und ich werde auf einem mit Satin bezogenen Sessel sitzen, und du wirst vor mir —«, und dabei bewegte er die Hände vor und zurück, »in den Kleidern, die dir gefallen, auf und ab schreiten.«

Sie wußte nicht recht, warum sie ein gewisses Unbehagen verspürte, nur daß ihr Kostüm vielleicht tatsächlich nicht sonderlich elegant war, aber es bestand aus gutem, dickem, handgewebtem Tuch und war hübsch geschnitten.

»Hast du je daran gedacht, nach Paris zu gehen?«

»Nach Frankreich? Nein, nie. Aber ich glaube, ich würde gern das Meer sehen.«

»Du hast das Meer noch nie gesehen?«

»Noch nie.«

»Oh, meine liebe, liebe Millie. Oh, was für Freuden dir noch bevorstehen. Aber es gibt viele Orte, von denen aus man das Meer sehen kann. Besonders auf der anderen Seite des Kanals in Frankreich und in Italien und Venedig. Aber man muß ein Schiff nehmen und über das Meer nach Frankreich fahren.«

»Bist du an all diesen Orten gewesen?« fragte sie.

»Ja, ich habe einige Zeit im Ausland verbracht, von meinem siebzehnten bis zu meinem neunzehnten Lebensjahr. Ich hatte Familienverbindungen in Holland.«

»In Holland?« Sie nickte jetzt.

»Ja, in Holland. Und dann habe ich letztes Jahr eine kurze Reise von etwa sechs Monaten gemacht in . . . o Millie!« Er drückte sie wieder an sich. »Stell dir vor, wenn wir zusammen sechs Monate lang all die Orte bereisen könnten.« Er sah jetzt über ihre Schulter in den Raum, und seine Stimme verlor ihren Schwung, klang nicht mehr so erregt, als er sagte: »Aber was rede ich? Es wird ganz bestimmt Gelegenheiten für solche Reisen geben. Aber was wird das zu bedeuten haben?« Er hielt sie jetzt wieder auf Armeslänge von sich und beugte sich zu ihr, als er sagte: »Wir haben diese wunderschöne Villa, dieses Schloß mit sieben Zimmern, diese geheime Höhle, in die ich vor der Welt zu dir fliehen kann, sooft es geht . . . o ja, sooft es geht, Millie. Glaube mir, daß ich jede Minute, die ich kann, mit dir verbringen werde. Oh! Meine Liebe!« Er streichelte ihr jetzt über das Gesicht. »Wenn die Dinge nur anders wären und wir heiraten könnten. Aber du verstehst ja, wie die Situation nun mal ist. Wir werden immerhin das Nächstbeste haben, etwas Freieres, ohne . . . Was ist denn? Was ist denn los?«

Sie hatte sich aus seinen Armen gelöst und preßte den Rücken gegen die hölzerne Armlehne der Couch;

dann erhob sie sich langsam, als hätte sie Angst, etwas könne sie anspringen, und sah ihn an, wie er immer noch mit einem verwirrten Gesichtsausdruck dasaß, und wieder sagte er: »Was ist denn?«

Ihre Stimme wollte sich nicht einstellen. Sie versuchte Worte durch ihre Kehle zu pressen, aber sie blieben einfach dort hängen. Ihr Gehirn schien die Arbeit eingestellt zu haben; und doch, nein, die Gedanken flogen, kreisten wie wild, stürmten aufeinander ein.

Sie sah zu, wie er aufstand und sich mit der Hand an die Stirn griff und sagte: »O nein, nein! Du mußt verstanden haben, Mrs. Aggie wird es verstanden haben, natürlich hat sie verstanden, sie ist doch nicht dumm, und du bist es auch nicht. Millie! Millie! Bitte, sei doch vernünftig! Du mußt die Situation begreifen. Und . . . es würde keinen Skandal geben, überhaupt keinen. Ich habe das alles gut bedacht, deshalb habe ich auch das Haus gekauft und Tante Chrissie hierhergebracht. Du sollst als ihre Pflegerin bekannt sein. Niemand würde etwas anderes wissen. Bitte! Bitte, Millie, sieh mich nicht so an! Und geh nicht weg, bleib da, wo du bist. Schau! Hör mir zu!« Seine Stimme war laut, heiser. »Ich liebe dich. Jedes Wort kommt aus meinem Herzen. Ich liebe dich und . . . und würde dich morgen heiraten, wenn es möglich wäre. Aber . . . ich bin seit Jahren versprochen, das habe ich dir gesagt. Letzte Woche haben wir über die Sache mit den Kindern gesprochen und über Familien und wie die Dinge arrangiert werden. Als ich achtzehn war, habe ich den Fehler gemacht, mich mit jemandem zu verloben. Ich kann nur sagen, es war bereits in der Wiege arrangiert. Wir sind gemeinsam aufgewachsen, die Tochter eines Nachbarn. Ich . . . ich muß das auch so zu Ende bringen. Es geht nicht nur um die Familie, es hat auch mit dem Geschäft zu tun und mit meinem Patenonkel, der mir das Geld und den Anteil an der Fabrik hinterlassen hat. Das hängt alles zusammen. Es ist . . . es ist seine Nichte . . . *Millie!!*«

Er war zwei Schritte auf sie zugegangen, ehe sie ihre Stimme wiedergefunden hatte, und sie zitterte nicht, da war auch nichts Weinerliches, und sie sagte etwas, was sie selbst überraschte: »Ich bin das gewesen, was Ben einen blutigen Narren nennen würde. Ich hätte wissen müssen, daß es einen solchen Mann wie den, für den ich dich hielt, nicht gibt. Mrs. Aggie sagte, daß es hier und da Männer gäbe, die unter ihrem Stand heiraten, die Tanzmädchen zur Lady machten, aber sie hat auch angedeutet, daß die ganz selten wären.«

»Millie. Meine liebste Millie. Glaube mir, wenn ich sage, wenn ich auch nur die leiseste Ahnung gehabt hätte, daß du die Situation nicht verstehen würdest, dann . . . dann hätte ich das nie getan. Glaube mir das bitte. Ich dachte, wo du doch aus dem —«, er schluckte, »Viertel kommst, würde es nichts geben, was du in solchen Dingen nicht verstehen würdest. Daß du rein bist, o ja, ja, daran habe ich nie auch nur einen Augenblick gezweifelt, aber ich dachte, du würdest die Situation im richtigen Zusammenhang sehen, wenn du weißt, was ich meine.«

»Ja. Ja, ich weiß, was du meinst: Ich sollte deine Geliebte sein. Ich würde hier sein und dir gelegentlich zur Verfügung stehen. Du hast meinen Vater gesehen. Für mich ist er ein Mann von niedrigem Charakter, und er ist erst in den letzten Monaten in mein Leben getreten. Aber meine Mutter starb, als ich sieben war. Sie ist von eigener Hand gestorben, sie hat sich erhängt, weil man sie mißbraucht hat. Du hast das nicht gewußt; ich hatte vor, dir das später, sobald wir verheiratet wären, zu erzählen. O mein Gott! Du hast ein Recht darauf, über meine Unwissenheit, über meine Dummheit erstaunt zu sein. Aber laß dir das von mir sagen, ganz gleich, wie das Leben mit mir umspringt: Ich werde nie die Geliebte irgendeines Mannes werden. Niemals. *Niemals*!« Das letzte Wort schrie sie ihm förmlich entgegen. »Und jetzt, Mr. Thompson, möchte ich mich verabschieden. Aber ein letztes Wort noch: Wissen Sie, an wen Sie mich in diesem Augenblick erinnern? An den Sohn Ihrer Halbschwester.«

Er war mit gesenktem Kopf dagestanden, aber jetzt riß er ihn in die Höhe und schrie sie an: »Sag das nicht zu mir, Millie! Ich bin nicht besser und nicht schlechter als die meisten Männer, aber in meinem Charakter gibt es keine Verbindung mit der Brut meiner Halbschwester oder ihres Mannes.«

Sie trat jetzt hinter die Sessel, um ihm auszuweichen, aber als sie an die Tür kam, war er vor ihr da und hatte die Hand auf dem Türknopf. »Bitte, Millie!« sagte er. »Bitte, versuche zu verstehen. Und ich sage es noch einmal: Ich liebe dich, wirklich.«

»Und können Sie die Gefühle beschreiben, die Sie für Ihre zukünftige Frau empfinden?«

»Ja. Ja, das kann ich. In gewisser Weise sind das auch liebevolle Gefühle, die mit Gernhaben und Freundlichkeit zu tun haben, aber sie reichen in keiner Weise an die Leidenschaft heran, die ich für dich empfinde, noch würde unsere Verbindung das je zulassen, da bin ich ganz sicher.«

»Nun, Sie werden genügend Zeit haben, das herauszufinden. Würden Sie mich jetzt bitte vorbeilassen?«

Langsam öffnete er ihr die Tür, und sie schlüpfte in

der Halle in ihren Mantel und stülpte sich ihre Haube über. Aber als er im Begriff war, seinen Angestellten zu rufen, damit der den Gig brachte, sagte sie: »Sie brauchen sich nicht um Ihr Fahrzeug zu bemühen, ich bin es gewöhnt, zu Fuß zu gehen.«

»Sei nicht albern!« Seine Stimme klang jetzt hart. »Es wird gleich dunkel. Du würdest nie bis nach Hause kommen.«

»Ich bin gewöhnt, mich unter armen Leuten zu bewegen, wie Sie ja bereits gesehen haben; mir bereitet der Weg daher keine Angst.«

»Warte einen Augenblick.« Er wollte ihren Arm pakken, aber sie schlug ihm mit der anderen Hand aufs Handgelenk und sagte: »Rühren Sie mich nicht an!« Daß sie kräftig zugeschlagen hatte, war daraus ersichtlich, wie er an sein Handgelenk griff; dann packte sie ihre Handtasche und die Handschuhe und rannte hinaus, über den kiesigen Vorplatz und dann die Zufahrt hinunter.

Als sie die Straße erreichte, konnte sie ihn laut »Millie! Millie!« rufen hören. Aber sie hob die Röcke und floh.

Es fing an dunkel zu werden, und sie wußte, daß sie gute zwanzig Minuten brauchen würde, um bewohntes Gebiet zu erreichen, und die Straßen und das Viertel, die sie kannte, lagen ein gutes Stück dahinter.

Als sie seine Stimme nicht mehr hören konnte, verlangsamte sie ihren Lauf, bis sie schließlich nur noch mit schnellen Schritten ging.

Abwechselnd gehend und laufend, legte sie etwa eine Meile zurück, ehe die Dämmerung einsetzte. Ihr Atem ging keuchend, während sie über ein Stück offener Straße eilte, zu deren beiden Seiten sie noch bebaute Felder ausmachen konnte, als sie aus der Ferne ein

Fahrzeug herannahen sah, dessen Kutschenlampen bereits brannten. Als sie dann hinter sich Hufe klappern hörte, drehte sie sich um und dachte, er wäre ihr doch mit dem Gig gefolgt.

Um auf der schmalen Straße aneinander vorbeizukommen, hatten die beiden Kutscher ihre Pferde im langsamen Trott gehen lassen. Das herannahende Fahrzeug passierte sie als erstes; das andere erkannte sie jetzt als Droschke ... und Droschken konnte man mieten.

Der Kutscher ließ sein Pferd immer noch im Schritt gehen, und sie stand am Wegrand und rief zu ihm hinauf: »Sind Sie frei, bitte?«

Als der Mann sein Pferd zügelte und sich vorbeugte, konnte sie erkennen, daß er sehr groß war. »Was sagen Sie da, Miss?« sagte er. Und sie rief zurück: »Sind Sie frei?«

»Ha? Ob ich frei bin? Nun, nun, ich habe bereits einen Fahrgast, Miss. Ich werde fragen müssen, was er dazu sagt.«

Der Fahrgast sah zum Fenster heraus und konnte seinen Augen nicht glauben. Er mußte träumen, sagte er sich. Aber er glaubte an sein Glück, und dies war sein Glückstag: Er hatte gerade einen sehr guten Handel mit einem Gentleman gemacht, der in dieser Straße wohnte, und der Gentleman war einer seiner Stammkunden.

Er öffnete die Droschkentür und stieg herunter. Dann sagte er in einem Tonfall, den er für den eines Gentleman hielt: »Zu Ihren Diensten, Miss ... oder Madam. Möchten Sie in die Stadt mitgenommen werden?«

»Ja, wenn Sie so liebenswürdig wären.«

»Für eine junge Dame ist es sehr spät, so allein auf dieser verlassenen Straße.«

»Ich . . . ich habe meine Freunde verpaßt.«

»Wo möchten Sie denn hin, Miss?« Jetzt sprach der Mann auf dem Kutschbock, und sie sagte: »Wenn . . . wenn Sie so freundlich wären und mich einfach in der Nähe des Marktplatzes absetzen würden; von dort finde ich mich dann sehr gut zurecht. Vielen Dank.«

Als sie an dem Fahrgast vorbeiging, konnte sie sein Gesicht ganz deutlich im Licht der Kutschenlampe erkennen, und sie erstarrte; und dann, das zweitemal an diesem Tag, ging sie rückwärts und murmelte erschreckt: »Nein. Nein, danke. Ich gehe zu Fuß.«

»Wie Sie wünschen. Wie Sie wünschen.« Dem Mann schien die Antwort überhaupt nichts auszumachen, sondern er sagte: »Wissen Sie, das ist eine sehr verlassene Straße, und wir kommen in ein recht verrufenes Viertel. Wenn es Ihnen also hilft, können Sie ja neben der Droschke hergehen. Der Kutscher wird sein Pferd im Schritt gehen lassen; auf diese Weise haben Sie dann Schutz. Und ich darf vielleicht hinzufügen, daß Sie von mir nichts zu befürchten haben.« Und damit stieg er zu ihrer großen Überraschung wieder in die Droschke zurück; dann schob er den Kopf aus dem Fenster und rief dem Kutscher zu: »Sie können die Abkürzung durch Caxton nehmen, Kutscher.«

»Ja, Sir. Ja, Sir, wie Sie wünschen.«

Die Droschke war ein paar Meter gefahren, ehe Millie sich dazu entschließen konnte, ihr zu folgen.

Sie war sicher, daß es der Mann mit dem schmalen Gesicht war, der vor so vielen Jahren hinter ihr hergewesen war. Sie würde sein Gesicht nie vergessen. Und doch schien er verändert, völlig anders.

Wie sie so hinter der Droschke herging, wurde ihr klar, daß ihr, lange bevor sie bebautes Land erreichten, leicht hätte etwas zustoßen können. Zu beiden Seiten der Straße verlief ein Graben, in den sie hätte hineinfallen können.

Unterdessen hielt sie sich an den Blattfedern fest, sowohl um sich zu stützen als auch um sich führen zu lassen, weil sie so müde war. Aber über die rein physische Müdigkeit hinaus fühlte sie sich elend und verzweifelt. Und ebenso wie damals, als man sie von den Quintons zurückgeholt hatte und sie sich gelobt hatte, daß sie, sobald sie den Hof und jenes Haus mit diesen zwei Leuten erreicht hatte, sie nie wieder verlassen würde, tat sie das jetzt auch, und mit derselben Inbrunst.

Sie befanden sich gerade in einem Viertel, wo Laternen vor den Schaufenstern und Tavernen hingen. Sie glaubte, die Straße zu erkennen, aber in der Nacht sah natürlich alles gleich aus. Als sie in eine enge Gasse einfuhren, in der viele Leute unterwegs waren, hätte sie sich leicht davonschleichen können, aber es gab hier und da Gruppen von Männern und Halbwüchsigen, die, wie sie hören und sehen konnte, schon mehr oder weniger angetrunken waren.

Vor einer der Tavernen war ein Handgemenge zwischen ein paar Männern im Gange, und einer davon stieß an die Droschke und hielt sich an Millie fest, um nicht zu stürzen. Und dann sah er ihr ins Gesicht und sagte: »Hallo, Liebchen.«

»Lassen Sie mich los! Gehen Sie weg!«

Aber ihr Geschrei lockte zwei andere Männer an, die jetzt herangeschlurft kamen. Einer von ihnen rief: »Was haben wir denn da? O du meine Güte! Ein hübsches Frauenzimmer, rausgeputzt und ganz auf sich allein gestellt, das sich hinten an einer Droschke festhält. Wo bist du denn vom Himmel gefallen, Liebchen?«

Die Droschke polterte weiter, und weder Kutscher

noch Fahrgast schienen Notiz von dem zu nehmen, was sich hinten abspielte. Aber als sie schrie: »Lassen Sie mich in Frieden!« und nach einem ihrer Peiniger trat und der ein paar Flüche ausstieß, auf sie zutaumelte, sie verfehlte und gegen die Droschke stieß, hielt die an, und ihr Fahrgast stieg eilig aus. Millie preßte sich an das Rad und sah zu, wie er mit einem Spazierstock auf die Männer einschlug. Allem Anschein nach war es ein biegsamer Stock, weil sie ihn durch die Luft pfeifen hörte. Als andere, die der Lärm aus der Kneipe lockte, ebenfalls über sie herfallen wollten, packte er sie am Arm und sagte: »Einsteigen! Schnell! Einsteigen!« Und er kletterte hinter ihr her und knallte die Tür zu.

Der Kutscher schrie: »Hüh! Hüh!«, und die Pferde setzten sich in Bewegung. Trotzdem fuhren einige der Männer fort, auf die Wände der Droschke einzuschlagen.

Sie lag keuchend auf dem Sitz und starrte vor sich zu Boden.

»Ich werde Ihnen eine Rechnung für einen neuen Hut schicken müssen«, sagte der Mann und wies auf seinen entblößten Kopf.

»Ich . . . es tut mir leid.«

»Oh, das braucht es nicht. Junge Maid in Gefahr. Aber sagen Sie, warum waren Sie denn allein auf der Straße?«

»Ich . . . wollte jemanden besuchen. Und die . . . die waren nicht zu Hause.«

»Soll ich Ihnen das glauben?«

»Das ist mir gleichgültig, ob Sie es glauben oder nicht. Würden Sie den Kutscher bitten, mich am Markt aussteigen zu lassen?«

»Er weiß, wo er hinfährt.«

Sie saß stumm da. Manchmal konnte sie sein Gesicht

sehen, wenn sie an einem hellbeleuchteten Ladengeschäft oder einer Gaststätte vorbeifuhren, ansonsten saßen sie im Halbdunkel, weil die Kutschenlampen nur einen schwachen Lichtschein ins Innere der Droschke schickten.

Sie wußte jetzt, daß die Droschke über Kopfsteinpflaster fuhr, und sagte: »Jetzt sind wir, glaube ich, auf dem Markt.«

»Nein, noch nicht ganz. Sie werden rechtzeitig wissen, wo Sie sind, wenn wir hinkommen.«

Kurz darauf schob der Mann den Kopf zum Fenster hinaus und rief zum Kutscher hinauf: »Fahren Sie hintenrum in den Hof, Will.«

»*Was? Welchen Hof?* Bitte! Ich will raus!«

»Sie können sofort aussteigen.«

Sie hörte, wie die Pferde gezügelt wurden und jetzt im Schritt gingen, spürte, wie die Droschke abbog, noch einmal abbog und schließlich anhielt. Der Mann stieg schnell aus und streckte ihr dann die Hand hin. Als sie ausstieg und sah, daß sie sich in einem von Mauern umgebenen Hof befanden, machte sie den Mund auf; aber der Schrei kam nicht heraus, weil er hinter ihr stand und seine Hand sich über ihren Mund legte; im gleichen Augenblick preßte sich sein Knie mit solcher Gewalt gegen ihren Rücken, daß ihr die Arme vorsprangen. Und der Mann, den sie für den Kutscher gehalten hatte, hatte sie auf seltsame Art gepackt; er wandte ihr den Rücken zu und duckte sich etwas, und im nächsten Augenblick hing sie praktisch an seinen Schultern. Ihr Mund war jetzt frei, aber sie konnte nicht schreien, weil sie vor Schreck wie erstarrt war. Ihr Kopf flog hin und her, und ihre vor Panik geweiteten Augen wurden von einem grellen Licht, das aus einem Raum strahlte, geblendet. Dann passierten sie einen finsteren Gang und gelangten in einen anderen Raum, den sie zu ihrer Überraschung als eine Küche erkannte. In dem Raum waren zwei Frauen. Jetzt schwang der Mann sie geschickt vom Rücken auf einen hölzernen Stuhl. Das Ganze ging so schnell, daß sie kein Wort herausbrachte; sie konnte sich nur wie erstarrt umsehen und zuhören.

Der dünne Mann wandte sich den Frauen zu und sagte: »Ich sage euch, es ist unglaublich. Da war sie, ganz allein auf der Straße. Und da soll einer von Glück reden. Jedenfalls, Nell, du kümmerst dich jetzt um sie. Es ist einiges zu tun. Und Rosie, du gehst zur Bar. Sag Peter, er soll in Firman's Club gehen und nach Mr. B. fragen.«

»Mr. B.?« fragte die Frau.

»Ja, sag das nur. Peter weiß schon Bescheid. Aber sag ihm, er soll sich umziehen, dezente Kleidung. Er weiß schon, wie er es machen muß.«

»Und was soll er ihm ausrichten?«

»Oh, das Übliche: daß ein Paket für ihn angekommen ist. Also, los jetzt.«

»Du willst nicht eine Tasse Tee?«

»Nein, Rosie, ich will keine Tasse Tee. Geh jetzt.«

Die Frau lachte und meinte: »Also schön, du willst keine Tasse Tee. Aber eins kann ich dir sagen: So wie die aussieht, wirst du ihr etwas geben müssen, sonst stirbt sie vor Angst, ehe er herkommt.« Und dann lachte sie: »Und das wär dir doch unangenehm, oder, Liebling?«

Er tat so, als wollte er ihr einen Klaps versetzen, und sagte: »Verschwinde!« Dann wandte er sich der Frau zu, die er Nell genannt hatte, und sagte: »Bring sie hinauf«, ging auf die Tür zu, wobei er zu dem vermeintlichen Kutscher sagte: »Gut reagiert, Kutscher. Ja, gut gemacht. Du kannst ihn jetzt in den Stall bringen, ich brauche den Wagen heute nicht mehr.«

»Ja, Chef«, sagte der Mann.

Millie wehrte sich nicht gegen die Frau, als die hinter dem Mann aus dem Zimmer ging; ihre Hände waren fest, aber nicht unsanft, nicht einmal, als sie sie vor einer zweiflügeligen Tür zum Stehen brachte. Der Mann öffnete die Tür, und dahinter konnte man nicht etwa ein Zimmer, sondern eine glatte Wand sehen. Aber dann drehte er an etwas, und die Wand öffnete sich.

Sie befanden sich jetzt in einer anderen Halle, und einen Augenblick lang fühlte sie sich an das Haus erinnert, aus dem sie gerade geflohen war: Alles in diesem Raum war rosa . . . nein, rot, tiefrot: der Teppich, die schweren Gardinen, die Polstersessel.

Sie gingen jetzt quer durch den Raum, und an der Seite fiel ihr eine weitere Tür auf. Plötzlich schien das Leben in sie zurückzufließen, und sie riß sich von der Frau los und rannte auf die Tür zu, zerrte daran, schrie. Aber dann wurde ihr bewußt, wie sinnlos das alles war, nicht nur als sie die zwei schweren Bolzen und das große Schloß ohne Schlüssel sah, sondern auch als sie bemerkte, daß weder der Mann noch die Frau sich bewegt hatten: Sie rührten sich überhaupt nicht von der Stelle.

Sie fuhr herum und flehte den Mann an: »Lassen Sie mich gehen! Bitte, lassen Sie mich gehen!«

»Warum sollte ich? Ich habe dich ja nicht gebeten, meine Kutsche anzuhalten. Und außerdem —«, seine Stimme wurde leiser, und er schob sich langsam auf sie zu, »ich warte schon lange Zeit darauf, dir zu begegnen. Du erinnerst dich doch an mich, oder? Vom ersten Augenblick an, als du mich gesehen hast. Aber das liegt lange Zeit zurück. Du bist jetzt erwachsen. O ja!

So erwachsen, daß du mir fast nichts mehr nützt. Das verstehst du doch, Liebchen?«

Als sein Gesicht sich dicht an das ihre schob, schoß ihre Hand, die sich zur Faust geballt hatte, instinktiv vor und krachte ihm ins Gesicht. Dann riß sie ihr Knie in die Höhe und trieb es ihm in den Unterleib, so daß er einen Augenblick lang zurücktaumelte; aber die Laute, die er ausstieß, wurden von der Frau übertönt, die aus vollem Hals schrie: »Du liebe Güte! Du liebe Güte!« Dabei war nicht zu erkennen, ob sie lachte oder nur erstaunt war.

Der Mann richtete sich auf und hob den rechten Arm, aber die Frau hinderte ihn daran, zuzuschlagen, und rief dabei: »Du willst sie doch nicht zeichnen, oder? Nicht, wo er gleich kommt. Das kann warten.«

Zögernd trat er zurück; dann betastete er seine Wange, wandte sich zu der Frau um und fragte: »Blute ich?«

»Das ist nur ein Kratzer«, sagte sie. »Sie muß einen Ring anhaben.«

Millie wurde fast der Arm aus dem Gelenk gerissen, und jetzt blickte er auf ihre Hand; und dann fluchte er ausgiebig, stieß der Frau Millies Hand hin und schrie: »*Sieh dir das an! Siehst du das auch? Ich kann's nicht glauben. Sieh dir das an!*«

Er begann ihr den Ring vom Finger zu ziehen, und als sie aufschrie, rührte ihn das überhaupt nicht. Dann hatte er den Ring in der Hand, drehte ihn herum, wie um die einzelnen Steine zu untersuchen.

»Bist du sicher?«

»Ob ich sicher bin? Da soll doch der Teufel . . .! Ich kenne doch meine Sachen. Zwanzig Jahre habe ich ihn gehabt . . . Wer hat dir den gegeben?«

Jetzt hielt er unsanft ihre Schultern gepackt und wiederholte: »Wer hat dir den Ring gegeben?«

»Mein . . . mein . . . er ist ein Geschenk.«

»Wer . . . hat . . . ihn . . . dir . . . gegeben?«

»Mein . . . mein Vater.«

Nach einer scheinbaren Ewigkeit ließen die Hände ihre Schultern los, und er drehte sich zu der Frau herum und fluchte erneut: »Da soll mich doch der Teufel holen!« Und dann, nach einigen weiteren Flüchen: »Ihr Vater, sagt sie. Er war's: Er hat das Zeug geklaut und den Rest auch. Mein Gott! Und ich dachte immer, ich sei ein zu alter Fuchs, um mich von einem Hasen reinlegen zu lassen. Und er wollte sie an mich verkaufen, erinnerst du dich? Er hatte sich das alles zurechtgelegt. Einen Spaziergang wollte er mit ihr machen, eine gespielte Prügelei, und fertig. Dann hätte er seine dreißig Quid* und ich jemanden, den ich seit Jahren zwischen die Finger bekommen wollte, weil ihre Mutter mir eine Menge geschuldet hat. Mein Gott! Das hat sie!«

Jetzt wandte er sich wieder Millie zu. »Weißt du, meine Lumpennymphe, daß du deiner Mutter wie aus dem Gesicht geschnitten bist? Sie hat mich reingelegt, reingelegt hat sie mich, indem sie sich aufgehängt hat, kurz bevor sie segeln sollte. Mein Gott! Ich hätte mich selbst aufhängen können, als ich das Geld zurückgeben mußte. Damals ist's mir nicht so gut gegangen wie heute. Aber ich kriege mein Geld zurück, und mit Zinsen, und zwar mit dir! Komm her!« Wieder packte er sie, zerrte sie zu sich heran und stieß sie dann zur Treppe. Sie schrie auf, aber ihn schien das kalt zu lassen, denn er meinte nur: »Du kannst dir die Kehle aus dem Hals schreien, Liebchen, hier wird dich niemand hören, weil

---

* Quid: Slangbezeichnung für ein Pfund Sterling. — Anmerkung des Übersetzers.

dieses hübsche Haus nämlich speziell für kleine Mädchen wie dich gebaut worden ist, obwohl du kein kleines Mädchen mehr bist. Jammerschade. Trotzdem hat
er seit einer Weile ein Auge auf dich gehabt, und er
wird gutes Geld bezahlen. O ja, das wird er, ehe ich zu-
lasse, daß er dich zu Gesicht bekommt. Selbst hat er es
nicht geschafft, dich zu schnappen, und mir wollte es
auch nicht gelingen. Da hinauf!« Sie hatte sich am
Treppengeländer festgehalten, und er mußte sie über
die oberste Stufe stoßen.

Als sie auf die Knie fiel, zog die Frau sie in die Höhe
und sagte leise: »Komm mit. Das hat alles keinen
Sinn.«

Auch der Treppenabsatz war ganz in Rot gehalten.
Sie waren an drei Türen vorbeigekommen, als die Frau
sagte: »Soll's Nummer acht sein?«

»Wo denn sonst?«

Sie öffnete die vierte Tür und sagte dann: »Bleib stehen, Kleines, bis ich Licht gemacht habe.«

Nachdem sie die zwei Öllampen entzündet hatte,
kam die Frau zurück und zog Millie ins Zimmer. Den
Mann ließ sie in der Tür stehen, und er sagte. »Zieh sie
aus. Wenn er in seinem Club ist, könnte er jeden Augenblick hier sein.« Damit wandte er sich ab, schloß die
Tür hinter sich und ließ Millie und die Frau allein. Millie fing zu wimmern an. Mit einer Stimme, die wie die
eines Kindes klang, bettelte sie: »Bitte! Bitte, lassen Sie
mich raus! Bitte! Mrs. Aggie hat Geld, sie wird Sie bezahlen. Bitte!«

»Es hat keinen Sinn, Mädchen. Komm schon, zieh
deine Sachen aus.«

Als ihre Hände nach ihr griffen, schlug sie sie weg,
immer noch wie ein Kind das tun würde, und wimmerte: »Nein! Nein, fassen Sie mich nicht an! Ich zieh mei-

ne Kleider nicht aus. Das tu ich nicht!« Und dann bettelte sie wieder: »Bitte, Miss! Ich hab' noch nie so etwas getan . . . ich meine, ich weiß nichts.«

»Ich weiß, was du meinst, Liebchen. Ich weiß sehr wohl, was du meinst. Aber du bist ein großes Mädchen, und irgendwann muß es einmal passieren. Und du könntest einen Schlimmeren kriegen, als du diese Nacht haben wirst. O ja, das kann ich dir sagen. Er ist in Ordnung. Kann sogar durchaus sein, daß überhaupt nichts passiert. Man weiß ja nie. Er ist von der Art: Er will ein wenig spielen. Komm schon, gib mir deinen Mantel.«

»*Nein!*«

»Dann muß ich unangenehm werden, denn du mußt deine Sachen ausziehen. Und schau, ich sag's dir —«, ihre Stimme änderte sich, »es gibt schlimmere Dinge als das, was dir bevorsteht. Weiß Gott! Und du solltest dankbar sein, daß dir Schlimmeres erspart bleibt. Und jetzt komm.«

Millie wurde geschickt herumgerissen; ihr Mantel zerriß; die Haube, die nur noch an den Schnüren hing, wurde beiseite gewischt.

Als die Frau an ihren letzten Unterrock gekommen war, hatte Millie jeglicher Kampfgeist verlassen. Als sie nackt ausgezogen auf der Bettkante saß, nach vorn gebeugt, sammelte die Frau ihre Kleider ein, trug sie zur Tür und warf sie nach draußen; dann kam sie zurück, öffnete einen Schrank und holte etwas heraus, das wie ein kleines Nachthemd aussah. Es war ein durchsichtiges Ding aus ganz feinem Batist, und als sie es Millie über den Kopf gezogen hatte — es reichte ihr nur bis zu den Knien —, machte Millie sich noch kleiner und fing zu jammern an.

Die Frau griff ihr unter das Kinn, hob ihr weißes,

schreckerfülltes Gesicht und flüsterte ihr zu: »Ich weiß, wer du bist. Du bist Bens Mädchen, nicht wahr? Hör zu. Ich werd' versuchen, ihm Bescheid sagen zu lassen. Heute nacht wird es nicht mehr gehen. Ich habe heute nacht Dienst, aber wenn ich kann, werde ich sehen, daß er es morgen irgendwie erfährt. Ich weiß nicht, was er tun kann. Wahrscheinlich wird er zur Polizei gehen wollen, aber das könnte fatale Folgen haben. Wenn das passieren würde, könntest du völlig verschwinden. Ich werd's jedenfalls versuchen.«

Millie war außerstande, Antwort zu geben; sie fröstelte vom Kopf bis zu den Füßen; und die Frau sagte, nachdem sie die seidene Bettdecke aufgeschlagen hatte, so daß die schönen Bettlaken und die spitzenbesetzten Kissen zu sehen waren: »Da, steig hinein, Mädchen, und halt dich warm. Ich werde Feuer machen.« Sie deutete mit einer Kopfbewegung zum Ende des Raumes, und Millie folgte ihrem Blick. Sie war vor Furcht so erstarrt, daß sie bis jetzt gar nicht wahrgenommen hatte, daß in dem Raum eine Feuerstelle war. Sie hatte überhaupt nichts in dem Raum wahrgenommen, sollte aber in den nächsten Stunden der darauffolgenden Nacht und dem Tag darauf genügend Zeit haben, jede noch so winzige Einzelheit des Raumes in sich aufzunehmen.

8

Es war sieben Uhr, und Millie war nicht zurückgekehrt. Ben stand neben der Couch und blickte auf Aggie herab, und sie sagte: »Nun, wenn sie etwas versprochen hat, hält sie das, das weiß ich. Vielleicht sind sie auf der Straße aufgehalten worden. Alles mögliche könnte passiert sein; vielleicht hat man sie auf dem Weg vom Stall, wo er seinen Wagen abstellt, zu uns hierher überfallen. Aber du sagst, der Gig ist nicht dort?«

»Was sag ich dir denn, Frau? Bist du im Kopf weich geworden? Ich war rechtzeitig dort, um sie abzuholen, wie das letztemal, denn wenn man es richtig überlegt, dann weiß sie über das Leben außerhalb dieser Tore genauso viel wie er vom Leben in diesem ganzen Viertel hier.«

»Und dafür gibst du mir die Schuld?«

»Nein, das tu ich nicht. Wenn man da überhaupt von Schuld sprechen kann, dann trifft sie uns beide. Aber wir haben zu ihrem Besten gehandelt; sie mußte beschützt werden.«

»Nun, ich dachte nicht, daß ich ihr irgendeinen besseren Schutz geben könnte als den Mann, mit dem sie jetzt zusammen ist. Das ist ein anständiger Bursche, Ben. Sieh dich doch um. Schau, wo sie aufgewachsen ist; und doch bedeutet sie ihm so viel, daß er sie heiraten wird. Nach allem, was sie mir sagt, scheint das von Anfang an seine Absicht gewesen zu sein, seit er sie das erstemal gesehen hat. Und er hat gewartet, bis sie sechzehn war. Das halte ich für sehr ehrenhaft.«

»Ich habe da meine Zweifel.«

»Was meinst du damit — Zweifel? Was könnte man denn an einem solchen Mann bezweifeln? Er ist doch offen und aufrichtig gewesen.«

»Ja, so scheint es. Aber mir ist das alles zu nett und zu aufrichtig. Im wirklichen Leben gibt es so etwas nicht. Sehen wir den Dingen doch ins Gesicht: So etwas wie Dornröschen gibt es nur in Märchen der Brüder Grimm.«

»Wen? Was für Brüder?«

»Oh, das ist nicht wichtig.«

»Nein, es ist nicht wichtig. Aber wichtig ist, daß ich mir Sorgen mache, Ben.«

»Nun, da bist du nicht die einzige.«

»Und da sitze ich jetzt in dieser verdammten Küche fest, und meine Brust brennt, wo ich doch draußen sein und mich umsehen sollte.«

»Wo willst du dich denn umsehen? Uns bleibt nichts anderes übrig, als hier zu sitzen und abzuwarten.«

»Wie lange hast du denn vor, hier zu sitzen und abzuwarten?«

»Eine Stunde noch. Und wenn sie dann nicht zurück ist, nun . . .«

»Nun was? Was hast du dann vor?«

»Nun, dann hab' ich vor, mir eine Droschke zu nehmen und zu diesem wunderbaren Haus zu fahren, zu dem er sie gebracht hat und wo sie wahrscheinlich noch ist und er sie jetzt gerade dazu überredet, über Nacht zu bleiben.«

»Oh! Du bist wirklich eine bittere Pille, Ben. Du denkst immer das Schlimmste, nicht wahr? Du erstaunst mich wirklich, obwohl ich weiß, daß es das Beste ist, das ihr widerfahren konnte.«

»Ja, vielleicht hast du recht. Aber man wird ja sehen . . . Soll ich dir etwas Bier heiß machen?«

»Ja, das könntest du. Tu Ingwer hinein. O Gott!« Sie lehnte sich zurück. »Ich wünschte, ich könnte mein Leben noch einmal von vorn anfangen. Dann wär es nie so weit mit mir gekommen: essen, essen, essen. Ich war von Anfang an dick, aber ich hätte das unter Kontrolle halten können, wenn ich vernünftig gewesen wäre oder Willenskraft gehabt hätte. Aber nein, ich mußte ja essen.«

»Es hätte schlimmer sein können. Du hättest dich

auch auf Gin verlegen können, ich meine richtig zur Trinkerin werden.«

»Ja, da hast du recht, der Gin . . . Ben?«

»Ja, Aggie?« Er war gerade damit beschäftigt, die Pfanne mit dem Bier aufs Feuer zu stellen, und drehte sich zu ihr um.

»Ich mach mir Sorgen. In vieler Hinsicht mach ich mir Sorgen, und der Traum, den ich letzte Nacht hatte, macht es mir auch nicht leichter, denn ich hab' sie gesehen —« Sie hustete gequält und sprach dann zu Ende. »Sie trieb im Kanal.«

Das Bier spritzte ins Feuer, daß es zischte. Und nachdem Ben die halbleere Pfanne auf den Kamineinsatz gestellt und sich zu ihr umgedreht hatte, war es, als würde seine Stimme auch zischen, als er zu ihr sagte: »Um Gottes willen, Frau! Wie man nur so etwas sagen kann!«

»Hör zu, red nicht so mit mir. Aber laß mich ausreden: Sie war nicht tot, sie klammerte sich irgendwie an ein Brett, und ich habe versucht, sie zu erreichen. Ich konnte nicht, und sie trieb an mir vorbei.«

Er wandte sich von ihr ab und goß das, was von dem Bier übriggeblieben war, in einen Becher und reichte ihn ihr. »Jetzt werd' ich nicht warten«, sagte er. »Wenn sie nicht dort sind, nehm ich mir eine Droschke. Ich werde eineinhalb bis zwei Stunden brauchen, also kannst du dich ruhig hinlegen und dir Sorgen machen. Aber schlaf nicht ein, und daß du mir ja nicht wieder einen von deinen verdammten Träumen hast. Ich nehme einen von den Schlüsseln mit und sperre von außen ab.«

Ben fand niemanden im Mietstall. Die Droschken waren alle unterwegs; es gab nicht einmal einen Gig zu mieten. Nur ein kleiner Karren und ein ausgemergeltes Pony waren da. Aber er war mit dieser Art von Fahrzeug ohnehin besser vertraut. Und das Pony erwies sich als gar nicht so alt, wie es aussah; es trabte munter auf der Straße dahin.

Ehe er den bebauten Teil der Stadt verließ, hielt er an einem Gasthaus an und bestellte zwei Pints* Ale, von denen er eine selbst trank, während er die andere hinaustrug und sie dem Pony gab, das damit kurzen Prozeß machte und ihm dann dafür dankte, indem es den Rest der Fahrt munter trabte. Laddie hatte auch gern Ale gemocht, und er schloß daraus, daß die ganze Zucht so war und besser arbeitete, wenn sie Bier bekam.

Er hatte Probleme, das Haus zu finden, und mußte die Laterne vom Karren nehmen und jede Nummer einzeln untersuchen. Und dann hatte er es gefunden, Nummer 7.

Die niedrigen Torflügel standen offen, und er führte das Pony die Einfahrt hinauf bis zu der Kiesfläche vor dem Haus. Im Erdgeschoß des Hauses brannte Licht, und als er an die Haustür klopfte, wurde sie kurz darauf von einem Hausmädchen geöffnet, das den kleinen Mann anstarrte, der eine Laterne in Kopfhöhe hielt und fragte: »Ist Miss Forester hier?«

»Oh, kommen Sie herein, kommen Sie herein. Bitte, kommen Sie.« Fanny machte die Tür weiter auf, und Ben konnte sich jetzt selbst ausmalen, welchen Eindruck dieses Haus auf Millie gemacht haben mußte,

---

* Pint: britisches Maß für Bier, etwa ein halber Liter. — Anmerkung des Übersetzers.

denn es war wirklich ein Schmuckstück, ja, ein echtes Schmuckstück.

Während er sich umsah, öffnete sich eine Tür, und eine Frau trat in die Eingangshalle. Die Frau war so klein, daß er neben ihr wie ein Riese wirken mußte und ihre Stimme verblüffte ihn, als sie sagte: »Haben Sie sie zurückgebracht? Haben Sie Millie zurückgebracht?«

»Nein . . . nein, Madam. Ich dachte, sie wäre hier. Sie ist nicht nach Hause gekommen. Ich . . . ich bin hier, um sie zu holen.«

»O du liebe Güte, du liebe Güte! Sie ist ein unartiges Mädchen und so albern. Finden Sie nicht, Fanny? Sie ist so albern. Alles war vorbereitet.«

Jetzt schaltete sich auch das Mädchen ein und sagte: »Es ist jammerschade. Wirklich jammerschade.«

»Was ist jammerschade, Miss?«

»Oh. Nun, daß alle Vorbereitungen . . .« Aber das kleine Geschöpf unterbrach sie mit ihrer Glockenstimme: »Deshalb bin ich nämlich gekommen, wissen Sie, deshalb bin ich gekommen. Der liebe Bernard hatte alles vorbereitet. Es hätte keinen Skandal gegeben, keinen Skandal. Er hat mir alles erklärt, und ich habe die Situation verstanden. Ja, das habe ich. Und sie hätte das auch verstehen sollen, er hat es ihr doch erklärt. O ja, er hat es ihr erklärt. Wie konnte sie sich etwas anderes vorstellen? Er konnte sie doch nicht heiraten, nein, wirklich, das konnte er nicht. Er hätte sie nicht heiraten können. Sie sollte als meine Pflegerin kommen, und alles wäre sehr diskret gewesen.«

Bens Mund stand jetzt weit offen, und der Kopf war ihm nach vorn gesunken. Er hatte recht gehabt. Er hatte recht gehabt. Du lieber Gott! Und sie hatte geglaubt, er denke an Heirat. Und Aggie? Oh, Aggie, war ganz sicher gewesen. Und dabei hatte er nur eine Geliebte gewollt. Er würde sich natürlich keine Hure zur Geliebten nehmen, o nein; es würde jemand Unberührtes sein müssen wie seine Millie. Wo war der Bursche? Wenn er hier wäre, würde er ihn erwürgen. O ja, er würde ihn ohne Gewissensbisse erwürgen. Der Gedanke kam ihm in den Sinn, daß er das Wort Gewissensbisse benutzt hatte. Sein Wortschatz wurde immer größer, nicht wahr? O ja, er lernte schließlich, aber viel mehr als nur Englisch und eine ausdrucksvollere Sprache. O ja, er lernte; und doch war dies etwas, was er von Anfang an gewußt hatte.

Das kleine Geschöpf zirpte immer noch: »Bernard war so bedrückt. Er ist ihr nachgelaufen, bis zur Straße hinunter, und trug dabei weder Hut noch Mantel, nicht einmal seinen Spazierstock hatte er dabei — aber sie war weg. Dann hat er Mr. Tylers Kutsche gesehen. Mr. Tyler wohnt im Nachbarhaus, wissen Sie, und er hat gesagt, ihm sei eine Mietdroschke begegnet; er war sogar verärgert darüber, daß seine Kutsche praktisch in die Hecke hineinfahren mußte, um die Droschke vorbeizulassen. Und er erinnerte sich, daß er Millie gesehen hatte, wie sie auf der Straße rannte. Wenigstens wußte er nicht, daß es Millie war, oder? Er wußte nur, daß es eine junge Lady war. Aber sein Lakai, der auch mitfuhr, sagte, er habe sich umgesehen, weil es ihm seltsam vorkam, eine junge Lady in der Dunkelheit auf der Straße laufen zu sehen. Er dachte natürlich, sie sei stehengeblieben und hätte die Droschke gemietet.«

Sie hatte eine Droschke gemietet. Dann sollte sie inzwischen zu Hause sein. Welche Droschke?

»Wo ist er?« fragte er die kleine Frau.

»Bernard?«

»Ja, Bernard.«

»Oh, Geoff hat seine Reisetasche gepackt, und dann

sind sie zusammen weggefahren. Geoff hat ihn zum Zug gebracht. Möchten Sie warten und mit Geoff sprechen?«

Er antwortete darauf weder mit Ja noch mit Nein, sondern wandte sich mit einem vernichtenden Blick von ihr ab und meinte zu dem Mädchen gewandt: »Wenn er zurückkommt, dann sagen Sie ihm, ich werde wiederkommen und ihn aufsuchen, ja? Und sagen Sie ihm noch etwas, vergessen Sie es aber nicht: Sagen Sie ihm, er soll sich auf etwas gefaßt machen.«

»Ja. Ja, das werde ich tun.« Das Lächeln aus Fannys Gesicht war verschwunden. Und als er zur Tür hinausging, hallte ihm die Glockenstimme der kleinen Frau nach, die sagte: »Sie sind ein sehr ungezogener junger Mann. Ich könnte Sie nicht mögen.«

Mein Gott! dachte er. Und das gehörte mit zu dem Plan, den er für Millie gemacht hatte: sich um die zu kümmern.

Er brauchte bis zehn Uhr, um die verschiedenen Mietställe, Wirtshäuser und einfachen Stallungen am Wege aufzusuchen, aber niemand konnte sich erinnern, daß einer ihrer Männer ein junges Mädchen zurückgebracht hätte. Einer der Besitzer meinte sogar lachend: »Wenn die Droschken zurückkommen, sind sie leer, mein Freund. Die Kunden wohnen nicht hier.«

Als Ben wieder nach Hause kam, war Aggie auf den Beinen. Sie ging auf und ab, und bei jedem Schritt keuchte sie. Das erste, was sie sagte, war: »Mein Gott! Wo bist du gewesen? Ich dachte schon, du würdest überhaupt nicht mehr zurückkommen und all das.«

»Setz dich.«

»Ich habe lang genug gesessen. Erzähl.«

»Setz dich, ja? Weil ich mich auch setzen muß.«

Sie ließ sich auf die Couch fallen, und er nahm seinen gewohnten Platz auf der Bank ein, beugte sich vor, stützte die Arme auf die Knie und sagte: »Sie ist verschwunden. Sieh zu, daß du das gleich in deinen Schädel bekommst; hat ja keinen Sinn, um die Dinge rumzureden: Sie ist verschwunden. Wie sie verschwunden ist und wohin, weiß ich nicht, aber sie ist nicht mehr da.«

»Ben, hör zu. Sag mir ganz ruhig, was du weißt.«

»Ich will es kurz machen, Aggie. Sie hat herausgefunden, daß dein lieber Freund, Mr. Thompson, sie nicht heiraten wollte. Er wollte sie als Geliebte. Er hat sich das alles mit einer übergeschnappten kleinen Frau zurechtgelegt, für die Millie als Tarnung die Pflegerin spielen sollte. Allem Anschein nach hatte er von Anfang an nicht die Absicht, sie zu heiraten. Er hat dieses Haus gekauft und alles gründlich geplant, dein lieber Mr. Bernard Thompson.«

Aggie sagte kein Wort, sondern legte sich auf der Couch zur Seite, hob zuerst das eine, dann das andere Bein hinauf und lehnte sich zurück. Es schien eine Ewigkeit zu dauern, ehe sie sagte: »Und sie ist mit ihm weggegangen?«

Er sprang auf und rief; »Zur Hölle, nein! Wenn sie mit ihm weggegangen wäre, wüßten wir ja, wo sie ist. Sie ist ihm allem Anschein nach weggelaufen. Und nach allem, was ich bisher rausgekriegt habe, hat sie sich irgendeine Droschke genommen, die ihr auf der Straße begegnet ist.«

Eine Droschke . . . irgendeine Droschke. Jetzt drehte sie den Kopf zu ihm herum und sagte: »Nun, Droschken haben doch einen Standplatz. Hast du . . .?«

»Ich hab' mich überall umgesehen, wo ich dachte, daß sie hätte aussteigen können. Aber keiner hatte ein junges Mädchen mit einer Droschke zurückgebracht;

die erinnern sich auch nicht, jemanden mitgenommen zu haben. Und wie ich inzwischen weiß, müßte jede Droschke, die aus dem Viertel in die Stadt kommt, am Markt vorbeikommen. Und dort hätte sie ja wissen müssen, wo sie war, und hätte aussteigen können, wenn sie das konnte. Ja, wenn sie konnte.«

Ben sah den Fleischberg auf der Couch an und hätte am liebsten geschrien: »O Aggie! Weine nicht, um Himmels willen, weine jetzt nicht!« Er hatte sie noch nie weinen sehen, nicht in all den langen Jahren, die er bei ihr war. Ihre Lippen hatte er zittern sehen, ja, aber nie eine Träne. Aber hätte er nicht am liebsten selbst geweint? Er hätte sich am liebsten auf die Matte am Boden gelegt und sich den Kopf am Boden wundgeschlagen und geweint. O ja, geweint, über den Verlust seiner Liebe, den Verlust, den er vor dem heutigen Abend erlitten hatte. Wochen- und monatelang hatte er sich jetzt abgemüht, um sie einzuholen oder sogar sie zu überholen, damit sie von ihm würde lernen können; und wenn sonst nichts daraus wurde, würden sie wenigstens beieinandersitzen und reden können . . . oder miteinander spazierengehen und reden können. Und weiter ging der Traum nicht, weil er vernünftig genug war, um zu wissen, daß er ihn nicht zu Ende träumen durfte, nicht einmal vor sich selbst.

Was würden sie tun? Was würden sie ohne sie tun? Freilich, wenn eine Hochzeit in der Luft gelegen hätte, hätten sie ohne sie zurechtkommen müssen. Aber eine Hochzeit und das, was sie möglicherweise jetzt durchmachte, waren zwei Paar Stiefel . . . was sie möglicherweise jetzt durchmachte.

Er sprang auf, ging zur Couch hinüber und kniete davor nieder, nahm Aggies Hand in die seine und sagte mit brüchiger Stimme: »Komm. Komm.«

Sie holte einen nicht sonderlich sauberen Lappen aus der Schürzentasche und wischte sich damit über das Gesicht. Dann sagte sie heiser: »Ich hab' einmal eine Stelle aus der Bibel gehört, daß die Dinge, vor denen man Angst hat, über einen kommen. Und Gott im Himmel weiß, daß ich all die Jahre in Angst gelebt habe, daß irgend so ein Kerl sie einmal wegholt. In wessen Hände sie auch immer gefallen ist, möge Gott ihr in dieser Nacht beistehen. Aber ich bete zu Ihm, daß es nicht Slim Boswell ist.« Sie sah ihn mitfühlend an und fügte hinzu: »Gibt es noch irgend etwas, was du tun kannst, Junge?«

»Nun, wie gesagt, ich hab' schon den größten Teil der Stadt abgekämmt, wo sie hätte landen können, wenn sie mit einer Mietdroschke gefahren ist, also war es wahrscheinlich eine private Kutsche, die sie aufgenommen hat. 'ne Menge von den feinen Pinkeln mit Geld haben Kutschen, die ganz normal aussehen; die nehmen sie fürs Geschäft. Aber ein Viertel gibt es noch, in dem ich bis jetzt nicht war. Jetzt ist's schon halb zehn vorbei, und bis ich dorthin komme, würde es beinahe elf sein. Um die Zeit wimmelt es dort von Betrunkenen und den Straßenmädchen, die dort rumlungern und den Betrunkenen im Rinnstein die Taschen ausleeren. Ich kann mir nicht vorstellen, daß wir vor morgen früh etwas erreichen können, Aggie. Und dann werde ich zur Polizei gehen.«

Weder er noch Aggie sagten, »wenn sie nicht vorher auftaucht«, weil sie beide wußten, daß dafür keine Hoffnung bestand.

Nach einer Weile meinte Aggie: »Wenn du den Sergeant aufsuchen könntest.«

»Ja, wenn ich ihn finde, werde ich mit ihm reden. Aber ganz gleich, mit wem ich rede, ich weiß jetzt schon, daß die Antwort immer die gleiche sein wird: Was ich wohl glaube, daß sie tun können? Mädchen werden jeden Tag auf der Straße aufgepickt. Die wissen das alle, aber sie unternehmen wenig oder gar nichts dagegen. Hör zu: Kommst du allein die Treppe rauf?«

»Nein, Junge, nein, das schaff ich nicht. Ich hab' das Gefühl, ich muß heute nacht hier unten bleiben. Geh du nur ins Bett, du wirst's brauchen.«

»Nein. Mir ist genauso zumute wie dir, also werd' ich mir von nebenan einen Stuhl holen und das Feuer in Gang halten.«

Sie streckte die Hand aus, nahm die seine und sagte: »Was ich getan habe, Ben, hab' ich in gutem Glauben getan, als ich sie mit ihm gehen ließ. Gott im Himmel weiß, daß ich nie gedacht habe . . .«

»Es wird alles gut werden. Alles wird gut werden. Irgendwie mußte es passieren; das war ihr von Anfang an bestimmt. Deshalb haben wir versucht, sie zu beschützen. Sie ist wie ihre Mutter.« Damit hielt er inne, weil ihm der Gedanke in den Sinn gekommen war, daß sie vielleicht den gleichen Ausweg wie ihre Mutter wählen würde, um sich das andere zu ersparen.

Bei dem Gedanken machte er auf dem Absatz kehrt und eilte ins Nebenzimmer, wo er einen alten Armsessel aufhob, als wäre er eine Feder, und damit in die Küche zurückkam. Dann zog er mit dem Schürhaken ein paar Kohlenstücke vom Rost ins Feuer. Anschließend wischte er sich die Hände ab, lehnte sich im Sessel zurück, legte die Füße aufs Gitter und schloß die Augen; dabei sagte er sich, wenn er so tat, als würde er schlafen, würde Aggie auch bald einschlafen. Jedenfalls würde es eine lange Nacht werden, eine Nacht, in der seine Gedanken keine Ruhe finden würden.

9

Es war noch dunkel, als er in die Polizeistation kam.
Der diensthabende Constable blinzelte ihn an, gähnte
und sagte: »Ja, nun, was gibt's denn für Probleme?«

»Ich . . . ich möchte eine Vermißtenmeldung machen.«

»Oh. Nun, dann geben Sie mir die Einzelheiten.« Er
zog ein Buch zu sich heran, feuchtete seinen Bleistift
mit dem Mund an und sagte dann: »Fangen Sie an.«

»Sie ist sechzehn Jahre alt; sie ist Mrs. Winkowskis
Mündel.« Der Beamte blickte jetzt auf, und die Müdigkeit schien einen Augenblick aus seinem Gesicht zu
weichen, als er sagte: »Oh, die? Wann war das?«

»Letzte Nacht. Sie war im Haus eines Freundes gewesen und zu Fuß zurückgegangen. Jemand hat gesehen, wie sie, so vermutete er, in eine Mietdroschke
stieg. Das war das letzte, was man von ihr gehört hat.
Ich habe auf sie gewartet — sie sollte um fünf Uhr zurück sein. Ich hab' in allen Mietställen nachgefragt; aber
niemand hat sie gesehen.«

»Das ist doch das blonde Mädchen, oder?«

»Ja. Ja, das ist sie, sie ist sehr blond.«

»Und Sie sagen, daß sie bei Mrs. Winkowski wohnt,
besser bekannt als . . .?«

»Ja, ich weiß, unter welchem Namen sie besser bekannt ist, aber sie heißt Mrs. Winkowski.«

Der Ton veranlaßte den Beamten dazu, das Kinn vor-
zuschieben. »Nun gut«, räumte er ein, »sie ist die Tochter von . . .?«

»Nein, das Mündel.«

»Das Mündel. Also gut, sie ist das Mündel von Mrs.
Winkowski.« Er brauchte ziemlich lange dazu, den Namen zu schreiben, und man sah an seinen Lippenbe-

wegungen, daß er dabei buchstabierte; dann sagte er: »Sie könnte zu Freunden gegangen sein oder so etwas, ich meine, nachdem sie das Haus verlassen hatte, wo sie zu Besuch gewesen war? Wie heißt das Haus, Sir? Und wo liegt es?«

Ben sah auf die Hand, die den Bleistift hielt; dann sah er in das Gesicht des Mannes, das ihn fragend anblickte. »Es ist ein Haus am Stadtrand: Elm Road Nummer sieben«, sagte er.

Und der Constable wiederholte: »Am Stadtrand, Elm Road Nummer sieben. Und dort ist sie weggegangen, als man sie zuletzt gesehen hat. Meinen Sie das, Sir?«

»Ja, das meine ich.« Wieder ging ein Blick zwischen ihnen hin und her.

Jetzt fragte Ben: »Wann kommt Sergeant Fenwick?«

»Gegen neun, würde ich sagen.«

»Nun, würde es Ihnen etwas ausmachen, ihm von diesem Fall zu berichten und ihm zu sagen, daß ich noch einmal vorbeikomme, um mit ihm zu sprechen?«

»Das werd' ich. Ganz sicher werd' ich das. Sobald er durch die Tür tritt, werd' ich ihn informieren.«

»Daran ist nichts Komisches.«

Das Verhalten des Beamten änderte sich plötzlich, und er sagte: »Mir ist bewußt, daß daran nichts komisch ist. Und Sie sollten gefälligst höflich bleiben. Ihr Benehmen gefällt mir nicht.«

»Mir das Ihre auch nicht. Und wenn ich den Sergeant sehe, werde ich ihm von unserem Gespräch berichten und ihn fragen, ob es bei seinen Beamten üblich ist, daß sie gegenüber jemandem, der einen wichtigen Fall zur Meldung bringt, eine so spöttische Haltung einnehmen.« Einen Augenblick hatte Ben Mr. Sponges Haltung und auch seine Stimme angenommen; er hatte sich sogar vorgestellt, Mr. Sponge zu sein.

Er nickte dem erstaunten Mann gemessen zu und verließ dann die Station.

Er ging durch die Straßen: Zuerst suchte er die Umgebung von Reilly's auf; aber es war wie ausgestorben, denn dort war niemand zu sehen, nicht einmal ein Straßenkehrer. Dann ging er bis zur Bale Street, und als er an Slim Boswells Haus vorbeikam, fragte er sich unwillkürlich, ob sie etwa dort sein würde. Aber nein; er konnte sich einfach nicht vorstellen, daß Slim Boswell mit einer Kutsche in der Gegend unterwegs war, wo Mr. Bernard Thompson wohnte.

Am Ende der Straße bog er in eine kurze Gasse, die zur Hintergasse führte; auch die war breit, ungewöhnlich breit sogar, und von ihr aus führten Tore zu den meisten Häusern beiderseits der Gasse. Hier war es sehr sauber, nirgends war irgendwelcher Unrat auf der Straße zu sehen.

Als er die Luken in den Mauern sah, wußte er, daß es sich dabei um die neumodischen Trockenklosetts handelte. Sie würden halb mit Asche gefüllt sein, und die Müllmänner würden sie einmal die Woche säubern. Wie schade, dachte er, daß es so etwas in The Courts nicht auch gab. Aber natürlich hätte es dort in jedem der rechteckigen Höfe mindestens zwanzig gebraucht.

Als er die Gasse verließ, überkam ihn ein Gefühl der Verzweiflung. Es gab einfach keine Möglichkeit, vorauszuplanen, er mußte einfach weiterhin ziellos suchen.

Um zwölf Uhr kehrte er nach Hause zurück. Aggie war aufgestanden. Ihre Brust, sagte sie, schmerzte nicht mehr so sehr. Sie hatte eine Pfanne mit Fleischbrühe aufgestellt und ein paar Pasteten vom letzten Tag aufgewärmt. Als sie sie hinstellte, sagte er: »Es tut mir leid, Aggie, ich würde daran ersticken, ich krieg einfach keinen Bissen runter. Ich nehme einen Schluck Bier.«

»Was hast du gemacht?« fragte sie ihn.

»Ich bin durch die Stadt gegangen«, sagte er. »Aber es ist kaum jemand unterwegs. Wahrscheinlich weil Sonntag ist. Ich bin den Strich auf und ab gegangen, aber es ist noch zu früh für die Mädchen. Am Sonntag lassen sich die meisten ohnehin erst sehen, wenn es dunkel wird . . . immer sonntags. Seltsam.«

»Nun, was hast du jetzt vor?«

»Ich denke, ich werd' mir wieder den Karren mieten und hinausfahren und sehen, ob der Lakai von diesem Burschen zurückgekommen ist, und werd' mir anhören, was er zu sagen hat.«

»Tu bloß nichts, das noch mehr Ärger bringt. Wenn er uns helfen kann, sie zurückzuholen, werd' ich ihm alles verzeihen. Ben —«, ihre Stimme war jetzt ganz leise, »ich hab' in meinem Leben 'ne Menge durchgemacht. Ich könnte sagen, mein ganzes Leben lang. Manchmal, als ich ein junges Mädchen war, mußte ich so schwer arbeiten, daß mir alle Knochen im Leib weh taten, aber das Schwerste war, damit fertig zu werden, wie ich aussah. Aber all die Jahre waren nicht so schwer wie das, was ich seit sechs Uhr gestern abend durchgemacht habe. Und du auch und so. O ja, du und alles das. Unser Leben wird nie mehr so sein, wie es war, Junge. Weißt du das?«

Er nahm seinen Mantel von der Bank, schlüpfte hinein, nahm seine Mütze und setzte sie auf, ehe er antwortete: »Ich geh jetzt. Paß gut auf dich auf. Ich werde das Tor absperren.«

Nachdem die Tür sich hinter ihm geschlossen hatte, sah sie auf den Tisch. Aber es war ihr einfach zuviel

Mühe, abzudecken, also ging sie zur Couch zurück und legte sich hin.

Sie schloß die Augen, faltete die Hände und begann Gebete zu murmeln.

Es mußte etwa zwei Uhr gewesen sein, als sie die Torglocke läuten hörte. Sie drehte den Kopf zur Tür und sagte mit lauter Stimme: »Hört doch auf! Hört doch auf!« Aber als das Klingeln fast zehn Minuten lang nicht aufhören wollte, setzte sie sich auf und sagte: »Oh! Mein Gott, daß die nicht aufhören können!« Aber sollten sie ruhig weiterklingeln; sie war einfach zu matt, um hinauszugehen. Wenn sie jetzt über den Hof ginge, würde die Kälte sie umbringen.

Eine Weile später, sie wußte nicht, wieviel Zeit inzwischen vergangen war, erschrak sie fast zu Tode, als jemand ans Küchenfenster klopfte. Die Rückenlehne der Couch war dem Fenster zugewandt, und sie mußte sich aufsetzen, um hinaussehen zu können. Jemand dort draußen winkte ihr zu; es war eine Frau.

Sie stand mühsam auf, ging um die Couch herum, blieb stehen und musterte das Gesicht, das ganz dicht an der Scheibe war, und die Hand, die ihr zuwinkte. Es war Annie Blackett. Was wollte sie? Wie war sie hereingekommen?

Sie schlurfte durch das Zimmer in die Küche und zu der Nebentür, die nach draußen führte, dorthin, wo früher einmal der Garten gewesen war. Als Annie auf sie zugerannt kam, rief sie: »Was ist denn los? Wie sind Sie reingekommen?«

»Ich ... o Aggie ... ich meine, Mrs. Winkowski, ich hab' geklingelt, aber Sie haben nichts gehört, also bin ich hintenrum gegangen. Ich mußte über die Mauer steigen.«

»Über die Mauer sind Sie gestiegen? Kommen Sie rein. Was ist denn? Was ist denn los?«

»Ben ist wohl nicht da, sonst hätte er das Tor aufgemacht, oder? Nun, ich . . . ich hab' Neuigkeiten. Ich . . . ich meine . . . äh . . . Darf ich mich setzen?«

»Ja, ja, natürlich.« Aggie ging ihr in die Küche voraus und deutete auf die Bank, um Annie damit anzudeuten, sich hinzusetzen.

Das tat Annie nervös, aber ganz vorn auf der Bank, weil sie das Gefühl hatte, in die Höhle des Löwen eingedrungen zu sein; das war das erstemal, daß sie den Fuß in dieses Haus gesetzt hatte, und sie wußte nicht, was sie dabei denken sollte. Sie sah überall die Unordnung, und es war auch nicht sonderlich sauber. Aber sie mußte ihr sagen, weshalb sie gekommen war. Und so sagte sie: »Es ist . . . es ist wegen Millie.«

»Was ist mit ihr? Wissen Sie etwas?«

»Nun, es ist so, Mrs. Winkowski. Sie kennen ja meine Cousine . . . ich meine, ich habe eine Cousine. Nellie Pratt heißt sie, und ich bin nicht besonders stolz auf sie, aber sie ist wirklich nicht übel. Manchmal besucht sie mich, wenn sie Zeit hat. Das ist nicht sehr oft, weil . . . die halten sie dort in dem Viertel fest, wissen Sie? Nun . . . nun, sie ist vor einer halben Stunde wie ein Wirbelwind bei mir aufgetaucht und war keine zwei Minuten da; ich sag Ihnen, keine zwei Minuten war sie da und hat ununterbrochen geredet. Und was sie gesagt hat, war: ›Sag Ben, daß Millie in dem Mittelhaus in der Bale Street ist, oben im letzten Zimmer. Aber er kann dort nicht rein; er muß durch Nummer eins reinkommen. Sie hat gesagt, weil Sonntag ist, werden nicht viele da sein, aber Slim wird in Nummer eins sein. Dort wohnt er nämlich. Nummer zwei ist das Mittelhaus, und das ist abgedichtet, damit kein Lärm rauskommt.‹

Und sie hat immer weitergeredet, und ich hab' nicht einmal die Hälfte mitgekriegt. Sie hat gesagt, sie würde bis halb sieben dort sein; dann muß sie gehen. Aber wenn Ben ins letzte Haus kommt —«, und dabei griff sie sich mit der Hand an den Kopf, »ich weiß nicht, ob sie das erste oder das dritte gemeint hat, das weiß ich nicht, aber sie hat gesagt, das letzte, wenn er über die Wand steigt, dann würde sie versuchen, die Küchentür offenzulassen. Aber sie hat immer wieder gesagt, daß er nicht zur Polizei gehen soll, weil die Mittel und Wege haben, um zu verduften. Es gibt dort einen geheimen Keller. Er soll ihn dort überraschen, hat sie gesagt, wenn er da ist. Das ist der einzige Weg. Sie war ziemlich durcheinander, weil die sie umbringen würden, wenn sie's rauskriegen. Sie hat gesagt, ich soll Ben sagen, je schneller, desto besser, weil ein Kunde kommt. Das hat sie gesagt. Wo ist er? Ich meine Ben?« Jetzt stand sie auf, ging auf Aggie zu, die sich auf den Tisch stützte, und fragte vorsichtig: »Fehlt Ihnen etwas?«

Aggie drehte sich um und sah die Frau an, deren Name sie seit Jahren irritiert hatte; aber seit sie sie zuletzt gesehen hatte, waren viele Jahre vergangen. Sie hatte sie für ein reizloses, gewöhnliches Mädchen gehalten, aber das Gesicht, in das sie jetzt blickte, war recht hübsch, und sie war sauber und ordentlich. Aggie sagte: »Nein, Mädchen, mir fehlt nichts, aber wenn er zurückkommt, wird mir wohler sein. Er ist weggegangen, um nach ihr zu suchen, hat sich einen Wagen und ein Pferd gemietet, um aufs Land hinauszufahren, wo sie gestern war, als man sie geschnappt hat. Aber ich sag's ihm sofort, wenn er zurückkommt. O ja, ich werd's ihm sagen. Wenn ich nur laufen könnte, wie früher einmal, dann würde ich selbst dorthin gehen. Und, Annie —«, sie sprach den Namen sanft, fast liebevoll aus, »danke,

Mädchen. Und wenn Sie Ihre Cousine sehen, können Sie ihr auch von mir danken und so. Ich weiß nicht, was meinem Mädchen passiert ist, aber was auch immer geschieht, ich werd' Ihnen immer für Ihre Hilfe dankbar sein. Und Ihre Cousine mag sein, was sie will, für sie gilt das auch. Und Sie können nicht wieder über diese Mauer klettern. Meine Güte! Ich weiß gar nicht, wie Sie das geschafft haben.«

»Auf der anderen Seite stehen ein paar Steine vor, aber auf dieser ist sie ganz glatt.« Sie lächelte leicht, und Aggie sagte: »Auf der Seite hier gibt es ein kleines Hintertürchen, aber Sie müssen an der Scheune vorbeigehen. Ich geb' Ihnen den Schlüssel. Er wird ein wenig rostig sein, weil die Tür seit Jahren nicht mehr geöffnet worden ist.«

Sie wühlte im Küchenschrank herum und brachte schließlich einen großen eisernen Schlüssel zum Vorschein; dann tauchte sie das untere Ende in eine Schüssel mit Fett, die auf der Holzbank stand, reichte ihn Annie und sagte: »Das sollte helfen.«

An der Tür drehte Annie sich um und sagte: »Ich hoffe, er kommt bald zurück, denn so wie Nell geredet hat —«, und dabei blickte sie an ihrem langen Mantel herunter, der ihr bis auf die Stiefelspitzen reichte, und schob einen Fuß langsam vor den anderen, als würde sie sich auf Glatteis bewegen. Dann fragte sie: »Was soll ich mit dem Schlüssel machen?« Und Aggie antwortete: »Werfen Sie ihn einfach über die Mauer.«

Nachdem sie die Tür hinter ihrer Besucherin geschlossen hatte, ging Aggie wieder in die Küche zurück, aber sie setzte sich nicht, sondern ging von der Tür zur Couch und dann wieder zurück. Und das tat sie immer wieder, bis sie fast zusammenbrach. Dann ließ sie sich auf die Couch fallen und betete mit gefalteten

Händen und mit lauter Stimme: »O Gott, bring ihn bald zurück.«

Es war sechs Uhr am selben Abend. Slim Boswells Gast war soeben auf dieselbe Weise eingetroffen wie Millie in der vergangenen Nacht. Boswell führte den Mann gerade durch das erste Haus in das hellerleuchtete zweite.

Boswell meinte lächelnd: »Wir haben gestern in Ihren Club geschickt, aber Sie waren nicht da. Aber weil ich wußte, wie interessiert Sie sind, habe ich mir die Freiheit genommen, meinen Mann mit einer Nachricht zu Ihnen zu schicken; und dann habe ich veranlaßt, daß Sie von meinem Wagen abgeholt wurden, weil Sie ja schließlich nicht gut in Ihrer eigenen Kutsche aus Ihrem Haus zu mir hätten kommen können, nicht wahr, Sir?«

»Nein, allerdings nicht. Allerdings nicht. Und vielen Dank. Vielen, vielen Dank. Sie werden für Ihre Mühe entschädigt werden, das versichere ich Ihnen . . . Geht es ihr gut?«

»Nun, sie ist natürlich ein wenig nervös.«

»Und Sie sagen, daß sie schon seit gestern hier ist?«

»Ja.«

»Wie schade! Schade um die vergeudete Zeit.« Er lächelte.

»Ja, in der Tat, Sir, in der Tat. Ich weiß nicht, ob Ihnen bekannt ist, daß sie einen gewissen Bernard Thompson besucht hatte, den Sie, glaube ich, kennen. O ja, er hat sich sehr für sie interessiert. Das habe ich von ihrem . . . nun, von ihrem Vater erfahren.«

»Ich war der Meinung, sie hätte keine Eltern mehr.«

»Ihr Vater ist aufgetaucht, Sir. Er war ziemlich lange im Gefängnis. Er sagte mir, dieser junge Gentleman hätte sie mehrmals in sein Haus gebracht.«

»Das kann ich nicht glauben.«

»O doch, das können Sie, Sir. Das können Sie.«

»Und sie hat einen Vater?«

»Oh, seinetwegen brauchen Sie sich nicht zu sorgen, Sir. Für den ist gesorgt, o ja, für den ist gesorgt. Ein ganz gerissener Bursche, das kann ich Ihnen sagen.«

Das Gesicht des Mannes wirkte fast ekstatisch, als er zu Boswell sagte: »Ich habe mir nie vorstellen können, daß es dazu kommen würde — Sie wissen ja, wie interessiert ich vor einigen Jahren war.«

»Ja, Sir, ja, das weiß ich. Aber ich mußte mich natürlich fragen, ob Ihr Interesse immer noch besteht, denn sie ist ja kein kleines Mädchen mehr; Sie werden überrascht sein, sie ist sehr attraktiv. O ja, sehr schön anzusehen. Aber ich habe riskiert, nach Ihnen schicken zu lassen, Sir, denn, wissen Sie, wenn keine Vorkehrungen getroffen werden, wird sie nicht auf Dauer hierbleiben können. Wenn Sie nicht interessiert sind, dann würde ich sie weiterschicken zu . . .«

»Oh, machen Sie sich keine Sorgen, Boswell. Machen Sie sich gar keine Sorgen. Ich bin interessiert und auch was ihre Zukunft angeht, wenn sie dafür geeignet ist.«

»Sie werden feststellen, daß sie ziemlich ruhig ist und nicht richtig auf ihre Umgebung reagiert, weil wir ihr heute morgen nämlich eine kleine Dosis verpassen mußten. Aber Nell meint, die Wirkung sei schon fast verflogen. Sie kennen ja den Weg, Sir. Ich überlasse das Weitere Ihnen.«

10

Der Schrecken, der Millie eine Zeitlang hatte erstarren lassen, verschwand mit dem Morgen, und sie sah sich fieberhaft und verzweifelt in dem Raum um, nur um festzustellen, daß es kein Fenster gab. Die Vorhänge bedeckten nicht etwa ein Fenster, sondern eine Ziegelmauer. Sie hatte gehört, daß man vor langer Zeit so etwas gemacht hatte, um keine Fenstersteuer zahlen zu müssen. Sie fand auch keinerlei Gegenstände, die ihr als Werkzeug hätten dienen können. Auf dem schmalen Kaminsims standen keine Vasen oder Leuchter. Der einzige Gegenstand auf dem Waschtisch war eine große Porzellanschüssel, in der ein Krug stand, und daneben eine kleine Schale mit Seife. Die Bettstelle war aus Messing, aber mit demselben Material bezogen, aus dem auch die Bettdecke war. An jedem Ende des Bettes war ein etwa einen halben Zoll dickes und drei Fuß langes Stück Seil, das in einer Quaste endete, über einen Knauf geschlungen. Unter dem Bett stand ein Nachttopf und an der Wand eine Art Sessel aus Mahagoni mit einem Deckel, den sie aufhob und darunter einen Porzellaneimer vorfand. In dem Garderobenschrank war außer zwei Nachthemden, die dem glichen, das sie trug, nichts zu finden.

Sie war zu verängstigt gewesen, um zu schlafen, obwohl sie sich wahrscheinlich mit der Zeit doch in den Schlaf geweint hatte, denn sie wachte plötzlich auf und hörte, wie sich ein Schlüssel im Schloß drehte. Dann sah sie, wie die Frau, die gestern so freundlich zu ihr gesprochen hatte, ins Zimmer trat. Sie trug ein Tablett, auf dem eine Tasse Tee und ein Teller mit einer Scheibe Speck und einem Spiegelei standen und daneben ein kleiner Teller mit Brot und Butter. Die Frau lächelte ihr zu und sagte: »Haben Sie geschlafen, Liebes?«

Sie konnte nicht antworten, zog sich aber in die Höhe, als die Frau ihr das Tablett auf die Knie stellte und sagte: »Essen Sie das, Sie werden es brauchen. Und dann würde ich mich an Ihrer Stelle waschen und auf den Topf gehen.«

Jetzt flehte Millie sie an: »Können . . . können Sie nichts für mich tun, bitte? Bitte, bringen Sie mich hier raus. Ich werde wahnsinnig, ganz bestimmt. Wissen Sie, daß meine Mutter wegen diesem Mann Selbstmord begangen hat? Und ich werde dasselbe tun, ehe jemand mich anfaßt . . . dasselbe werde ich tun.«

»Das sollten Sie besser nicht sagen, Mädchen, sonst läßt er Sie fesseln. Das ist eine gutgemeinte Warnung. Außerdem wird's Ihnen ziemlich schwerfallen, hier drinnen Selbstmord zu begehen.«

Millie schob mit einer ungeduldigen Handbewegung das Tablett von sich und sagte: »Ich will das nicht. Ich werde nichts essen.«

»Nun, das liegt bei Ihnen. Sie werden es schon essen, ehe es Sie auffrißt, und am Ende werden Sie feststellen, daß Sie es gern tun. Was ich Ihnen jetzt sage, ist gutgemeint. Es muß geschehen, und je schneller Sie es hinter sich bringen, desto besser.«

»Was . . . was werden die mit mir machen?«

»Oh —«, jetzt lächelte die Frau, »nicht ›die‹, es wird nur einer sein. Und ich weiß zufällig, wer es ist, und es wird schon gutgehen. Wie ich ihnen schon letzte Nacht sagte, es wird überhaupt nichts geschehen, wenigstens nicht gleich, aber Sie müssen sozusagen mithelfen.«

Während sie das sagte, öffnete sich die Tür erneut und Boswell trat ein. Als Millie ihn sah, drückte sie sich tiefer in die Kissen.

Und dann kam er näher, bis er dicht neben dem Bett stand. Er deutete auf das Frühstückstablett, das sie weggeschoben hatte, und sagte: »Wirst du nicht essen?«

»Nein, das werde ich nicht. Und Sie werden großen Ärger kriegen, wenn das herauskommt, *ganz großen Ärger* werden Sie kriegen.«

»Nun, Ärger bin ich gewöhnt. Damit komm ich immer zurecht, ganz besonders wenn kleine Mädchen wie du mir Ärger machen.« Jetzt beugte er sich vor, griff nach dem Tablett und schob es auf ihre Knie, und sie griff instinktiv nach dem Teller und warf ihn ihm ins Gesicht. Ein Schrei war zu hören, aber er kam von der Frau, und sie stand jetzt zwischen dem Bett und dem Mann und sagte: »Sie . . . Sie dürfen ihr nichts tun. Sonst . . . sonst wird es Ihnen leid tun. Er wird heute kommen. Man darf ihr nichts ansehen. Schauen Sie, geben Sie ihr eine Dosis, damit sie ruhig wird. Holen Sie sie, und dann sorg' ich dafür, daß sie sie einnimmt.«

»Sie einnimmt!« Er stieß die Worte zwischen den Zähnen hervor. »Die Haut werd' ich ihr abziehen. Wenn wir ihn heute nicht kriegen, dann zieh ich ihr die Haut ab, und dann kommt sie aufs Boot, und dann dauert es nicht mehr lange, bis sie sich wünscht, sie wäre tot.«

Millie zitterte jetzt so, daß sie sich an der Bettdecke festhalten mußte, und sah zu, wie der Mann ans Fußende des Bettes ging und nach dem Seil griff, das dort hing, und es einen Augenblick lang hin und her schwang. Dann ging er aus dem Zimmer.

»Das war verdammt dumm, Mädchen. Das war das Schlimmste, was du tun konntest. Und ich sag dir —«, und dabei beugte sich die Frau vor, und ihr Gesicht war jetzt ganz dicht vor dem Millies. Sie sagte: »Er ist ein Teufel, wenn man ihn reizt. Einen schlimmeren gibt es nicht. Das hättest du nie tun sollen. Mein Gott! Das war das Schlimmste, was du tun konntest. Hör zu.

Wenn der Kunde kommt, und ich geb dir jetzt einen guten Rat, also hör mir zu. Wenn dein Kunde kommt . . .«

»Ich habe keinen Kunden. Ich habe keinen Kunden. Mir ist das egal. Ich lasse mich nicht anfassen.«

»*Halt den Mund, Mädchen!* Halt den Mund! Hör mir zu! Um Himmels willen und in deinem eigenen Interesse, sei nett und mach alles mit. Das bedeutet dann, daß er immer wieder kommt, und Slim wird dir nichts anhaben können. Dann wird er wenigstens gut bezahlt und läßt seine Hände von dir. Das ist alles, was ich dir jetzt sagen kann. Glaub' mir, ich will dir helfen.«

Sie bückte sich und hob den Teller und den Speck vom Boden auf; aber als sie an das Ei und den aufgeplatzten Dotter kam, murmelte sie: »Dafür muß ich einen Lappen holen.«

Sie sperrte die Tür hinter sich ab.

Als sie mit einem Kehrblech, einem Besen und einem feuchten Tuch zurückkam, trug sie auch einen kleinen Becher, den sie auf den Ankleidetisch stellte. Nachdem sie den Boden gesäubert hatte, nahm sie den Becher, ging ans Bett und sagte: »Da, trink das.«

»Nein. Nein, ich will nicht!«

»Schau, Mädchen, ich will dich nicht zwingen. Trink es.«

»Ist da etwas drin?«

»Ja, da ist etwas drin, aber es wird dich nicht schläfrig machen; du wirst dich dann nur wohler fühlen.«

Als ihre Hand den Becher wegschlagen wollte, schrie die Frau sie an: »Tu das nicht! Ich will nicht noch einmal saubermachen. Und ich sag dir nur, wenn du das tust, werde ich ihn nicht noch einmal davon abhalten können, auf dich loszugehen.«

Etwas in ihrer Stimme ließ Millies Hand stocken,

und sie klammerte sich wieder am Bettlaken fest. Aber die Frau griff mit einer schnellen, geübten Bewegung zu, drückte ihr die Nase zu, riß ihr den Kopf in den Nacken und zwang sie so, den Inhalt des Bechers zu schlucken. Millie hustete und prustete, und ein paar Tropfen spritzten auf die Steppdecke.

Jetzt nahm die Frau das Kehrblech, den Besen, das Tuch und den Becher und ging aus dem Zimmer, und wieder drehte sich der Schlüssel im Schloß.

Millie legte sich auf das Kissen zurück. Im Laufe der nächsten Stunden überkam sie ein Gefühl der Zufriedenheit, das seltsam und gar nicht unangenehm war. Und als die Frau ihr dann zu essen brachte, aß sie, obwohl das Gefühl schon etwas nachgelassen hatte, und die Frau sagte: »So ist's besser. Jetzt wirst du dich besser fühlen. An deiner Stelle würde ich ein kleines Nikkerchen machen.« Und das tat sie. Sie wußte nicht, wie lange sie geschlafen hatte, und wegen der zugemauerten Fenster wußte sie auch nicht, welche Tageszeit war, ja nicht einmal, ob es Tag war oder Nacht; die einzige Beleuchtung im Raum kam von zwei Lampen.

Aber während die Stunden so dahinstrichen, verschwand das Gefühl der Ruhe, und sie war wieder sie selbst und starr vor Angst. Etwa um diese Zeit kam die Frau mit einer Schütte voll Kohlen. Als sie wieder ging, sagte sie: »Jetzt sollte es nicht mehr lange dauern. Und vielleicht hast du mich morgen nicht mehr. Ich rate dir also, dich zu benehmen, verstehst du?«

Millie gab keine Antwort. Aber nachdem die Tür geschlossen und wieder abgesperrt war, begann sie im Zimmer auf und ab zu gehen.

Das tat sie immer noch, als sie hörte, wie der Schlüssel im Schloß umgedreht wurde, und sie stand wie erstarrt da, die Hände an den Seiten zu Fäusten geballt.

Als die Tür sich langsam öffnete und sie den Mann sah, den alle Quintons ›Master‹ genannt hatten, fiel ihr die Kinnlade herunter, ihre Augen weiteten sich, und ein seltsam kribbelndes Gefühl breitete sich über ihre Kopfhaut aus, als würden ihr die Haare zu Berge stehen. Sie konnte seine Arme im Tanz um sich fühlen und wie er sie hochhob, und sie konnte Jane sagen hören, ihr Kleid sei so weit heraufgerutscht, daß man ihre weißen Strümpfe sehen konnte. Und dann, nachdem sie jene drei Tage auf der Couch der Quintons im Erdgeschoß gelegen hatte, war er gekommen und hatte ihr über das Haar gestrichen, und sie hatte gewünscht, er hätte es nicht getan. Raymond Crane-Boulder . . .!

»O Millie!«

Als sie ihren Namen von seinen Lippen hörte und auf so seltsame Art ausgesprochen, schrie sie. Es war ein schriller Schrei, und sie drehte sich um und rannte auf die andere Seite des Bettes. Aber er blieb, wo er war, und seine Stimme war weich und einschmeichelnd, als er sagte: »Ich werde dir nicht wehtun, Liebes. Ich würde dir niemals, niemals wehtun. Weißt du, daß ich dich vom ersten Augenblick an, als ich dich das erstemal sah, geliebt habe? O ja, ja, ich habe dich geliebt; und du warst damals erst ein Kind, aber jetzt bist du gewachsen. Jetzt bist du viel schöner. Aber komm, laß uns hinsetzen und reden, ja? Hab' Vertrauen zu mir, Liebes. Hab' Vertrauen, ich würde dir um die ganze Welt nichts zuleide tun. Wir könnten miteinander eine wunderschöne Zeit haben.«

Jetzt schob er sich um das Fußende des Bettes herum auf sie zu, und sie sprang mit einem Satz hinauf und auf der anderen Seite wieder herunter und rannte auf die Tür zu. Aber er war vor ihr da und hielt sie jetzt an den zitternden Schultern fest und sagte: »Das würde nichts nützen. Er ist unten. Es gibt nur einen Ausweg, Liebes. Ich muß brutal sein und dir das sagen, aber . . . ich könnte dich hier rausbringen, ich könnte dich wegbringen. O ja, laß uns reden. Komm, laß uns reden.« Er zog sie auf das Bett zu und griff mit einer schnellen Bewegung unter ihre Knie, hob sie auf und legte sie auf das Bett. Dann setzte er sich auf die Bettkante, hielt ihre Hände fest und tätschelte sie, als wäre sie ein Kind, und sagte: »Millie. Millie. Du hast doch nicht Angst vor mir, oder? Das brauchst du nicht, denn wir werden viel Zeit miteinander verbringen. Du möchtest doch nicht immer in diesem Zimmer bleiben, oder? Oder von Slim weggeschickt werden, und er würde das tun. Weißt du, er ist gar kein netter Mann, Millie, überhaupt nicht. Aber ich werde für dich sorgen, wenn du mich nur ein wenig liebhast. Das ist alles, was ich will: nur daß du mich ein wenig liebhast.«

Sie spürte, wie Schwäche sie überkam: Sie konnte nicht protestieren, konnte nicht schreien; sie hatte das Gefühl, daß sie gleich das Bewußtsein verlieren würde, aber das durfte sie nicht. Sie durfte nicht ohnmächtig werden. Mrs. Aggie. Mrs. Aggie! Ben. O Ben, Ben, Ben, Ben!

Ben war um fünf Uhr nach Hause gekommen, und Aggie hatte ihn begrüßt, indem sie rief: »Wo bist du gewesen? Um Himmels willen! Wo warst du? Ich weiß, wo sie ist. Ich weiß, wo sie ist. Schau, Annie hat gesagt, du sollst nicht zur Polizei gehen, aber ich glaube, es wäre besser, wenn du es doch tun würdest; allein schaffst du es nicht.«

Er mußte sie an den Schultern packen, auf die Couch zurückdrücken und sie anschreien: »Ruhig jetzt! Ruhig! Und jetzt sag es mir, Wort für Wort.« Und so gab sie sich redliche Mühe, Annies Worte zu wiederholen.

Ehe sie zu Ende gesprochen hatte, hatte er sie bereits verlassen, zumindest war er bis ins Nebenzimmer gelangt, als er wieder umkehrte und sagte: »Dieses alte Messer, das wie ein Säbel aussieht, das, das du immer im Schrank aufbewahrt hast, wo ist es?«

»Nein, nein! Nimm das nicht! Das wäre Mord.«

»Ja, kann schon sein. Also, wo ist es?«

»In der Schublade dort.« Sie deutete auf die Anrichte. »Ganz hinten.«

Er zog die Schublade so schnell auf, daß ihr ganzer Inhalt krachend zu Boden fiel, und darunter war auch ein braunes Lederetui, aus dem oben ein verzierter Griff herausragte. Als er daran zog, konnte man die lange gebogene Klinge sehen. Er fuhr mit dem Finger darüber; sie war ebenso scharf wie an jenem Tag vor vielen Jahren, als Aggie die Waffe aus einem Haufen Unrat gerettet hatte, den man aus einem Haus geworfen hatte. Er hatte den Dolch damals haben wollen, aber sie hatte ihn ihm nicht gegeben. Jetzt lag er in seiner Hand, und er steckte ihn in seinen breiten Ledergürtel.

»Sei vorsichtig und benutze das Ding nicht, wenn du nicht mußt. Es ist scharf wie ein Rasiermesser.«

Es war, als würde er sie nicht hören, denn er war bereits losgerannt, und er rannte weiter, bis er die Bale Street erreicht hatte; dort wurde er langsamer, als er sah, wie die Lampen einer Droschke sich dem letzten Haus näherten. Als sie in die Gasse einbog, huschte er lautlos an der schwarzen Mauer vorbei und konnte gerade noch eine Gestalt aus der Droschke steigen sehen und eine weitere, die am Eingang des Hauses stand.

Dann sah er im Licht der Kutschenlampen, wie das Pferd herumgedreht und wieder in die Gasse hinausgeführt wurde, und nahm an, daß der Hof ziemlich groß sein mußte, um dem Kutscher dieses Manöver zu ermöglichen; wahrscheinlich hatte man aus den drei Hinterhöfen einen gemacht.

Er preßte sich gegen die Mauer, als die Droschke auf die Gasse herausrollte, und blieb so stehen, bis sie seinen Blicken entschwunden war.

Jetzt drängte es ihn, durch den Hof ins Haus zu rennen, aber er hielt sich zurück; er wußte nicht, mit wie vielen Leuten er sich dort würde auseinandersetzen müssen. Unterwegs hatte er Annie einen kurzen Besuch abgestattet, und sie hatte gesagt, Nell hätte angedeutet, daß es Sonntagabend dort ziemlich ruhig sei, aber daß Boswell wahrscheinlich da sein würde. Nun, er hoffte, Boswell zu treffen. Weiß Gott, das hoffte er.

Er wartete ein paar Minuten; aber dann kam ihm der Gedanke, daß man die Hintertür abgesperrt haben könne oder, noch schlimmer, daß jemand herauskommen und die Tore schließen würde. Also rannte er quer über die Gasse auf den Hof zu. Dabei konnte er sich in der Dunkelheit jetzt nur in einem schwachen Lichtschein orientieren, der aus einem Fenster fiel. Wahrscheinlich würde die Tür nahe bei dem Fenster sein. An die Wand gepreßt erreichte er bald eine Eingangsnische, aber sie war weit vom Fenster weg, und als er versuchte, die Klinke herunterzudrücken, ließ sie sich nicht öffnen. Er arbeitete sich näher an das Fenster heran, und als er es fast erreicht hatte, konnte er erkennen, wo die Mauer endete und die nächste Tür anfing. Das Herz schlug ihm wie wild gegen die Rippen, und er hielt den Atem an, als er nach der

Klinke griff und sie langsam und leise herunterdrückte. Dann drohte ihm der Atem zu stocken, als die Tür nachgab.

Jetzt befand er sich in einem dunklen Gang, aber dort, ganz am Ende, war unter einer Tür ein Lichtstreifen zu sehen.

Er schob sich lautlos über den Gang auf die Tür zu und lauschte. Kein Laut war zu hören. Er griff nach der Klinke und drückte sie leise herunter, stieß dann aber die Tür schnell auf; und da war Nell, die ein Aufstöhnen unterdrückte.

Sie hatte etwas an einem Tisch getan; aber sie stieß keinen Schrei aus, sondern wandte schnell den Kopf ab und deutete mit ausgestrecktem Arm auf eine Tür, als spräche sie zu jemandem, der ihr am Tisch gegenübersaß, und dabei murmelte sie: »Vorsicht in dem Korridor.«

Binnen Sekunden hatte er die Tür geöffnet, auf die sie gezeigt hatte, und befand sich in einem weiteren Gang; nur daß dieser von einem Licht aus einer halbgeöffneten Tür am Ende des Flurs beleuchtet war. Durch die Tür war undeutlich eine Bewegung wahrzunehmen, als ginge jemand quer durchs Zimmer.

Als er die Tür ganz aufstieß, wirbelte die Gestalt herum; und jetzt starrten sie einander an, und keiner von beiden gab einen Laut von sich.

Ben war auf einen Angriff vorbereitet — sein schwerer Oberkörper beugte sich vor —, aber er war nicht darauf vorbereitet, daß Boswell ihn wie ein wildes Tier anspringen würde, so daß ihm keine Zeit blieb, das Messer aus der Scheide unter seinem Gürtel zu ziehen.

Er rang mit einem Mann, der ebenso viele Arme wie ein Oktopus zu besitzen schien und der nach seiner Kehle griff. Auch er griff nach einer Kehle, und als seine Finger sich um den dünnen Hals krallten, schoß Boswells Fuß vor und trat ihm gegen das Schienbein; dann bohrte sich sein Knie in Bens Unterleib . . . und in dem Augenblick, in dem seine Hand nach der Stelle hätte greifen sollen, wo es wehtat, griff sie an seinen Gürtel. Im nächsten Augenblick war das Messer aus der Scheide, und er versuchte es Boswell in die schmale Brust zu treiben.

Ächzend und stöhnend rangen die beiden Männer, bis sie zu Boden fielen. Zu Boswells Unglück kam er unten zu liegen, und als Bens Gewicht auf ihn fiel, war er gezwungen, den anderen loszulassen. In dem Augenblick bohrte Ben das Messer in den Hals des Mannes, das hochspritzende Blut blendete ihn fast, und er wälzte sich von der sich windenden Gestalt.

Keuchend lag er da, aber nur einen Augenblick, ehe er sich hochrappelte und auf die Tür zueilte und dann wieder in die Dunkelheit, die nur von dem schwachen Lichtschein am Ende des Ganges ein wenig aufgehellt wurde.

Der Gang mündete in einen anderen; und da war jetzt die Treppe. Wie von neuem Leben galvanisiert, hetzte er hinauf, quer über den Treppensims und direkt auf die vierte Tür zu. Er stieß sie auf und sah einen großen Mann, der sich über ein Bett lehnte, die Hände an der reglosen weißen Gestalt auf dem Bett. Ein kehliger Schrei entrang sich ihm, als er sich mit einem ähnlichen Raubtiersatz auf ihn stürzte, wie sich kurz vorher der Mann unten auf ihn geworfen hatte. Aber während Boswell keinen Laut von sich gegeben hatte und nicht viel größer als er selbst gewesen war, war dieser Mann zwar hager, überragte ihn aber mindestens um Kopfeslänge. Er hielt das Messer immer noch in der Hand, konnte es aber nicht einsetzen, weil der Mann versuchte, ihm ins Gesicht zu schlagen. Aber seine kleinere Körpergröße und der natürliche Instinkt, sich wegzuducken, ließ ihn den Schlägen ausweichen, und er beugte sich instinktiv nach vorn und stieß Crane-Boulder den Kopf in den Leib, als wäre er eine Ramme, so daß dieser aufstöhnend nach hinten stürzte, auf das Bett zu; seine Hand zuckte automatisch nach oben und versuchte sich an der Bettstelle festzuklammern, erwischte dabei das Seil, das am unteren Bettpfosten hing, packte es und wirbelte es herum.

Als die Quaste Ben ins Gesicht klatschte, war er einen Augenblick lang geblendet; dann stöhnte er auf, als das Seil sich um seinen Hals schlang und wurde zu Boden gerissen, als er sich mit beiden Händen davon zu befreien versuchte.

Auf Ben kniend, das Gesicht wie eine Teufelsfratze verzerrt, den Mund weit aufgerissen, die Zähne zusammengebissen, mit Augen, die ihm aus dem Kopf zu quellen schienen, zog Crane-Boulder an dem Seil, zog es Ben um den Hals . . .

Als sie Ben zu Gesicht bekam, war Millies lähmende Ohnmacht, die die Angst in ihr erzeugt hatte, wie weggewischt. Sie war vom Bett gekrochen und stand wie erstarrt da und beobachtete den Kampf. Es hatte den Anschein, als hätte Ben die Fähigkeit zu kämpfen verloren und wäre im Begriff zu sterben. Verwirrt sah sie sich nach irgendeinem Gegenstand um, den sie benutzen konnte, aber da war nichts außer der Waschschüssel auf dem Waschständer. Es war eine große Schüssel, in der kein Wasser war, und da war auch kein Krug. Als sie die Schüssel packte, wurde ihr bewußt, daß Crane-Boulder das Seil jetzt weggenommen und nach dem Messer gegriffen hatte, das Ben entfallen war. Sie schrie auf, als sie sah, wie er es über Bens Kopf hob.

Und als er mit dem Messer herunterfuhr, Bens Hals verfehlte, ihn aber an der Schulter traf, ließ sie die Schüssel auf Crane-Boulders Kopf herunterkrachen.

Er erstarrte einen Augenblick lang, aber sie wäre von dem Schwung mitgerissen worden und zu Boden gestürzt, wenn sein Rücken sie nicht aufgehalten hätte. Als er versuchte, sich aufzurichten und sie abzuschütteln, löste sie sich von ihm, hob die Schüssel erneut und schmetterte sie ihm mit aller Kraft noch einmal auf den Schädel. Diesmal ging die Schüssel in Stücke und Blut strömte ihm über das Haar.

Die Stücke waren ihren Händen entfallen, und jetzt taumelte sie zurück, sah, wie er zu Boden sank. Er schien langsamer zu werden, oder vielleicht bildete sie sich das auch nur ein; sicher allerdings war, daß Ben jetzt den Kopf gehoben hatte und um Atem rang.

Sie stürzte auf ihn zu und rief: »O Ben, Ben!«

»Mill . . . Millie . . .«

Er drehte den Kopf etwas zur Seite und blickte auf seinen linken Arm, wo sein Rock und sein Hemd von der Schulter bis zum Ellbogen aufgerissen waren und das Blut herunter bis über seine Hand lief.

Sie half ihm aufzustehen, aber er taumelte einen Augenblick lang, ehe er keuchend hervorstoßen konnte: »Das Messer!«

Es lag neben der hingestreckten Gestalt, und sie hob es auf.

Ein paar Sekunden lang starrte Ben den Mann an, dann packte er sie am Arm und murmelte: »Komm.«

Am Treppenabsatz angelangt, mußte sie ihn stützen, ehe sie weitergehen konnten.

Als sie unten angelangt waren, murmelte sie ängstlich: »Da sind sicher noch andere da, Ben. Vorsicht!«

»Nein . . . da ist niemand. Komm. Komm.«

Er stieß die Tür zum ersten Korridor auf und sah Nell vor der grotesk verzerrten, blutüberströmten Gestalt des Mannes stehen, der jahrelang ihr Herr und Meister gewesen war. Als Ben, Millie mit einem Arm festhaltend, auf sie zutaumelte, sagte sie: »Mein Gott! Ben! Dem hast du's gründlich besorgt. Iih! Mein Gott!«

Und dann fügte sie mit scharfer Stimme hinzu: »Kommt! Raus hier, ehe die euch umbringen.«

»Was . . . was ist mit dir?«

»Ich komm schon zurecht. Ich hab' mir eine Geschichte ausgedacht.« Das klang so, als wüßte sie, was sie zu tun hatte.

Als sie durch die Küche gingen, sah sie, wie spärlich bekleidet das junge Mädchen war, und sagte: »So kannst du nicht auf die Straße. Augenblick.«

Sie nahm eine Art Diwandecke von dem Sessel, der in einer Ecke stand, und legte sie Millie um die Schultern, als sie plötzlich den Kopf hob und sagte: »Du lieber Gott im Himmel!« Dann packte sie sie wortlos, schob sie auf eine Tür zu und zischte: »Keine Bewegung! Stillhalten! Ruhig, sag ich euch!«

Millie wußte, daß sie sich in einer Art Besenschrank befanden, weil ihr Fuß gegen etwas stieß, das sich wie ein Besen anfühlte. Sie hielt Ben mit beiden Armen fest, und er hatte seinen unverletzten Arm über ihre Schultern gelegt und hielt sie an sich gedrückt. Jetzt hörten beide, wie Nells Stimme draußen sagte: »Oh! Bin ich froh, dich zu sehen, Rosie. Hier war der Teufel los. Die haben sie erwischt.«

»Das Mädchen?«

»Ja. Vier oder fünf waren's. Ich glaube fünf. Aber da bin ich nicht sicher. Haben die mir Angst eingejagt. Und . . . und Slim haben sie erledigt.«

»W. . .was?«

»Ja, mausetot. Und jetzt sag bloß nicht, daß es dir leid tut! Die Heuchelei nehm ich dir nicht ab. Aber ich weiß nicht, was mit dem oben passiert ist. Wahrscheinlich ist der auch hinüber. Das war schrecklich!«

»Wer denn, Nell? Die Bullen?«

»Red doch keinen Blödsinn, Rosie. Du weißt doch genau, was passiert, wenn die Polizei hier wäre — die würden hier zumachen. Und wo gehst du dann hin? Auf die Straße kannst du mit deinen Beinen nicht mehr.«

»Waren es Big Joes Leute?«

»Ich . . . ich weiß es nicht. Aber hör jetzt gut zu. Hör gut zu. Geh zurück zu Reilly's. Die werden alle im Hinterzimmer sein. Aber mach du keinen Wirbel, denn je weniger darüber geredet wird, desto besser ist es für dich und mich. Ja, und uns alle. Mach dich an Ted ran, aber sieh zu, daß er allein ist. Und denk daran, von jetzt an wird er das Sagen haben. Sag ihm, er soll Mike und Sonny bringen. Sag ihm . . . nun, sag ihm einfach, Nell hätte gesagt, es hätte Ärger gegeben, und sie sollten ganz allein kommen; es gäb einiges zu tun. Er wird schon verstehen. Und jetzt verschwinde. Und hör auf zu zittern. Alles wird gut werden. Nur eines ist wichtig: Man darf ihn hier nicht finden; es muß so aussehen, als wäre es irgendwo draußen passiert. Und was den anderen dort oben angeht, so weiß ich nicht. Wahrscheinlich wird es mit ihm genauso sein. Und jetzt geh. Geh.«

Eine volle Minute später ging die Tür auf, und sie zog sie in die Küche und sagte: »Um Himmels willen! Verschwindet hier! Aber geht außen rum. Oh, Mädchen, du brauchst etwas für deine Füße. Da!« Sie eilte in eine Ecke, holte ein Paar alte Pantoffeln und half Millie sie anzuziehen, und dabei sagte sie: »Sie sind ein wenig groß, aber besser als gar nichts. Und jetzt geht.

Geht, um Gottes willen! Wenn man euch hier findet, machen die mich fertig, denn hier kommt keiner rein, wenn ich ihn nicht durchlasse.«

Sie brachte sie zur Hintertür und stieß sie in den Hof hinaus: »Bleibt in den Seitengassen«, schärfte sie ihnen ein, »sonst verrät euch das Blut, oder ihr holt euch die Polizei auf den Hals, wenn die nicht schon der Anblick von dem Mädchen neugierig macht.«

Nach der hellen Küche schien es im Hof trotz dem schwachen Licht, das aus dem Fenster fiel, sehr dunkel, und Ben murmelte: »Halt dich an meinem Mantel fest«, streckte den Arm zur Wand aus und führte sie so, sich an der Wand entlangtastend, zum nächsten Mauerdurchbruch und von dort in die Gasse hinaus. Dann erreichten sie die Straße, die im Licht der wenigen Laternen wie im Zwielicht dalag. Er begann jetzt schneller dahinzustolpern, während sie neben ihm herschlurfte und sich bemühte, die Pantoffeln nicht von den Füßen zu verlieren.

Zu ihrem Glück war Sonntag, und deshalb waren nur wenige Leute auf den Straßen unterwegs; selbst die Nebenstraße und die Gasse waren frei, abgesehen von den wenigen Straßenkindern, die sich in den Eingängen gesammelt hatten, und die stellten keine Gefahr für sie dar, weil sie im Augenblick wie zwei Individuen aussahen, denen es auch nicht besser ging als ihnen.

Als er zusammenbrach und beinahe stürzte, mußte sie alle Kraft zusammennehmen, um ihn zu stützen, und murmelte: »O Ben, Ben, fall nicht!« Sie zerrte ihn zu einer Mauer. Er lehnte sich mit herunterhängendem Kopf daran und gab sich Mühe, wieder neue Kräfte zu sammeln. Sie bettelte: »Versuch es, Ben, versuch es. Es ist nicht mehr weit.« Er murmelte etwas, stieß sich von der Wand ab, und dann stolperten sie beide weiter.

Millie war es, die die Torflügel aufstoßen mußte, und als sie sich quer über den Hof auf das Licht der offenen Tür zu quälten, kam Aggie ihnen entgegengestolpert und rief: »Dem Himmel sei Dank! Dem Himmel sei Dank! O Junge, was ist denn mit dir passiert? Was ist denn passiert?«

»Laß uns rein. Laß uns rein, Aggie.«

Erst im Licht der Küchenlampe erkannte Aggie, wie es um die beiden stand. Mit weit aufgerissenem Mund murmelte Aggie, wobei sie mit dem Kopf wackelte: »Herrgott im Himmel! Herrgott im Himmel!« Denn Millie war inzwischen aus den Pantoffeln geschlüpft und hatte ihre Decke auf den Boden fallen lassen, so daß man ihre magere Gestalt in dem durchsichtigen Nachthemdchen erkennen konnte. Als sie sich in Aggies Arme warf, drückte die alte Frau sie an sich und wiegte sie wie ein kleines Kind. »O Kindchen, Kindchen! O Kindchen! Mein armes Kind!« rief sie unentwegt. »Möge Gott sie totschlagen, sie alle.« Und Millie wimmerte mit tränenüberströmtem Gesicht: »Wenn Ben nicht gewesen wäre, Mrs. Aggie. Wenn Ben nicht gewesen wäre . . .«

Ben hatte sich auf die Bank fallen lassen, und Aggie blickte jetzt erschreckt auf den zerfetzten Ärmel und das Blut, das ihm immer noch über den Arm rann, und rief: »Du lieber Gott! Runter mit dem Mantel, Junge! Laß deine Wunde sehen.«

Als sie ihm den Mantel auszog, gab Ben keinen Laut von sich, aber als Aggie sich dann daranmachte, ihm auch das Hemd auszuziehen, dessen Fetzen an dem aufgerissenen Fleisch klebten, stöhnte er laut. Als dann die Wunde in ihrem ganzen Ausmaß zu sehen war, drehte er den Kopf halb herum, um sie zu betrachten.

Millie und Aggie blickten erschreckt und voll Angst

auf den Arm, und Millie sagte schließlich: »Er braucht einen Arzt. Das muß genäht werden.« Aggie murmelte: »Noch einen Zoll höher, Junge, und er hätte dich an der Gurgel erwischt, und dann wär Schluß gewesen. Mein Gott! Sieh dir das an!«

»Nun, es war mein eigenes Messer. An Boswell hat es gut funktioniert.«

»Hat Boswell das getan?«

»Nein, nein. Mit dem Messer hab' ich mit ihm Schluß gemacht, ehe ich hinaufging und den Gentleman sah . . . Oh, was hast du mit dem Messer gemacht, Millie?«

»Das hab' ich dir in die Tasche gesteckt. Schau, da ist's noch.« Sie deutete darauf.

»Der Gentleman, hast du gesagt? Wer?«

Ben warf Millie einen müden Blick zu, und die senkte den Kopf und sagte: »Mr. Crane.«

»*Boulder-Crane meinst du?* Wo du auf dem Fest warst?«

Millie gab keine Antwort; aber ihr Kopf sank noch tiefer herunter, und Aggie rief aus: »*O mein Gott! Mädchen!* Mein Gott! Und wann ist das passiert? Wann hat er dich erwischt?«

»Mrs. Aggie, *bitte*!« Millie hielt sich beide Hände vor das Gesicht und schwankte dabei hin und her. »Ich . . . ich erzähle dir alles später, aber . . .« Dann verstummte sie, sichtlich darum bemüht, ruhiger zu werden, und rief: »Wir müssen uns um Bens Arm kümmern, der muß verbunden werden. Kann . . . kann ich ein Laken bekommen?«

»Ja, Mädchen, ja. Schaffst du die Treppe? Bist du in Ordnung? Und zieh etwas an.«

Als Millie aus dem Zimmer rannte, stieß Aggie den Wasserkessel aufs Feuer und sagte: »Das muß saubergemacht werden, ehe ein Verband draufkommt. Junge, das ist das reinste Wunder, daß du noch am Leben bist und daß sie wieder hier ist.«

»So etwas Wahres hast du noch nie gesagt, Aggie.« Seine Stimme klang erschöpft. »Noch nie . . . Gib mir einen Tropfen zu trinken, ja?«

»O ja, Junge, ja, ich weiß nicht, wo ich bin. Ich bin völlig durcheinander.«

Sie ging zu dem Regal in der Ecke, auf dem sie die Ginflasche aufbewahrte, und goß ihm reichlich in ein Glas. Als er es ohne mit der Wimper zu zucken leerte, sagte sie: »Ich werd' Whisky holen, Junge. Ich hol Whisky für dich. Und noch was: So kannst du nicht sitzen. Komm rüber zur Couch und leg' dich hin.«

Das ließ er sich nicht ein zweites Mal sagen, und er taumelte auf die Couch zu. Aber als er sich gerade hinlegen wollte, sagte Aggie: »Leg' den Kopf aufs Fußende, Junge, dann komm ich besser an deinen Arm ran. Ich werd' dir Kissen unterlegen.«

Er legte sich so hin, wie Aggie es gesagt hatte, und ließ den Arm herunterhängen, aber das Blut tropfte von seinen Fingern auf den Boden, und Aggie zog ein Handtuch von der Stange und wickelte es um seine Hand.

Als Millie wieder ins Zimmer kam, trug sie ein Kleid, eine kurze Wolljacke und ihre eigenen Pantoffeln an den nackten Füßen. Während sie das Laken zerriß, wusch Aggie vorsichtig die Wunde, die von Bens Schulter bis zu seinem Ellbogen reichte. Aber das heiße Wasser, das ihn die Zähne zusammenbeißen ließ, ließ das Blut wieder schneller aus verschiedenen Stellen der Wunde strömen, und als Millie sagte: »Ich denke, wir sollten das recht fest binden«, pflichtete Aggie ihr bei: »Ja, Mädchen, ja, das ist das beste.«

Als sie gerade mit dem Verband fertig waren, klopfte es an der äußeren Tür. Sie sahen einander einen Augenblick lang an, und als die Furcht wieder in Millies Gesicht sprang, sagte Ben mit schwerer Stimme: »Ich weiß, wer das sein wird. Das wird Annie sein.«

Eine Minute später öffnete Aggie die Tür, und sie sah Annie dort im Licht einer Laterne stehen, die ein Mann hielt; und Annie sagte zu ihr: »Ich wollte bloß wissen, Mrs. Winkowski, ob . . . ob er zurückgekommen ist. Mr. Burton hier war so freundlich, mich herzubringen.«

»Kommen Sie rein. Kommen Sie beide rein.«

Als sie hinter ihnen die Tür schloß, sagte Aggie: »Ja, er ist hier, das, was von ihm noch übrig ist. Gehen sie rein und sehen Sie selbst.«

Als Annie neben der Couch stand und auf diesen Mann hinunterblickte, der ihr Freund war und den sie als noch viel mehr in ihrem Herzen trug, sagte sie einfach: »Es war also schlimm, Ben?«

»Ja, es war ziemlich schlimm, Annie. Aber dank dir und Nell ist sie hier.« Er hob den Blick zu Millie, die am Tisch stand, und fügte hinzu: »Sie ist wieder da.«

Annie blickte auf das magere, aber schöne Mädchen mit dem blassen Gesicht, das seit seiner Kindheit das Herz ihres Freundes gefangengenommen hatte, das Mädchen, das ihn von ihrem Liebhaber zu ihrem Freund gemacht hatte. Und dann sah sie wieder Ben an und sagte so leise, daß man es kaum hören konnte: »Ich hoffe, du bist rechtzeitig gekommen.«

»Das hoffe ich auch, Annie. Ja, das hoffe ich auch.«

»Bist du am Arm schwer verletzt?«

»Er hat daran gute Arbeit geleistet.«

Annie drehte sich jetzt zu Aggie herum und sagte: »Mr. Burton kümmert sich um Unfälle in der Fabrik,

Dinge, bei denen man den Arzt nicht braucht. Vielleicht könnte er helfen. Das würdest du doch, oder, Alfred?«

Alfred nickte und meinte: »Ja, natürlich, sehr gern.«

»Nun, wir haben ihn jetzt verbunden«, sagte Aggie. »Trotzdem vielen Dank. Aber so wie es aussieht, denke ich, wird er genäht werden müssen.«

»Nun, wenn es eine schlimme Wunde ist, Missis, dann sollte das so bald wie möglich geschehen.«

»Ja, vielleicht. Aber ich kann mir nicht vorstellen, daß der alte Wheatley heute nacht aus dem Haus geht, selbst wenn die Königin ihn rufen würde, denn es heißt, und zu Recht, daß er tagsüber die meiste Zeit voll ist, aber nach sechs ist er praktisch gelähmt.«

»Er hat jetzt einen neuen Assistenten«, sagte Alfred Burton, »das ist ein anständiger Bursche. Er kommt immer in The Courts und will nicht schon Geld haben, bevor er ein Haus betritt. Und es heißt, wenn die Leute nicht zahlen können, kommt er trotzdem wieder, anders als der alte Wheatley. Ich denke, er würde schon kommen.«

Jetzt ließ sich Ben vernehmen, und er sagte: »Laßt nur. Laßt nur. Morgen reicht schon. Das einzige, was ich jetzt brauche —«, er machte eine Pause und fügte dann mit schwacher Stimme hinzu, »ist Schlaf.« Und während er die Augen schloß, sagte er: »Danke, Annie. Das werde ich dir bis zu meinem Tod danken.«

Annie wandte sich schnell ab, und als sie an Millie vorbeikam, blieb sie stehen und sagte leise: »Ich bin froh, daß du zurückgekommen bist, Mädchen.« Und Millie antwortete so leise, daß man es kaum hören konnte: »Ich sag dasselbe wie Ben: Ich . . . ich stehe in Ihrer Schuld, bis ich sterbe. Ja, ja, ganz bestimmt.«

Annie wandte sich wortlos zum Gehen, und ihr Begleiter nickte Millie zu und sagte: »Gute Nacht, Mädchen.« Und Millie antwortete: »Gute Nacht, Mr. Burton.« Dann gingen sie, gefolgt von Aggie, aus dem Zimmer.

Als sie jetzt mit Ben allein war, kniete Millie wieder neben der Couch nieder und betastete sanft die Hand, die unter dem etwas laienhaften Verband herausschaute und über seiner Hüfte lag. »O Ben«, sagte sie, »ich darf gar nicht daran denken, was passiert wäre, wenn sie nicht zu dir gekommen wäre, um es dir zu sagen.«

Ben hatte die Augen immer noch geschlossen, als er sagte: »Oder was passiert wäre, Mädchen, wenn Nell nicht vorher zu ihr gegangen wäre und ihr die Nachricht für mich gebracht hätte. Wir dürfen Nell nie vergessen, hörst du?« Seine Stimme wurde leiser. »Nie Nell vergessen. Und jetzt geh zu Bett. Sei ein braves Mädchen und geh zu Bett.«

Bei seinen letzten Worten kam Aggie ins Zimmer zurück und pflichtete ihm bei: »Er hat recht, Mädchen: Geh jetzt hinauf ins Bett. Morgen können wir reden.«

Millie ging auf die alte Frau zu, blieb vor ihr stehen und fragte leise: »Wirst du auch bald nachkommen?«

»Ja, Mädchen, ich komm bald nach, aber zuerst bleib ich noch eine Weile bei —«, und dabei deutete sie auf Bens in sich zusammengesunkene Gestalt. Im nächsten Augenblick hätte sie fast das Gleichgewicht verloren, als Millie sich wieder in ihre Arme warf und wimmerte: »Ich hab' immer noch Angst. Laß nie mehr zu, daß ich dich und Ben wieder verlasse. Wirst du mir das versprechen? Versprichst du mir, daß du nie wieder zuläßt, daß ich euch verlasse? Ich . . . ich will dieses Haus nie wieder verlassen, nie wieder.«

»Hör auf! Hör jetzt auf! Alles ist vorbei. Du brauchst keine Angst mehr zu haben. Geh, geh hinauf. Dort oben kann niemand an dich heran. Niemand kommt an mir vorbei.«

Millie streckte sich und küßte sie auf die Wange. Dann ging sie zur Couch und blickte auf Ben hinunter, der mit geschlossenen Augen dalag. Sie beugte sich über ihn und strich ihm sachte mit den Fingern über die Wange, ehe sie langsam aus dem Zimmer ging.

Die Tür hatte sich kaum hinter ihr geschlossen, als Ben sagte: »Die würden schon an dir vorbeikommen, Aggie, wenn die wüßten, daß ich ihren Boß umgebracht habe und daß dieses zerbrechlich aussehende Mädchen heute ihren reichen Klienten ins Jenseits befördert hat. War das eine Nacht! Seltsam, wenn man einmal darüber nachdenkt, nicht wahr? Aber wir könnten beide baumeln, weil wir zwei Ungeziefer umgebracht haben; denn das waren sie: Ungeziefer. Als ich auf ihn sprang, hab' ich keinen Menschen gesehen, beide Male nicht, nur eine große Ratte . . .«

»Schlaf jetzt, Junge, schlaf jetzt. Es ist vorbei. Jetzt wird alles anders.«

11

Aggie machte sich Sorgen. Ben fieberte, und sie warteten auf den Doktor. Als die Torglocke klingelte, ging Aggie durch das andere Zimmer und sah zum Fenster auf den Hof hinaus, ehe sie hinausging, weil sie immer noch nicht riskieren wollte, dort einen Fremden anzutreffen. Aber als sie die Uniform von Sergeant Fenwick erkannte, eilte sie so schnell sie konnte in die Küche zurück und sagte zu Millie: »Deck seinen Arm zu. Zieh ihm die Decke bis unters Kinn; es ist der Sergeant. Ich kann sagen, daß er sich erkältet hat, denn es gibt kei-

nen, der schneller als er zwei und zwei zusammen-
zählt, und er ist immer noch das Gesetz, auch wenn er
uns mag.«

Sie ging hinaus, schlurfte über den zugefrorenen
Hof, öffnete das Tor und sagte: »Nun! Sie kommen ja
früh. Was hab' ich denn angestellt?«

»Nichts, wovon ich wüßte, Aggie. Wie geht es Ihnen?«

»Oh, ich bin grade dabei, eine Erkältung loszuwer-
den. Ich glaube, ich hab' sie an Ben weitergegeben.
Dem geht's ziemlich schlecht.« Sie schlitterte vorsichtig
über den Hof und meinte: »Was bringt Sie heute morgen zu mir?«

»Ich habe Neuigkeiten für Sie. Ich weiß nicht, ob Sie
sie als traurig empfinden werden oder nicht.«

»Nun, kommen Sie rein und erzählen Sie.« Sie trat
zur Seite, bis er im Zimmer war, und schloß dann die
Tür, während er darauf wartete, daß sie ihm in die Küche voranging; dort wanderte sein Blick von Ben, der
bis zum Kinn zugedeckt auf der Couch lag, zu Millie,
die im Feuer herumstocherte, bis es aufloderte, und
sprach sie dann schließlich an: »Ah, dann bist du also
wieder da?« meinte er. Und dann wandte er sich zu Ben
und entschuldigte sich: »Das mit Ihrer Nachricht tut
mir leid. Ich hab' sie erst heute morgen bekommen. Gestern war mein freier Tag, das hätte er Ihnen sagen sollen. Ich hab' ein Wörtchen mit ihm geredet, ein sehr
ernstes Wörtchen. Er hätte jemand anderen auf die Sache ansetzen sollen. Aber wie dem auch sei: Wo warst
du denn?«

Ehe Millie antworten konnte, griff Aggie ein: »Sie
hat Freunde besucht und sich dann auf der Straße ver-
laufen, aber zum Glück ist sie auf eine ihrer Lehrerin-
nen gestoßen, Sie wissen schon, von der Abendschule.

Und die hat sie mitgenommen und bei sich übernachten lassen. Aber uns konnte sie nicht verständigen. Ich hab' ihr schon die Meinung gesagt, als sie zurückkam, das kann ich Ihnen sagen. Allen Leuten so viel Mühe zu machen.«

Der Sergeant musterte Millie jetzt scharf und sagte: »Die muß dir ja ganz schön zugesetzt haben, Millie, siehst ja richtig mitgenommen aus. Bist du auch erkältet und so?«

»Ich denke schon. Das ist . . . das ist ansteckend.«

Er ließ den Blick noch eine Weile auf ihr ruhen, ehe er sagte: »Nun, ich bringe Nachrichten. Die betreffen hauptsächlich dich, würd' ich sagen, und ich weiß nicht, wie du sie aufnehmen wirst.«

Sie griff sich mit der Hand an die Kehle, und Ben regte sich auf der Couch, schien sich umdrehen zu wollen. Aber Aggie stopfte ihm die Decke unter das Kinn und sagte: »Bleib du ganz ruhig liegen. Was auch immer es ist, bleib liegen.«

»Dein Vater ist tot.«

Millies Hand löste sich langsam von ihrem Hals und fiel auf die Tischkante herunter, die sie jetzt festhielt, wie um sich zu stützen. Und der Sergeant sagte: »Nun, ich glaube ja nicht, daß da große Zuneigung zwischen euch beiden war, aber das weiß man in solchen Fällen ja nie; Blut ist dicker als Wasser.«

»Wie . . . wie ist er gestorben?« Die Frage kam von Aggie, und er antwortete ihr: »Nicht auf sehr hübsche Weise, fürchte ich. Man hat ihn im Kanal gefunden. Wir glauben, daß man ihn überfallen hat; Raub war es anscheinend nicht, denn er hatte noch ein paar Schilling in der Tasche und ein oder zwei Dinge, die Millie vielleicht behalten möchte, zwei Broschen zum Beispiel.« Er machte eine kleine Pause und fuhr dann fort: »Lang

ist er nicht im Wasser gewesen . . . nun, ich meine jedenfalls nicht Tage; Stunden würde ich sagen. Einer
meiner Männer hat ihn an der Narbe an seiner Wange
erkannt, sonst hatte er nichts Schriftliches bei sich, womit man ihn identifizieren konnte. Ich hab' ihn mir
selbst angesehen und mich überzeugt, daß es derselbe
Mann ist, der gesagt hat, er sei dein Vater.«

Millie hatte sich auf einen Stuhl fallen lassen, und
Ben hatte sich langsam wieder auf den Rücken gedreht.
Er zuckte aber dann gleich wieder zusammen, als der
Sergeant fortfuhr: »Und er war nicht der einzige, der zu
identifizieren war. Slim Boswell ist letzte Nacht ermordet worden, und das war regelrechter Mord: Man hat
ihm die Kehle durchgeschnitten. Es gibt natürlich eine
ganze Menge Leute, die sich das schon lange gewünscht haben. Was meinen Sie, Ben? Sie haben Boswell auch nie gemocht, oder?«

Ben atmete tief, ehe er murmelte: »Nennen Sie mir
einen, der ihn gemocht hat.«

»Oh, da haben Sie allerdings recht. Und dann hat
man noch einen gefunden, der nicht . . . der nicht ganz
tot ist, aber er ist im Hospital. Er ist ein bekannter Fabrikbesitzer, Mr. Crane-Boulder, kein anderer. Man hat
ihm den Schädel eingeschlagen. Das muß passiert sein,
als er aus seinem Club kam, denn man fand ihn in der
Gasse dahinter, und da scheint es sich um ganz gewöhnlichen Raub zu handeln, weil man ihm alles weggenommen hat, mit Ausnahme seines Anzugs. Selbst
seine Stiefel hat man ihm gestohlen. Seltsam, wie diese
Dinge passieren, und noch dazu alle gleichzeitig, praktisch alles in ein paar Stunden. Das mit Boswell und
Mr. Crane-Boulder ist freilich seltsam, denn wie ein
paar Leute in der Stadt wohl wußten, hat Mr. Crane-
Boulder häufig Mr. Slim Boswell und sein Etablisse-

ment besucht und dann auch noch das eines anderen Gentleman, der unter dem Namen Big Joe bekannt ist. Aber wenn wir alle bekannten Männer in der Stadt verhaften würden, die sich auf verschiedene Weise ihr Amüsement verschaffen, würden unsere Gefängnisse voll sein. Was sagen Sie dazu, Aggie?«

»Nun, Sie wissen das ja am besten, Sergeant, müssen es ja schließlich wissen — ist ja Ihr Beruf —, aber ich bin keine Heuchlerin und so und kann nur sagen, daß Boswell endlich das gekriegt hat, was er schon lange verdient hat. Und was den anderen angeht, nun, ich finde, wer solche Lokale besucht, macht sich genauso schuldig wie der, der sie betreibt.«

»Ja, da haben Sie recht, allerdings. Aber wenn er durchkommt, wird er uns einiges erklären können, wenigstens, wer ihm den Schädel eingeschlagen hat. Das heißt, falls er den Betreffenden überhaupt gesehen hat.«

»O du meine Güte!« Der Ausruf kam von Millie, die den Kopf auf die ausgestreckten Arme auf dem Tisch gelegt hatte. Der Sergeant sah, wie Aggie dem Mädchen den Arm um die Schultern legte und auf sie einredete: »Komm, Kleines, geh eine Weile hinauf und leg dich hin.« Dann sagte er: »Tut mir leid, das kommt da von, daß ich die ganze Zeit von Morden und solchen Dingen rede, und junge Leute haben meistens einen schwachen Magen, und sie hat von Anfang an nicht besonders gut ausgesehen. Ich werd' jetzt besser gehen, ehe ich noch mehr Schaden anrichte. Aber ich komme wieder vorbei. Wahrscheinlich werde ich ihr —«, und dabei deutete er mit einer Kopfbewegung auf Millie, »seine Habseligkeiten geben, wenigstens —«, er machte eine kurze Pause, »das, von dem wir glauben, daß es ihm gehört hat.« Dann sah er zu Ben hinüber und sagte: »Ich hoffe, Sie sind bald wieder auf den Beinen, Ben. Eine Erkältung ist eine häßliche Geschichte. Ich laß mich selbst hinaus, Aggie, machen Sie sich keine Mühe.«

Als er auf die Tür zuging, hörten sie die Türglocke wieder anschlagen, und Fenwick meinte lächelnd: »Heute ist wohl Besuchstag.«

»Das wird der Doktor sein.«

»Der Doktor?« Er sah sie mit großen Augen an.

»Ja, für Ben.«

»Wegen einer Erkältung? Mein Gott, Sie sorgen aber für Ihre verirrten Lämmer, Aggie. Nun, ich hoffe, er hat es bald hinter sich. Wenn es der alte Partridge ist, dann hat er ihn sicher schnell wieder auf den Beinen.«

Als sie die Tür öffnete und über den Hof blickte, sagte sie: »Nun, es ist nicht der alte Partridge; das muß der Neue sein. Stevens heißt er. Es soll ja sehr gut sein.«

»Ja. Ja, ich hab' auch von ihm gehört, das ist einer von dem neuen Schlag von Ärzten, die es heute gibt. Arbeitet manchmal für Gotteslohn, hör ich. Nun, fett wird er damit nicht werden. Aber er wird's ja lernen. Wie wir alle, Aggie, he? Er wird's lernen.«

»Sie haben lang genug dazu gebraucht.«

Er sagte nichts, sondern lächelte ihr nur zu. Und als sie ans Tor kamen, begrüßte er den Arzt und sagte: »Guten Morgen, Doktor.« Und dann fügte er lachend hinzu: »Sie haben dort drinnen einen todkranken Mann; er ist erkältet.«

»Ja, tatsächlich, Sergeant? Nun, dann werde ich sehen müssen, was ich für ihn tun kann.«

»Und da Sie schon mal hier sind, sollten Sie sich die Kleine vielleicht auch ansehen, weil ich glaube, daß sie sich auch irgend etwas eingefangen hat; wahrscheinlich während sie verschwunden war. Wiedersehen, Aggie.

Wie gesagt, ich komme in ein, zwei Tagen noch mal vorbei, zu Millie. Ich hoffe, es geht ihr bis dahin besser. Sie müssen dafür sorgen, daß sie nicht wieder verlorengeht.«

Aggie sagte nichts, aber ihre Gedanken überschlugen sich: Der hat von etwas Wind bekommen, ganz bestimmt. Ganz bestimmt. Sie schloß das Tor hinter ihm, wandte sich dann zu Doktor Stevens und sagte: »Tut mir leid, daß ich Ihnen Mühe machen muß, Doktor, aber es ist nicht bloß eine Erkältung. Aber kommen Sie rein, hier draußen frieren Sie ja zu Tode.«

Als sie ihn durch den Vorraum führte, sagte er: »Nun, wenn mein nächster Patient schon keine Erkältung hat, dann glaube ich doch, daß Sie eine haben, und damit sollten Sie bei diesem Wetter wirklich nicht ins Freie gehen.«

»Oh, ich bin noch nie am Winter gestorben, Doktor«, erwiderte sie und tippte ihm gleichzeitig auf den Arm, um ihm damit zu bedeuten, stehenzubleiben; dann erklärte sie mit leiser Stimme: »Der junge Mann dort drinnen hat eigentlich gar keine Erkältung, aber ich glaube, er hat Fieber, und das kommt von einer Wunde, die er sich zugezogen hat. Sie wissen ja, wie es mit der Polizei ist —«, und dabei deutete sie mit dem Daumen in den Hof und auf den inzwischen bereits verschwundenen Sergeant, »je weniger die wissen, desto weniger Ärger können die einem machen. Der da ist ja ganz in Ordnung, von der Sorte gibt's wenige. Aber was Ben betrifft, das ist der junge Mann, den Sie gleich zu Gesicht bekommen werden, Ben Smith. Ich hab' für ihn gesorgt, seit er ein kleiner Junge war. Jetzt hat er ein wenig Ärger bekommen, aber das ist die Art von Ärger, die man für sich behalten muß, und ich hoffe, Doktor, daß ich Ihnen vertrauen kann und daß Sie über das, was ihm zugestoßen ist, nichts sagen werden. Ich weiß, das ist viel verlangt, und wir sind uns schließlich noch nie begegnet, aber was ich von Ihnen höre, ist nur Gutes. Und deshalb habe ich das Gefühl, daß ich Sie bitten kann, den Mund zu halten.«

»Nun, Mrs. . . .«

»Winkowski heiße ich, das schreibt sich so umständlich, wie es klingt.«

»Nun, Mrs. Winkowski, wir sind ebenso wie Priester gewöhnt, den Mund zu halten, sofern wir nicht gegen das Gesetz verstoßen, und selbst in dem Punkt sind wir meistens ein wenig großzügig. Und wenn Sie von mir gehört haben, dann kann ich Ihnen sagen, daß ich auch über Sie einiges gehört habe, und nicht nur, was den Jungen angeht, den Sie großgezogen haben, sondern auch in bezug auf das Mädchen, das, wie Sie sagen, oder ich meine . . . äh, wie der Sergeant sagt, verschwunden war.«

»Ja. Ja, das stimmt. Das ist eine komplizierte Geschichte, und eines Tages, wenn wir einander besser kennen, werde ich sie Ihnen erzählen. Aber im Augenblick möchte ich, daß Sie sich seinen Arm ansehen. Mir gefällt der gar nicht. Würden Sie also bitte reinkommen?«

In der Küche sah der junge Arzt zuerst den Mann auf der Couch und dann das Mädchen am Tisch an, und seine Augen ruhten eine Weile auf ihr, ehe er sich wieder seinem neuen Patienten zuwandte. Dann stellte er seine schwarze Arzttasche auf den Tisch, ging zur Couch und sagte: »Hallo, junger Mann. Was haben wir für Probleme?«

Ben schwitzte, und sein Gesicht war gerötet, und so erwiderte er den Gruß nur knapp. »Hallo«, sagte er.

Aggie schob einen Stuhl vor die Couch, und der

Doktor setzte sich; dann zog er Ben die Decke weg, und als er den blutdurchtränkten Verband um den Arm sah, sagte er: »Oh, jetzt verstehe ich. Nun, das werden wir abnehmen müssen, nicht wahr? Ich meine, den Verband.« Er lachte kurz, und Ben antwortete: »Hoffentlich haben Sie recht.«

Als der Arm freigelegt war, musterte der junge Arzt die lange Wunde und murmelte dann: »Oh, oh!«, ehe er sich zu Aggie herumdrehte und sagte: »Könnte ich etwas abgekochtes Wasser haben, bitte? Es sollte abgekocht sein.«

»Sofort, Doktor, sofort. Der Kessel steht auf dem Feuer.«

Er drehte sich zu Millie herum und sagte: »Gibt es noch ein paar saubere Tücher?«

Anstelle einer Antwort ging sie zur Kommode, zog die Schublade auf und holte ein paar Streifen heraus. Der junge Arzt nahm sie ihr ab, faltete aus einem der Streifen eine Art Kissen, nahm eine Flasche aus seiner Arzttasche und sagte, wieder zu Millie gewandt: »Eine saubere Schüssel, bitte.«

Als sie aus der Küche zurückkam, stand Aggie bereits mit dem Kessel kochenden Wassers neben ihm. Nachdem er etwas Flüssigkeit aus der Flasche in die Schüssel gegossen hatte, füllte er sie zur Hälfte mit dem kochenden Wasser und legte das Leinenkissen hinein. Dann nahm er es wieder heraus, drückte es aus, blickte auf Ben und sagte: »Das könnte hier und da ein wenig zwicken, aber wir müssen die Wunde sauber bekommen. Und machen Sie sich keine Sorgen, wenn sie wieder zu bluten anfängt. Wann ist es denn passiert?«

»Gestern nacht.«

»Oh, gestern nacht. Dann hätten Sie schon früher

nach mir schicken sollen. Warum haben Sie das nicht getan?«

Aggie kam Ben mit der Antwort zuvor: »Nun, es war Sonntag, Doktor, und ich wußte, daß der alte Doktor Wheatley nicht gerade erbaut sein würde, wenn ich ihn in der Sonntagnacht aufscheuche.«

Als der Arzt etwas murmelte, das Aggie als »oder zu jeder anderen Zeit« interpretierte, sagte sie dazu nichts, weil sie sich ja möglicherweise verhört haben konnte.

»Ich werde das nähen müssen, wissen Sie?«

»Das habe ich erwartet.«

»Die Wunde ist ziemlich lang, und es wird nicht angenehm sein.«

»Das habe ich auch nicht angenommen.«

»Sie hätten wirklich ins Hospital gehen sollen.«

Ben sagte nichts. Als die Wunde gesäubert war, ging der Doktor wieder zu seiner Tasche, holte ein kleines Etui heraus und entnahm ihm eine Nadel und etwas, das wie dicker Faden aussah. Dann sagte er zu Aggie gewandt: »Haben Sie Alkohol im Haus?«

»Ich habe nur Gin, aber ich wollte Whisky besorgen. Er mag Gin nämlich nicht sonderlich.«

»Nun, Gin wird's auch tun.«

Nachdem Ben einen halben Becher Gin geleert hatte, fing der Arzt an, seine Wunde zu nähen. Es dauerte ziemlich lange, aber Ben gab die ganze Zeit keinen Laut von sich. Als der Doktor schließlich am Ende der Wunde den Faden abschnitt, sagte er: »Nun, Sie haben das gut durchgestanden. Und es war sicher keine angenehme Operation. Der Gin hat ohne Zweifel geholfen. Jetzt werde ich Sie verbinden, aber nur locker. Machen Sie sich keine Sorgen, wenn etwas Blut durchdringt, das kommt vom Säubern. Aber gutgetan hat Ihnen diese ganze Geschichte ganz sicherlich nicht; Sie haben Fieber, und ich möchte deshalb, daß Sie sich, bis ich wieder vorbeischaue, und das wird vielleicht im späteren Verlauf des Abends sein, hinlegen und sich so ruhig wie möglich halten, um den Arm ruhen zu lassen. Ich sehe, Sie haben hier zwei gute Pflegerinnen. Wehren Sie sich die nächsten ein oder zwei Tage nicht dagegen, von ihnen gefüttert zu werden, denn ich möchte nicht, daß Sie sich anstrengen. Verstehen Sie das?«

Er lächelte Ben zu, aber der reagierte überhaupt nicht, denn Ben empfand etwas, was er sein ganzes Leben lang noch nicht empfunden hatte: Ihn hatte eine Schwäche erfaßt, als ob er versucht hätte, eine schwere Last zu bewegen, und von seinem Arm breitete sich schier unerträglicher Schmerz über seinen ganzen Körper aus. Im Augenblick hätte es ihm überhaupt nichts ausgemacht, zu sterben.

Beim Hinausgehen sagte der Arzt zu Aggie: »Sie werden die nächsten paar Tage einen kranken Mann im Haus haben . . . War er in einen Streit verwickelt?«

»So könnte man sagen, Doktor, so könnte man sagen.«

Er schüttelte den Kopf und ging auf die Tür zu, blieb dann aber stehen, drehte sich noch einmal zu ihr um und sagte: »Und das junge Mädchen? Sie sieht krank aus. Ist sie krank gewesen?«

»Nein, nicht richtig, Doktor.«

»Was meinen Sie damit — nicht richtig? Schwindsucht?«

»*O nein, nein!* Nichts dergleichen. Sie hat nur einen Schock erlitten. Sie hat heute morgen von dem Sergeant, der gerade weggegangen ist, gehört, daß man ihren Vater im Kanal gefunden hat.«

»Du liebe Güte! Du liebe Güte! Und ich höre, daß es letzte Nacht einen Mord und einen Mordversuch gege-

ben hat, und am Wochenende habe ich einen Toten-
schein für fünf Kinder unterschrieben und heute werden es wahrscheinlich noch mehr werden. Beten Sie?«

»Nein, das liegt mir nicht, Doktor.«

»Das habe ich mir schon gedacht. Nun, ich tu es
auch nicht, ganz besonders wenn ich mir die Kirchen
und die Kapellen ansehe und all die sogenannten braven Leute, die dort hineinströmen, um mit ihrem Gott
zu reden und Ihn bitten, dafür zu sorgen, daß sie weiter
ein angenehmes Leben haben, gleichgültig, was aus
denen wird, die man aus ihren Löchern verjagt, weil sie
ihre Miete nicht bezahlen können und in Dreck und
Unrat leben und vom Ungeziefer aufgefressen werden,
was sie sich aber selbst zuzuschreiben haben, weil sie
zuviel Gin trinken.« Er grinste ihr zu und wiederholte:
»Ja, Gin. Aber warum sie trinken, sagen sie nicht, und
was sie zum Gin treibt, oder, Mrs. Winkowski?«

Er schob sein Gesicht ganz nahe vor das ihre und
grinste dabei, und sie erwiderte: »Nein, das tun sie
nicht, Doktor, und ich nehme Ihre Bemerkungen auch
nicht persönlich. Ich will nur sagen, daß Sie hier jederzeit willkommen sind, selbst wenn ich Sie nicht brauche und dafür bezahlen muß, daß Sie mich mit Ihren
Pillen vergiften.«

Jetzt lachte er: »Gehen Sie ins Haus zurück, sonst
gilt mein nächster Besuch wirklich Ihnen, damit ich Ihnen mal die Brust abklopfen kann. Und das wäre ohnehin keine schlechte Idee.«

Sie sah ihm nach, wie er über den Hof ging, ein junger Mann, der mitten im Leben stand, und sie dachte,
der Herrgott meint's gut mit uns, ehe sie wieder ins
Haus zurückging.

Zwei Tage waren vergangen. Der junge Doktor war

dreimal gekommen und hatte gesagt, daß der Arm zwar in gutem Zustand war und keine Anzeichen von Wundbrand oder einer gefährlichen Entzündung zeigte, Ben aber sehr viel Blut verloren hatte und deshalb eine Weile geschwächt sein würde. Aber damit versuchte er wohl nur, dachte Aggie, ihr die Sorge zu nehmen.

Sie hatte die letzte Nacht wach an Bens Bett verbracht und war den ganzen Tag auf den Beinen gewesen. Millie hatte darauf bestanden, daß sie zu Bett ging, und hatte erklärt, sie würde die kommende Nacht auf dem Korbstuhl neben der Couch verbringen. Sie hatte Ben die Stirn und die Brust gewaschen. Sein Oberkörper war nackt, denn es war unmöglich, ihn in ein Hemd zu zwängen. Er hatte ein wenig geschlafen, aber jetzt hatte er seine Augen offen, und er sah sie an. »Millie«, murmelte er.

»Ja, Ben? Ja, ich bin hier. Was ist?«

»Ich . . . ich fühle mich scheußlich.«

»Das weiß ich, Ben, das weiß ich. Aber du wirst dich bald besser fühlen. Das ist das Fieber; und das ist bald vorüber.«

»Das Fieber   das Fieber nimmt einen manchmal mit sich.«

»Bitte, bitte, Ben.« Die Sorge über das, was seine Worte andeuteten, stand ihr ins Gesicht geschrieben. »Du darfst nicht so reden. In ein paar Tagen ist alles wieder gut.«

»Das . . . das hoffe ich. Setz dich.«

Sie setzte sich und griff nach seiner unverletzten Hand und streichelte sie. »O Ben, Ben«, sagte sie, »rede nie wieder so und denke auch nicht so, weil —«, sie erhob sich aus dem Sessel und beugte sich über ihn, »weil ich . . . ohne dich nicht weiterleben könnte, das weiß ich jetzt. Ich bin verrückt gewesen und dumm und hätte dich fast in den Tod getrieben. Ben, du . . . du darfst mich nie wieder verlassen.«

»Millie, weißt du . . .« Jetzt fing er zu husten an. Der Husten brannte in seiner Brust, und sie nahm einen Stoffetzen und wischte ihm den Mund ab, und er legte den Kopf zurück und holte gequält Luft, ehe er wieder zu reden anfing: »Weißt du, was du gerade gesagt hast?«

»Ja, Ben, ich weiß, was ich gesagt habe. Ich . . . ich —« Sie versuchte jetzt zu lächeln, und dann fuhr sie fort: »Mrs. Sponge würde wollen, daß ich sage, ich weiß, was ich angedeutet habe. O Ben, Ben. Du wirst wieder gesund werden. Du mußt gesund werden, weil ich dich brauche. Ich werde dich immer brauchen, das weiß ich jetzt.«

Der Schweiß rann ihm über das Gesicht, und nachdem sie ihn erneut abgewischt hatte, lag er da und blickte zu ihr auf; dann sagte er unter Mühen: »Im . . . im Leben jedes Menschen gibt es gute Augenblicke. Ich glaube, dies ist einer dieser Augenblicke für mich.« Aber dann drehte er langsam den Kopf auf dem Kissen herum und murmelte: »Aber wenn ich . . . vor dir . . . stehen würde . . . so groß ich in meinen Stiefeln sein kann . . . wäre ich immer noch ein kleiner Mann . . . und was dann?«

Ihre Stimme klang leise, aber fest, als sie ihm antwortete: »Für mich wirst du nie ein kleiner Mann sein, Ben. Ich werde in dir immer einen großen Mann sehen, den besten aller Männer. Ich weiß, daß du mich liebst, daß du mich schon lange liebst, aber ich wußte nicht, daß ich dich liebe, und dies auch schon einige Zeit. Ich habe immer noch in der Welt der Märchen gelebt und gedacht, ein Prinz käme geritten. Ich war so dumm und so blind. Ich . . . ich wußte nicht, daß der Prinz bereits hier war, hier in dieser Küche. Also, Ben . . . glaubst du mir?«

Er sah sie lange an, ehe er schließlich sagte: »Das möchte ich, Millie, o ja, das möchte ich. Aber . . . laß uns den Tatsachen ins Auge sehen . . . Angenommen, ich . . . komme nicht durch . . .?«

»Ben, bitte!«

»Nein — hör mir zu. Angenommen, ich komme nicht durch . . . dann möchte ich, daß du dieses Loch hier verläßt. Du kannst . . . mit dem Backen . . . sehr gut leben. Ich . . . habe lange . . . darüber nachgedacht. Pratts . . . der Bäcker in der . . . in der Oswald Road. Er . . . er will verkaufen. Er ist alt. Aggie . . . Aggie hat mehr . . . mehr als nur eine Kleinigkeit auf die Seite gelegt . . . das weiß ich. Sie wird . . . sie wird es dir geben . . . mit dir gehen. Ein hübscher Laden . . . mit einem Garten und einem Haus . . . Ich hab's gesehen.«

»Lieg ganz still, Lieber. Ganz still. Da, trink das.« Sie nahm ein Glas vom Tisch, hob seinen Kopf an und half ihm beim Trinken.

»Jetzt . . . jetzt schlafe.«

»Millie. Tu . . . tu, was ich . . . was ich sage . . . Versprichst du das?«

»Ja. Ja, Ben, ich verspreche es. Aber wir werden alle . . . alle zu Mr. Pratts gehen.«

Die Tränen strömten ihr jetzt über das Gesicht, als sie neben seinem Lager saß und ihm dabei zusah, wie er um jeden Atemzug kämpfen mußte. Und so wie sie in jenem Prunkbett liegend an Schwester Cecilias Worte gedacht hatte, ja sogar zu ihr gebetet hatte, rief sie sie jetzt wieder an, als wäre sie Gott, flehte sie an, Ben am Leben zu halten.

Wann sie eingeschlafen war, wußte sie nicht, aber als

sie aufwachte, war die Lampe fast heruntergebrannt und das Feuer auch, und sie beeilte sich, neues Öl aufzugießen und Kohle nachzulegen.

Als sie zur Couch zurückkam, schien Ben zu schlafen. Aber schlief er? Das Herz drohte ihr stehenzubleiben: Die Laken bewegten sich nicht auf und ab. Fast in Panik schob sie die Hand unter die Decke und legte sie auf seine Brust, und als sie den gleichmäßigen Schlag hörte, wäre sie fast über ihn gestürzt. Dann mußte sie sich die Hand auf den Mund pressen, um nicht laut zu rufen: »O Ben, Ben! O Ben, Ben! Du wirst durchkommen.«

Doktor Stevens sagte, der Patient müsse seine Krise im Laufe der Nacht überstanden haben und brauche jetzt nur Ruhe und Pflege und jemanden, der seinen Verband erneuerte; einen Arzt würde er nur im Falle eines Rückfalles brauchen, und er glaubte nicht, daß es zu einem solchen kommen würde.

Als er sich verabschiedete, blickte Ben zu ihm auf und sagte: »Wenn es je etwas gibt, was ich für Sie tun kann, brauchen Sie es nur zu sagen.« Und der Doktor erwiderte lachend: »Wie man nur etwas so Dummes sagen kann. Ich habe das oft von Leuten gehört, und später tut es ihnen leid.« Dann wandte er sich zu Millie und fügte hinzu: »Und jetzt zu Ihnen, meine junge Pflegeschwester. Sie werde ich nächste Woche besuchen, wenn Sie nicht aus dem Haus gehen, damit Ihre Wangen etwas Farbe bekommen. Alabaster paßt zu Marmor, aber nicht für die Haut, wenn man gesund aussehen will.«

Aggie kam ihr mit der Antwort zuvor und sagte: »Mit ihr wird jetzt auch alles gut werden. Mit uns allen. Dafür danken wir Ihnen. Wieviel bin ich Ihnen schuldig?«

»Nun, wollen wir sagen, fünf Schilling?«

»Ja, das wollen wir.«

Sie ging an die Geldschachtel auf der Kommode und nahm zwei Kronen heraus, die sie ihm reichte; und er sah sie an und sagte: »Oh, aber . . .!«

»Wenn Sie gesagt hätten, ein Pfund pro Besuch, Doktor, hätte ich auch das Doppelte bezahlt.«

»Sie sind sehr freundlich. Mein Gott!« Er schob sein Gesicht wieder dicht an das ihre heran und sagte: »Wenn jeder so zahlen würde, ganz besonders in den Courts, dann könnte ich am Jahresende in den Ruhestand gehen.«

Jetzt lachte sie, und selbst Millie lachte, während Ben lächelte.

Nachdem sie den jungen Arzt hinausbegleitet hatte, kehrte Aggie in die Küche zurück und nickte den beiden zu: »Es gibt Männer, die sind einfach dafür geboren, es zu etwas zu bringen, und da geht einer von ihnen.«

Keine halbe Stunde später klopfte es an der äußeren Tür.

Bis jetzt hatte Millie kein einziges Mal Anstalten gemacht, an die Tür zu gehen, wenn es klopfte oder klingelte; und das tat sie auch dieses Mal nicht. Also schlurfte Aggie hinaus und lächelte über etwas, das Ben gesagt hatte; aber das Lächeln verschwand von ihrem Gesicht, als sie den Mann erkannte, der da vor ihr stand.

Bernard Thompson nahm den Hut ab und konnte gerade noch sagen: »Mrs. Winkowski —«, als Aggie ihm ins Wort fiel: »Und was wollen Sie hier?«

»Ich . . . ich fand, ich müsse . . . nun, ich müsse kommen und eine . . . eine Erklärung . . . geben und . . . sehen, wie es Millie geht . . .«

»Oh, Sie interessieren sich dafür, wie es Millie geht, wie? Nun, es wird Sie freuen, daß sie lebt, und soweit ich erfahren habe, ist sie auch noch unberührt . . . wenn Sie wissen, was ich meine.«

Sein Gesicht rötete sich, und er senkte den Kopf, ehe er sagte: »Es . . . es tut mir schrecklich leid. Es war ein Mißverständnis. Ich . . . ich dachte . . .«

»Ja, ich weiß wohl, Sir, woran Sie dachten und was Sie dachten, daß ich dachte. Nun, Sie haben sich in beiden Punkten geirrt, in mir ebenso wie in ihr. Und lassen Sie mich Ihnen das sagen, Sir: In diesen Courts lebt eine Menge Gesindel, aber das ist nichts, wenn man es mit Ihresgleichen vergleicht. Sie glauben, Sie können hier hereinmarschieren und ein Mädchen holen, das so schön ist wie Millie und so unschuldig — ja, so unschuldig —, und sie benutzen, so wie es Ihr Schwager getan hat.«

Sein Kinn hob sich, und seine Augen verengten sich, als er sagte: »Was meinen Sie damit: wie mein Schwager es getan hat?«

»Oh, jetzt sagen Sie mir bloß nicht, daß Sie ihn all die Jahre gekannt haben und nicht wußten, was er getrieben hat. Und was haben Sie sich gedacht, als sie vor Ihnen ausgerissen ist? Wo ist sie denn hingelaufen?«

»Sie hat sich eine Droschke genommen. Mein Nachbar, der aus der entgegengesetzten Richtung kam, mußte ausweichen, damit die Droschke an ihm vorbei konnte. Und als ich mich erkundigte, ob sein Kutscher sie gesehen hatte, sagte der, sie hätte die Droschke angehalten. Also . . . nun, da habe ich mir vorgestellt, daß alles in Ordnung war.«

»Zum Teufel noch mal! Sie haben sich vorgestellt, daß alles in Ordnung war. Und wissen Sie, wem die Droschke gehörte? Es stimmt schon, sie hat sie aufge-

halten, aber als sie sah, wer drinnen war, ist sie weggerannt. Aber der war schlau: Er ließ sie laufen, bis sie auf
ein Rudel Betrunkener stieß; und dann hätte er sie befreit. Er hat sie schon befreit und sie mit in sein Bordell
genommen, der dreckige Hurenmeister, der er ist —
oder der er war, denn Sie haben ja wahrscheinlich wie
alle anderen auch gehört, daß man ihm die Gurgel
durchgeschnitten hat. Und ich sage, daß der, der's getan hat, wer immer es war, einen Orden dafür kriegen
sollte.« Jetzt schob sie das Gesicht dicht an das seine
heran. »Und wissen Sie, für wen er sie geschnappt hat?
Für wen er sie aufgehoben hat, fast zwei Tage hinter
Schloß und Riegel? Für Ihren Schwager. Ein ganz be-
sonderer Leckerbissen für Ihren Schwager.«

»*Sie müssen sich täuschen!*«

»Täuschen? Den Teufel täusche ich mich! Ich hab' es
schließlich aus ihrem eigenen Mund. Er hat ihr die
Wahl gelassen, ihn zu nehmen oder von Boswell auf
dem Schiff weggeschickt zu werden.«

Er trat einen Schritt zurück: »Das kann ich immer
noch nicht glauben. Und außerdem ist mein Schwager
vor seinem Club überfallen worden.«

»Ha! Die können einen schnell hinschaffen, wo sie
wollen, dieses Pack. Er ist schon überfallen worden . . .
von einer Bande, die sie retten wollte. Aber soll er nur
kommen und den Mund aufmachen, dann, das sag ich
Ihnen, ist dieses ganze Land nicht groß genug, um ihn
vor mir zu schützen.«

Sie sah, wie er die Augen schloß und ihm der Kopf
heruntersank, ehe er sagte: »O mein Gott!«

»Ja, Sie können ›O mein Gott!‹ sagen, aber Sie sind
an alldem schuld. Sie wollten eine Geliebte, na schön,
warum haben Sie sich dann nicht eines dieser Mädchen
von der Straße geholt? Boswell und Big Joe hatten eine

große Auswahl, und die wissen auch Bescheid. Aber nein, Sie mußten ja eine Saubere, eine Unschuldige haben. Ihre ganze Familie ist aus demselben Stoff gemacht, schmutzig, daß es einem ekelt.«

Jetzt schrie er sie fast an: »Wagen Sie nicht, das zu sagen! Ich habe keine Verbindung zu diesem Mann. Er ist der Ehemann meiner Halbschwester. Ich habe ihn nie gemocht und immer schon den Verdacht gehabt —« Jetzt hielt er inne und wandte den Kopf zur Seite; dann sah er sie wieder an und fuhr in ruhigerem Tonfall fort: »Ich bitte um Entschuldigung für alles, was ich getan und gedacht habe. Ich hatte unrecht. Werden Sie mir jetzt erlauben, daß ich Millie sehe?«

»Ja, ich werde Ihnen erlauben, daß Sie Millie sehen, wenn Sie mich niederschlagen und mich in den Boden treten. Anders kriegen Sie Millie nicht zu sehen.«

»Ich will ihr nichts Böses . . . Bitte! Tatsächlich will ich . . .«

»Ich weiß, was Sie wollen. Aber wenn Sie Millie in diesem Augenblick sehen würden, dann würden Sie nicht mehr das Mädchen sehen, das vor Ihnen weggerannt ist. Die gibt es nicht mehr. Was sie mit Ihnen und Ihrer Familie durchgemacht hat, reicht ihr bis zum Grab. Und jetzt, Sir, verschwinden Sie von meiner Tür, und lassen Sie sich nie wieder hier blicken.« Damit trat sie einen Schritt zurück und warf ihm die Tür vor der Nase zu; dann stand sie eine Minute lang da und stützte sich an den Türrahmen, ehe sie sich so weit beruhigt hatte, daß sie wieder in die Küche zurückgehen konnte.

»Wer war das?« Millie legte das Nudelholz beiseite, mit dem sie auf dem mehlbestäubten Backbrett Teig ausgewalzt hatte.

»Oh.« Aggie mußte jetzt gut überlegen: Den zu belügen, der ihr Mädchen gerettet hatte, war eine Sache, aber Millie zu täuschen, eine ganz andere. »Das war einer, der gehört hatte, ich hätte vor, zu verkaufen. Er sagte, wir hätten das Bäckergeschäft und den Schrotthandel aufgegeben, und wollte wissen, was ich vorhatte; ob ich verkaufen wollte. Er hat gesagt, er würde mir einen guten Preis zahlen.«

»Wozu . . . wozu will er es denn?« fragte Ben jetzt.

»Eine kleine Fabrik, denke ich. Du weißt doch, da war die Rede, die Hälfte der Courts einzureißen, um Häuser für die neue Flut von Arbeitern zu bauen, Iren, Schotten, Juden und so. Nun, er möchte . . .«

»Was möchte er?« Millie trocknete sich jetzt die Hände ab und starrte sie an.

»Nun, ich sagte ja, eine kleine Fabrik will er machen, und das Haus will er als Wohnhaus; das hier, nehme ich an.«

»Wo würde er denn hier eine Fabrik bauen?«

»Aus den Stallungen und Nebengebäuden könnte er eine machen, nicht wahr? Und außerdem ist das ja unwichtig. Ich hab' ihn mit einem Floh im Ohr weggeschickt.«

Millie musterte sie scharf, dann drehte sie sich um, ging in die Küche hinaus und starrte zu dem kleinen Fenster auf die Grasfläche hinaus, die nie grün zu werden schien. Einen Augenblick lang hatte sie geglaubt, seine Stimme zu hören, so als würde er sie im Zorn erheben. Aber das einzige Mal, daß sie sich erinnern konnte, daß er die Stimme erhoben hatte, war, als er dem Pferd zurief. Einen Augenblick lang war sie ganz sicher gewesen, daß er es war. Was wäre geschehen, wenn er es gewesen wäre und sie aufgemacht hätte?

Es hätte ihr keine Erleichterung gebracht, weil sie ihm gesagt hätte, was sie empfand: Seinetwegen war sie Schrecklichem ausgesetzt gewesen, in einer Situation, die niemand durchmachen sollte, kein Kind, kein Mädchen und keine Frau. Und seinetwegen war Ben zum Mörder geworden und hatte fast sein Leben verloren.

Und sie? Nun, sie wußte noch nicht, ob sie auch eine Mörderin war; sie wußte nur, daß es lange, lange dauern würde, ehe sie einschlafen konnte, ohne sich in jenem mit Seidenlaken bedeckten Bett liegen zu sehen und wie der halbnackte Mann mit den großen, weichen Händen sie streichelte; noch würde sie je vergessen, daß sie während jener schrecklichen Augenblicke fest entschlossen gewesen war, sobald er den Raum verlassen hatte, das Seil am Fußende des Bettes zu nehmen und so aus dem Leben zu gehen wie ihre Mutter; denn als sie wie gelähmt vor sich hingestarrt hatte, hatte sie bemerkt, daß es an der Tür einen Haken gab, an dem ein Morgenrock hing, und der würde ihr Gewicht tragen, hatte sie sich gesagt, als Ben ins Zimmer geschossen kam.

Würde sie ihm alles das gesagt haben?

Ja, ja; vielleicht. Aber sie würde ihm noch etwas gesagt haben. Sie würde ihm auch gesagt haben, daß jedes Gefühl, daß sie für ihn empfunden hatte, zu einer Fata Morgana geworden war, daß es verblaßt war, als hätte es nie existiert.

Und wäre das die Wahrheit gewesen?

Sie hob einen Eimer Wasser auf und goß etwas davon in eine Schüssel, ehe sie sich selbst die Antwort gab: Ben würde dafür sorgen, daß es mit der Zeit wahr wurde.

12

Vierzehn Tage später stattete ihnen der Sergeant einen zweiten Besuch ab, und seine erste Bemerkung galt Ben, als er feststellte, daß der ein Jackett trug, dessen einer Ärmel schlaff und leer von der Schulter herunterhing.

»Ist etwas mit Ihrem Arm, Ben?«

»Ich bin unglücklich gestürzt und hab' mir einen Knochen angeknackst.«

»Oh, ich dachte, das käme von Ihrer Erkältung.«

Ben und Aggie mußten sich zurückhalten, um nicht einen Blick zu wechseln. Dann wandte sich der Sergeant zu Millie und sagte: »Nun, ich bin froh, daß wenigstens ein Mitglied der Familie besser aussieht. Als ich das letztemal hier war, hast du wie der Tod auf Stelzen ausgesehen.«

»Das muß ein alter Spruch sein, Sergeant: der Tod auf Stelzen. Ich hab' das noch nie gehört.«

»Oh, das hat mein Vater immer gesagt. Komisch, wo diese Sprüche herkommen. Übrigens, weil wir schon von Vätern reden — deshalb bin ich hergekommen.« Er stellte die Tasche, die er in der Hand hielt, auf den Tisch und sagte: »Das sind die Dinge, die man bei deinem Vater gefunden hat.« Dann drehte er sich herum, sah Aggie an und meinte: »Man hat doch, hoffe ich, Ihre Anweisungen hinsichtlich der Beerdigung befolgt?«

»Ja, soweit ich höre, schon.«

Er leerte jetzt die Tasche auf den Tisch aus, schob die einzelnen Gegenstände mit einem Finger zurecht, deutete dann auf eine lederne Brieftasche und sagte: »Da ist ein Brief drin an die Frau eines Pfarrers in Durham, der dich möglicherweise interessieren wird. Was den Rest angeht, nun, da war ein kleiner Geldbetrag —«, er schob die Münzen herum, »und dann diese zwei Broschen und ein Paar goldene Manschettenknöpfe und dann noch diese kleine Krawattennadel: Glaubst du, daß diese Sachen deinem Vater gehört haben?«

Millie sah zuerst die Gegenstände auf dem Tisch und dann den Sergeant an und meinte dann mit scharfer Stimme: »Nein, außer der Brieftasche und diesem kleinen Betrag. Der Rest, nun . . . ich nehme an, daß er das gestohlen hat.«

»Nun —«, er runzelte die Stirn, »du drückst dich sehr deutlich aus. Was schlägst du also vor, daß ich damit mache? Soll ich eine Bekanntmachung veröffentlichen?«

»Mir ist egal, was Sie damit machen, ich will sie nicht haben.«

»Na schön, aber die Sache hat einen Haken: Wenn wir bekanntgeben, daß man diese Dinge gefunden hat, könnte der Betreffende, der Anspruch darauf erhebt, unter Verdacht geraten, ihn umgebracht zu haben. Was meinst du dazu?«

»Dazu habe ich nichts zu sagen, Sergeant. Ich weiß nicht, was bei Taschendieben üblich ist, und will das auch nicht wissen. Ich sage nur, daß ich diese Dinge nicht haben will.«

»Nun, dann werd' ich sie ins Büro zurückbringen und das Weitere meinen Vorgesetzten überlassen. Du liebe Güte! Was doch in letzter Zeit in meinem Revier so alles passiert ist!« Jetzt wanderte sein Blick zu Aggie und Ben hinüber. »Seit Boswell das bekommen hat, was er verdient, habe ich es mit einem Bandenkrieg zu tun, weil seine Leute denen von Big Joe die Schuld geben. Was haben die also vor drei Tagen gemacht? Einen seiner Leute weggeputzt. Selbst die Damen vom Strich haben Angst, weil das ja schlecht fürs Geschäft ist, wissen Sie?« Er schnitt eine Grimasse. »Ich kann nur sagen, derjenige, der Slim Boswell erledigt hat, hätte ganze

Arbeit leisten und Big Joe und sein Gesindel auch erledigen sollen. Andererseits —«, er zuckte die Achseln, sah Aggie an und fügte hinzu, »dann wären seine Untergebenen nachgerückt, die warten ja alle nur drauf, daß sie in die Schuhe von ihrem Boß steigen können. Es ist wie überall im Leben: Es gibt immer einen, der auf deinen Job scharf ist.«

Er nickte bedächtig, und Aggie sagte: »Ja, da ist etwas Wahres dran. Aber soweit mir bekannt ist, gibt es keinen, der hinter meinem her ist.«

Er lachte laut und konterte dann: »Nun, man könnte sagen, das ist sehr kurzsichtig. Aber jetzt muß ich gehen.«

Doch er ging noch nicht gleich, sondern wandte sich Ben zu: »Das mit Ihrem Arm tut mir leid, Ben. Sie waren doch beim Arzt, denke ich?«

»Ja. Ja, dem neuen, Doktor Stevens.«

»Oh, der. Das ist ein anständiger Bursche, wie ich schon sagte, recht populär. Und was hat er zu dem Bruch gesagt?«

»Oh, daß er heilen wird. Aber es wird natürlich einige Zeit dauern.«

»Ja, ja. Nun, passen Sie gut auf sich auf und auf diese beiden hier auch.« Er deutete auf Aggie und Millie und meinte dann: »Aber das brauche ich Ihnen ja wohl nicht zu sagen, oder?«

»Nein, ich denke nicht, Sergeant.«

»Na schön, dann geh ich jetzt, Aggie. Übrigens, ich hab' gehört, Sie wollen umziehen. Ist ja unglaublich. Ist da was Wahres dran?«

»Das weiß man nie. Das weiß man nie, Sergeant. Könnte ja sein. Ich denke, es wird ja langsam Zeit, daß ich in der Welt vorwärtskomme, finden Sie nicht?«

Wieder lachte er laut, und als Aggie ihn hinausführte, stieß er sie an.

Millie, die mit Ben zurückgeblieben war, sah ihn an und sagte mit leiser Stimme: »Meinst du . . . meinst du, er ahnt etwas?«

»Ich glaube, es ist mehr als nur ahnen, Millie. Aber was kann er machen? Selbst wenn er etwas unternehmen wollte, was ich nicht glaube. Ich denke, er ist froh, daß er Boswell los ist. O ja. Hast ja gehört, wie er gesagt hat, es sei schade, daß Big Joe nicht auch das seine abgekriegt hat.« Dann lächelte er schief und fügte hinzu: »Ich glaube, um Big Joe zu erledigen, hätte man noch einen wie mich gebraucht. Was denkst du?«

Sie ging zu ihm, legte ihm die Hand auf die Wange und sagte: »Du würdest mit Big Joe auch fertig werden und jedem anderen, der sich dir in den Weg stellt.«

Jetzt berührte er ihre Wange und sagte: »Ich kann es immer noch nicht glauben, Millie, und deshalb warte ich noch. Und außerdem könnte es ja sein, daß du wieder zur Vernunft kommst.«

»O Ben, bitte sag das nicht.«

»Du meinst, du willst gar nicht zur Vernunft kommen?« Jetzt lächelte er sie an.

»Ich meine, ich bin bei Vernunft. Und sag, was ist eigentlich mit diesem Bäckerladen?«

»Nun, das wirst du ja selbst sehen. Wir gehen morgen hin. Sie hat die letzten paar Tage ziemlich hart im Geschäft gearbeitet.«

»Aber das hier . . . Sie hat doch immer hier gelebt und ihr Vater und ihre Familie auch.«

»Nun ja, aber sie möchte nicht, daß du noch länger hier lebst.«

»Aber ich könnte hier glücklich sein, solange ich dich und sie habe.«

»Millie —«, er griff ihr mit der Hand unter das Kinn, »weißt du eigentlich, wie schön du bist? Mach jetzt nicht die Augen zu und schüttle den Kopf. Du warst ein schönes Kind, du warst ein schönes junges Mädchen und du bist eine noch schönere Sechzehnjährige, aber ich wage gar nicht daran zu denken, wie du sein wirst, wenn du eine Frau bist. Aber du hast, seit du ein Kind warst, hier an diesem Ort wie eine Lilie auf einem Dunghaufen ausgesehen. Und trotzdem will ich dir sagen, daß ich, wen auch immer du geheiratet hättest, auf den Betreffenden eifersüchtig gewesen wäre, höllisch eifersüchtig. Ich sage, wenn du geheiratet hättest. Aber mitanzusehen, wie du die Geliebte von jemandem wirst, nur als Spielzeug benutzt wirst, das hätte mich in den Wahnsinn getrieben. Wahrscheinlich hätte ich mit ihm dasselbe gemacht, was ich mit Boswell gemacht habe. Und wenn morgen jemand käme, ein richtiger Mann, Arbeiter oder Gentleman, und du ihn heiraten würdest, dann . . . dann würde ich versuchen, mich zu benehmen und dir nicht im Weg zu stehen. Natürlich würde alles davon abhängen, ob du es wolltest, ob du es wirklich wolltest. Nein, nein!« Er fuchtelte ihr mit der Hand vor dem Gesicht herum. »Ich rede ganz vernünftig, und deshalb werde ich dich auch nicht auf das festlegen, was du mir versprochen hast, als du gedacht hast, ich würde den Löffel weglegen.« Er versuchte zu lachen, schaffte es aber nicht ganz und fügte dann hinzu: »Und das dachte ich auch, weißt du. Ich dachte wirklich, ich würd' den Löffel weglegen. Hat mir gar keinen Spaß gemacht, aber es war eben so. Aber ich erinnere mich an jedes Wort, das du gesagt hast . . . jedes Wort.«

»O Ben, es gibt . . . es gibt keinen wie dich. Es wird nie einen geben.«

»Das weiß ich auch — was du zuletzt gesagt hast, meine ich: Es wird nie wieder einen wie mich geben. Es gibt keine zwei wie mich in dieser Stadt.«

»Ben, bitte hör auf, dich klein zu machen, denn tief drinnen weißt du —«, und jetzt drohte sie ihm neckisch mit dem Finger, »bist du ein großer Kopf. Du siehst dich als genauso gut wie jeder andere, besser als die meisten. Oder ist es nicht so?«

Sie lachten beide, als Aggie wieder ins Zimmer kam, und so wollte diese wissen: »Was gibt es denn zu lachen?«

»Ich habe ihm gesagt, daß er ein großer Kopf ist und daß er sich für besser als die meisten anderen hält.«

»Als ob ich das nicht schon lang gewußt hätte, schließlich mußt ich jahrelang damit leben. Nun, werden wir uns jetzt fertig machen und uns diese Goldmine ansehen, wo du dein Vermögen machen wirst, Miss? Aber vergiß ja nicht, daß es nicht leicht sein wird, danach zu graben, denn ich werd' dir jetzt etwas sagen, und das kostet nichts: Ich werd' mich hinsetzen und zuschauen. Mich zurückziehen, nennt man das . . . in den Ladies' Room.«

Ben und Millie fingen laut zu lachen an, und Millie sagte: »Das war in der letzten Geschichte, die Mrs. Sponge im Abendunterricht vorgelesen hätte. Dort zogen sich die Frauen immer in den Ladies' Room zurück. Erinnerst du dich an den Mann, der eine Erklärung haben wollte?«

»Nun, was war das für eine Erklärung? Sag's mir auch, denn ich bin so unwissend wie ein Schwein. Was ist der Ladies' Room? Das Wohnzimmer? Das Boudoir?«

»Nein, das Klosett.«

Beide sagten es gleichzeitig, und dann hallte die Küche von ihrem Gelächter wider, und keiner von ihnen konnte sich daran erinnern, daß in diesem Raum je so laut gelacht worden war, jedenfalls nicht so vergnügt.

Sie waren mit einer Droschke gekommen und standen jetzt am Randstein vor dem Pflaster, das vor den beiden Schaufenstern verlegt war. Es waren keine großen Fenster, und auch die Tür dazwischen war nicht besonders breit, aber es war eine massive Tür, schwarz und ein wenig verwittert. Aber das Auffälligste an der Ladenfassade war der Messingstreifen unter den beiden Fenstern: auf dem einen stand das Wort ›Pratts‹, auf dem anderen ›Konditorei‹.

Aggie reichte Millie einen großen Schlüssel und sagte: »Nun, dann mach auf.« Und während Millie den Schlüssel ins Schloß schob, wandte Aggie sich dem Droschkenkutscher zu und sagte: »Sie werden doch warten, oder?« Und der Mann antwortete: »Solang Sie wollen, Missis.«

»Nun, in dem Fall würde ich dem Pferd eine Decke überlegen, sonst ist es steif, bis wir wieder rauskommen.«

Fast eine Stunde später standen sie im Wohnzimmer des Hauses im oberen Geschoß, und Aggie sagte: »Nun, was meinst du, Junge?«

»Nun gut, Aggie, wenn du die Wahrheit hören willst, dann ist es, als würde sich da eine andere Welt auftun. Dabei sprech ich nur für mich. Was es für Millie bedeutet, nun, ich will ihr nichts in den Mund legen; sie kann das, was sie fühlt, am besten selbst ausdrücken. Aber ich denke, du weißt, wie ihr zumute ist.« Jetzt veränderte sich sein Tonfall, und er sagte: »Ich hoffe, dir ist klar, Mrs. Winkowski, daß dieser Laden und diese Straße die letzten Bastion der ›Möchtegerns‹

dieser Stadt ist und bereits an den Rand der ›Wir-haben's-geschafft‹-Klasse grenzt.«

»Ja, das ist mir wohlbewußt. Mr. Pratt hat auch mit einem Augenzwinkern darauf hingewiesen, daß er viele Jahre beide Lager bedient hat: die, die ins Geschäft kommen und über die Theke kaufen, und diejenigen, die ihre Mädchen schicken oder erwarten, daß ihnen ins Haus geliefert wird.«

»Wir werden liefern müssen?«

»Ja, Mädchen«, sagte Aggie, »aber das wird natürlich vom Geschäft abhängen: ob Nachfrage dafür da ist. Jedenfalls hab' ich seinen kleinen gedeckten Handkarren gekauft. Das ist eigentlich nur eine besonders große Kiste auf Rädern, aber leicht genug, daß ein junger Bursche ihn schieben kann. Und jetzt hört zu: Ich werd' euch beide hier oben alleinlassen, damit ihr euch über Tapeten und so unterhalten könnt. Ich muß nach unten.« Als sie an der Tür stand, drehte sie sich um und meinte mit einem schelmischen Lächeln: »Es gibt ein Außenklosett, modern, hat er gesagt: Mr. Pratt schien darauf ebenso stolz zu sein wie auf seine Backstube.«

Als die Tür sich hinter ihr geschlossen hatte, ging Millie wieder ans Fenster und blickte auf den langen schmalen Garten hinunter. Und dann sagte sie mit leiser Stimme: »Es ist wunderschön, nicht wahr, Ben?«

Er trat neben sie, blickte mit ihr auf den Garten hinunter und sagte: »Ja, das ist es, Millie. Es ist wunderschön.«

Sie drehte sich herum und sah ihn an. »Was hätte ich nur ohne sie getan, Ben? Wenn sie mich damals nicht mitgenommen hätte, was wäre dann aus mir geworden?« Ein Frösteln überlief sie, und dann fügte sie hinzu: »Mir wäre das passiert, was mir neulich nachts fast passiert wäre. O ja, ja, genau das wäre mir passiert, da mache ich mir keine Illusionen.« Jetzt senkte sie den Kopf und murmelte: »Jene ersten paar Tage dachte ich, die Welt und alle Menschen seien schlecht, die oben und die unten; und dann mußte ich mich daran erinnern, daß auch Mrs. Aggie und du zu dieser Welt gehören. Und Annie. Und, ja, auch diese Frau, Nell, weil ich ohne ihre Hilfe jetzt dort wäre oder tot. Ja, ja: tot wäre ich.«

»Komm, denk nicht mehr daran, das ist vorbei, und so etwas kann dir nie wieder passieren. Ich werde dafür sorgen, oder zumindest irgend jemand wird dafür sorgen.«

»Warum . . . warum sagst du, daß irgend jemand das wird?«

»Ich . . . ich weiß es nicht, weil . . . nun ja, doch, ich weiß es schon. Denn ich weiß zwar, daß dieses Haus und dieses Geschäft Wirklichkeit sind und daß es gutgehen wird, für mein eigenes Leben und deines, und trotzdem bin ich noch nicht sicher. Da ist etwas . . . nun, es hindert mich daran, zu hoffen. Aber komm, schau nicht so, es wird schon klappen. Ganz gleich, was dir auch widerfährt, denk immer daran, daß ich immer da sein werde oder hier.« Jetzt lächelte er, und dann griff er nach ihrem Arm und sagte: »Komm jetzt. Sie hat inzwischen das Klosett inspiziert oder den Abtritt oder wie immer sie es auch nennen wird. Höchstwahrscheinlich den Ladies' Room.«

Sie reagierte nicht gleich, sondern starrte ihm einen Augenblick lang nach, als würde sie sein Verhalten verwirren. Aber sie sollte nicht lange warten, bis sie darüber aufgeklärt werden sollte, warum er so zu zögern schien, ihre Liebe anzunehmen . . .

»Es fällt schwer, sich vorzustellen, daß dieses Viertel

410

nicht einmal eine Meile von The Courts entfernt ist, und Ben hat gesagt: ›Ich glaube, es ist nicht einmal eine dreiviertel Meile, so wie die Krähe fliegt.‹«

»Ich hab' seit Jahren keine Krähe gesehen«, sagte Aggie und lachte. »Als ich ein junges Mädchen war, kreisten sie immer um die Scheune. Seltsam, nicht wahr?«

Sie hatten die Torflügel offenstehen gelassen, damit der Droschkenkutscher geradewegs in den Hof fahren konnte, was er jetzt auch tat, nur um dann mitten im Hof anzuhalten, weil neben der Tür ein Gig stand und daneben Bernard Thompson.

Als Ben Aggie beim Aussteigen behilflich war, sagte sie: »Der hat Nerven. Ich hab' ihm gesagt, daß er sich in diesem Hof nie wieder blicken lassen soll. Nun, dann muß ich diesmal wohl noch deutlicher werden.« Aber als sie sich anschickte, auf ihn zuzugehen, sagte Millie leise: »Mrs. Aggie, bitte. Ich . . . ich werde mich drum kümmern.«

Ben sagte nichts, sondern griff nur nach Aggies Arm und hielt ihn fest und führte sie zur Tür, wobei sie den Mann nicht aus den Augen ließ, der jetzt auf Millie zuging.

Erst als die Tür sich hinter ihnen geschlossen hatte, sah Millie Bernard Thompson voll in die Augen, und sie blieb ruhig, als er anfing: »O Millie, ich . . . ich mußte kommen. Ich konnte einfach nicht wegbleiben. Ich . . . ich mußte dir selbst sagen, wie sehr es mir leid tut, nicht nur meine Dummheit, dir diesen Vorschlag zu machen, sondern auch das, was du meinetwegen erleiden mußtest. Ich . . . ich möchte mit dir reden, Millie. Ich habe dir etwas zu sagen.«

Aber ehe er fortfahren konnte, sagte sie: »Sie haben mir gar nichts zu sagen, Mr. Thompson, nichts, das ich hören möchte.«

»Millie, bitte, kannst du es nicht übers Herz bringen, mir zu verzeihen? Ich möchte gutmachen, weil . . . weil ich dich wirklich mag und weil ich weiß, daß du mich magst.«

»Ich habe aufgehört, Sie zu mögen, Mr. Thompson. Ja, früher einmal vielleicht, denn wie ich jetzt begreife, gibt es im Leben eines jeden Mädchens einen Märchenprinzen. Aber wenn wir vernünftig sind, dann ist das nur ein Produkt der Phantasie, entstanden aus den Geschichten, die wir lesen. Die Jugend ist eine Zeit der Phantasien, und man wächst aus ihnen heraus, aber mir hat man die meinen mit Gewalt zerschlagen.« Ihr Tonfall war jetzt verbittert. »Ich gebe nicht ganz Ihnen die Schuld. Meine Dummheit und Mrs. Aggies Traum von meinem Glück und meiner Zukunft haben uns beide so leichtgläubig gemacht.«

»Millie. Willst du mir bitte zuhören? Ich habe dir etwas Wichtiges zu sagen, weil, bitte glaub' mir das, weil mir dein Wohlergehen am Herzen liegt. Der Vorschlag, den ich dir gemacht habe, sollte dich ebenso von alldem hier wegholen —«, er machte eine weit ausholende Handbewegung, »und sollte zugleich die Gefühle befriedigen, die ich für dich hatte. Ich weiß, du würdest sagen, Mrs. Winkowski und dieser Mann Ben seien dir lieb, aber ich hatte damals das Gefühl, daß sie, wenn du ihnen wirklich wichtig warst, sich ein besseres Leben für dich wünschen würden, selbst ein Leben, wie ich es angeboten habe; aber ich hätte das Angebot dennoch nicht gemacht, wenn ich nicht geglaubt hätte, du und Mrs. Winkowski würdet meine Absichten kennen. Aber jetzt, Millie, jetzt weiß ich, wie tief meine Gefühle für dich sind, und bin bereit, meine Verlobung aufzulösen und dich zu heiraten. So tief empfinde ich für dich.

Sag mir, daß du das verstehst und daß du mein Angebot annimmst.«

»Bitte, Mr. Thompson, sagen Sie nichts mehr. Selbst wenn ich mich nicht verlobt hätte und es in mir noch einen Rest von Gefühl für Sie gäbe, würde ich in diesem Augenblick Ihren Vorschlag abgelehnt haben, den Sie sich ganz offensichtlich abquälen und . . .«

»Wie kannst du dich in so kurzer Zeit verlobt haben? Du sagst das jetzt nur, um mich abzuweisen.«

»Nein, ich sage das jetzt nicht nur, Mr. Thompson. Ich bin mit Ben verlobt und werde ihn heiraten.«

»*Was! Mit . . . mit jenem Mann?*«

»Ja, Mr. Thompson.« Ihre Stimme war jetzt laut geworden. »Mit jenem Mann, jenem ehrenwerten Mann, der zwanzig Männer wie Sie und Ihresgleichen wert ist.«

»Aber das kannst du nicht, Millie, das kannst du nicht.«

»Das kann ich. Und Ihnen habe ich dafür zu danken, daß ich heute sagen kann, ich werde eines Tages seine Frau sein; vorher war ich gegenüber meinen wahren Gefühlen blind. Und deshalb, Mr. Thompson, werden Sie Ihre Verlobung nicht auflösen und auch die Demütigung nicht hinnehmen müssen, die ich Ihnen in Ihren Kreisen ohne Zweifel einbringen würde. So wie die Dinge sind, würde schließlich herauskommen, daß Sie mich aus etwas herausgeholt haben, was Sie als Morast betrachten. Ich wünsche Ihnen einen guten Tag, Mr. Thompson.«

Als sie sich von ihm abwandte, murmelte er flehentlich ihren Namen: »Millie. Millie.« Und als die Tür laut ins Schloß fiel, stand er einen Augenblick da und starrte die Tür an, ehe er auf seinen Gig stieg und aus dem Hof fuhr. Es war vorbei. Ihre Entscheidung war endgültig.

Und doch fiel es schwer, zu glauben, daß sie seinen Heiratsantrag abgelehnt hatte — wegen dieses Mannes. Nun, einen Trost gab es: Ihm blieb der Orkan aus der Familie erspart, wenn er erklärt hätte, seine Verlobung mit Grace sei aufgelöst, und auch der Zorn ihrer Brüder.

Als die Tür hinter ihr geschlossen war, stand Millie einen Augenblick lang da und preßte beide Hände dagegen; dann eilte sie in die Küche.

Ben war allein. Er stand vor dem Feuer, den gesunden Arm ausgestreckt, und die Hand umklammerte den Kaminsims.

Als sie eintrat, drehte er sich langsam um, und sie standen einen Augenblick lang beide reglos da. Dann ging sie auf ihn zu, legte die Arme auf seine Schultern und sagte leise: »Ben Smith, Jones oder Robinson, du hast mich noch nie geküßt.«

Sie sah ihn an, sah, wie er langsam die Augen schloß, sich dann die Lippen anfeuchtete, und als er sie dann wieder ansah, sagte er: »Nein, Millie, das habe ich nie, oder?«

Als er sie mit seinem gesunden Arm an sich zog, küßte er sie noch immer nicht, sondern sah ihr ins Gesicht, und schließlich mußte sie leise fragen: »Bist du jetzt sicher?«

Seine Lippen legten sich auf die ihren, und als der erste, lange Kuß vorbei war, sagte er: »Jetzt bin ich sicher. O Millie, Millie. Oh, meine Liebe. Ich weiß nicht, warum oder wie es kommt, daß du mich liebst, daß du mich lieben kannst, aber ich weiß, daß du es tust, wenigstens ein wenig, denn du bist ja noch ein Mädchen; aber wenn du dann eine Frau sein wirst, wirst du wissen, wie tief meine Liebe für dich ist und immer gewesen ist.«

An der Küchentür regte sich etwas; dann kam Aggie ein wenig zögernd hereingeschlurft, ging auf sie zu und sagte mit strahlendem Gesicht: »Ja, so ist es, und so sollte es auch sein.« Dann legte sie den Arm um die beiden und murmelte: »Ihr wart die einzigen Kinder, die ich je gehabt habe und die ich je wollte.« Und als beide sich an sie lehnten und sie küßten, schob sie sie plötzlich von sich und sagte: »Das wird mir jetzt doch zu rührselig. Aber es ist ein guter Anlaß, also schenkt mir einen guten Tropfen von meiner Medizin ein. Und da ist noch etwas Whisky in der Flasche. Was dich betrifft, Mylady, Tee, wie gewöhnlich. Und dann trinken wir —«, sie hielt inne, sah die beiden zärtlich an, und dann änderte sich ihre Stimme, und sie sagte leise: »Ja, ich trink auf euch beide, Mr. und Mrs. Smith, Jones oder Robinson.«

Und dann umarmten sie sich, und ihr Lachen erfüllte den Raum der vielen Gerüche.

Band 11931

Catherine Cookson
Einer Mutter Sohn

Für das Glück ihres Kindes ist eine Mutter bereit, alle Bürden auf sich zu nehmen.

Träume konnte Ellen Jebeau sich nie leisten. Ihre Sehnsüchte erwuchsen aus den Entbehrungen des Lebens, denn ihr verstorbener Mann hätte ihr als einziges Erbe Schulden hinterlassen. Ihr ganzes Glück war ihr kleiner Sohn Joseph.
Als Joseph fünf Jahre alt wird, leistet Ellen sich selbst einen Schwur: Er soll es einmal besser haben als sie. Doch der Preis ist hoch: Kurze Zeit später geht sie eine Zweckehe mit einem ungeliebten Mann ein ...